[日]林芙美子 著

魏大海 译

放浪记

北京联合出版公司

图书在版编目（CIP）数据

放浪记 /（日）林芙美子著；魏大海译 . — 北京：
北京联合出版公司, 2024.3
ISBN 978-7-5596-7385-5

Ⅰ . ①放… Ⅱ . ①林… ②魏… Ⅲ . ①日记体小说—
日本—现代 Ⅳ . ① I313.45

中国国家版本馆 CIP 数据核字 (2024) 第 018124 号

放浪记

作　　者：（日）林芙美子
出 品 人：赵红仕
策　　划：铸刻文化
责任编辑：龚　将
特约编辑：郭佳佳
装帧设计：Titivillus

北京联合出版公司出版
（北京西城区德外大街 83 号楼 9 层　100088）
北京联合天畅文化传播公司发行
山东临沂新华印刷物流集团有限责任公司印刷
字数 304 千字　850 毫米 ×1092 毫米　1/32　14.625 印张
2024 年 3 月第 1 版　　2024 年 3 月第 1 次印刷
ISBN 978-7-5596-7385-5
定价：69.00 元

版权所有，侵权必究
未经书面许可，不得以任何方式转载、复制、翻印本书部分或全部内容
本书若有质量问题，请与本公司图书销售中心联系调换。电话：（010）64258472-800

译　序

林芙美子是日本现代文学史上著名的"私小说"代表作家之一，代表作《放浪记》是日记体"私小说"最典型的一部作品。

一个偶然的机会，翻译了林芙美子的这部作品。这部意料之外的私小说畅销作品，竟引起中国年轻一代读者的极大兴趣。拙译一版再版，甚至在台湾出版了繁体字版。2011年，复旦大学出版社出版了由我主编的三卷本林芙美子选集，分别为《放浪记》(魏大海译)、《浮云》(吴菲译)和《晚菊》(刘小俊译)。此番分别出版。

林芙美子，生于明治三十六年（1903），病殁于昭和二十六年（1951）。《放浪记》（1930）是其长篇小说处女作，其他代表性作品除长篇小说《浮云》（1949—1950），多为短篇小说名作如《风琴与鱼町》（1931）、《清贫书》（1931）、《牡蛎》（1935）、《晚菊》（1949）等。林芙美子的文体风格注重写实，其别具特色的情感与生活经历，大多并不涉及社会关注的公众性社会问题。林芙美子，本质上不是一位社会批判类型的作家。在其晚年的《林芙美子文库》中,她也提到自己的成名作《放浪记》,称作品描写的是自己的生活苦难,当初仅以日记的形式如实记述,并未有过发表、刊出之打算。孰料十年的日记整理出版后,竟赢得众多读者的青睐。林芙美子惊诧、意外之余,表达了感激之情。她未曾想到,竟有那么多读者对自己的贫困生活和情感历程持有强烈的同感和同情。

如其所言,无羁、坎坷的生活经历乃至情感历程,构成了她创作的所有动因和内容。大正十一年(1922),林芙美子女校毕业后,即与女校时代的恋人冈野军一开始同居生活。林芙美子的《放浪记》时代始自于此,这段经历大致持续了十年。不过二人的同居生活仅维续了很短时间,冈野军一不久便抛弃了她。林芙美子的生活状况持续恶化。困境中她在报社打过短工,在作家近松秋江家做过女佣,在神乐坂、成子坂、道玄坂摆过地摊,还在日立商会当过文秘。

重要的是,自大正十二年(1923)开始,林芙美子在经历了种种苦难之后开始坚持不懈地写日记。这些日记便是日后名作《放浪记》的雏形。

林芙美子也涉足童话与诗歌的创作。她结识了话剧演员田边若男并与之结婚。可没多久又幻灭般分离。林芙美子仍旧过着茫然无依的放浪生活。离婚半年后,林芙美子的诗人禀赋获得了文坛的认可。此间她在潮田与诗人野村吉哉也有一段同居的经历。不足两年,两人照旧莫名其妙地分道扬镳。原因如何又当别论。事实证明林芙美子的情感生活多有坎坷。而困境中的林芙美子没有沉沦，她顽强地按照自己的理想和意愿生活，直至二十三岁与同龄画家手冢绿敏成家，流浪生活中疲惫不堪的林芙美子才真正感受到一缕家庭生活的温馨和暖意。

种种坎坷的经历，在《放浪记》中统统有着感人的对应表达。不过，《放浪记》最初只是在长谷川时雨的《女人艺术》杂志上连载。获得意外成功后，昭和五年（1930）由改造社收入该社出版的"新锐文学丛书"，出版了单行本。一两年间，《放浪记》销量竟高达六十万部，成为当时备受关注的超级畅销书。林芙美子的个人生活也随之骤然一变，仿佛由背阴的小径走上了阳光大道。十多年来漫长的流浪生活打上了休止符，她与当时的著名作家横光利一、川端康成、直木三十五等成了文云挚友，经常结伴赴名古屋、京都和大阪巡回讲演。

当然，在《放浪记》以外的其他作品如《晚菊》、《浮云》中，林芙美子早年的坎坷经历同样发挥了重要作用，但无论怎样，《放浪记》都是她最为重要的作品，或者说是她所有创作的原点。日本现代文学评论家中村光夫说，《放浪记》虽为林芙美子的早期作品，但是，若从她的全部作品中选一部代表作，十有八九便是此作。

林芙美子本人也对《放浪记》有着强烈的自信和偏爱。战争结束后她曾这样写道：

> 我并不认为，自己死后作品还将流传下去。但我却有一种自信，唯有这部《放浪记》，还会引起读者的共鸣。

中村光夫又说，《放浪记》描述了一个芳龄女性面对饥饿、屈辱不断威逼的困苦境地，可贵的是作者以粗率而准确的笔致，将人物的境遇和心理刻画得淋漓尽致。他认为林芙美子有着坚定的信念。只要世界上还有贫穷、屈辱和青春，喜爱《放浪记》的读者就不会消失。中村光夫说，这部别具一格的青春之作，确曾对昭和初期的日本青年男女有过十分独特的影响或冲击，让他们在"自我"生存的暗郁环境中，找寻到凡常的生存力量。著名作家岛崎藤村也说，《放浪记》确立了林芙美子的文坛地位。

林芙美子在述及《放浪记》的创作动机时说：

> 读了汉姆生的小说《饥饿》，便产生了创作《放浪记》的欲念。不过当时，我根本没有想到当什么作家，只是信笔描述了倾吐不尽的内心独白，竟一直不停地写了下去。写作，令我感觉到异常的充实，使我忘记了男人的抛弃、身无分文和饥肠辘辘。

这些陈述，有助于读者了解林芙美子作为一位作家的特别之处，以及这部小说的基本特征。应当说，日记体、写实性和无结构正是《放浪记》文体形式的首要特征。小说时间上的前后顺序及人物、情节之类的要素已不重要，对这部小说而言，重要的只有事件的真实、切身的经历及刻骨铭心的心理或情感记述。

对于许多中国读者，该作似有一大疑问：诸多杂记堆积起来，亦可谓之为小说？即使在小说观念频频变换的背景下，此等类型的小说，仍难获得中国作家和读者的普遍认可。然而类似于此的写作手法，在二十世纪的日本文坛比比皆是，甚至连川端康成那样的新感觉派作家，都无法完全摆脱其影响。不妨说，日本现代小说的第一要素，正是某种极度真实、近乎琐碎的描写或表现，哪怕描写或表现的是丑陋而变异的心理或情感。

日本现代小说的前述特征，与日本现代文学中所谓的"私小说"样式传统或表现也有着密不可分的关联。粗泛地讲，曾涉足日本现代文学的中国读者多少都有某种共同的印象——日本小说相对缺乏的是文学的观念性或结构感，日本作家在描写方面苛求真实和细腻，却时常给人冗长、琐碎或节奏缓慢之感。这种印象应当是准确的。很长一段时间里，日本现代文学或二十世纪日本文学确曾有过许多写作风格相对接近的小说家，如德田秋生、志贺直哉、宇野浩二、葛西善藏和太宰治等。这些作家当然各具特点，只是大抵可归类于"私小说"的样式范畴。而"私小说"的基本定义仍是一个悬而未决的问题。简单说来，"私"即"自我"，"私小说"可望文生义地理解为"自我小说"或"隐私小说"。有人将日本"私小说"称作自然主义文学的变种。中村光夫则在其《日本现代小说史》中提到，日本现代文学中几乎所有小说家，或多或少都有过"私小说"式的创作经验。许多作家原本的文体风格是对立于"私小说"的，但在创作观念或作品中仍会或多或少地显现出"私小说"的印迹或类型特征。最具代表性者正是1994年荣获诺贝尔文学奖的大江健三郎。

日本学者在对"私小说"探本溯源时，常常提及日本古代文学史上盛极一时的"日记文学"。"日记文学"构成了历史的渊源或传统，除纪贯之的《土佐日记》(935)，构成"日记文学"主体的女流日记有《蜻蛉日记》《紫式部日记》《和泉式部日记》等，皆以细腻、真实的描述揭示了平安时代贵族社会女性受到的种种压抑、挣扎、有限的抵抗或失败。传统日记文学对林芙美子的《放浪记》必然也会产生影响。关于"日记体"，日本现代文学史论家小田切秀雄在解析《放浪记》时曾提到，看重或偏爱"日记体"文学，或许正是日本文学的一个传统。他也提到著名的日本诗人石川啄木，临终之际留下了大量的日记，嘱咐妻子将之统统烧毁，可石川夫人没有照办。日后，石川啄木的日记文学获得发表，许多日本文学评论家都认为，那些"日记体"文字才是啄木文学的精华之所在。

与石川啄木不同的是，林芙美子生前以完整的形式出版了日记体文学《放浪记》。关于自己的生活经历与内心感受，林芙美子在《放浪记》中写道：

很多日子里我都焦躁不安，想借助某种外物了此残生。可说到内心深处，我又真的想重新开始，完成杰出的事业。我的工作"没有什么了不起"，可我至今仍然坚守着这份并不起眼的工作，以此为生命。我相信，走在大路中央的并非小说。我只想走在偏僻的小路上，创作独自的、渺小而谦恭的作品。

写作是一种献身，没有报酬。西洋诗人矫揉造作崇奉虚构。我却想撇开那般矫饰，饿了就写作饿了，恋慕就写作恋慕。这种诚实的写作无法成立么？

作为当时已小有名气的青年作家，维系现实中的肉体生存竟是生活的第一需求。作家极度真实地坦白剖露"自我"需要勇气，而极度真实地描述小说人物任何境况下的真实心态（包括消极、阴暗、隐私性的心理与情感），正是日本"私小说"样式最为重要的创作要求或特征。小田切秀雄认为《放浪记》的可贵之处在于，作者以极其敏锐、纤细的感觉描写了自己丰富、生动的内在生活，尽管主人公也会产生消极的意念或冲动，但却从未真正地堕落或退缩，一种潜在的力量支撑着作者不甘沉沦。

有趣的是，林芙美子有多部作品被改编为电影剧本且拍成了电影。单是《放浪记》就先后被改编、拍摄成了三部电影——1935年木村庄十二导演的《放浪记》、1954年久松静儿导演的《放浪记》和1962年成濑巳喜男导演的《放浪记》。仅著名导演成濑巳喜男一人，就先后将林芙美子的六部小说改编导演为电影，包括前述《放浪记》和《晚菊》、《浮云》等。为何林芙美子这样一位"私小说"作家，会有如此影像缘呢？其原因，只能在林芙美子的现实生活中寻找，正是她现实生活的坎坷、曲折和多舛，正是她不甘堕落的成功的奋斗，正是她悖运、成功间一步之遥的传奇性，正是她不同于其他"私小说"作家的阳光性或诗人禀赋，正是她现实生活与传奇作品的同一性，使林芙美子的小说具有了吸引读者参与的神奇力量。或者说，林芙美子的"神话"经历本身，即蕴藏着某种影像化的可能性。

最后，1992年日本平凡社出版的"摩登都市文学"丛书《异国都市物语》(海野弘编)一卷中，林芙美子的《三等旅行记》被选为卷首初篇。在2007年日本博文馆新社出版的《近代女性文学家——文学家书信》(日本近代文学馆资料丛书第Ⅱ期)中，林芙美子位列首选。在2008年日本东京白杨广告网出版的大部头精藏版《百年小说》中，林芙美子的短篇《幸福的彼岸》赫然入选百年以来的一百部经典小说。当代女作家桐野夏生于2010年出版了一部评传式小说《探幽》(新潮社版)，书中的主人公正是林芙美子。总之，林芙美子至今仍受到读者和文坛的关注。

另有一个问题不能不提，林芙美子和许多日本现代作家（包括诺贝尔文学奖获奖作家川端康成）一样，战争时期曾有参与"笔部队"、协助战争的污点。那不妨说是战争时期，日本现代作家群体一个相对普遍的怪异现象。其原因不外乎三个方面：一是受到当局管制性胁迫，二是随波逐流地图谋自保，三是糊里糊涂被军国主义利用。林芙美子是一个社会政治意识稀薄、脱节于正常人生活逻辑、过度关注自我生活与心理的"私小说"作家，她被利用且游离了自我的存在本质。这是污点。当然也有少数日本现代作家主动自愿地充当了日本军国主义侵略战争的吹鼓手（如火野苇平）。林芙美子不同，通过前述《晚菊》、《浮云》等战后作品，可看到林芙美子对于战争的反省与批判。不拘怎样，林芙美子毕竟为读者奉献了脍炙人口、富于生命力的优秀的文学作品。

此番通过其经典小说《放浪记》的再度推介，期望使中国读者对这位作家和二十世纪以来的日本现代文学有更多的认识与了解。

魏大海
2023 年 10 月 20 日

目 录

第一部　　001

第二部　　151

第三部　　289

第一部

《放浪记》以前的故事

我曾在北九州的一所小学校习得如下儿歌——

> 深秋寒夜中,
> 仰望孤旅的天空,
> 寂寥惆怅。
> 我怀恋的故乡啊,
> 亲爱的父母。

我是命定的放浪者。我没有故乡。父亲说来是四国[1]伊予人,一个买卖和服的云游商。母亲的娘家在九州樱岛经营温泉旅馆,她嫁给了外地人,浪迹鹿儿岛,最后落户在山口县的下关。我的出生地便是下关镇。——我的父母失却了故

---

[1] 日本国土主要由四个大岛构成,四国为其中之一,其余为九州、本州和北海道。

乡，我的故乡便是旅途，我成为一个宿命中的流浪者。当我唱起那首思恋故乡的儿歌，心中便充满了孤寂。——八岁时，一场风暴吹入我幼时的人生。父亲在若松做服装买卖，聚敛了不少家财，便执意将从长崎海岛天草逃来的艺妓阿浜领回家中。那天正是旧历正月，下着大雪，母亲带着八岁的我离开了父亲的家。我只记得去若松必须乘船。

我现在的父亲是养父，冈山人，小心翼翼，过分的忠厚老实，同时性格粗野，像个山里人。他的人生多半掩埋在辛劳之中。母亲带着我嫁给养父之后，我仿佛过上了无家的生活。无论走到何处，皆有置身小小客栈的感觉。母亲总在我的耳边唠叨："你爹他不喜欢家，不喜欢家具……"我的人生中留下的尽皆小小客栈的回忆。我跟随养父、母亲在九州一带辗转行商，却无暇顾盼美丽的山河。初入小学是在长崎。那时，我穿着流行的薄毛布衫改良服，每日由雅号"杂粮"的小客栈，步行至南京街附近的小学。然而此后，我依次转学到佐世保、久留米、下关、门司、户畑、折尾等地。四年之中居然转学七次，没有交到哪怕一个亲密朋友。

"爸，我不想去学校……"

无奈之中，我休学了。我真的讨厌去学校。当时我已经十二岁，住在直方的炭坑町。"让芙美子帮忙做买卖吧……"这年龄每天玩耍，可就荒废了。于是我休学开始经商。

直方的天空是昏暗的，白天夜晚都烟雾弥漫。河沙滤过的高铁质饮用水，喝得人舌头打弯。七月，我们在大正町的小客栈"马屋"定居下来。大人们一如往常，把我往客栈里一扔，便去借了辆板车，将针织品、袜子、崭新的薄毛布、围腰布等往行囊里面一塞，母亲在车后推着，两人就去了煤矿或陶器厂。

对我来说，那是块陌生的土地。我每天都有三分零花钱，掖在腰带里，在镇上玩耍。这地方死气沉沉，没有门司热闹，街道也不美，比不上长崎。更不像佐世保，那儿街上的女人个个漂亮。直方的街上净是大大小小的焦炭。路旁的屋檐，被煤烟熏得黢黑，慵懒地打着呵欠。一溜儿排开的粗点铺、乌冬面铺、废品店和被褥租赁店等，宛若一列货物列车。店铺前面走来走去的女人与城里的女人截然不同，一个个瞪着病态的、惶恐的眼睛。七月，骄阳下过往的女人后腰里裹着污黑的内裙，上身只穿一件无袖的汗衫。到了傍晚，放工女人三五成群，有的扛着铁锹，有的提溜空畚，叽叽喳喳地回到各自的陋屋之中。

当时的流行歌是《表兄弟就这个德行》。

我拿着三分零花钱，或是去买讲孪生美人的豆本[1]，或是去买冻包子吃。——不久后，我进了须崎町的粟点厂，日薪两角三分。学校自然是不去了。记得提着竹篓去买米，大约是一角八分钱一篓。到了晚上，我会去附近的租书店。我

---

[1] 尺寸非常小的印刷品，即迷你书。

喜欢的人物是断臂喜三郎[1]和刚愎自用的福岛正则[2]，爱读的作品则是《不如归》《非亲》《旋涡》[3]等。从那些故事中我学到了什么呢？明朗而自私的空想以及英雄主义和感伤主义，浸透了我海绵一般的头脑。而我周围的人所谈的，则从早到晚都是钱。我唯一的理想就是成为女富豪。有时遇上连阴雨，父亲租借的板车被雨一淋，我就只能从早到晚吃南瓜饭。独自在家吃饭，真是寂寞难耐。

在我们租住的客栈里，住着一位当过矿工的狂人，人们都叫他"神经"。据客栈的人说，他被炸药炸飞过，然后就傻了。不过这狂人性情温和，每天早晨天一亮，他就和镇上的女人们一起推着小车上路了。我常让"神经"帮我捉虱子。后来"神经"当了打桩工。此外，客栈里还住着来自岛根的、装了假眼的流浪说唱师，两对矿工夫妇，卖蝮蛇假酒的骗子，以及缺失拇指的卖淫妇。真是比马戏团还要有趣。

马厩的老板娘挤弄着一只眼，笑着对母亲说：

"说什么手指是被小车轧掉的，胡扯。指不定被谁砍掉的……"

有一天，我和缺拇指的卖淫妇一块儿去洗澡，澡堂里阴暗无光，地上是滑黏的绿苔。只见女人的腹部有一圈蛇的

---

[1] 河竹默阿弥（1816—1893）的歌舞伎剧作《兹江户小腕达引》中的侠客。
[2] 福岛正则（1561—1624），安土桃山时代、江户时代的武将和大名。
[3] 三部书分别为德富芦花（1868—1927）、柳川春叶（1877—1918）和渡边霞亭（1864—1926）的家庭小说。主要是以女性为中心的家庭悲剧。

文身，蛇头正好在肚脐处，喷吐出鲜红的舌头。我在九州第一次看见如此可怕的女人。当时我还是个孩子，竟目不转睛地盯着那条浅蓝色的、可怕的青蛇。

小客栈里居住的夫妇多半自己开伙。其他的住户也会买米来搭伙。

那时候，在热得像砂锅的直方的街角，立起了一块贴着喀秋莎招贴画的广告牌。画面上的外国姑娘头裹毡巾，在一个大雪纷飞的火车站敲打着列车的车窗。仿佛转瞬之间，头发在中央分开的喀秋莎发型便流行起来。还有一首令人怀恋的情歌——

可爱的喀秋莎呀，
别离是多么忧伤，
趁那淡雪尚未融化，
让我们向着神灵祈福。

片刻之间，喀秋莎情歌在炭坑町的街头巷尾也流行起来。当时我还不太懂得俄罗斯姑娘的纯情恋爱，只记得看过电影之后，我也变成了非常浪漫的少女。平日除了去听浪花节[1]，家里的大人难得带我去趟小戏院。我却每天偷偷一个人去看喀秋莎电影。喀秋莎成了我的梦想。在石油站路旁有

---

[1] 明治时代初期形成的一种以三味线为伴奏的民间说唱艺术，类似中国的鼓词，又称"浪曲"。

个广场，夹竹桃开着白花。我和镇上的孩子们时常玩过家家扮喀秋莎，或是玩炭矿劳作的游戏。炭矿游戏就是女孩子模仿推小车，男孩子唱着矿歌挖土。

那时候，我是个身心健康的孩子。

两角三分钱的粟点厂工作，仅仅维持了一个来月。之后我便背着灰色大包袱，装上父亲采购的扇子呀、化妆品呀之类，渡过远贺川，穿过隧道，步行到矿上的工棚或矿工小屋里贩卖。炭矿上，竟然有各种各样的小商贩。

"天气好热呀。"记得当时，只有两个同伴亲切地与我搭话。来自香月的阿松专卖点心，是个十五岁的可爱少女，然而时过不久，便被卖到青岛做艺妓去了。阿弘是个十三岁的少年，专卖干货，他的理想不过是当一名矿工。在那月儿初悬的远贺川河畔，归途中我听阿弘他们说着自己的故事。或是吹嘘酒量过人，扬起鹤嘴镐吓人；或是免费去看镇上的连锁剧[1]。——当时的流行语是"均一"。就是说,我的扇子统统一个价，都是十分钱。尽管图案不同，有鲤鱼、七福神、还有富士山。扇骨仅有七根细竹，但却结实。我每天去矿上陋屋，平均带着二十把扇子。我才不愿见到绿漆脱落的社宅和那里的太太们，扇子在矿工那儿更加好卖。偏远处有栋朝鲜人居住的陋屋，被称作喇叭长屋。一栋长屋居然住着十户人家。苇席铺就的榻榻米上，孩子们光溜溜地叠着罗

---

[1] 加入电影或舞台剧元素的戏剧样式。

汉，宛如一堆剥了皮的洋葱。

烈日当空，挖来掘去的土地裂开了口。远处传来轰隆隆的轨道推车声，好像雷鸣。午饭时间一到，矿工们便像泡沫一样涌出坑道。阴暗的坑道口支着木材，活像一座蚁塔。年幼的我守候在那儿，拉住矿工兜售纸扇。矿工们流的已不是汗水，而是黑色的胶糖。出了洞口，他们一下子瘫倒在自己挖出的炭土上，像金鱼一样大口呼吸，然后昏然大睡。那模样儿，简直就是一群大猩猩。

在这静寂的景色中流动的，只有陋屋之间老式的土畚。午饭一过，处处飘荡着喀秋莎的歌声。不多会儿，牵牛花一般的矿灯又以微弱的光亮匍匐于地，警笛声也随之喧嚣。离开家乡的时候，肌肤似玉……伴随着无所牵挂的歌声。然而此时，眼瞅着迷蒙之中的煤山，我那颗童心中不禁充满了悲伤的苦闷。

扇子卖不出去时，我便去兜售一分钱一个的夹馅面包。到煤矿去有小一里地的路程，我走走歇歇，一面啃着夹馅的面包。那时节，父亲为了买卖上的事和矿工打架，搞得头上缠满绷带，只好蜗居在客栈中。母亲则在多贺神社的近旁露天卖香蕉。矿工们没完没了地从车站里拥出，一大堆香蕉转眼就卖光了。我卖完夹馅面包，便将空篮往母亲身边一撂，溜进多贺神社里玩耍。我也和许多善男信女一起，冲着铜马神像祈愿，祈望万事如意。——不过多贺举行祭事时总逢下雨。众多露天商贩在车站的屋檐下或多贺神社里走来走去，焦急地望着落雨的天空。

十月是矿上罢工的季节。街上静悄悄的，鸦雀无声，只有从煤窑里出来的矿工充满活力，令人紧张。我记得一首歌里唱道："罢工哪，好苦。"据说，矿上罢工是常事。矿工们转眼间呼啦啦地拥往一个矿区。遇上这种时刻，镇上的商人便没了买卖。有时只好将商品租赁给矿工们。不过商人们都说，即便如此，和矿工做生意也是爽快而愉悦的。

"你也四十好几的人了。不去学点儿什么，以后怎么办呢？"

我在豆油灯下聚精会神地阅读侦探小说《吉格玛》[1]。母亲和衣而卧，总是冲着父亲嘟囔。外面是无尽的雨声。

"一家人居无定所。你怎么不着急呢？"

"你真烦死人了。"

父亲小声骂道。而后又是无尽的雨声。——当时，唯有缺指的卖淫妇，总在兴致勃勃地喝酒。

"要是发生战争多好。"

卖淫妇总提起战争的话题。她希望整个世界天翻地覆。她说这煤窑哗啦啦往外淌钱多好。母亲说："你这丫头天生悠闲命。"缺指的卖淫妇听了，将手里的什么物件往窗外一扔，凄然地笑笑接茬儿道："阿姨，您也这么想……"

---

[1]《吉格玛》(*Zigomar*)，法国作家莱昂·萨吉（Léon Sazie）创作的一系列侦探小说。

卖淫妇说她二十五岁，活脱脱一个朝气勃勃的矿家女。

十一月是声音的记忆。

从黑崎归家的途中，父母和我大声地说话。我们拉着空空的板车，黑暗中走在远贺川的河堤上。

"你们娘儿俩坐车上吧。路还远着呢，一会儿就走不动啦……"

我和母亲坐上了板车。父亲拉着我们大步走，还精神抖擞地唱歌。

秋天的夜空中不时有流星划过。没多大工夫就到了街口。身后有人喊道："大叔！"像是四处流浪的矿工。父亲停下板车问："什么事？"两个矿工跌跌撞撞地走近前来。听他们说，已经两天粒米未进。父亲问道：打哪儿逃出来的？显然，这是两个朝鲜族人。两人不停地给父亲鞠躬作揖，说是必须赶往折尾，想借点儿钱。父亲二话没说掏出两枚五角银币，一人手中塞了一枚。堤上冷风吹拂。两个朝鲜族人头顶上闪烁着茫茫星光。我们莫名其妙地战栗起来。两人各自收了钱，默默地帮我们把板车一直推到了镇上。

时过不久，祖父死了。父亲回到冈山出卖田地。有了一点儿资本后，他便想购进一些陶瓷制品来卖。这是他唯一的目标。然而在煤窑街，好卖的只有食品。母亲卖香蕉，我卖夹馅面包。只要不下雨，这点儿买卖足可维持两人生计。马屋的月租是两元两角。母亲也说，这比租间居宅的负担轻得多。我们家就是这样，无论走到哪儿，都过着凄惨的生活。母亲到了秋天仍犯神经痛，买卖也只好"三天打鱼，两天晒网"。父亲卖掉田地的所得，也只有区区四十元。父亲用这点儿钱购入一批陶瓷，独自往佐世保做生意去了。

"过几天来接你俩……"

父亲这样说着，穿一件晒褪色的工作服上了火车。我照旧一天也不歇息地去卖夹馅面包。下雨的日子，我便在直方街区的屋檐下叫卖。

那些日子的记忆我终生难忘。对我来说，卖货绝不是什么痛苦的事。我一家一户地挨门叫卖，五分钱，两分钱，三分钱，这样我的钱包一天天鼓了起来。我最最得意的就是母亲的褒奖，她总夸我是经商的天才。两个多月，我和母亲完全凭着夹馅面包的生意支撑。有一天，我由街上回到家，突然发现母亲在缝制一条黄绿色的美丽腰带。

"怎么？"

我惊异地瞪大了眼睛。母亲说是四国的父亲送来的。我不由得激动不已。不久，继父便专程来直方接我们。一家三口离开直方，乘上了开往折尾的列车。这是我每天要走的道路，火车穿过远贺川铁桥，沿堤的白路笼罩在暮色之中，我的眼睛里盈满了忧伤的泪水。河面上漂荡着一叶白帆。这是多么熟悉的景色。列车上一个小贩絮絮叨叨地叫卖——金锁、戒指、气球、绘本……父亲给我买了一个戒指，上面镶了颗红玻璃球。

(十二月 × 日)

> 尽头的车站，
> 白雪皑皑到异乡，
> 寂寥的小镇。

正在下雪。突然想起石川啄木的这首短歌，心中充满了乡愁。我伸手推开卫生间的窗户，傍晚的门灯昏暗，像往昔信州山上见过的红叶石楠，美妙无比。

"哎，你过来背背小姐！"

夫人唤道。

哎呀，我最怕带这孩子。百合子总是哭个不停。这种神经质，和秋江先生如出一辙。背着她，简直就像背了一个火球。——只有这样躲在厕所，我的身体才属于自己。

（突然间，我想品尝香蕉拌鳝鱼或是橘汁炸猪排。）

百无聊赖之中，我突发奇想很想随处涂鸦。我用手指在墙上写着：炸猪排、香蕉。

准备晚饭之前，我就这样背着孩子在走廊里来回晃悠。时至今日，来到秋江家已一周有余。其实早先并无明确的目标。一天之中，这位先生要上上下下梯子无数次，活像是一只小家鼠。那种神经质令人不堪忍受。

"小东西睡着了吗？"

先生瞅瞅我的肩头，安心地披了披腰带，爬上二楼去了。

我由廊下的书箱中抽出一本契诃夫的作品阅读。契诃夫是心灵的故乡。契诃夫的气息、身影宛若在眼前，喃喃地对我这黄昏般的内心述说。契诃夫的小说触感柔软。我是在读过秋江先生的小说之后，产生了重读契诃夫的欲望。京都女郎的故事对我而言，是陌生而遥远的世界。

夜晚。

我看见厨娘阿菊在料理好吃的什锦醋饭，心中大喜。

百合子洗过澡后，稍稍安静了一些。此时已经十一点。家里人都奇怪，我其实最不喜欢带小孩，但不可思议的是，百合子只要往我的背上一趴，马上就呼呼地睡觉。

托她的福，我可以读书啦——我担心几年之后，自己有了孩子便不能专心地工作。看见秋江先生对孩子那般上心，我甚至有些反感。反正我想，自己是不会一辈子做女佣的。

先生难道不知道，苜蓿也会开出可爱的白色花朵……在这个家中，我最喜欢的是夫人，她出身乡村，却十分娴静。

(十二月 × 日)

假期。

没有可去的地方。我挟着一个大包袱，爬上一座铁道桥，打开先生送我的纸包，里面只有两元钱。做了两周多，居然只有两元。我觉得脚尖上升起一股冷血。——我提溜着大包袱没精打采地走来走去，心中充满了苦涩，恨不能将一切都扔出去。路过一处蓝瓦葺顶的新式住宅，里面有房间出租。我不由自主地走了进去。院子挺大，玻璃窗被十二月的寒风磨砺着，发出冷漠的光亮。

我又累又倦，想在这儿歇息片刻。我信手推开了厨房的门，生锈的罐头盒扔了一地，客厅的榻榻米上也泥污斑斑。白日里的空屋孤寂难耐。远近仿佛伫立着恍惚的人影，更令人感到铭心的寒意。我在迷惘之中，不知应去向何处。两元钱好做什么呢？我去了厕所，出来却看见荒废的墙根处蹲着一条狗，用狐狸一般的眼神直直地望着我。

"没事。什么事也不会有。"

我在心中自己念叨着，紧紧地贴墙而立。

（怎么办？……不会有什么事的！）

夜。

我留宿在新宿旭町的小客栈。石崖下积雪融化，道路泥泞不堪。小客栈一宿三角钱。在此得以歇息我疲惫不堪的躯体。客栈的小屋仅三张铺席大小，点着小油灯，简直像是退回到了明治时代。过了今天，明天又该怎么办呢？我在给一个不可信赖的男人写长信。他在岛上，是他抛弃了我。

  这是一个充满谎言的世界。
  通往甲州的末班列车在头顶疾驰。
  我仿佛爬上了百货商场的屋脊，

舍弃的是全部寂寥的生活。
我裹着小客栈的棉被舒展静脉，
拥抱着列车碾碎的尸骸忘却自我。
深夜里拉开煤烟熏黑的纸窗，
想不到这地方也有天空月儿的戏谑。

别了！诸君。
我是颗歪斜的骰子在逆转。
这里是小客栈的顶楼背面。
我要揪住那堆积如山的旅愁，
飘飘然让它随风而去。

小客栈人来人往，到半夜仍喧嚣不已。

"对不起……"

突然一个扎着银杏髻[1]的女人哗啦啦地拉开纸窗，粗鲁地钻进我的薄被中。紧跟着传来很响的脚步声，一个脏乎乎没戴礼帽的男人将拉窗拽开一条细缝吼道：

"嗨！你给我爬起来！"

女人嘟嚷了两句，跟着男人出了走廊。接着不断传来掴耳光声。须臾，屋外又恢复了瘆人的、污水一般的寂静。然而屋里被女人搅乱的空气，却久久无法平静。

---

[1] 女士发型，因盘在脑后的发髻向左右弯成两个半圆，形状很像银杏叶而得名，京都地区也称之为蝴蝶髻。这种发型在明治、大正时期曾经非常流行。

"你过去做什么的？原籍？去哪儿？年龄？父母干什么的……"

脏兮兮的男人又进了我的房间，站在我的枕头旁边，咬着铅笔问讯。

"你认识那个女人？"

"不，她突然闯进来的。"

此等经历，克努特·汉姆生[1]恐怕都未曾体验。——警察走了。我使劲伸展着手脚，接着摸出枕下压着的钱包，余款尚有一元六角五。风儿吹拂着月亮，我由歪斜的高窗望去，那里变幻着光的虹彩。——马戏团的丑角从天而降，仿佛神灵相助。但是飞上天空的把戏就很难表演。好在他们总有办法，不会没饭吃……

（十二月 × 日）

凌晨，我走进青梅街口的饭屋。刚喝了一口热茶，一个满身泥污、工匠模样的人跑了进来，大声地说：

"小姐！十分钱能吃点儿什么？只有这一个钢镚。"

他老实巴交地站在那儿。十五六岁的小姑娘应道：

"肉豆腐盖浇饭行吗？"

---

[1] 克努特·汉姆生（Knut Hamsun，1859—1952），挪威作家，1920年诺贝尔文学奖得主，代表作有《饥饿》《大地的成长》《神秘的人》等。林芙美子受其影响。

工匠满脸堆笑一屁股坐在了长凳上。

好大一碗盖浇饭！浇头是小葱肉末豆腐，配上浓浓的酱汁，十分钱一份，可真是一顿营养餐。工匠天真地大口吃饭，这情景看着令人感动。其实，屋里的墙上明白地写着"十分钱一碗"，仅有十分硬币的工匠却老老实实地大声询问。我感动得热泪盈眶。那一大碗盖浇饭，比我的多，我却担心他会吃不饱。工匠的性情多么爽朗。我的餐桌上摆着米饭、杂煮和泡菜。比较起来，简直是穷人的山珍海味。结账却仅要一角二分。我付过钱，掀起暖帘，饭屋的侍女站在门口送别道谢。热茶管够，还能与同类互致早安，才区区十二分钱。我心中豁然开朗。末日世界与光明世界仅一纸之隔。但是想起那年近四十的工匠，我的眼前又呈现出十分硬币、失望、地狱和坠落——莫非也是一纸之隔？

我想把母亲接来东京。总能找上点活儿做……然而沉沦中的我，却像一艘即将沉没的落难破船。我将被无情的潮水吞没，连个水花都不会有。我不由产生了某种诡异的念头，想到自己最终也会沦为昨夜那样的卖淫妇。那女人或许三十出头。倘若我是男人，恐怕早已心旌摇荡。今晨，或许又会多出一件男女殉死的风流情事。

白日里，我将行李扔在客栈，去了神田的职业介绍所。

可是走到何处都寂寥得像沙地。我的心中堵得发慌。
（请别介意，我的宣泄没有特指。）

狗屎!

丑八怪!

浑蛋!

简直是一群冷酷无情的傲慢女人。

我将粉色吸水纸一般的卡片递给介绍所里的接待女郎。那女人却嘲笑般盯住我的脸,嘟哝道:

"月薪三十元左右吧……"接着说,"不做女佣吗?想做办事员?不行啊,许多女校毕业生都找不到事做呢。女佣的工作倒有很多。"

我的身后不断拥进三五成群的美女。想来,她的话也在情理之中。

一无所获。

介绍信拿到三份。一份是墨汁公司,一份是加油站,还有一份是意大利大使馆的女佣。我的口袋里尚余九角钱。傍晚回到客栈,只见艺妓们像花盆一样并列于镜前,将灰白色的粉涂在脸上。

"昨晚只卖到两分钱。"

"你那斜巴眼,谁会喜欢!"

"哎,就有人说我这样好……"

"好呀!那你可辛苦了!"

十四五岁的姑娘们叽叽喳喳。

（十二月×日）

我心中的悲哀像波涛一般翻涌，有种将要疯狂的错觉。我划着一根火柴，用那炭灰描了描眉。——上午十时，我赶赴麹町区三年町的意大利大使馆。

我希望笑对人生，却少有顺心的事。——一个洋人的孩子骑马出了大门。门旁一间破旧的小屋好似门房，还有一条好看的沙石小径直铺到远处的楼门前。我不由得想，这儿不是我这种女人该来的地方。我穿过一间大厅，里面挂着地图，铺着红地毯。洋夫人穿着黑白相间的礼服，在我的眼中好美。从远处看，那种美感更加强烈。方才骑马外出的男孩子气喘吁吁地回来了。屋里走出一位洋人男士，据说不是大使，而是秘书官。洋人夫妇人高马大，给人一种压迫感。黑白服饰的洋夫人带我参观了厨娘的房间。水泥槽中堆满了圆圆的洋葱，还放置了两个炭炉。夫人说这炭炉是供女佣们自炊专用的。女佣的房间，简直像无人居住的废屋。黑色的百叶窗早已脱落，散发出肥皂一般的外国异味。

我迷迷糊糊地出了门。穿过豪华的三年町官邸小径，这是一段下坡路。走到坡下，我才痛切地感觉到迎面吹过的腊月寒风。寒风中商店的红旗呼啦啦地飘动。人种不同，人情也不同。还是找份其他的工作吧。我没有去乘电车，独自走在壕沟边沿，心中不由生出了回故乡的念头。这样子漫无边际地徘徊在东京，到头来也不会有任何结果。一列电车疾驶而来，我想到了死。

我去过本乡之前的老家，婶娘冷若冰霜。近松先生还寄来了一封信。信中说，我不在的这段时间，十二社[1]的吉井先生家里找女佣。他说或许能给我一些关照。可实际上，淡墨写就的那封信不过是辞退的文书。

也许，文士皆如先生那般凉薄。

我漫步在黄昏的新宿街头，真想没缘由地倚在男人怀中。（难道没有一个人肯帮我一把……）上了新宿站的天桥，我目不转睛地盯着忽闪忽闪的绿色信号灯，眼里溢满了泪水。我像孩子一般抽噎起来。

我真想一头撞去，粉碎一切。回到客栈，我向老板家的千金坦白了一切。小姐安慰道：找到工作前，就下来和我们一块儿住吧。

"你想不想去做绿巴士的售票员？听说月收入有七十元左右……"

不知何处在烧着什么，屋里飘来一股恶臭。能挣七十元钱？真是个不错的差事。说什么也不能让到手的鸭子飞了……我守在账房的熏炉旁，点着明亮的电灯，给家乡的母亲写信——

　　近期患病，需用钱。请给我弄三块钱来。

此前的那位卖淫妇，啃着炸豆腐饭团走进屋内。

---

[1] 地名，位于东京新宿区。林芙美子和双亲曾决定居住于此。

"前天挨揍了吧?你也太不检点了。"

"大叔气坏了吧?"

这女人已四十上下,电灯光下,看上去人老珠黄。

"我那是钓鱼。半夜里勾引的男人,什么样的烂客都有。连累了大叔。一定气坏了吧?"

徐娘半老的老板娘是个好人。她一面沏茶,一面责怪那女人。

老板娘家晚饭吃面条。身旁的老板插话,次日去绿巴士的车库面试。眼看着已是年末,却连个栖身之处都没有,感觉好凄惨。然而世道如此,只好一个人郁郁不乐。一切靠自己,健康的身体是本钱。电线在风中发出瘆人的嘶鸣。渺小的我蜷缩在小客栈的墙角,裹着污秽的棉被。望着墙壁上贴着的财神爷,心中飘浮出无边无际的空想。

(我甚至想到自个儿回故乡,做了新娘……)

* * *

(四月 × 日)

今天,卖针织品的阿安给我介绍了老爷子,让他给我划块地盘。我给老爷子送去了一升米酒。

钻过道玄坂酱菜屋路口的土木工程招牌,推开拭得锃亮的破旧格子门,白天总在分配摊位的老爷子,正在火盆旁饮茶。

"今晚加开夜铺。白天、晚上都开店,您可要盖银行了。"

老爷子和善地高声大笑,愉快地收下了我送去的一升米酒。

我在东京无亲无故,也就不必管什么颜面和羞愧了。这里是东京,最坏的最好的都在这里。抛开所有顾虑,拼命工作吧。想到在那环境恶劣的点心厂工作的经历,眼下的困难还算什么?我的心境不由好转起来。

夜晚。

我在一个女老板的钢笔店铺和一个老爷子的店铺之间开店。老爷子的门牌上不知写的什么,令人摸不着头脑。我从荞麦面铺借来了木板套窗,挂上织品店的大裤衩,又在一块招牌上写了"两角一件"的字样。然后借着钢笔店的灯光,阅读我的《伊万·兰德之死》[1]。我大口呼吸,已能感觉到春天的气息。春风之中似乎包藏着久远的记忆。柏油马路上是灯光的河流,人类的洪水。濑户特产店门前,落魄的大学生在卖计算器。"诸君!请留步。几万几千几百加几万几千几百等于多少?明白吗?很多人都面临这样愚蠢的问题……"

我觉得大学生叫卖很有意思,简直是强买强卖,对牛弹琴。

气质高雅的夫人站在我店外,大裤衩在手中捏来捏去二十分钟,最后只买了一条。母亲来看我,给我送来盒饭。

---

[1] 俄国作家阿尔志跋绥夫(1878—1927)于1904年发表的小说。

手头宽裕了点儿，对衣物上的污迹便格外敏感起来。见母亲的衣服亦已破旧，我给她买了一块棉布。

"我替你照看一下。你吃饭吧。"

母亲带来的是泡菜和炖鱼肠，盛在濑户的多层饭盒中。我背对着柏油马路用餐，没有茶水，也没有酱汤。只听得钢笔铺的大姐高声喊着：

"哎！快来看一看啦，稀世珍品哪！您握在手中细细瞧……"

我的眼中突然流出了咸涩的泪水。我听见妈妈小声哼唱富于时代感的往日歌谣，她是为如今的生活高兴，总算松了一口气。倘若九州的继父也时来运转，母亲就不是小声唱歌而是要手舞足蹈了。

(四月 × 日)

街上的姑娘们围着薄软的披巾，好似流水。我也想要一条那样的披巾。四月里，洋货店的窗饰也令人目眩。窗饰上镶金、镶银，还饰有樱花。

> 一望无际的樱花枝头，
> 染上了淡淡的血色；
> 枝头垂悬的花色丝带，
> 抽引出热情的机运。

年轻人热衷肥皂剧，
却无法填饱肚子；
舞女们赤裸美丽的胴体，
谁说是樱花的罪过？

爱情就要专一，
情义却须两分；
蓝天衬着樱花烂漫，
生命的绿树常青；
奇妙的丝线捯无尽头，
终端是女人的裸唇。

贫穷的姑娘们
一到夜晚，
把芳唇像水果一样
抛向天空。

桃色的樱花染红蓝天，
那是弱女们无奈的飞吻；
然而芳唇留下的印迹，
却无人再去理睬。

我一心想着攒够买披巾的钱，想得好累，便去看了一

场打折的电影。片名是《铁路的白蔷薇》[1]，味同嚼蜡。归途突然下起雨来，离开小屋便一路跑回店里。母亲在归置铺席。我们像往常一样背着行李去了车站。车站里异常热闹。赏花归来金鱼般花枝招展的小姐们，绅士们，夜幕的车站到处是人，人们飘来飘去，犹若海藻。我和母亲拨开人群上了夜行的电车。突然间大雨倾盆。感觉真好。下吧。下吧。把樱花统统打落才好。我把脸颊贴在黑暗的车窗上往外瞧，却发现玻璃窗上映出了母亲的身影，她像孩子一样晃悠悠孤寂地站在那里。

我觉得电车中也充满了恶意。

九州方面杳无音讯。

(四月 × 日)

我独自一人夜里开店。母亲淋雨受了风寒。书店里有许多墨迹未干的新书。真想买几本。道玄坂的马路，泥泞得像饺子馅。连阴雨把我困了一天，晚上说什么也得卖点儿钱。在黏糊糊掺杂各种色彩的街市，营业的只有我和胶鞋店。女人们瞅见我这副惨样儿，窃笑着走过去。我瞪视着那些女人，心想：笑个屁！是我的胭脂抹多了，还是发型不对？女人真是没有同情心的东西。

天气晴朗了，道路却还泥泞。相邻的假发店白天开业。

---

[1] 法国导演阿贝尔·冈斯（Abel Gance）的作品。

老板不停地发着牢骚,说是场租涨了两分钱。中午吃了两碗面条。一个学生进来,买走了五件商品(一角六分)。今天我得早点关店去草场进货。归途,一角钱买了条烤鲫鱼。

回到家中,母亲躺在床上说:

"小安被电车轧了,正在抢救……"

我背着一包物品呆住了。母亲四下里搜寻那张记着医院地址的纸条,说是午后小安家的来通知的。

晚上,我去了草场小安家。年轻的老板娘哭肿了眼睛。她刚从医院回来。我拿了几件新衣,放下钱便离开了。我觉得这世界充满了种种裂隙。小安夫妇昨天还好好的,身心健康地踩踏缝纫机。我倚在电车的车窗上,早已无心观赏什么春天和盛开的樱花,只是直勾勾一味盯着赤坂城河的灯火。

(四月 × 日)

父亲总算来了一封长长的书信。说是遇上连阴雨,过着食不果腹的生活。母亲说,快把花瓶里藏的十四元钱统统寄过去吧。我急忙赶到邮政局。明天刮的是明日的风。安君死后,那种轻便的大裤衩自然断了货。我们已精疲力竭,只觉得一切都变得麻烦起来。

十四元钱寄到了九州。

"我们住三铺席的房间就够了。六铺席出租不好吗?"

对！出租，出租。我大喜过望。像孩子一样在纸上写满了"出租房屋"，拿去贴在鸣子坂路口的墙上、电线杆上。这些日子，白天黑夜总想着死。真他妈的！有时扑哧笑了，想买五升米。母亲也出主意，不行就去附近的洗衣房打工？我也奇怪，最近那些招募女侍和艺妓的广告怎么那么扎眼。我坐在过廊里晒太阳，看得见黑土上的游丝冉冉升腾。再过几日就是五月了。我的生日便在五月。母亲将洗净的小邮票一张张粘贴在歪斜的玻璃窗上。像是突然想起了什么，说道：

"明年你的运势一定转好。因为今年你和你爹诸事不顺……"

明年开始，真的是诸事不顺的尽头吗？哪有什么狗屁运势。老妈你瞧，我的霉运可是一个接着一个呀！

不过我还是买了一条腰带。

（五月 × 日）

我们的房子太脏，至今没人来租。母亲抱回一棵大白菜，说是菜店的老板赊给她的。看见大白菜，我就想起刚出油锅的炸猪排。我躺在空荡的房间中仰望屋顶，突然间产生了一个快乐的想法：要是变成一只小老鼠多好！到处乱咬一气，想吃什么就吃什么。晚上，母亲与我商量，说在浴池听人说起家庭短工的事，问我能不能做。没准儿倒是个办法。可我天性粗野。对我来说，到有钱人家里点头哈腰，真会比剖腹自杀还痛苦。我看着妈妈那副歉疚的样子，眼泪止不住地流淌。

这不是腹内空空还要硬撑好汉的时候。从明天开始，从现在开始，我们就要断顿了。唉！也不知那十四元是否寄到了九州。我开始厌弃东京。爸爸快点儿发财就好了。管它是九州还是四国。夜里，母亲舔着铅笔给父亲写信。看着这般景象，我又开始胡思乱想，怎么没人花钱买我呢？

(五月 × 日)

清晨起床后，木屐已刷洗干净。

多么可爱的母亲！我来到大久保百人町妇女短工协会，两位中年妇女正在店里缝衣服。也许是人手不够，那家的主人也搭把手。他给我写了一张便条，又给我一张地图。据说我的工作是给医药专业的学生当助手。——走在路上，我心花怒放。我顶着五月的尘埃，跨过新宿的天桥，然后乘上市内电车。我望着街区的风景，恍惚中仿佛遍地都是天下太平的彩旗。我眼中的这条街道，似乎从来没有发生过苦难事件。我想买什么就有什么，对着电车的车窗，歪着头理了理我的桃分髻[1]。到了木材町，走到宅区的小路尽头，便是我要去的人家。

---

[1] 明治中期开始流行的一种少女发型，由银杏髻演变而来，因形状类似裂开的桃子而得名。

"有人吗？"

嘀！好大的宅邸。在这样的大户人家当助手……？我木然地站在门口，几次想要打道回府。

"你是打短工的吗？短工协会刚来电话。来这么晚，少爷生气了。"

我来到一间西洋式的狭小客厅。墙上贴着褪色的画，是米勒[1]的《晚钟》。我对这里的一切都没有兴趣，想坐又不知该坐在哪里，只觉得浑身瘫软。

"让您久等了。"

据说，少爷的父亲是日本桥的药商。我的工作索然乏味，负责整理药品的样本。

"最近我的工作很忙，你就是帮我抄抄写写。大约一周以后，我要去三浦三崎方面做研究。你能来吗？"

少爷看起来二十四五岁。我总是看不准年轻男人的年龄，因而死勾勾地盯住大个子少爷的那张脸。

"要不别干短工了，每天来吧。"

我心中暗暗高兴。我也不想干短工，让人感到自己是一件商品。于是说定了一个月三十五元月薪。桌上摆着沏好的红茶和西点，令我想起少女时代礼拜教堂的情景。

"你多大了？"

---

[1] 让·弗朗索瓦·米勒（1814—1875），法国巴比松派画家。他以写实手法描绘的乡村风俗画闻名法国画坛，被认为是写实主义艺术运动的代表之一。代表作有《拾穗》《晚钟》等。

"二十一。"

"怎么还像个孩子?"

我觉得脸上在发烧。太棒了!每个月都有三十五元。真有此等好事?别高兴得太早。回到家里,母亲收到冈山祖母病危的电报。祖母与我和母亲都没有血缘关系,她是继父的母亲,一直在乡村的编织厂里做工。多可怜哪。说什么也得回去一趟。四五天前才给九州的父亲寄过钱,今天要走,又得厚着脸皮去借钱。四月的房租还欠着呢。我和母亲又去找房东商量。总算借到了十元。我们得多还一些利息。剩饭剩菜装在饭盒中,塞进大包袱。——单身旅行的夜行列车,给人以孤寂的感觉。况且母亲老了,不想这样蓬头垢面返回父亲的故里。然而母女俩穷途末路,只好默默地爬上列车。票是直达冈山的。昏暗的灯光下,下关方面的急行快车吞没了众多的送行客。

"四五天就能预支,领了就给您寄。打起精神……别这样没精打采的。"

母亲像个孩子似的流泪。

"别傻了。火车票横竖都得出。您就去安心照顾祖母吧。"

火车走了。我却无缘无故地悲从中来。眼前一阵眩晕。我绕过国营电车,走到东京站前的广场。脸上许久不涂胭脂,皮肤火辣辣地疼。浑蛋!眼泪止不住地流淌。信徒呀!真有救世主吗?远远传来救世军的军乐声。什么叫作信仰呢?我什么也不相信。不论是耶稣基督还是释迦牟尼,穷人哪有时间去信那些。宗教又是什么呢?那些人在街上吹喇叭，因为他们不愁吃喝。信徒啊……？我才不喜欢那阴郁的曲调。我喜欢春天里的生命之歌。甚至想在华丽的银座大街上，咯出我历尽磨难的胃血，然后一头撞向贵族们的豪华轿车。亲爱的妈妈，你该到户冢、藤泽了吧。你在三等车厢的角落里想什么呢？这会儿又该到了哪儿？我的三十五元要能长久该多好。护城河边的帝国剧场彩灯闪耀。我却空想着火车驶过的路线。周围的一切给人以祥和之感。天下太平。

*　*　*

(十一月 × 日)

我的工作，便是每日在玩具上涂抹赛璐珞。身旁的女工们总在哼唱"离别俗世进深山"[1]的黄色小曲。时至今日，我已在这里做了四个月，日薪七角五分。经我之手上色的蝴蝶发卡，转眼间变得美妙可爱。如今那些艺术品散失到何处去了呢？千代姑娘来自日暮里的金杉，据说父亲是个弹三味线的，姐弟六人挤在一间陋室之中。她告诉我："要是我和父亲不工作，全家都得饿死……"千代歪着头，面色苍白，孤寂地往蝴蝶上面涂抹红色。这家小赛璐珞工厂有女工二十

---

[1] 明治二十年（1887）前后流行全日本的花柳巷小曲。

人，男工十五人。女工们毫无生气，好似冷铅。可是从她们手中却诞生了顽皮的裸体偶娃，还有夜市店铺里的各类发卡。每天各色各样下层阶级爱用的初级制品，在我们手中像洪水一样地流向市场。早上七点至下午五点，我们周围堆满了水煮鱿鱼色的赛璐珞蝴蝶和裸体偶娃。下班之前，我们每天都埋没在散发着胶皮臭味的各类制品中，甚至连抬头望望窗外的时间都没有。办公室会计的太太是监工，一看到我们露出倦意，马上就吆喝过来。

"快干。别磨蹭。"

哼，你不是和我们一样的女工吗？供货部的男工见那女人一到，便伸出舌头哄笑："我们可不是机器呀。"每天五点之后的二十分钟算是白干。等到装着日薪袋的小竹篓一出现，我们便呼啦啦开始了激烈的争夺战，一个个拼命搜寻自己的工资袋。——傍晚，女工们连腰带都顾不上解开，又呼啦啦拥出了厂门。这时千代追上来说：

"哎，你今天不去市场么？我去买今晚的蔬菜……"

我和千代手里都捧着八分钱一碟的秋刀鱼。鱼身上闪耀着青色的油光，刺鼻的鱼腥味直抵胃囊。

"走在这条路上，你感觉愉快吗？"

"是呀，真的如释重负。"

"唉！可我真羡慕你是一个人。"

我突然看见美丽的千代发束中积攒了白色的尘垢，一股愤怒油然而生。我恨不得放一把火烧掉满街的奢华，烧掉这一切。

（十一月×日）

为什么？

为什么？

为什么我们永远要过这种浑蛋的生活？一天到晚，都在赛璐珞的臭味中过着赛璐珞的生活。我们一天到晚像蛴螬[1]一样窝憋在歪歪斜斜没有阳光的厂房中，整日涂抹着三种原色，被人无情地榨取着无限的时间以及青春与健康。望着年轻的姑娘们面如土色，我不禁充满了悲哀。

可是话分两说，当我想到穷人家的孩子们像过节一样，头上戴着我们制作的偶人和蝴蝶发卡时，黑窗下的我们又展露出一丝微笑。

在我仅仅两铺席的房间里，为我尽职的只有砂锅、瓷碗、纸壳箱做的米柜和衣柜，还有一张小桌子。它们仿佛是我一生的负债。歪七扭八的被褥上闪耀着天窗洒下的朝阳，细纱一般的尘埃不断流泻到我的脸上。所谓革命，究竟是何处刮来的清风……那么多甜言蜜语。日本的自由主义者啊！日本的社会主义者又在空想着何等的童话故事？

米糕一样柔软的婴儿们，有的一出生就裹在绸缎的襁褓

---

[1] 金龟子的幼虫。一寸多长，圆筒形，白色，身上有褐色毛，生活在土里，吃农作物的根茎。

中，有的则裹于棉布之中。究竟要给他们制造多大的差别？

"你今天不去工厂上班吗？"

老板娘敲敲拉门喊道。我哑了哑嘴，双手笨重地插在后脑下，眼泪就要掉下来。我正在考虑一件重大的事情。

母亲来了一封信。

——我的风湿痛犯了，能否寄来五角钱？我一直在家里，期待你和你爹快些过来。可你爹他捎信来说，好像没有指望。现在听说你的境况也不太好，我觉得活着真苦。母亲的字迹笨拙。最后是"母亲"的字样。我的心中涌出一股爱怜，真想搂住妈妈拍拍她。

"莫非妈妈的身体欠安？"

松田是位印刷工，在这制衣店中租了和我一样的房间。他总是毫不客气地拉开门进屋。松田身材矮小，长发及肩，却像个十四五岁的孩子。他身上的一些毛病让我由衷地厌恶。有时我望着屋顶想心事，背转身就被他用被子蒙住了头。他的优点是与人亲热。但我见到他，却每每产生忧郁和不快。

"要紧吗？"

"嗯，说是浑身关节痛。"

前厅里，阿叔像在缝制店里出卖的工作服。吱……缝纫机声音刺耳。

"要是能有六十块钱，两人就能过得很好。你真是铁石心肠的女人。"

松田像石头一样坐在我枕旁，将他的脸凑近我的脸。他的脸色阴暗，好像青苔。我感觉到强烈的男人气息，眼泪像雾一样地升腾。从小到大，还没有一个男人这么温柔地抚慰过我。他们只知道让我干活儿，而后像烟蒂一样地扔掉。我有时也想，索性跟了这个男人，找间狭小的陋屋养儿育女算了。但又觉得太凄惨。看着这个男人，十分钟便令人作呕。

"对不起，我不太舒服。你离我远点。我懒得说话。"

"那你就别去工厂了。一切，我都会安排好的。就算你不肯嫁给我，我也感到高兴。"

唉！这个世界多么别扭——

夜晚。

我出去买了一升米，顺便提溜着挎包去逢初桥逛夜市。许久不来这里。一路上有剪花店、俄式面包店、豆馅烤饼店、干鱼店、菜铺和旧书店。

（十二月×日）

咦？街上的景象像是圣诞节。救世军的慈善锅、彩窗上的吐绶鸡和报纸、杂志等，一股脑儿泛滥街头，广告的招贴与小旗也铺天盖地。

夜幕降临，列车疾驰而过，窗外刮着风。污秽的墙壁上挂着块黑板，上面写着"效率第一"。在那块黑板上，二十位女工的涂色产量，成了天气预报一样每天改变的数字，严酷地胁迫着我们。我们每人每天的定额是三百五十件。完不成定额，当天的工资袋上便会贴上各种小纸条，通知你减薪五分、一角的不同数目。

"真讨厌啊……"

女工一溜儿排坐，好像竹篱。同样是涂色，可有的人动作十分滑稽，宛若杜米埃[1]的漫画一般。

"简直是把人当作尘土。"

时钟敲响了五下，工作顺利进行，可装着日薪的口袋却迟迟不见送来。年龄最小的阿光去厕所，由那儿看见窗外会计的老婆带着老板的小孩子们，四点前后就驾车上了街。女工们仍在劳作。阿光那么一说，她们便哇啦哇啦嚷开了。有的说是去看戏，有的说是去买过年的衣服。

七点半。

从早干到晚，每天也只能拿到六角钱的报酬。我把砂锅坐到炉子上，桌上摆上碗筷。此时我对人生才有了深切的感受。那些一天到晚牢骚满腹的人，我真想掴他一记耳光。煮饭间隙，我在寄给母亲的信中装了五张五角钱的粉色纸币。那是我积存多日的储蓄。我正空想，大概不会再有其他开销了吧，谁知马上又得去交五元房租。两铺席的一间小屋，居然要五元。工作一天要吃两升米，平均六角钱。我想象着以前在酒馆里那般神魂颠倒的日子。我瞅着墙上下水多次的棉绸衣物。索然寡味。它们和我一样精疲力竭，世界给人以空无之感。危险！危险！危险的懒惰。如果怀抱一颗炸

---

[1] 奥诺雷·杜米埃（1808—1879），法国画家、雕塑家和版画家，被誉为"19世纪最伟大的讽刺画家"和"带有蜡笔的莫里哀"。

弹，我将毫不犹豫地扔出去。这样的一个女人窝窝囊囊地活着，不如早点儿死了的好。我在热腾腾的米饭上，盖浇了昨晚的秋刀鱼。我大口地往嘴里扒饭，活着也不全是糟糕的事。我瞅了瞅包过咸菜的旧报纸，上面写着北海道尚有数不胜数的荒地。我又冒出了新的幻想。若能在那块蛮荒之地建设我们的理想国，该是多么愉快的事情！也许你会唱"鸽子咕咕"的歌谣。也许向着和平飞翔会成为流行的歌曲。——由澡堂回家，在昏暗的小路口遇上了松田。我默默不语地从他身旁走过。

(十二月 × 日)

"你这是死要面子活受罪。松田情愿借给你，你又何苦不要？其实我们家的房钱是不能拖欠的。"

一见这位头发稀落的老板娘，我就恨不能马上搬出这个家。出门简直是一场战争。我急匆匆地走向根津大道。松田总在酒店的邮筒旁边等我，装作寄发明信片。他笑容可掬，的确是个好人。可我不知是哪根筋不对，见了他就想呕吐。

"什么都别说，让我把钱借给你吧。好吗？我情愿送给你这点儿钱。可你总这样。怎么办好呢？"

松田说完，要将一个叠得规规整整的纸包掖在我和服的腰包里。我身着一套少女穿的老式和服，突然感到好失脸面，便一把甩开松田上了电车。我不知道自己要去哪里。乘上反向的电车，到了寒冷的上野站。我踩着自己孤寂的身影无精打采地下了车。佣工介绍所高悬的广告灯好像狂人,在风中凄然地摇摆,宛若失事的船只在发信号。

"你想做什么?"

掌柜的像个皮条客。冷不丁被他一问,我紧张地咽了口唾沫,抬头仰望着商品一般的寻佣广告。

"大姐,您可想好了,好活儿孬活儿,怎么着都是一辈子。"

掌柜直勾勾地瞅着我,眯缝着眼睛仿佛在估摸我这没有披肩的穷酸女人价值多少。我说自己希望去下谷的寿司店当女招待。他一口应承。一元的手续费还价到五角。我接过钱向公园走去。天空阴沉,好像要下雪。可街头长椅上的流浪汉却呼呼大睡,鼾声清朗。西乡隆盛的铜像伫立于彼,说来也是浪人战争[1]的历史遗迹。我和他们该是同路人。难道不再眷恋鹿儿岛?还有雾岛山、樱岛和城山。那是热茶加温酒的美味季节。

> 你和我夜不蔽寒。
> 你和我贫穷不堪。
> 日间去了工厂。
> 生活真辛苦。

---

[1] 明治维新前后,由意欲脱藩的浪人挑起的战争。

(十二月×日)

松田昨夜煞费苦心,将钱塞进我桌子的抽屉里。怎么办呢?借下付房钱?弱者呀,你的名字是贫穷!

　　日日勤劳作,
　　心中仅有的期盼,
　　归家鸡鸣早。

这是石川啄木的一首短歌,吟咏归家的愉快。我从工厂回到家中,两条腿已累成木棒。我拼命在两张铺席上伸展双腿,并打着大大的呵欠。那才是我唯一的快活。我偷偷带回一只两寸长短的小偶人,放在我的碗橱上。偶人的眼神、须发都是我亲自描画的,它是我生下的孩子。晚饭吃的是冷饭酱汤,孤寂难耐。

松田大声干咳着走过我窗下,由厨房径直进了屋。

"吃什么饭?哎,你等一等,我去买点儿肉来。"

松田和我一样也是自己开伙。生活过得十分节俭。煤油炉噗噗……煮肉的香味馋得我涎水直流。"喂,你来切洋葱好吗?"哼,昨日擅自到人家房间拉开抽屉,塞了区区十元钱,今天就若无其事地指使别人切洋葱。我要是恬不知耻地依了他,那多没劲。远处传来捣年糕的巨大声响。我一言不发,在屋里咔哧咔哧地啃萝卜干,厨房传出咔咔咔切洋葱的单调声响。"哎呀。帮你切吧。"沉默不语也不好受,我打开拉门,接过松田手中的菜刀。

"昨晚谢谢了。五元钱付给老板娘,余下的五元还给你。"

松田并不答话,他由竹皮中剥出鲜红欲滴的肉片下入砂锅。偶然抬起头,只见松田那扭曲的脸上,闪动着一颗小小的泪珠。里院的屋里又在玩纸牌了。老板娘总是歇斯底里地厉声叫嚷,尖厉的嗓音穿透天花板。松田在淘米,依旧一言不发。

"哎呀!饭还没有蒸上吗?"

"我以为你吃过饭了,只想快点儿把肉炸出来。"

松田把肉分在我的西式餐碟中,我无法描述当时吃肉的感觉。脑海中浮现各种各样的形象,个个都不堪入目。我觉得与松田结婚倒也无妨。晚饭之后,我第一次去松田的屋里消磨时光。

松田小心翼翼地打开报纸,将里面的年糕取出来放入竹筐。沉静之中,我的心情突然又一落千丈,甚至比以前更加糟糕。我怅怅地返回房间。

"寿司店也没意思……"

屋外狂风大作。小偶人呀,快变成一只和平鸽。狂风肆虐。暴风雪吹吧,咆哮吧。

***

(四月×日)

地球啊，裂作两半吧！我像一只黑猫似的哀嚎。过往的行人横眉冷对，只劝我"安静点""安静点"。早晨起床，我还是那样孤寂难耐，呆呆望着薄墙上挂着的黑色洋伞。那洋伞显现出种种变形。今天，这男人和往常一样踯躅在晴朗的樱花小道。他跟在身后，絮絮叨叨背台词似的唤我"同志"，挎住我的手像伴着年轻的女伶。我始终如一背对着他。瞅着一旁昏睡的男人的头发，我突然产生奇怪的想法，要是把这被袋口扎起来，会出现什么景象呢？要是放一把手枪在他面前，他一定会抱头鼠窜。你充其量不过是个戏子嘛。一个知识分子马屁精。咱们是同志？真是可笑。让我恶心。我这不是已经伸出了双手嘛。把你那黑挎包里的两千日元存折和情书，统统拿出来吧。

"我快没饭吃啦。也想找个人将就着……但我是个洁身自好的人呀。"

我真傻。容易上男人当的女人。

听他那么一说，我竟潸然泪下，说好去街上找点活儿干。四五天来，我在街上四下打听需要帮佣的人家。回到家里，便像鱼肠似的精疲力竭……可是这个骗子！昨晚偷偷瞅了一眼那终日紧锁的黑包，居然有两千元的金额！那么多钱，还说什么我们无产阶级。我像个傻瓜一样流了那么多美丽的眼泪。两千日元，再伴个年轻的女伶。要是我，能活多长时间哪！

（唉！这浮世真是充满了苦难。）

这样睡在一起，倒也是圆满的夫妇。可我无法忍受那冷漠的接吻。你的体臭之中，充满你相伴七年的发妻和年轻女伶的气息。你怀揣着那些女人的情欲，又做戏般地将手臂勾缠在我的颈下。

哼！倒不如做个卖淫妇，没准儿更加轻松自在。我跳起身一脚踢在男人的枕头上。骗子！男人像炭块一样分崩离析。四月的明朗天空啊！山花烂漫。在地球以外的星际间，却刮着飒飒的热风。无影无形的呼唤声在四月的天空中回荡。逃亡吧！去一个无人知晓的地方劳作。茫茫的雾霭中我看见神在召唤。天神的手臂漆黑漆黑。

(四月×日)

我怀恋着初逢的慰藉；
我忍受着其后的谎言；一而再再，我无法割舍……
可恨的烦恼啊！我是女人。只好痛苦地以泪洗面。

夜晚来临，
鸡肝和焰火散落。
各位注意！
男人的末日姗姗来迟。

一刀两断的男人肠道，

鳝鱼在缓缓游动。

臭气熏天的夜晚

孑然一身。窃贼入室啦！

我这样的贫困女人，吓跑了所有男人。

啊！漆黑夜晚笼罩住我的脸颊。

我走在土路上，凝视地面，像病犬一样地战栗着，心中涌出深深的孤寂。浑蛋！为什么会这样？我走在美丽的街道上，像野狗一样彷徨……我要出卖自己。谁会买我呢？没有办法。缘分已尽。我只有和这个男人淡淡地分手……窗外无名大树的弯枝上，白色的花瓣散落一地。白色的小蝴蝶结群飞舞。地面散发出馥郁的香气。黄昏，月光照在屋檐上，檐下传来背诵台词的声音。突然，少女时代的回忆像花香一样扑面而来。我真想大声对着月儿呼喊，好男儿何处之有？这个男人练习的剧目，是艺术座的须磨子[1]曾经演过的《剃刀》。少女时代，我在九州的小戏院看过她出演的《剃刀》。须磨子的喀秋莎也演得好。那已是好久以前的事了。男人亦年近四十。"艺人最好还是找艺人妻子。"灯光映衬出独自演练台词的男人身影。我不由得起了恻隐之心，觉得他也怪可

---

[1] 松井须磨子（1886—1919），在托尔斯泰的《复活》中出演喀秋莎，歌曲《喀秋莎》亦因此在日本流行。

怜的。紫色灯罩下翻阅台本的男人侧影，像缩小的镜头一般在我的眼前远去。

"每一次巡演，我都和她住一起，帮她拿包……可那娘们儿却背着我，穿着睡衣悄悄钻进狗男人的房间。"

"我记得，逗那女人大哭挺有意思。我揍了她。她竟如橡胶弹起一般，铆足了劲儿大哭起来。我看了好生爽快。"

我俩走到檐下，男人关了灯，给我讲述厮守七年最后分手的女人的故事。我被完全忘置圈外，成了一个登场人物。男人茫然地望着夜空。突然一个声音在耳边回响——这个男人也不行！一群怪人在那里哄笑。我忧伤时则会挠我的脚心。我在自言自语的男人身边，对着月光悄悄照镜子。脸上的浓眉，旋涡似的骨碌碌旋转起来。整个世界都像月夜这般明媚该多好哇！

"说不出理由，一个人过……不管怎样，就是想一个人生活。"

男人突然醒过神来，喘着粗气，泪如雨下。他不想分手，想把我拥在怀中，孤愁地流着眼泪。我却怀疑这又是自私自利的做戏。我站起身说道——忙着呢，便将男人扔在了二楼。我走出门，去向动坂町。爱和谁过，就和谁过吧。我闯进不大的临时剧场，要了瓶中国酒。我要忘掉那无聊男人给我的旅愁。

(四月×日)

在街上的十字路口,我和我男人像路人一样漠然分手。男人创立了一个业余的小剧团,每天都去泷川的排演场。

就从今日起,又得外出做工了。老让男人养着比吃泥还难受。本想找份体面的工作,不料找到的职位却是牛肉饭馆里的女招待。"喂,来一块里脊肉。"我咚咚地爬上梯子,忍不住想唱那首美丽的歌谣。大厅里群聚的这些面孔像美妙的电影。我端着盛肉的盘子上楼下楼,前胸腰带里的小费也越来越多。房间里充溢着煮肉的香味。哪有贫穷的影子?而上下几趟之后,我累得腰酸腿痛。"再过两三天,就会习惯的。"扎着发髻的女领班阿杉,看见我在没人处捶腰,这样安慰道。

时针已指着十二点,店里生意仍旧红火。我得回家呀。却全无下班的迹象。除了我和阿满,其他人都住在店里。余下的客人便扎成一堆儿,若无其事地吩咐我们做这做那。
"阿满,我要水果……"
"嗨,我要鸭肉汤面……"
这群野兽,没完没了地哄笑、吃喝。时间无限地延长,我焦急万分。好不容易混到了下班,出门已将近一点。不知是不是店里的时钟慢了,市内的末班电车早已过去。我算了算从神田至田端的路程,悲哀、失望地坐在地上。街灯一盏盏熄灭，像鬼火。无奈我只有上路，心中却惴惴不安。走到上野公园，我已经精疲力竭，走不动了。夜里的凉风裹着雨气，将我的旧式发型两鬓吹拂得像鸟翅一样呼扇。我凝视着忽明忽灭的仁丹广告灯，茫然地瞅瞅大路。不管是谁，难道真的无人与我相伴？

我痛苦无比，难道必须向他吐露真情？突然，一个身着半截儿工匠坎肩的男人，骑着自行车一溜烟在我面前闪过。我也顾不上许多，追上去大声喊道：

"你是去八重垣町方向吗？"

"唉，是的。"

"对不起，我回田端，您能捎我一段吗？"

我使尽了浑身解数，像小狗摆尾似的贴到工匠身边。

"我也是做工晚了。你若放心，就坐我车子后面吧。"

这会儿还有什么不放心的。我将折断的木屐捏在手中，掖起下摆便坐上自行车的货架。我用力扶着穿坎肩的人的肩头。奇妙的深夜搭车女。突然间觉得自己好可笑，眼泪哗哗地流。但愿平安到家。我真该做做祈祷。

坎肩人身上的白字夜晚也醒目。看到"染铺"二字，我便放下心来。我恢复了元气，脸上露出自然的笑容。在根津路口，我告别了好心的匠人，竟然唱起歌来匆匆赶路。歌名是《飘飘》。我就像一件物品，投靠在冷漠的男人身旁……

(四月 × 日)

故乡送来满是潮汐腥味的棉被。我将它晾在阳光灿烂的屋檐下。不由得吟唱起爸爸、妈妈的歌。

今晚有市民剧院的公演。男人早就拿着化妆盒和戏装出了门。我像一盆久旱无水的花卉,怀着干枯的热情,由二楼的窗口目送男人匆匆忙忙的背影。傍晚我也去了四谷的三轮会馆,场内已经挤满了人。舞台照例上演《剃刀》。男人的弟弟眼力好,发现我后眨巴着眼睛问,大姐怎么不去后台?弟弟是木工,人品好,与其兄生活在截然不同的世界中。

舞台上演着粗野夫妇吵架。啊,就是那个女人,就是那个女演员。瞧那得意忘形的说话神态。我无奈地感到一种女人的嫉妒。男人身上裹着的是平日和我睡觉时穿的睡衣,今晨开了线,咧着两寸来长的口子,可我硬是没给他缝。这种沾沾自喜的男人,真让人受不了。

我不住地打着喷嚏,突然产生了回家的念头,便和两三位诗人朋友走到了温暖的户外。在这样一个美好的夜晚,如果脱光了衣服赛跑,一定很愉快。

(四月 × 日)

"我发电报给你,你就回来吧。"哼。这男人还在扯谎。我觉得窝心。要了十五元钱,便匆匆赶往熟悉的车站。

我要回那散发着潮汐腥味的故乡。啊！一切都让它过去吧。对我毫无用处。临走前，男人和我在精养轩的白桌前搞了小小告别宴。日本料理。

"我想在家玩一段日子。"

"这样离别，一定会想你的，只是无能为力。如今的我已经麻木，真的不晓得怎样才能阻止你。"

上了火车，我突然想抽支香烟。我在站里的小店买了五六只青色珐琅盘，然后在列车的窗口和他冷冷地握了握手。

"再见。注意身体。"

"谢谢……保重……"

我紧紧地闭起双眼，睁开眼时，泪水一下子涌了出来。我坐在开往明石的三等车厢角落里，没带任何行李。我把双腿无拘无束地摊在地上，任由眼泪不尽地流淌。我突然想，路上要是有什么好玩的地方，不妨下去看看。我目不转睛地仰脸望着头顶悬挂的铁路地图，一个一个地数着站名。我想去一处完全陌生的地方。静冈？还是名古屋？可是真要去又觉得心中无底。我倚在黑暗中的车窗上，观望那一晃而过的万家灯火。忽然又发现，黑暗中的车窗像似一面镜子，把我的面容清晰地映现出来。

诀别男人！
我心中的孩子们挥动红旗。
为何那般高兴？
其实哪儿都不想去，

只想和大家挥动红旗,
生活在一起。
大家都出来呀。
一起堆石头玩儿。
然后把我高高抬起,
放在那石城之上。

啊呀别哭!不就是诀别男人嘛。
用力地挥动红旗吧。
贫穷的女王归来了。

车窗外漆黑一片。列车劈开窗外的风景疾驶。我像一块咸肉似的,眼睛、鼻子、嘴巴都贴在玻璃窗上,嘤嘤哭泣。

从今以后,我究竟到何处安身呢?……每到一处车站,都听见商贩的叫卖。我总是心中一惊,睁开眼睛。唉!人活着怎么这样难呢?我想索性做个乞丐,天南地北地四处流浪,没准儿还别有情趣。我沉浸在孩子般的空想中,时哭时笑时而做鬼脸。无意间一看窗户,还是我那奇妙而多变的面容。咦!我奇怪竟有这么有趣的活法。我在硬硬的椅垫上坐好,开始饶有趣味地凝视自己久违的、可怜的百变面容。

＊＊＊

（五月 × 日）

  我的恋人是释迦,
  亲吻微凉的嘴唇;
  心醉神迷,
  啊呀大不敬。

  罪过罪过,
  缓缓的血潮
  逆向流动。

  平静中驱除
  心灵的憎恨,
  释迦的举止将我的灵魂完全摄取。

  释迦佛祖!
  怎样才能减轻你的诱惑?
  我内心惊惧,仿佛触动了蜂巢。

  我无用的心脏,
  释迦佛祖啊!
  南无阿弥陀佛的无常。

教我怎样参悟？

你的举止似无边烈焰，

飞溅入我的心中。

南无阿弥陀佛释迦佛祖！

请你紧紧地抱住

这浸透了俗世污秽的

女人的头颅。

那是一个寂寞难耐的日子。近乎疯狂。也许是因为天气的缘故。大雨拼命地下，从早下到晚，晚上突然又刮起了大风，我的肉体和心灵感到了阵阵刺痛。我写了那样一首诗，贴在屋里的墙上，可是心中却没有丝毫愉悦。

——你好了吗？能速归否？

奇怪。蓝色的松软电报纸，总是浮现在我的脑际。

浑蛋！浑蛋！浑蛋！大浑蛋！我真想千遍万遍地嘶喊咒骂。万般苦闷。在高松的客栈中，我真的收到了他的电报。我欣喜得热泪横流。当时，我抱着满满一大包土特产回到田端的娘家。可为何时隔不过半月，便再度分居了呢？我让男人预付两个月房租，好轻松自在地住段日子。不料男人却像金鱼似的摇着尾巴，搬到了本乡的公寓。我抱上昨日洗好的所有衣物，会见恋人般悄悄跟到男人的公寓，爬上宽大的楼梯。哇！当时的我就想有一架飞艇。在那个开始掌灯的清爽房间里，我看见那个男人——曾经倚着我胸膛哭泣的男人，居然和那个扎着桃分髻的女伶像鱼一样纠缠一处。我跑下阴暗的走廊，眼里充满了泪水。我感到无法忍受的痛苦，整个脸部，整个身体，僵硬得像铁丝制成的人偶……

"啊……"

我像个顽童一样天真地哄笑。痛苦的眼睛盯住桌子腿。打那之后直至今日，我茫然地奔波在已经乱七八糟的世界上。

"吻我一下吧！一角五分钱。"

酒馆里撒娇的丑态，亦残留在记忆之中。

男人统统是浑蛋！我的愤怒无法抑制，恨不能用脚踹，将他们踩在脚下。我借酒浇愁，将威士忌和日本酒勾兑起来喝。我是一个可怜虫。此时，我却静静地倾听着屋外的雨声，一动不动地躺在床上。我想象着这会儿，在晚风吹拂的蚊帐里，他一定又和那个女伶相依相拥……想到这儿，我就想乘坐飞艇，或者是投掷炸弹。

我时而一醉方休，时而粒米不进，身体虚弱不堪。我摇摇晃晃地站起来，把所有的米倒进饭锅里，走到水井边。楼下的人都洗澡去了，我无所顾忌地放大声响，哗啦哗啦地洗米。背上淋着雨，下面的水一个劲儿地流泻，我独自领受着水流过手的快感。

（六月 × 日）

清晨。

天空晴朗。打开窗户，一群白色的蝴蝶像雪花一样飞舞。这个季节的男性气息令我惊叹。云彩流动着白色和蓝色。我觉得必须找份像样的工作。我倒掉火盆里乱七八糟的烟蒂，又觉得屋檐下独身女人的生活也不错。朦胧的心情，呼吸着清晨蓝色的新鲜空气，神清气爽。然而期待已久的邮差，送来的却是当铺破产的通知。真让人败兴。本来应有四元四角钱利息，这下泡汤了。我要上街。藏蓝和服上系着黄背带。我转动着阳伞，像个幸福的小姑娘。我没有地方去，总去旧书店。

"阿叔，今天买本贵点儿的，要出远门……"

动坂旧书店的阿叔是个老好人，总在皱纹中掩藏着和善的微笑。我把书递过去，他双手捧在手里看。

"这是畅销书，几天就卖完了。"

"噢……施蒂纳的《自我论》[1]？一块钱吧。"

我将两枚五角钱银币放在他手心。他往自己的左右袖筒里一边装了一枚，然后走到阳光强烈的室外，像往常一样走进了饭屋。

我心里想，唉，什么时候才能像普通人一样，围在舒适的饭桌旁悠闲地吃饭呢？一两篇童话，无法满足我的愿望。酒吧之类的工作又容易堕落。靠男人吃饭并不好受。还是卖

---

[1] 麦克斯·施蒂纳（1806—1856），德国后黑格尔主义哲学家，主要研究黑格尔派的社会异化和自我意识概念。他通常被视为虚无主义、存在主义、精神分析理论、后现代主义和个人无政府主义的先驱者，代表作为《唯一者及其所有物》，日文版译作《自我论》。

书的活儿好，可以保有每一个瞬间的自我。傍晚去过澡堂，回家后正剪指甲，画院的学生吉田独自来访。他提溜着十号风景画，说是写生刚回来。浓浓的颜料气息迎面飘来。吉田是诗人相川介绍的，说不上喜欢不喜欢。只是一次、两次、三次来得久了，慢慢有了点儿分量感。吉田说他累了，和衣睡在紫色的台灯罩下。一骨碌爬起来时，随口吟出一首诗——

> 戳戳瞑目的眼睑，
> 眼睑，薄薄的眼睑，
> 用力一剜，开两眼。
> 长崎的，长崎的
> 人偶制作，惊恐无限！

"知道这首歌吗？其实是白秋[1]的诗。看见你，我就想起了这首诗。"

风铃悄悄抚弄着我的心。我光脚走到凉爽的过廊，蹭到台灯旁，突然将脸颊贴在吉田的胸膛上。我听得见悲哀的心跳。一时间，我感到某种恍惚，迷醉于恼人的心灵悲哀之中。这悲哀刻骨铭心。难道是女人的报应？我的动脉在这个男人身上也溅起喷泉一般的水花。吉田战栗着一言不发。我隐身在画具之中。从来不曾料想到，油彩的气息竟也如此悲

---

[1] 北原白秋（1885—1942），日本著名诗人，重要作品有诗集《邪宗门》《回忆》《桐花》等。这几句来自白秋的诗《人偶制作》。

哀。很久以来，我们都竭力抑制这种热情。当吉田高高的身影由门口消失时，我便将蚊帐抱在胸前哭了起来。啊！和我分手的那个男人，至今还记忆犹新……我呼喊着那个男人的名字，像任性的女孩儿一样放声大哭起来。

（六月 × 日）

今天，五十里搬到隔壁八铺席的房间，他是我前男友的朋友。不知何故，我总感觉到不安，这男人他总是阴魂不散。——去饭屋的路上，我去给地藏菩萨上了炷香。回家洗了洗头，神清气爽地来到团子坂的静荣[1]家。一路上心情特别好，我和静荣出了本题名《两人》的小诗刊。我掀开蓝色的窗帘，像往常一样倚着窗户与静荣交谈。静荣总是显得年轻，满头浓密的短发，黑亮的眼睛润出光辉。傍晚和静荣结伴去印刷厂取回诗刊。薄薄的诗刊只有八页，却令人心醉，新鲜得似鲜果一般。归来时绕到南天堂，好友们人手一册。我决心努力做工，继续出更多诗刊。辻润[2]君一面解下头巾，一面拍着喝凉咖啡的我的肩头赞不绝口。

"接着写接着写，真的非常之好。"

我和静荣对辻润的飘忽醉态报以微笑，怀着愉快的心

---

[1] 上田静荣（旧姓友谷，1898—1991），日本诗人，曾和林芙美子编辑出版了一本名为《两人》的同人诗刊。
[2] 辻润（1884—1944），文学评论家，主要作品有《绝望的书》和《痴人独语》等。

情出了门。

(六月 × 日)

《播种人》[1]停刊后,推出了新杂志《文艺战线》[2]。我在此推出诗作《女工之歌》,述说了赛璐珞玩具厂的涂色经历。今天《都新闻》[3]又刊出我新的诗作,述说我跟前男友的恋情。算啦,别写这种诗啦。没劲。努力学习吧。应当写出更好的诗歌。傍晚时分,我去了银座松月咖啡馆。这儿正在举办新人诗歌展览会。我那拙劣的字体居然堂皇地摆在前端。我还见到了桥爪氏[4]。

(六月 × 日)

细雨,淅淅沥沥。

阳春二三月,杨柳齐作花。
春风一夜入闺闼,杨花飘荡落南家。

---

[1] 以文艺为主的思想文化杂志,1921年创刊,主要创刊者是小牧近江、金子洋文、平林初之辅等。该刊的立场是反战与和平,致力于无产阶级解放事业。
[2] 《播种人》停刊后,由金子洋文、小牧近江、青野季吉等创办的继承性杂志。
[3] 东京的一份颇有影响力的日报,1942年在政府要求下,与《国民新闻》合并为《东京新闻》。
[4] 桥爪健(1900—1964),诗人、评论家、小说家,具有无政府主义和达达主义倾向。

含情出户脚无力，拾得杨花泪沾臆。

秋去春来双燕子，愿衔杨花入窠里。

我斜坐灯下，吟诵恋慕白花的灵太后诗作[1]。突然对旅行产生了深切的向往。五十里君搬到这里后，每天回家都在半夜一点以后。楼下的人要上班，九点前后便入睡。这一带像山村一般寂静，只有时而通过田端车站的电车与火车，发出潮汐一般的声响。单身生活真是寂寞难耐。我渴望杨白花一样的美男。我合上书走到楼下，心中一阵阵焦虑不安。

"这会儿你去哪儿？"

楼下的老板娘在做裁缝活儿，停下来盯住我问。

"降价商店。"

"身体没事吧……"

我打开蛇目伞[2]，走向动坂的活动小屋。招牌上写着"青春呢绒"的字样，我喜欢降价的呢绒。很高兴，太湖船上听东洋管弦乐也是个雨天。然而无论去哪里，我都是孤身一人。小屋打烊后，我又像地鼠似的回到自己的房间。

"好像有人找……"老板娘睡眼惺忪地在背后说。我疲惫地爬上楼，原来是吉田，他正将一个纸笺卷起来往信箱里塞。

---

[1] 《杨白花》，北魏宣武灵太后胡氏所作，收于《乐府诗集·杂曲歌辞》。传说，孀居的胡太后曾与北魏武将杨白花产生私情。杨白花惧祸南逃，改名杨华。胡太后追思不已，乃作此诗。

[2] 一种传统的日本雨伞，伞面为红色或蓝色，中间有一白环，因酷似蛇眼而得名，通常由女性使用。

"噢，对不起，这么晚来。"

"没事的。我刚去活动小屋来着……"

"来得太晚，正想给你留个便条。"

什么话？形同陌路。其实吉田是来与我亲近的。牛高马大的吉田几乎碰到门框。我望着他，总有一种压迫感。

"雨下个不停……"

我内心恐惧。若继续装模作样，今晚不知会怎样爆发。他背靠墙壁直勾勾凝视我的脸。我不知如何是好。希望自己真心喜欢这个男人，却做不到。我被各种各样的男人整得够惨。我温顺地把双手摊在桌上，眼睛盯着灯光。我的双手指尖微微颤抖，只觉得两人像一根绳上的蚂蚱。

"你是不是捉弄我？"

"你说什么？"

多么愚蠢的回应啊。莫非他也被卷入了我幼稚的感伤之中？我在口中低声嘟囔……与此同时一股寂寞的感觉袭来。就此放走了他，又觉得有些可惜。唉！我需要朋友。我喜欢这样善解人意的朋友……不知不觉，我已经热泪盈眶。

不如一死了之。或许，他的目光便会置我于死地。我咽了一口唾液，只觉得自己可怜。这间屋子里，我与前男友共度了数月光阴。这儿仍旧浮动着我那五光十色的梦想，令我痛苦不堪。看样子，我非得搬家不可。我伏在桌子上，脑海中描摹着郊外爽朗的初夏景色。雨水般的热情益发高涨。苦不堪言。

"你爱我吧。别说话，你爱我吧！"

"什么也别说，我这不是也爱着你嘛……"

只要将双手握在一起，就能医治纯真青年的心病……我恐惧，男人让我困窘迷惑。我已经失去了贞操。也许我能够托付一生的男人终将出现。然而眼前的男人有血有肉。厚实的胸脯，乌黑的眉毛，还有那像似太阳的眼睛。怎么办？我有如激流一般，剧烈地哭泣起来。

（六月×日）

寂寞难耐。无聊。我需要钱。还想去北海道洋槐花香的林荫道上，独自一人信步由缰地漫步。

"起床了吗……"

新鲜。五十里君在拉门外问道。

"唉，起来了。"

周日，五十里、静荣和我三人结伴去阔别已久的吉祥寺宫崎光男糖果铺。傍晚我在廊下逗狗，一位叫作上野山的油画家来此。记得年轻时见过他，当时我在近松先生家中当女佣。此人满脸茫然的表情，脏兮兮地来推销一幅牛的画。记得对孩子他像慈父一般，周身焕发出苦寂的风采。脱鞋的时候，我看见他鞋底绽开河马一样的大口，便悄悄拿来小钉子，帮他钉了钉。也许他根本不曾觉察。上野先生很能喝酒，微醺后十分健谈。晚上，上野山氏独自归去了。

我躺在床上，辗转反侧，脑中浮现出一首诗作——

我坐在
地球的转椅上，
猛烈旋转；
挂在脚下的红拖鞋，
嗖地飞落一只。

多孤单呀……
喂！
谁帮我取回我的拖鞋？
试试胆量，
跳下转椅，
取回我飞去的拖鞋？

我这个胆小鬼，
紧紧抓住转椅不松手。
喂！有人吗？
快来掴我的耳光。
再把另一只拖鞋掴飞！
我只想昏昏地睡去。

楼下，三点的鸽子闹咕咕钟鸣响。

＊＊＊

（六月×日）

世界由星星和人类构成。读了埃米尔·维尔哈伦[1]的诗作《世界》，我这样写道。在他眼中，世间万物皆慵懒倦怠。我对这种小心翼翼的诗人表示轻蔑。人类啊！无论遭遇怎样艰难险阻的高山，都不能断了飞跃之念，否则才真正可怕。人类须向不可能挑战，鞭策金色的骏马。——其实，那是一首平庸的诗作。貌似才子之作，实则花言巧语。什么鞭策金色的骏马……什么红气球横窗飞过。目瞪口呆。留下的只是茫然……这世界简直无法生存。

故乡寄来一封信。

——我现在信奉的是现金主义。不过无须担心，糊口尚无问题。切忌自恃有才沾沾自喜。老妈现已年迈体衰。你得回一趟家！不赞成你昏昏度日。——父亲随信汇来五元钱。我将其放置膝头。由衷感谢！我真无耻，到遥远的故乡乞食。

（六月×日）

前院的停尸房里，今晚又点起了蓝灯。大概又有一个

---

[1] 埃米尔·维尔哈伦（1855—1916），比利时诗人，早年属于象征派，后具有人生派的特征。

士兵死了。在蓝色的窗灯下面，两个站夜岗士兵的身影恍惚移动。

"瞧！萤火虫在飞。"

黑岛传治[1]的夫人站在井边，痴痴地望着天空。

"真的？"

我躺在那里，跳起身跑到檐下。萤火虫早已无踪。

夜晚。邻室的壶井夫妇[2]和黑岛夫妇来串门。

壶井说："今天真有意思。我和黑岛君一起去市场买面盆，还没付钱，就给我们一只面盆，还找回三块多零钱。我还真有点儿心虚。"

"呀！有这等好事吗？对了对了。库努特·汉姆生的小说《饥饿》中，也有这样的描写。说是去买蜡烛，没付钱就给了蜡烛和五克朗零钱。"

听了壶井的描述，我和丈夫生出些许羡慕。——不然我们的杂院多么寂寞，像泥沼中的浮船。我们早已厌倦了这里。兵营的停尸房、墓地、医院。还有这边昏暗的太子堂[3]，周围净是廉价的酒吧。

"我说，明天吃顿竹笋饭吧？"

"你是说去偷竹笋吗……"

---

[1] 黑岛传治（1898—1943），日本小说家，以反战小说和描写贫农的小说而闻名，代表作有《盘旋的鸦群》《猪群》等。
[2] 壶井繁治（1898—1975），诗人，无产阶级作家；壶井荣（1899—1967），小说家、诗人，代表作是小说《二十四只眼睛》。
[3] 祭祀圣德太子的祠堂。

三个男人邀上理发店二层的饭田[1]，去屋后的山丘偷竹笋。饭田家后门，正对着路那面的竹丛。女人们呢，本想去看久违的街灯，结果去了太子堂庙会。竹丛边小路上的露天摊贩，家家悬着的手提油灯，像喷水池一样散发出燃油的气息。

(六月 × 日)

美丽的天空一碧如洗。贫穷的我们说好去散步，看那久违的山丘绿地。锁上门晚了一步，远近便不见了丈夫的踪影。哪儿去了？真是奇怪。我焦急地在艳阳高悬的山丘小路上来去寻找。丈夫怒不可遏，怪我让他干等了半天。他用力在我背后撞了一下，径自打开门回家去了。又是发火。我像偷食的猫一样由厨房走进屋里，丈夫竟抓起炊帚、饭碗往我胸前掷来。唉！这一点可笑的疏忽，就令你那般憎恨吗？……我站在井台边，仰望天上的苍云。我不停地解释，本应右拐我却拐错到左方。而他根本不听，一个劲儿地骂"浑蛋"。我顾影自怜，竟想起小学时代的奇妙世界。那时候，一看见地上的影子，我就会仰望天空，仿佛那影子也会移向天空。我久久地仰望着高处的蓝天，孩子般泪满眼眶。我蹲在地上，想吟唱海边贩水的乡愁小调。

---

[1] 饭田德太郎（1903—1933），平林泰子当时的丈夫，系无政府主义作家、评论家。

啊，全世界有无数的父亲母亲！我整日忙于生计，竟忘了父母的爱是唯一的爱。我围着白色的围裙，走过竹丛、小溪和洋房，当我缓缓走下山丘时，工厂里传出汽船一般的声响。啊，莫非是尾道的海滨！我产生了临近海边的错觉，像孩子一样奔下土丘。原来，交通岗亭的一旁，工厂的马达声轰鸣，一边则是空旷的原野。我久久地伫立在三宿车站，仿佛也是一位乘客。此时腹内空空，有些眩晕。

"孩子！你在这里站了好久，遇上什么麻烦事了吗？"

两位老婆婆一直望着我，亲切地走近前来，对着我上下打量。我哈哈大笑起来，笑得流出了眼泪。两位亲切的阿婆带着我慢慢走去，一路上絮絮叨叨对我宣讲着形形色色的天理教[1]教义——什么只要有了坚定的信仰，断腿的人亦能行走；或者，充满烦恼的人只要成为神之子，就能在健康的生活中感受乐趣。

天理教本部在河边，院里泼了水十分凉爽。枫树的绿叶清爽地撒向墙外。两位阿婆在宽敞的神像前叩首，然后摊开双手，跳起了奇异的舞蹈。

"你的故乡是哪儿呀？"

白衣的中年神职人员给我吃夹馅面包喝茶水，打量着我的可怜样儿问。

"故乡……怎么说呢，原籍是鹿儿岛县东樱岛。"

"噢……那可够远的呀……"

---

[1] 日本神道的宗派之一，创始人为中山美伎。

我已饿得不堪忍受，捏起一个看似可口的夹馅面包咬了一口，却出乎意料地坚硬，面包屑扑簌簌落在膝上。——都是空的，没有思考的必要。我突然站起身，走到神前叩了叩头，穿上木屐便出了门。让那面包屑堆满虫牙的洞穴吧，嘴里留下点儿味道也不错。——我回到家门口，丈夫竟像我以前的男人一样紧锁了大门。我没辙只好去往壶井家。我慢慢地走进屋里，寻求一块栖息之地。

"你们家还有大米吗？"

壶井夫人心地善良，他们自家的生活亦难以为继，却走到我的身边，将一捧大米装在碗里递给我。她还对我说，已经厌倦了这种生活。

"泰子[1]告诉我，信州运来了大米。咱过去瞅瞅？"

"好啊……"

传治夫人在一旁啪啪拍起手来，高兴得像似孩童。真是个性情中人。

(六月 × 日)

好多日子没来东京了。我是去新潮社[2]会见加藤武雄[3]，

---

[1] 平林泰子（1905—1972），起步于《文艺战线》的无产阶级作家，代表作有《嘲弄》《诊疗室》等。
[2] 日本具有代表性的出版社之一，创立于1896年，以出版文艺类书籍而闻名，同时也出版周刊和月刊。
[3] 加藤武雄（1888—1956），新潮社职员、小说家。

领到《文章俱乐部》[1]的六元钱诗歌稿酬。神乐坂[2]是一条熟悉的路，我总是视若不见，今日却大不相同，突然变成了漂亮、快乐的街道。我愉快地挨门挨户逛着商店。

邻人，

亲人，

恋人，

有何意义？

平日里肚子都填不饱。

画中的美丽花朵怎能不凋萎？

我只想快活地工作。

可那残忍的闲言碎语，

却将我蹂躏得形同枯槁。

我高高地伸出双手，

为何所有的过客都背叛这样可爱的女人？

我不会永远捧着人偶沉默不语。

哪怕腹中空空，

终日赋闲，

哦哦！别喊。

---

[1] 新潮社的文学杂志，其特点是文章较多，且热衷于刊载作家的回忆文章及文坛八卦。1916—1929年间共出版156期。

[2] 日本东京都新宿区的一个街区。明治时代后期、大正时代发展成繁荣的花街，号称"山之手银座"。受到尾崎红叶、夏目漱石、与谢野晶子等文人的喜爱。

幸福的人皱起眉头。

大口喷血，郁悒而死，
亦无法抵达比丘[1]的大地。
橱窗之中，
有刚刚出笼的面包；
我的未知的世界啊，
回响着钢琴一般轻柔、美妙的音乐。

在这里，我产生一种破天荒的欲求，
我想大声喊道：神啊！你这畜生。

百无聊赖。在电车里晃荡了好久。我还是必须回到那没有一丝温情的家。写写诗歌，是我唯一的慰藉。晚上，饭田君和泰子小姐又哼着小曲来串门。

你听见了吗？
听见了吗？
我家那美丽的蟋蟀，
总在婉转地歌唱……

两人唱着这样的小曲。

---

[1] 梵语音译。佛家指二十岁以上受具足戒之后的男性出家人。

他们从壶井家的锅里，给我盛来一碗青豆饭。

(六月 × 日)

今晚，太子堂又有庙会，站在家中的过廊，便能望见前广场的相扑场。大家挤在一处，穿着坎肩观望。只听得裁判官一声喊："西[1]，前田河[2]！"廊下踮脚观望的我们哄然大笑。真是好笑。居然与我们的作家朋友同名。也怪，人要穷了更重友情，大家似乎都赤诚相待。你一言我一语，各种奇闻异事。泰子小姐也说起千叶海岸边见到鬼火。泰子出生在山林，有着非常美丽的肌肤。她对男人十分温顺，经常陪伴着玩牌至深夜一点。

(六月 × 日)

萩原君[3]今日也来串门。

没钱喝酒，只好将一床褥子卖给破烂店，换回一块五角钱买烧酒喝。米饭不够吃，便又买回来一些面条，煮给大家吃。

---

[1] 相扑运动术语，西和东是等级的划分，同等称号的相扑力士中东高于西。
[2] 前田河广一郎（1888—1957），《播种人》与《文艺战线》体系的无产阶级作家。
[3] 萩原恭次郎（1899—1938），达达主义诗刊《红与黑》的创刊者之一，代表作是诗集《死刑宣告》。

吾友手空空，
拂去脸上暴风雪，
共产称主义。

酒鬼同饮酒，
面色铁青充伟大，
悲哀面容愁。

唉，我们这些年轻人呀！算啦算啦，别责怪他们。这些对和歌一知半解的年轻人，高声吟唱着石川啄木的诗作，就着面条喝烧酒。那天晚上，我和大家一同送走了萩原君。丈夫回来后，一看没有蚊帐，便关上门点燃了蚊香。可刚刚躺到床上，就听得杂沓的脚步声，我的脑瓜感觉到地面的震动像踏青一般。

"喂！都起来，都起来！"

"别装睡啦……"

"起来了吗？"

"再不起来我可点火了呀！"

"哎！萝卜拔回来啦。不起来吗？好吃呀……"

听得出人声中有饭田和萩原。我们却只管笑着不搭话。

(七月×日)

凌晨，我躺在床上读一份有趣的报纸。

报上写着，本野子爵夫人救助了若干犯有过失的少男少女，刊面一侧附有清晰的大幅照片。唉，我要是能摊上这样的好事，自己的前程必定豁然开朗。我才刚刚二十三岁，亦有些许不良倾向。我打起精神跳起身，剪下报上的本野夫人住址，寻访她位于麻布的府邸。

我的衬衫满是褶皱，但终归还是一件衬衫。我穿上衬衫，怀着满腹空想出了门。

"噢，你是做面包的林小姐吧？"

女佣问道。哪儿的话？我心里嘟哝道。哼，我是要面包的林小姐。

"我可以见见夫人吗？……"我问。

"哎呀，她到爱国妇女会去啦。不过马上就要回来了。"

女佣带我进屋到窗前，坐在六角形的沙发上。我环顾美妙幽雅的庭院。凉爽的和风吹拂着蓝色的窗帘。

"有什么事吗……？"

须臾，矮胖夫人身着薄如蝉翼的黑色羽织走进客厅。

"您是不是先入浴？"

女佣问夫人。我突然不愿再提什么过失少女的事。我说丈夫患了肺病家中困难，正好获知夫人救助少男少女，便望求得一点帮助。

"报纸不知写了什么。其实不过协助他们做些工作。你若真有困难，位于九段的妇女会倒是有些工作要做，你去吗……"

我像尘埃一样被扫地出门。——我猜想，此刻她正双眉倒竖训斥女佣。为什么让那样的女人进屋里来？想到这儿，真想冲她脸上啐唾沫。哼！什么狗屁慈善公共事业。夕阳西斜。我们夫妻俩从早到晚粒米未进，踡在阴暗的小屋里写着没有着落的文稿。

"哎，吃西餐去？"

"嗯？"

"咖喱饭还是炒米饭？要不就吃铁扒牛肉？"

"你有钱吗？"

"嗯，总不能饿着肚子吧。管它呢，先吃了这西洋晚餐。明天早晨之前，没人来要钱的。"

西餐店里，我们领略着久违的肉香，愉快地享用了油腻滑润的西餐。我不禁感觉到一种眩晕。狼吞虎咽。肚子里填上点东西后，好像恢复了生机。我们的思想开始萌生出了绿芽。没法子呀！居然连老鼠都没了踪影。

我倚在柑橘箱搭成的桌子上，开始写童话式的小说。屋外雨声淅沥。玉川河方面还时时传来枪炮声。时间已是深夜，我却无一丝睡意。我不知道，这种虫豸一样的生活还将持续多久。我趴在纸箱上，创作那天真的儿童物语，不知不觉地眼角涌出了热泪。

这种变态男和无脑女搅到一起，一辈子也吃不上白米饭。

＊＊＊

（七月 × 日）

我的心中掩藏着冰冻一样的孤寂。傍晚，脑子里净是那秃头男人的话音。"我要去泡妞儿。可我喜欢你呀，怎么样？"我将围裙卷起来揉作一团，眼泪直往肚里流。

"妈妈！妈妈呀！"

我对一切都产生厌倦，和衣躺在二楼女佣居室的角落里。老鼠成群地窜来窜去。当我的眼睛适应了屋内的阴暗光线后，只见屋里四周杂乱地扔满了石块一般的包袱，睡衣和腰带之类则像海草一样挂在墙上。楼下闹哄哄，嘈杂得像开水锅。这杂音的上面正是女佣的居室。孤寂难耐。好像会有鬼怪出现。我的眼泪扑簌簌地流，悲哀的泛滥像气罐泄漏。我真想获得一种正常的生活，可以静静地读书。

> 我是一个执拗的怪人，
> 家贫、嗜酒、冶游癖，
> 统统变不了。
> 唉，唉，唉！
>
> 我要与它们一刀两断，
> 逃离这无穷的执拗；
> 我一遍遍痛苦地大声疾呼，

狂人一般地手舞足蹈，或吐血一般地呕出艺术。

这是槐多[1]发出的呼喊。在那些失魂落魄的日子，契诃夫、阿尔志跋绥夫和施尼茨勒[2]与我心灵的故乡息息相通。我从不认为工作是件痛苦的事。但是今天要好好休息。一切都有如童话故事。

在光线微暗的房间里，我想起志贺直哉的《和解》[3]。而在这种酒吧噪声的裹挟下，我连写日记的劲头儿都打不起来。——鸟儿鸣啭，明朗的朝阳宁静地照耀大地。阳光下，绿叶的音色像雨水一样馨香。我不是槐多，但也像狂人一样，开始迷恋起独居的房屋。

十方[4]空无。黑暗之中，我只好久久地闭着双眼。

"喂！由美[5]到哪儿去啦？"

楼下的老板娘唤道。

"由美在吗？老板娘喊你呢。"

"告诉她牙疼，睡觉了。"

八重下楼，震得楼板咚咚响。一种茫无边际的痛感，

---

[1] 村山槐多（1896—1919），日本诗人、画家，著有诗集《槐多之歌》。
[2] 施尼茨勒（1862—1931），奥地利剧作家、小说家，重要剧作有《阿纳托尔》《轮舞》《贝恩哈迪教授》等。
[3] 志贺直哉（1883—1971），日本著名"私小说"作家。《和解》是一部自传体小说，描写作家与父亲和解的经过。
[4] 佛教用语，指四方（东南西北）、四隅（四方的相交处）和上下，转意为世界、宇宙。
[5] 林芙美子作为女佣的别名。

令我吟唱出声。唉！索性死了的好。梅菲斯特[1]缓缓地手舞足蹈！伟大的卢那察尔斯基[2]曾问道，生活是什么？生命的有机体是什么？我不是卢那察尔斯基，可我也要问，生活是什么？生命的有机体是什么？日薄西山的圣母马利亚哟，自我保存的能力已被毁坏。我将双手垫在头下，驰骋在死亡的空想以及吞服毒药的空想之中。"我要去泡妞，可我喜欢你。"多么低俗而快活的人生啊！反正我是个没有故乡的人。我想到孤苦伶仃的母亲，心中充满了悲切。干脆去当窃贼？或是去当女马贼……那个分手男人的面容，贴近了我发热的眼睑。

"哎，由美！你不知道人手不够吗？忍着点儿，快下来搭个手呀。"

老板娘高声叫喊着爬上楼来。哼，一切合法的财产都是烟尘泥沙。我系好围裙，哼着快活的小曲，降入楼下海底一般的杂沓世界中。

(七月 × 日)

早晨开始一直下雨。

刚刚定做的外套借给了那个女人，结果她却一去不归。

---

[1] 歌德诗剧《浮士德》中魔鬼的名字。
[2] 卢那察尔斯基（1875—1933），苏联文学家、教育家、美学家、哲学家和政治活动家，重要作品有《论国民教育》《克伦威尔》《俄国文学论文选》等。

一夜停留。女人借走了外套，便像飞蛾一样找寻新的落脚处。

"你真是个好人儿。早先有人却说，看你像个贼。"

八重挠着白皙的脚踝嘲笑道。

"什么！谁这样胡说？那好，我将八重的洋伞也偷走吧。"

我说完倚在床上。阿由却说：

"如果满世界都是贼，那多痛快……"十九岁的阿由出生于萨哈林[1]，肤白似玉。八重的皮肤则是栗色的，光润透亮，玻璃窗上的绿色雨影，都会真切地映现出来。

"人活着真没劲。"

"那树活着更没劲。"

"遇上火灾或发大水，树都没法儿逃命……"

"蠢话！"

"嘻嘻嘻嘻，你才蠢呢——"

女人的闲聊有如夏日的蓝天一样爽朗。唉！我要是生作一只鸟儿多好。我们点上灯，请出阿弥陀。我供上四文钱。女人们顾不得卸妆，像龙须菜一样横七竖八地躺在床上吃糖豆。雨过天晴。窗外吹来凉爽的风。

"由美，我瞅你有了好男人，对不？"

"有是有了，可早已分手。"

"妙哉！"

"啊？为什么？"

---

[1] 即库页岛。

"我是想分也分不了啊。"

八重舔着空汤匙,说她想和现在的男人分手。我说,什么样的男人都一个德行。八重却说:

"怎么会呢?肥皂还不一样呢。一角钱和五角钱的,就大不相同。"

夜晚,我们拼命地喝酒。赏钱有两元四角。真是难得。谢谢。

(七月 × 日)

心不在焉,便功败垂成。我的汽车奔驰在八王子街道的瓢泼大雨中。

快开!

快开!

有的时候,坐汽车的心情很爽。在雨中,城内灯火闪烁。

"你去哪里?"

"随便去哪里。汽油燃尽的地方。"

驾车的阿松有点儿秃顶。不知是否少年秃?下午是公休日,百无聊赖。阿松拥有私家车,便拉我乘车出游。汽车开到一个称作田无的地方,在红土地上蜿蜒而行。外面下着雨,汽车却开进一处栎树林小道,刹车停在了那里。远方,齐眉高的山麓上亮着灯。伴着哗哗的大雨、闪电以及地鸣一般的雷声。酣畅痛快。可这雪佛兰旧车,豪雨冲击玻璃窗便溅起雨雾一般的水花,车里湿漉漉的。在这样黄昏时节的栎树小径，只有这辆破车伴着暴雨怒号雷鸣电闪。

"你怎么在这样的雨天，将车子开到这儿来？"

阿松默不作声地吸烟。表面上，阿松是个善良的男人，不像在做戏。雨水凉爽，令人愉悦。可是雷雨时时撕破周遭的寂静，汽车就这样停泊在夜间的栎树林中，任凭暴雨的冲击。

某种无奈感十分强烈。看看阿松身上满是机油的蓝工作服，我莫名其妙地笑了起来。我已不是十七八岁的少女，有的是办法安然脱身。

我敷衍地说："你并没说你爱我呀……我最讨厌暴力获取的爱情。你要是真喜欢我，就该采取正当的手段！"

我在男人手腕上咬上狼一样的牙印。我抽噎着哭了起来。我输了吗？雨夜开始泛白，男人却仰着脏兮兮的面孔，满不在乎地睡着了。

远处，时而闻得雄鸡报晓。晴朗的夏日凌晨。昨夜那肮脏男人的情欲，此时已了无踪迹。和风吹拂，发出丝绢一般的声响。这个男人如果是他……我将滑稽的男人面孔扔在汽车里，踏上泥泞的小径。昨夜的倦怠此刻也烟消云散。风儿吹着我肿胀的眼睑。我倒是很久没在晴朗的郊外漫步了。——我是人见人厌的女人！我念想着自己的凄凉。跑出栎树林后，突然又觉得阿松可怜。我想到阿松疲惫的模样，像孩子一样睡在车里，真想跑回去叫醒他。不行，那多丢人。转念一想，阿松并不是一个可爱的男人。他竟然若无其事地开着车抽烟。算了吧。这样一想，我的心中便豁亮起来。难道真的没有人爱我？……我想起了离我远去的那个男人。啊！七月的天空里，飘浮着流离的白云。我就是那片白云。这时我想起了普罗旺斯的一首歌谣，野花野花谁来摘……

(八月 × 日)

女佣们在写信。

美纪却啃着铅笔睡着了。她由秋田刚来不久。酒馆的老板娘为牟取暴利，一瓶王将威士忌竟兑了七瓶清水。尘埃。溽暑。说是冰块吃多了掉头发。谁还顾得了那些，连不吃冷饮的阿由，都偷偷从冰箱拿了些冰块，一个人咔哧咔哧嚼着。

"哎！写情书怎样开头哪？……"

八重的黑眼睛骨碌碌转着，舔着红唇问道。这些乡村女佣分别来自不同的地方——秋田、萨哈林、鹿儿岛和千叶。大家围坐在店里的炕桌旁，给遥远的家乡写信。

今日上街，买回一条薄毛腰带。八尺长，一元零二分。——我搜寻报纸上的广告栏，想找份更加稳定的工作。可是一无所获。一群常来这里的医专学生拥进店里。房间里顿时流溢出男孩子们活泼的青春气息，就像潮汐一般。八重最喜欢学生客，她收起了刚刚起头的情书，双手按住乳房撒娇。

楼上，阿由收起了气味扑鼻的药品，一骨碌钻进被窝。

还怕我看见，说那是萨哈林时代落下的毛病。

"人活着真是没劲儿。"

"是啊，一点儿意思都……"

我瞅着阿由洁白的肌肤，心中产生了莫名的烦恼。

"别看我这样，都生两个孩子了呢。"

阿由出生在哈尔滨的旅馆地下室，去过各种各样的地方。她把孩子放在朝鲜的母亲身边，和一个新结识的男人一起流浪至东京。到了东京，阿由却一如既往地干酒吧招待。为了养活那个男人。

"要是有一两件好衣服，我就去银座找事做。"

"是啊。这活儿非长久之计。身体变得太不值钱。"

读了佐藤春夫[1]的《车窗残月记》，总感觉一切恍若梦幻。一句话，许多语言的表现光彩夺目，亲切优雅。一切却恍若梦幻……心中有静寂之感。雾霭中，阿由抚弄着紫色的衣领说道："由美，不管你去哪里，都要给我写信哪。"阿由眼泪汪汪地对我说。一切有如梦幻……

"你看的书有趣吗？"

"嗯？没什么意思……"

"那不是什么好书……我喜欢高桥阿传[2]那样的小说。"

---

[1] 佐藤春夫（1892—1964），日本诗人、小说家、评论家，以艳美清朗的诗歌和倦怠、忧郁的小说知名。活跃于大正、昭和时期，曾获日本文化勋章。

[2] 高桥阿传（1829—1894），因谋杀男子被判处斩首，被时人称为"明治毒妇"。通俗小说作家假名垣鲁文以其为原型，写作小说《高桥阿传夜叉谭》。但后来人认为，高桥阿传固然杀了人，但被杀男子有错在先。她的故事被诸多小说、戏剧、电影反复讲述。

"那种书……只会让人变得忧郁。"

(八月 × 日)

有时候,我真想换一家酒吧。可悲的是,我却像吸了鸦片似的,泡在这份工作中迟疑不决。每天都在下雨。

——在这里,我们发现了艺术的两条道路和两种理解。人类应当走什么样的道路呢?梦想!探求美的象牙之塔还是致力于能动的创造?当然,这与某种理想的高低相关。理想越低,人越实际,且很少绝望于理想与现实间的深渊。主要原因在于,人类力量或能量的积蓄中,有一种关系到有机体处理的营养张力。紧张的生活作为自然的补给,拥有创造和争斗的紧张与翘望。女人们都去了澡堂。我则在女佣居室内研习卢那察尔斯基的《实证美学基础》。——唉!我的生活真是进退维谷,感情的无处寄托令我苦恼不堪。我心情阴郁。想潜心学习,心中却奔腾着杂乱无章的、堕落的悖德野性。我的生活前途未卜。结局无非有二,死亡或是生存。入夜,我唱着在白人国家颇受欢迎的歌曲,感受着土人一般的寂寥。薄绒外衣浸湿汗水,底襟便卷了起来,不久便破损。其实这样的酷暑之下也是无奈。一切计划,只好拖延至天凉之后了。

我没有任何条件,只要一个月给我三十块钱,就可以过上美满的生活。

＊＊＊

（十月 × 日）

我仰望着一尺见方的四角天窗，初次望见了紫色的清澄天空。秋天来了。我在灶房里吃饭，一面遥望着远方的乡村秋色。那景色令人怀恋。秋天真好。今天店里又来了一位女佣，长得有点儿意思，白嫩的肌肤像药蜀葵[1]。啊呀，讨厌！怎么见人就爱？——任何客官的面容都像商品，任何客官的面容皆显倦意。我佯作不知，假装在看杂志，其实却专注地思考着各类事情。简直无法忍受。不管怎么说，我只有靠自己来改变自己。

（十月 × 日）

我的工作是清理大食堂。干这种活儿，我才感到身体变成了自己的。我必须真实地生活。每天每夜苦思冥想，可回到房间只想睡觉。一天站到晚，每天累得我倒头便睡，连做梦都停止。寂寞，真是没劲。佣工的活儿太不好做，住处也十分逼仄。为了上班方便，近几日四下里寻租房屋，却一无所获。夜里睡个好觉至关重要，我却在黑暗的房间里睁着眼睛。耳际虫鸣频频，仿佛置身于阴沟之中。

我不争气地冷泪横流。抽噎着想，哭个屁！可眼泪仍

---

[1] 一种开白花的多年生草本植物。日文原意"棉花糖"。

旧不住地流。这样的状态不能再继续下去了。在这样的一顶旧蚊帐中，三个女人同衾共枕。一个是桦太来的，一个是金泽出身。我的心中充满苦闷。这种形象，简直像晾在小店里的干茄子。

我小声问身旁的阿秋。

"听见虫子叫吗？"

阿秋却说：

"每天晚上喝点儿酒再睡多好。"

阿俊将枕头放在楼梯下搭腔道：

"哎，你们想不想自己的男人……"

——山上净是些寂寞的闲古鸟（杜鹃），凉爽的秋风吹拂着蚊帐的下摆，时间已是十二点。

（十月 × 日）

总算集腋成裘，有了一点存款。于是破天荒做了一次日本发型。日本发型真美。圆形的发髻紧绷绷的，把眉毛都吊了起来。发式的两鬓柔润黝黑，前额的刘海儿拢上去后，蓬蓬地垂于额头。我面目全非，居然变成了一个美人。我对着镜子直打媚眼儿，镜子也对我投桃报李。做了这么漂亮的发式，我就想出外走走。我想乘上火车去很远很远的地方。

我到邻家书店换回一元纸币，夹在发往乡村的信中。他们肯定高兴。我就喜欢信中掉出纸币。

我又买了铜锣烧和大家一起吃。

今日狂风呼啸，大雨倾盆。这种日子令人产生孤寂感。双腿冻得硬邦邦，像石头一般。

(十月 × 日)

静寂的夜晚。

"你的老家是哪里？"

上了年纪的店主躺在保险柜前，这样询问刚来不久的阿俊。躺在床上听别人谈话，倒是件有趣的事情。

"我吗？桦太。你知道丰原地方吗？"

"哦，桦太吗？你一个人跑出来？"

"是啊……"

"嗬，那你可是个了不起的女孩儿。"

"我在函馆的青柳町也住了很久。"

"那可是个好地方呀。俺也是北海道人。"

"我猜就是。听您的口音就知道。"

我想起石川啄木的一首和歌，对阿俊也颇有好感。

> 函馆青柳町，
> 恋歌怀友空悲切，
> 矢车菊花开。

多美的和歌。活着倒也是愉快的事。不知何故，我真的又感觉人生也是一件乐事。所有的人都这般善良。初秋天气。风儿带着一丝寒意。虽然孤寂的心情依然如故,心中却燃起了生命的热情。

(十月×日)

母亲还是风湿痛,来信说身体不好。钱的事却只字未提。

客人稀少的时候,我就写童话。写了一篇《变成鱼类的孩子》,四五千字。我想有了稿酬就寄回家去。老来无依无靠,真是最最悲惨的事情。可怜的母亲,从不轻易地伸手要钱。这才格外令人担忧。

"过些日子上我家玩去好吗?乡村的景色很美呀。"

在这家做了三年女佣的阿计,用男人般的口吻邀请我。

"好啊……随便什么时候去,都有地方住吗?"

我想真要去玩,就得存点儿钱。这里的女人格外亲切,善解人意。

"我现在可不信什么情啊爱的,什么终生相守至死不渝。愚蠢透顶。在这个世界上,你不要相信任何誓约。先前有个男人对我很好,是个议员。可让我生孩子就是另一回事了。他说生下私生子才是摩登女郎。脸皮真厚……这是个不可理喻的世界。如今这世道,真心之类的东西不值一提。我在这里做了三年工,是因为我爱我的孩子……"

听了阿计这番话,我焦虑的心情顿时敞亮起来。多好的人啊。

（十月×日）

我望着玻璃窗，屋外的大雨像电车驰过。今天赚钱不多，生意不好，阿俊发着牢骚。她坐在电风扇的基座上，忧郁地述说自己的身世。真是一个老实人。据说，她原来在浅草的大酒吧做工，受朋友的欺负离开了。离开之后找浅草的占卜师算了一卦，说她的运势在神田的小川町一带。

阿计却说：

"啊？可这里是锦町地段呀。"

"是吗？"阿俊一脸悒悒表情。

在这个人家中，有着最美丽、最诚实、最有趣的故事。

（十月×日）

下工之后泡个澡，神清气爽。我们在收拾大食堂，厨子和洗碗工率先去了澡堂。等他们泡完澡躺到二楼大客厅时，我们便可以无所顾忌地多泡些时辰。从早晨到现在没有片刻歇息。此刻泡在热汤中，疲惫的我们简直神魂出窍。阿秋开始唱歌。我躺在席子上入迷地听大家天南地北地神侃，直到大伙儿爬出池子。为他一个人，我抛弃了一切。我的初恋是凋萎的花朵。怎么办呀？我真的希望有人来爱我。然而男人的承诺太多谎言。我只想攒下点儿钱，独自悠闲地去旅行。

阿秋的故事非常有趣。

阿秋说话很动听，所以午间订了三角钱份饭的大学生们，都把阿秋视为掌上明珠。阿秋喜欢大学生。她才十九岁，说是个处女。我站在大家身后，注视着阿秋灵动的眼睛。我看见她的眼圈发黑，生活的疲惫使之脖颈有了皱纹。这绝不是十九岁青春少女的年轻模样。

晚上大家都去洗澡，阿秋却一个人无精打采地久久立于廊下。

"哎！阿秋，不来洗个澡吗？出了一天汗，身上都臭了。"

阿计一面刷牙一面大声喊道。过了一会儿，阿秋用毛巾掩着胸部，轻轻地跨进两坪[1]大小的浴池。

"你生过孩子是吧？"阿计问。

庭院里光线强烈！

你不会忘记吧，柳巴？瞧那长长的林荫道，皮带般笔直地延伸向远方，在月夜之中闪闪发亮。

你一定还记得吧？你不会忘记吧。

……

是的。真是不可思议，连这处樱园也被卖给了债主……和我分手的他，经常重复着《樱桃园》里的对白[2]。我沉浸在某种苦涩的追忆之中，眼望着玻璃窗上一轮扭曲的硕大明

---

[1] 日本面积单位，一坪约等于三点三平方米。
[2] 以上三段引自契诃夫剧作《樱桃园》中加耶夫对柳包芙（昵称"柳巴"）的倾诉。该剧围绕"樱桃园的易主与消失"，写出了旧俄贵族的没落命运。

月。阿计在高声说话。

"是啊。我有一个两岁的儿子嘛。"

阿秋无所顾忌地亮出乳房,用力拨开澡堂的雾气下了池子。

"唔,说什么处女。多可笑。你一来我就瞅着你呢。感觉你也有一段悲伤的故事。老公怎么了?"

"肺痨。跟孩子在家呢。"

唉!不幸的女人比比皆是。

"哎!我也有过孩子呢。"

肥胖的阿俊疯狂地喊道。她像个模特儿,正在清洗软乎乎的手足。

"我呀,三个月的时候做了流产。气坏我了。我在丰原城里风光一时,过着华美的优裕生活。我嫁的老公家是地主。不过十分开明,竟让我学什么钢琴。钢琴教师是东京流落过来的年轻人。那家伙把我骗得够呛,让我怀了他的孩子。我知道孩子是他的,便与他明说了。可你知那家伙他说什么?——你就说是少爷的孩子嘛。我真窝心哪。心想怎么能为这种东西生孩子。我便喝下了满满一大碗辣椒水。哼!不管他逃到哪里,我都会追上他。我要在大庭广众啐他唾沫。"

"……"

"你好厉害啊……"

朋友们对阿俊刮目相看赞不绝口。阿计跳出浴池,把浴池里的热水不住地泼洒在阿俊背上。我生出某种窒息般的痛切之感。我是多么软弱呀……我想到那个背叛者的头颅，本应在那里啐他唾沫的。我是个不值一提的大傻瓜！善良会给人带来什么慰藉呢？

(十月 × 日)

一觉醒来时，阿俊已打点好行装。

"快点快点，睡过头了呀。"

两人的行囊搬到浴室后，我才松了口气。我蹑手蹑脚地系好博多腰带，梳了梳头发，又从店前的杂屋中取出我俩的木屐。时间已是七点，灶房里的老鼠仍在探头探脑，善良的老板发出平稳的鼾声。阿计的孩子有病，昨晚返回了千叶。我们只管学生的份饭，就已忙得不可开交。私下里，我和阿俊商议多时，这份工作不能干了。可是眼看着白日里那么多学生客，大家忙得手足无措，天性软弱的我俩便唯有忍耐。在这里做工赚不到钱，纯属虚度光阴。看来只有逃跑。清晨，空无一人的大食堂寂静得可怕。食堂的水泥池中，游动着红色的金鱼。屋里是灰色的。沉淀着污浊的空气。阿俊像个男孩子一样，推开甬道口的窗户，扑腾跳到外面的地上。然后接过由浴室的高窗上放下的布口袋。我只有一个小包，里面是两三本书和化妆用具。

"嘿，就这点儿东西……"

阿俊的装束却像个登山者，手持着蛇目伞和蓝色的阳伞，再加上一只桶式布兜。简直像似一幅漫画。小川町停车场里停泊着四五台电车。正值上学时间。所有电车里都挤满了学生。凌晨的光线是清爽的。来往的路人都冲着我们笑。也许是昨夜不曾洗脸,脸上污迹斑斑?不好意思。我俩进了一旁的面屋。将息一下胀痛的双脚。面屋的堂倌挺热情。过后为我俩叫来一辆出租车。我们按预定计划,去了新宿八佰伴的二楼。坐上车后,我对生活的自信无影无踪,我筋疲力尽地拼命喝水。

"没关系!离开是正确的。我不后悔,要按照自己的意志行事。"

"加油干吧。你本该好好学习……"

我闭上双眼,眼泪一个劲儿往外涌。阿俊的话像一位多情少女的梦呓。可如今连栖身之处都没有。只能是画饼充饥。唉!回家乡去吧!……我要回到母亲的怀抱……我由出租车的车窗内仰望凌晨明朗的蓝天。路旁的屋脊飞驰而过。泛出铁色的树梢上,一群麻雀扑棱棱在飞。

> 落魄流浪客,
> 异乡乞食思故里,
> 远望归途鹤。

我曾经读到室生犀星[1]这首诗作,感喟不已。

---

[1] 室生犀星(1889—1962),诗人、小说家。诗作引自其《抒情小曲集》中的《小景异情》一节。

(十月×日)

秋风吹起。阿俊被她的老公领回了桦太。

"天气凉了……"阿俊将八端[1]的棉袍留在竹筐中,匆匆离开了东京。我一个月只能写三四篇童话或诗歌。可这连日常的白米饭也维持不了。腹中空空,头脑便也懵懵懂懂。我的思想已经发了霉。唉!我的头脑里哪有什么无产阶级或资产阶级,我只想吃一个白饭团。

"我要吃饭。"

我想起那些皱着眉头的人们,真想纵身跳入荒海激流。傍晚,楼下传来汇集世俗一切的碗筷声。肚子咕咕叫,我悲伤得像个孩子。突然羡慕起远处花柳巷里的快活姐们儿。我在挨饿。本来那么多图书,如今只余两三册。纸箱里只有两本葛西善藏的《携子》[2]和《工友谢廖夫》,再有一本志贺直哉的《和解》。

"还是去饭馆打工吧。"

下了好大决心逃离饭馆的我,此时却像一个不倒翁左右摇摆。我莫名其妙地站起身,将牙刷、肥皂、手巾装在袖筒里,来到傍晚时分秋风荡漾的街上。我像只野狗似的一家家酒吧寻访。那里有时贴着征用女侍的广告。此时我唯一的

---

[1] 八端织,一种布料。
[2] 《携子》,私小说代表作家葛西善藏(1887—1928)的成名作,描写作者的亲身经历。葛西善藏的主要作品还有《悲哀的父亲》《湖畔日记》等。

目的就是要吃饭。不论怎样，至关重要的是我的胃袋需要某种固体的充填。唉！不论干什么，我总得吃饭呀。其实街上处处美味佳肴。明日或许要下雨，沉重的秋风飘然吹拂。而我兴奋的鼻孔中，却只有清爽的秋果店里散发的浓郁芳香。

* * *

(十月 × 日)

炒栗子的声音属于令人怀恋的时节。花柳巷一带栗子店传出微弱的声响。我待在昏暗的屋子里孤零零盯住窗户，心中生出奇妙的寂寞。小的时候，每到冬天就犯牙疼。记得有一次，我闹着跟妈妈撒娇，哭着喊着在榻榻米上打滚，还把梅干黏糊糊抹了一脸，哭得好伤心。然而转眼之间，人生过半。在这羁旅他乡的天空下，在这寂寥难耐的酒吧二楼，有时也犯牙疼。每逢此时，我便想起了故乡的原野、山河和大海，想起阔别日久的故人。

对着水汪汪眼睛说话的神啊，歪斜的窗外只有飘逸的月亮……

"还疼吗？"

一位阿姐悄悄地爬上来问道。她梳着高高蓬起的诱人发髻，月光之下，在我的脸上罩起一个阴影。从早上到现在没吃一点儿东西。突然一股海菜的清香飘入我的鼻翼。阿姐在我枕边放下一只寿司盘,而后默默望着我的眼睛。令人感到温暖而亲切。我的眼泪无缘无故流了下来。我从薄薄的棉被下取出钱包。阿姐却啪地在我手上打了一下,说道:"乱来!"我的手背像被厚纸拍击了一般,微微有些疼痛。然后,阿姐掖了掖我湿漉漉的被角,无声无息地下楼去了。啊!多么温馨的世界。

(十月×日)

风儿在吹。

拂晓时分,我梦见水蓝色的细蛇在地上爬,腰上扎着浅粉红色的腰带。奇怪的是,起床后心里一直躁动不安,总觉得有什么意外的好事等着我。做罢清晨的扫除,我仔细照了照镜子。镜子里疲于生计的面容苍白浮肿。我长长叹了一口气。唉!多想钻入墙缝。想到早餐还是烂泥一样的酱汤和剩饭,真想吃一顿中国面条。我望着自己不曾梳妆的面容,突然间焦躁起来,急忙把红红的唇膏抹在嘴上。他目前的状况怎么样呢?我悄悄抓住即将断裂的项链。窗外仍旧是风景之中的行道树……或是像患了神经衰弱,手托着几只盘子心中发颤。

掀开门帘,清爽的洋灰地上堆着食盐。一群女学生踢上盐堆,食盐四散,盐山顿时矮下了半截。我到这里做工恰好已有两周。薪水还算不错。这儿有我的两个伙伴。阿初姑娘天真烂漫，人如其名。的确是个非常可爱的姑娘，扎着十分得体的银杏髻。

"我的出生地是四谷，十二岁时，邻家的阿叔带我去了满洲。一到那儿，我便被卖作艺妓。阿叔的面容我早就忘了……那里的走廊宽阔光滑，简直像镜子一样。我和一个叫作桃千代的姑娘总在那里滑倒。有时内陆来了戏团，我便披着毡巾、穿上长靴去看戏。土地冻得硬邦邦。我竟穿着木屐咯噔咯噔走。可是洗澡就惨了。一出澡堂子，头发冻得硬撅撅像个怪物。我在满洲六年左右，后来是满洲新闻社的熟人将我带回了日本。"

客人们酒足饭饱离去后，可爱的阿初便用洒在桌上的酒水习字，且以沉重的口吻对我说话。她说还有一位比她早来一天的艺妓，温文尔雅，高挑的个头儿富有女性魅力。花柳巷出口的这家饭馆给人以出乎意料的静谧感。我和两个女伴很快成为好朋友。在这种地方做工的女人，开始都是不怀好意、勾心斗角的。可是，只要有一次机会互见真心，即便不是莫逆之交，也会摒弃前嫌成为十年知己一般的好姐妹。没有客人时，我们总是像蜗牛一样地围作一团，天南地北地神聊。

(十一月 × 日)

天空暗郁阴沉。阿君在对面静坐不动，竟有一股不知在哪儿嗅过的花香。傍晚，从电车路浴池回来时，经常请小初喝酒的大学生水野醉醺醺的，又在给小初斟酒。

"听说你被人看到裸体。"

小初隔着镜子窥视鬓窗[1]里插着梳子的我，笑着这样说。

"你刚去洗澡，水野就来了，我问到你，他说在澡堂子呢。"

醉醺醺的大学生摆动着细长的手，像似风中芦苇。他咚咚地敲着头。

"撒谎！"

"唉呀！刚才不是说了嘛……水野先生呀，我急急赶着去电车街，正想着怎么回事，他回来了，水野先生呀，他说不小心钻到女浴池去了，柜台这边是女池呀……你不是这样说了嘛。你说以为在医院里走错了病房，正发愣呢。恰好你光着身子站在那儿。水野先生真是大喜啊……"

"放屁！编什么下流段子哪。"

我在脸上涂抹厚厚的胭脂。大学生合十的双手，像魔芋一样薄。

"生气了吗？别生气啊！"他说。

废什么话！想看裸体，老娘太阳底下赤裸给你看！我想大声吼叫。一整晚心中郁闷。我在桌子上摔烂七八个煮鸡蛋。

---

[1] 指刘海与鬓发的交界处。

(十一月×日)

烤秋刀鱼的香味是季节的呼唤。一到黄昏，花柳巷里就散发出秋刀鱼的腥味儿。女郎们每天都吃秋刀鱼，体内都泛出了鱼鳞。夜雾白蒙蒙，电线杆的细影像银针一样。掀开门帘，只见电车在街上穿梭。我的鼻子不知何故突然发热。或许是羡慕电车上的那些乘客。实际上，活着是无聊的事情。在这种地方劳作，更是虚度光阴！我甚至想沦为窃贼，或是做个女马贼。所有的人，所有的人都在耻笑我。

年轻小姐姐
为何在哭泣？
想念薄情的男人……

"来，你若一气喝下十杯王将威士忌，我给十块钱！"
不知是哪儿来的浪荡公子，头发梳得油光锃亮。他将刺青一样的十元纸币放在桌子上。
"这算什么？"
雪亮的灯光下，我一副寡廉鲜耻的模样儿。真的一口气喝下十杯威士忌。花花公子木然地瞅着我，不服输地笑了笑。最高兴的是酒吧的老板。嘀！嘀！这姑娘真的喝了十杯王将威士忌！一元一杯。……呕，呕，呕，我想要呕吐出来。我的眼睛燃烧出火焰。我憎恨所有的人。啊！我是个没有节操的女人。你想看脱衣舞吗？我跳给你看。高贵的先生们皱起双眉，感叹风花雪月！我是乡野村妇，谁会关心我？我呜呜哭泣。我不想让男人养着。我必须付出数十倍的努力，我必须工作。朋友们都嘲笑我，称我是"实心眼儿同志"。

> 听歌一阕想梅川，
> 烟雨情怀弃亦难；
> 恋盟无处不戏语，
> 且看忠兵卫梦言。[1]

吟诗之后，心中豁朗。我打开玻璃窗，尽情呼吸夜晚的雾气。醉眼迷蒙，居然喝下十杯那样廉价的劣质威士忌……啊！你看那夜空多么绚烂，彩虹飞渡。窑姐儿瞪大了眼睛问道——你行吗？心口疼不疼？你不觉得伤心吗？她用力抓住我，把我拖上了二楼。

> 华龄温雅忆年少，
> 初恋情怀不敢瞧；
> 牵手相随行路远，
> 隐忍心姿伴影摇。

好诗。我热泪盈眶，心驰神往。我的肉体和灵魂统统退缩到遥远的天涯海角。眼看着时辰一到，艺人们照例演

---

[1] 岛崎藤村（1872—1943）诗集《若菜集》中《伞下》一节，描述近松门左卫门（1653—1724）笔下的梅川、忠兵卫的故事。

出"月朦胧似鱼肚白"[1]。一个看似伶俐的艺童死乞白赖地缠住了客人。

"老爷赏脸！喜欢吗？……老爷赏脸喽……"[2]

来吧！演一个病入膏肓的残疾者！我看那可怜巴巴的艺童，脸上是皲裂的厚厚白粉，不由得心中凄然，亦生出乞怜于人的念头。

(十一月 × 日)

连续三次正厅用餐，老板就给脸子看。我最怕客人请客了。两点钟是停业时间，可伎馆街的回头客比肩接踵。天亮之前，老板一副若无其事的表情，根本没有撤帘歇业之意。混凝土的地面冰冷，令人生出鸡皮疙瘩。仿佛动脉都已冻结了一般。酸臭的酒气更使人焦躁不安。

"我已经厌倦了……"

小初拧着湿漉漉袖筒上的啤酒，木然地伫立于彼。

"啤酒！"

已过凌晨四时，远处传来十分亲切的鸡鸣声。新宿站的列车拉响了汽笛。此时是我当班，快打烊了，推门进来一位虚有其表的男人。

"啤酒！"

---

[1] 《若菜集》中《草枕》一节。
[2] 日本幕府末期河竹默阿弥的歌舞伎剧作《三人吉三廓初买》中的台词。

无奈。我打开一瓶啤酒，斟了满满一大杯。那男人态度无礼，眼睛只瞅着他的炸虾盖饭。他一口气灌下了一杯啤酒，然后目光茫然地喊道："搞什么鬼！村妇。讨厌。"说完站起身，面相冷漠地走上浓雾之中的马路。我目瞪口呆，突然怒上心头，提溜着剩有半瓶啤酒的瓶子追上去。拐过银行的横街，我追上那个男人，冲着他黑黢黢的背影，将手中的啤酒瓶狠狠地扔了出去。

"我叫你喝啤酒！喝吧！"

啤酒瓶发出哗啦的碎裂声，玻璃碴儿和啤酒沫散落一地。

"你干吗？"

"浑蛋！"

"你知道我什么人？黑帮！"

"哼！狗屁黑帮……哪有这样没用的黑帮？"

一个姐妹追过来，怕我吃亏。紧跟着又来了两三位汽车司机。可笑的黑帮慌忙消失在小胡同中。这等生意，我是不想做了。可是北海道的父亲又来信说，没了回家的旅费，希望多少寄一些钱过去。父亲的信很长。他在严寒之中受苦，说什么也得寄上四五十元。我打算再干一段日子，索性也去北海道，和父亲他们一块儿经商。小初趴在杂煮[1]店的台子上，筷子上串着煮食。她关了店里的灯，拼命往嘴里扒饭扒菜。我也按捺住兴奋过后的战栗，让姐妹帮我解下围裙，就着杂煮烫来一壶酒。

---

[1] 魔芋、豆腐、芋头等混煮的一种菜食。

*　*　*

(十二月×日)

　　浅草真是个好地方。

　　任何时候来浅草，都感觉愉快……我是放浪的喀秋莎，在一明一暗的灯光中流浪。许久不施脂粉的脸上，硬邦邦像似陶器。我喝的是劣酒，喝醉了也不奇怪。啊！那不过是个女醉鬼而已。喝醉了酒我就爱哭。我时常喝得酩酊大醉，手脚麻痹……可我却无法戒掉它。这个世界充满了荒谬，我无法正常地面对它。他对我说，他在外面有了女人。这是什么话？真实是令人悲哀的。酒却不懂那广袤的世界。街灯突然熄灭，一片黑暗。我将扭曲的面孔贴在活动小屋的墙壁上。望着荒废的模样。唉！我决心明日开始好好学习。小屋中有个乐队。我仿佛在梦中听过它的演奏。我突然感到生气。讨厌！我过于年轻。为何这样自暴自弃？

　　我希望快快长大。年老是件好事吗？我突然间开始反省醉酒的自己。我不是大路上耍猴的。可我总是包紧了头脸走路。

　　浅草是个喝酒的好去处。浅草也是个醒酒的好去处。五分钱一杯的甜酒，五分钱一碗的汤粉，还有两分钱一串的烤鸡。这些食品令人轻松愉快。小戏屋的旗幡随风摆动犹若一条金鱼，旗上竟有那个男人的名字。他曾爱过我。哇哈哈！哇哈哈！他以同样的声音嘲笑我。喂。大家好。别来无恙。久别重逢，我望着寒冷的夜空。我的披肩是手工丝绸混纺，风儿瑟瑟地吹入肌肤，仿佛有人将手搭在肩上。

(十二月×日)

凌晨，躺在床上吸一支烟，对于孤苦伶仃的女人真是最大的慰藉。紫色的烟圈飘然散去。令人由衷地悠闲自在。今天的阳光特别好，会有什么好事情？三铺席大小的居室内处处扔着五颜六色的脏衣，有红的黑的桃红色的还有黄色的。没法子，不拘小节的独身女人嘛。我懵懵懂懂像只阳光下的小乌龟。去咖啡店还是牛肉馆？真麻烦，还是去陋屋吃杂煮吧。无论是有人耻笑我，还是那人在说我坏话，我都只有一个办法，掖起红色的后襟。嘿呀！瞧吧！我趴在一家粗陋的杂煮屋中，总想表现出一点儿年龄的差异。杂煮中有魔芋、夹馅油豆腐、竹签肉等，种类不少。调料碗中的辣子亦辛辣无比，我却口含酒水浸润那嫩绿的菠菜。打起精神来吧！喝到一定火候，我又变得口齿不清，烂醉如泥。我知道一切并无意义。可酒醉之后的空想，仍然给我带来孩子般的快感。

父母贫穷，想靠都靠不上。我四处做工，颠沛流离，一个月也只能买上一两本书，不过吃喝倒是勉强能维持。我租了一间三铺席大小的屋子，维持着最低限度的生活且多少有点儿积蓄。若不遵循这样的生活方针，天黑之后还真的只有与窃贼为伍。我目光短浅，只懂得专注于一点。想到这儿，突然间感到好笑。便冲着冰冷的四壁嗤笑起来。总得想法子挣点儿钱。心中混浊的错觉，使我一味地沉溺于梦幻之中，昏头昏脑地酣睡至黄昏。

(十二月×日)

在同室姐妹的鼓动下，两人带着一张小报的招工剪报，乘上开往横滨的列车。我们只想去那找份好活儿。此前做过的那家酒吧生意不好，快关门了。姐妹和我一起辞掉了那份工作，这段日子她回到板桥的丈夫身边。姐妹叫阿君，她丈夫竟比她年长三十多岁。第一次去阿君家，我把阿君的男人当成了她的老爸。阿君的家庭关系十分复杂。家里有她的养母还有她的孩子。我最怕麻烦，简直有点儿难以区分。阿君很少对我说家里的事。我也不忍心问东问西。两人都沉默寡言，默默地下了电车，眺望着蓝色的海洋爬上山丘。

"哇！很久没看到大海了……"

"太棒啦！大海太棒啦。只是有点儿冷……"

"啊！大海真像男人一样雄壮。真想脱光衣服跳进去。仿佛溶化到它的蓝色之中。"

"真的吗？那多可怕呀！"

两个西洋人坐在码头的台阶上，出神地望着波涛汹涌的景色。胸前的领带随风飘动。

"哎！那是旅馆。"

眼快的阿君发现的是一家白色家鸭小屋一样的小酒馆。太阳光下，二楼歪斜的窗户上晾晒着污点斑驳的毛巾。

"回去吧!"

"这哪是什么旅馆……"

一个可爱的女郎身着红衣,正在旅馆门廊逗弄黑狗。她自顾自咯咯笑着。

"真扫兴……"

两人再度默默无语,眺望着对面寒冷的茫茫大海。我若是一只海鸟多好。提溜着小小行囊外出旅行,真是愉快的事情。海风吹拂下,阿君日本式的蓬蓬秀发楚楚动人,宛若雪天的柳丝。

(十二月×日)

> 风声萧瑟的
> 白色天空!
> 冬日的大海
> 寒意逼人。
> 尽情地舞蹈吧!
> 狂人。
> 令人振奋的
> 浩瀚大海。
> 那是通往四国的
> 唯一航线。
>
> 两角钱的毛巾,

一角钱的点心。
三等客房
是濒死的砂锅,
咕嘟嘟嘟地沸腾。

飞沫
骤雨一般的溅花。
白茫茫天空下极目远眺,
握着仅有一角一分的钱夹。

啊!
想用碟子
吸取烈焰的能量。
发自肺腑地呼喊
噢!
风儿吹灭了火苗。

太空白茫茫。
灌我喝醋的男人
面孔那般、那般地肿大。

啊!
仍旧是
孑然一身的

旅途！

远处传来汽船的蒸汽声，仿佛腹腔里的震颤。几个铅色的小漩涡，依次消失在海面。十二月的寒风像呻吟，猛烈地刮在脸上，吹乱了我的银杏髻。我的双手插在和服袖根下的开口处，一动不动地按住自己柔软的乳房。我的乳头产生了凉凉的感触。没缘由地流下酸甜的泪水。——唉！我是一个彻底的失败者。远离东京，漂流在蓝色的海洋上。我所认识的种种男人和女人，在一片片白云之间，露出迷蒙的面容。

昨日天空湛蓝。突然怀恋起故乡来，便不顾三七二十一乘上了火车。今天凌晨，我已漂浮在鸣门的大海上。

"先生小姐！开饭喽！"

黎明在空无一人的甲板上，我的空想仍然是背离故乡，驰往都市的景象。回故乡只是旅行而已，并非衣锦还乡。不知何故，我的心中却充满了孤寂。我回到穴仓一般的三等客舱，坐在自己的毛毯上。褪去了鲜红色的食案上，单调地摆着煮羊栖菜和酱汤。微暗灯光下，有许多旅途之中的戏子和巡礼人[1]，还有携儿带女的渔夫的老婆。我混迹其中，不禁领略到无尽的旅愁。我的发式是银杏髻。一位阿婆问："你从哪儿来？"一个年轻的男人问："你到哪里去？"还有两位陪着婴儿歇息的年轻母亲，小声哼唱着在旅途和故里曾经

---

[1] 四国八十八所灵场的朝拜者。

听过的摇篮曲。

> 摇啊摇,
> 摇啊摇,
> 宝宝睡觉喽。
> 明晨早早起
> 海滨风儿吹。
> 天黑啦,
> 天黑啦,
> 宝宝早早睡。

栖身在混浊的都市一隅,我身心疲惫。而此刻置身于如此清爽的海面,呼吸着自由、明畅的空气,我又不禁感觉到——啊!人生毕竟是美妙的。

(十二月 × 日)

我打开油烟熏黄的拉门,全神贯注地观赏转瞬消融的飞雪。此时,我已忘记了一切。

"妈!今年的雪下得好早哇。"

"唔。"

"爸爸那儿也冷,怕也不好过。"

父亲去北海道已四月余。他跑得太远啦。生意并不像想象中那样好做。父亲来过一信,说是来春返回四国。这边亦已十分寒冷。德岛的城区房屋低矮，随着天气变凉，处处漂溢着面屋汤汁的作料气息。流过城区的河水，喷吐出淡淡的雾气。住店的客人渐渐减少，母亲都不愿点燃店里的行灯[1]。

"天一冷，人就不想动了……"

我们一家三口并没有确定的故乡。最近的落脚点是德岛。这座小城的河流清洁，姑娘美丽。开始，我家在此有一处旧客栈。我是在德岛迎来第一个春秋。那是我小时候的事情了。如今，客栈已门可罗雀，家里只有母亲一人做做短工。在我扔下父母亲，身心疲惫地回到东京后，仍时不时将那旧衣橱翻个底朝天。看到那些拙笨的情书和蓬蓬发型的大照片，我那值得怀恋的旧日梦想一个个苏醒。梦想里有长崎的黄酱烂糊面，尾道千光寺的樱花和香鱼川河记忆犹新的城岛小曲[2]。我幼时学过绘画。打储藏室翻出几幅拙劣的、褪为茶色的素描习作时，我仿佛看到了另一世界的自我。夜晚落座于暖桌旁，听到租了一间铺面的月琴师夫妇伴着琴声，吟唱飘逸寂寥的小曲。屋外，淅沥的雨声伴着雪花。

(十二月×日)

久违的大晴天，犹若在海边。两三天前入住的夫归是

---

[1] 日常起居用的方形纸罩座灯。
[2] 源自北原白秋的诗作《城岛的雨》，由梁田贞作曲。

浪花节艺人。两人脖颈上缠着黑色的止观布带[1]，一大早便出了门。煤烟熏黑的宽大厨房里，只剩下烤沙丁鱼吃的母亲和我。唉！乡村的生活也是寂寥。

"你也是靠不住。能不能安定下来，别去那么远的地方？这边有个人倒是想娶你呢……"

"啊？……什么样的人？"

"京都护圣院煎饼屋老板的儿子。不过，如今在这里的市政厅工作……是个好男人。"

"……"

"怎么样？"

"见个面？挺好玩的……"

遇上任何事我都乐呵呵的像个孩子。想起自己成为村妇，腼腆地红着脸喝茶或拽着辘轳井的吊水桶升降，我的心便少女般剧烈跳动。啊！热情的毛虫啊！我要像只鼬鼠吸干一个男人的鲜血。男人肌肤变冷，我才产生棉被般的恋情。

去东京吧。黄昏散步时，不知不觉间走上了通往车站的马路。看到车站的时刻表后，我的泪水一个劲儿地往下流。

(十二月 × 日)

那个男人解开红皮鞋上的鞋带进了客厅。我正面朝向他，皱起眉头。仿佛感受到胃袋里的翻江倒海。

---

[1] 写着天台宗（佛教一派）用语的布带，表示祛除妄念，用明智观照万法。

"你多大了？"

"我吗？二十二岁。"

"噢……那么我还比你大。"

男人厚厚的嘴唇，眉毛浓黑。我记不起来只觉得在哪儿见过他。突然，我的心中豁然开朗，竟然想吹起口哨。

月明之夜，星光高照。

"把你送到那儿好吗……"

这个男人好像十分悠闲。钻过忘记收起的国旗，来到月光明媚的街区，胸中的浊气一吐为快。两人默默无语地走过一条街又一条街，河水哀伤地流进我的心中，我感到自己很可怜。男人都是纵火者。熊熊燃烧。我心中的恋人居然是释迦牟尼。南无阿弥陀佛的释迦牟尼目光妖娆，隐身于我当时的梦想之中。

"那么再见啦。娶个好媳妇。"

"啊？"

可怜的男人。乡村的男人朴素善良，月光下拖着长长的身影，走向邻近的街区。我说的话，不晓得他听懂了没有。明天就打点行李启程吧……家居的门前灯火通明，我望着久违的客栈行灯，突然感觉到母亲好可怜。我的头部仿佛被人击了一拳，注视着那只斜眼枭一般的行灯。

"冷吗？……喝点儿酒吧。"

我和母亲面对面坐在茶室里，心情舒畅地共饮一合[1]酒。母女二人相处，真乃人间幸事。我无所顾忌地望着母亲的面容。在煤烟熏黑、老鼠乱窜的天棚下，我又将扔下母亲独自离去。母亲多么可怜呀。

"那种男人讨厌死了。"

"性格不是挺好嘛……"

真是一出凄凉的喜剧。啊！好多东京的朋友来信，都说想念我。

* * *

(一月×日)

> 大海泛白光，
>
> 启程去东京；
>
> 草筐装满青蜜橘，
>
> 天神号四国海滨。

> 乖戾的大海咆哮，
>
> 天空明如镜；
>
> 人参灯台红似火，

---

[1] 日本容积单位，一合相当于十分之一升。

眼睛刺辣疼。
我要断然摒弃
岛上的悲哀,
迎着冰冷的汐风,
眺望远行的帆船。

一月的海洋泛白,
丰收的蜜柑馨香。
我愁绪万千,
像个被人拐卖的女人。

(一月 × 日)

  雪日的天空阴沉昏暗。早晨的餐桌上摆着白色的酱汤、高野豆腐和黑豆。这些食品都是清淡的。东京给我留下的净是悲哀的回忆。我也曾想,索性去京都或大阪生活。在天保山廉价客栈的二层楼上,一只猫没完没了地哀号。寂寞难耐。我木呆呆地横卧。唉！活着为何这样难？……我已经身心疲惫。海腥味的棉被,像鱼肠似的腻滑肮脏。海风拍击着大海,涛声震耳。

  我是个一贫如洗的女人。……既没有生活的才能,也没有生存必需的财富和美貌。余下的只有血气充溢的躯体。百无聊赖。我弯起一条腿,像仙鹤在客厅里团团转。好长时间不涉文字，不过时时瞄一眼墙上贴着的"一宿一元"广告。

傍晚开始下雪。无论去哪儿，总是仰望着旅途的天空。我也想再度返回四国的故乡。客宿寂寞，晚上只想安然借酒消愁。"面对旧日创痕和初恋的斗篷。"我呆呆望着那张唯一的明信片，笔下随意划拉着不知何处记下的俳句，脑中浮现许多东京的朋友影像，大家各自忙着自己的事情。

耳际忽闻汽笛声。我打开窗户，眺望雪夜中沉睡的海港。港口停泊着若干点着蓝灯的船舶。它们和我一样，都是流浪者。外面下着雪。我苦思冥想，突然对那再未谋面、早已远逝的初恋男人，产生了深深的眷恋。同样是在这样的一个雪夜，他唱了城岛小曲又唱沉钟之歌[1]，令人怀恋的尾道海面波平浪静。我俩共同顶着一个斗篷，互相划着火柴辨识对方的脸庞。短暂的别离令人沮丧。我是个一味堕落的女人！收到他最后一封来信，已是七年之前的事了。他常对毕加索的绘画品头论足，对槐多的诗歌亦爱不释手。我的手上有种强烈的痛感，仿佛一掌击在谁人头上。不知哪儿传来三味线的琴声。我木然而坐，没完没了地吹着口哨。

(一月 × 日)

来吧！白手起家，另起炉灶。出了市里职业介绍所的大门，我便乘上了开往天满的电车。工作的地点是毛毯批发

---

[1] 德国剧作家、小说家霍普特曼（1862—1946）的童话剧戏曲《沉钟》中的歌曲。

部，我是女校毕业的女事务员。观望着昏沉暗郁的街道，只觉得大阪别具风味。在完全陌生的地方做工，其实蛮不错。河岸边干枯的柳树在大风中扭动腰肢，随风摇摆。

出乎意料的是，毛毯批发部是家大店。店门宽阔，庭院幽深，屋里却像贝壳一般昏暗。在此做工的七八个店员站在那里忙碌着，脸上一派病态的苍白。在大阪人喜好的雅致客厅里，一切都收拾得整洁敞亮。我与初次见面的年长女主人相对而坐。

"你为何由东京来这里？"

我有点儿发窘，不知如何回答为好。我哪是什么东京人。

"有一个姐姐……"

我嗫嚅道，心中又像平素一样惶惑不安，担心对方是不是会拒绝自己。女佣端来了点心盒与茶水。许久没有喝茶了，甜点更是不曾沾边儿。唉！世上竟有如此温馨的家庭。

"一郎！"

女主人平静地唤道。一个二十五六岁的文静青年由邻屋出来，腰杆儿笔直，像家里的公子。

"这个女人来晚了……"

小主人像演员一样身材修长，目光炯炯地望着我。

我突然感觉无地自容手脚麻痹。多冷漠的世界啊！恨不能马上离去。——回到天保山码头时，已是日暮时分。码头上有很多船只。东京的阿君寄来一张明信片。

——你还在那里瞎耗什么？快点儿回来，有份好工作。——阿君无论遭遇何等不幸，都保持着健康的心态。我的精神也破天荒地为之一振。

(一月 × 日)

我出乎意料地去毛毯批发部上班了。

五天后,我离开了天保山的廉价客栈。像个吊篮似的随风飘忽。总算像只被人领养的狗崽,住进了毛毯批发部。

里面的房间,大白天也点着汽灯,刺刺作响。在那间宽大的办公室里,我书写了无数的信封,同时做着莫名其妙的美梦。我一而再再而三地被人解雇,仿佛掴着自己的耳光。唉!我是一个幽灵吗?在那蓝色灯光的汽灯下,我久久地望着自己的双手,每个指甲都被染成了黄色,十根手指却像春蚕一样透明。三点是喝茶的时间,茶水要送到八桥的山盛店。店员九人,其中六个小伙计在外送货,所以我也分不清他们各自是谁。两个女佣,阿国负责杂役,阿丝负责主人身边的细活儿。阿丝像一位皇家女侍,面容像个睡美人。关西女人待人温柔,但你完全搞不清她在想什么。

"你这样远离家乡,感觉新鲜吗?"

阿丝扎着桃分髻,歪着头用力捋线,缝着一块十分漂亮的花布。阿丝告诉我小主人一郎娶的媳妇才刚十九岁。媳妇去市冈的别墅生产,家里静悄悄跟掉了魂似的。——晚上八点便已大门紧闭,掌柜的和小伙计们统统不知钻到哪里去了,无影无踪。我躺在浆洗平整的棉被中,望着天棚,尽情地舒展着双腿。我痛切地感到自己好可怜好寒碜。阿丝和阿国的双人寝床上整齐地放着两只高底木屐似的黑色箱枕[1]。棉被上扔着阿丝的长汗衫,上半身是别样的红布。我恍惚中觉得自己是个男人,久久地望着阿丝的红汗衫。两个年轻的女人正在喝汤,没有笑声,只有喝汤的嘶嘶声。阿丝的手真美,生着白色的汗毛,我竟然想去抚摸她的手。我觉得自己整个变成了男人。我喜欢穿着红汗衫的阿丝。沉静的女人像鲜花一样,把美妙的气息传递到很远。我闭上盈出泪水的双眼,背对着炫目的灯火。

(一月 × 日)

我已习惯了每天早晨的山芋稀粥。

想念东京的红酱汤。将青芋切成小丁,再和小松菜一起煮成酱汤,真的十分可口。新卷鲑鱼也是美味佳肴。一片片剥食,真是妙极了。

我望着萝卜片般的大阪的太阳,就着咸菜吃甜味茶泡饭。我的空想是例行公事,统统充满了淡淡的孩子气。

到了下雪的季节,我的脚趾总是会生冻疮,让人痛苦难耐。——傍晚,院里堆了许多货箱,我便找了个背人的地方使劲挠脚。脚指头红得发烫,肿着闪闪发亮,痒得我恨不得用针刺破它。

"嚄!冻成这个样子呀。"

---

[1] 以长方木匣为底座的小圆枕。

掌柜的兼吉惊讶地探头望着。

"冻疮用烟袋锅擦擦最好。"

年轻的兼吉精神焕发，噗地拔出烟袋筒，放到嘴里狠狠地吸了几口，然后用烟袋锅在我那烫肿一样的、红红的脚指头上来回蹭着。想不到在这只知挣钱的人们中间，还留有这般温情。

(二月 × 日)

"不要光想着赚钱嘛。钱不过是过眼烟云。你应该找一份体面的工作。"

母亲总是这样对我说。可那些高雅的工作，干不上两天我就腻了。我生性变幻无常，气量狭小，缺乏宽容。我也讨厌自己这种乖僻、难处的性格。唉！我焦躁不安，只想到一个没人的地方高声大喊——哇！

仅有的一册王尔德的《狱中记》给我带来了愉悦。

——我裹挟在一群暴徒之中，听他们嘲笑那灰色的十一月的冬雨。

——对狱中的某些人来说，眼泪是日常经验的一部分。在狱中没有哭泣的日子，只有心死如灰趋于坚强的日子。绝非人心幸福的日子。

每天夜晚读这样的文字，我的心阵阵疼痛。朋友啊！

亲人啊！邻人啊！我突然喜欢上我的那位朋友，她总是带着莫名的悲哀，诚实地嘲笑我。我也祝福阿丝的恋爱。夜晚泡在浴池中盯住屋顶的天窗，我看见许多星星洒落。我痛切地孤零零地仰望天空，突然想起了近乎忘却的往事。

我的心灵已经苍老，相反肉体仍然年轻。我张开泡红的手臂，在浴盆中用力舒展躯体。突然间觉得又恢复了女儿身。我想结婚。

脂粉的气息扑鼻而来。我描了眉涂上口红浓妆艳抹，冲着柱镜中的身影露出天真的笑容。我还想别上青贝色的头梳，用桃红色的发带束起发髻。弱者啊！你的名字是女人。何况已经堕落的我呢。我想要个美貌男子……唱起十分熟悉的普罗旺斯小曲。只觉得胸中烈焰燃烧。我像鱼儿一样睡在浴桶中，周身瘫软。

（二月×日）

街上红旗飘飘，春季大甩卖。——女校时代的阿夏来信，我真想不顾一切地赶赴京都。

——你活得太累了吧？……她在来信中写道。没有的事！姑娘的来信温柔体贴，做个女人也蛮好。天真幼稚。青春的气息扑面而来。阿夏是我同期毕业的同学。八年岁月，我们相隔数百里。她也没嫁人，一直尽孝道给父亲当帮手。阿夏的父亲是一位日本画画家。看了感人肺腑的来信我热泪盈眶，真想马上见到这位善良的朋友，和她开怀畅叙。

我在店里请了一天假，冒着寒风赶赴京都。下午六点二十分抵达。阿夏来车站接我，苍白的脸庞埋在松软的黑色披巾中。

"好找吗？"

"唉。"

两人默默握了握冰冷的手。

我对阿夏的装束感到意外。怎么从头到脚一身黑？只有嘴唇鲜明醒目。看装束，简直像似一个寡妇。

嘴唇很美，若山茶花。两人像孩子似的紧紧拉住手，走在多雾的京都街道上天南地北地瞎侃。京极商业区一如往昔。记得一家忘了店名的店铺令我们感动不已，竟用美丽的信封饰出花窗。我们漫无目的地走在京都的大街上。斜刺里一条小胡同，我们在那儿找到一家叫"菊水"的面铺。阔别日久，终于面对面聚首于明亮的灯光之下。我是个单身女人，一贫如洗。阿夏靠父母抚养，自然也没有多少零花钱。我们根据自己的经济能力去吃清汤面。我们像女学生一样畅所欲言。一碗不够，松开腰带又添了一碗。

"没有人像你这样，三天两头换住处。我的通讯录涂抹得一塌糊涂，全是因为你。"

阿夏盯视着我，黑黑的大眼睛一眨不眨。忍不住想对她撒娇。

在圆山公园的喷水池旁，我们像一对恋人似的相依漫步。

"秋天的鸟边山真美。落叶缤纷。哎，我们不是一起参拜过传兵卫和阿俊[1]的墓地吗……"

"再去看看吧？"

阿夏惊奇地瞪大了眼睛。

"那你太辛苦啦。"

啊！京都美丽的街道夜雾迷漫，对面大树上夜鸟啼鸣。阿夏家在下加茂，门前正对着交通岗楼，红灯闪烁。我们由门前悬挂的灯笼下面走过，悄悄地上了二楼。远处的寺院里传来悠悠的钟声。

啰啰唆唆说得太多了。就此打住吧。阿夏下楼取灯火。我倚在窗前，打了个痛快的大呵欠。

* * *

（七月 × 日）

> 山丘上伫立着
> 一棵松树，我在树下，
> 始终凝视着无际的天空。
>
> 松针闪烁，

---

[1] 净瑠璃一出情死剧中的男女主人公。

湛蓝天空老松叶，
啊！活人艰辛，糊口好难。

我一贫如洗，
和服袖袂贴胸前；
想起故乡往事，
令人怀恋的童心，
手指笃笃地
叩击着松树的躯干。

偶然想起这首老松诗。孤寂难耐。我没头没脑地走在墨绿的树丛中。——胸前好久不系围裙。脂粉也淡妆涂抹。我滴溜溜转动阳伞，想起故乡也想起山丘上那棵老松。——回到公寓，男人房间里摆着一个大书箱。自己的女人是吧屋的打工女郎，他却买来这么大的一个书箱。我一如往常地将二十元钱塞在稿纸下。然后怀着舒畅的心情，在壁橱里旁若无人地翻寻脏衣。

"哎！有您的信。"

公寓的侍女拿来一封信。厚厚的信封上贴着六分钱的邮票，一看便是女人的来信。我怀着奇异的心情，咬着自己的手指，忐忑不安，体验着无尽的孤寂。我也在嘲笑自己。我从壁橱的隐秘处找到厚厚的一摞信，显然也出自女人手笔。

——温泉真好。

——你的纱和子……

——那夜共寝之后,我……

云云。我呆若木鸡地站着。这些酸倒大牙的来信,使我浑身战栗。——在提到温泉的那封信中,写着,我会准备一点儿钱,你也多少带点儿钱。我恨不得把信撕成碎片撒在屋中。我将稿纸下的二十元钱装入袖筒,径直离开了家门。

那个男人见我就说,你真薄情。杂志上发表诗和小说,也一个劲儿地数落我……为这身患肺痨、狂人一般的不幸男人,我只能在提灯下吟唱:"为你舍弃了一切……"我迎着傍晚的凉风,走在若松町的街道上。我不想再回到新宿的吧屋。哼!突然间我想,索性花了痛快。

"你,和我一起去温泉吗?"

我喝得酩酊大醉。那天晚上,阿时以寂然的目光望着我。

(七月 × 日)

唉!

人生何处无青山哪。

男人写了信来致歉。

夜。

阿时的母亲走进后门。我借给阿时五元钱。在这个乏味的世界上,别再去嚼口香糖,一切都在灰飞烟灭。我想存点儿钱,去探望分别日久的母亲。我走进厨房,顺便偷喝了一口威士忌。

(七月 × 日)

孤寂中一觉醒来,四个女人像鱼店的鲜鱼一样烂睡如泥,又像一摊白色的液体。我抽着枕边的香烟,望着阿时甩在一旁的臂膊。她才十七岁,肌肤是桃红色的。——她母亲干杂活儿开了一家冷饮店,父亲有病,所以每隔两天或三天,母亲便到阿时的后门这边来取钱。玻璃窗上没挂窗帘,望得见映着蓝色的天空,许多西餐、中餐的小红旗,像我一样地随风飘动。在吧屋工作的这段日子,我对男人的幻觉像睡梦一样消失了。或者说,那幻觉成了一堆甩卖的物品。我没有必要继续为他卖命。快去沐浴一下阔别已久的故乡海风吧。唉!可他也怪可怜的。

> 那是一条
> 泥泞的街道,
> 我伫立着,
> 像一台抛锚的汽车。
> 我要卖身,我要挣钱,
> 我要让大家高兴。
> 数十日路遥遥,
> 今朝又归东京城。

沦落天涯，
有谁肯买我？
我想看电影，
吃五角钱一碗的鳝鱼饭，
死也心甘。
可男人今晨
又一次恶语相向，
无奈的我
孤苦地潸然泪下。

男人是公寓，
入住须付钱；
我像猪狗一样
嗅着臭味儿，
在吧屋之间来去穿梭。

什么爱情、血亲、
世界、丈夫……
在我这腐坏的脑瓜里，
统统是遥远的幻觉。

我没有
呼喊的勇气；

我想去死,
却也打不起精神。
绑在袖上的小猫奥迪克,
给谁去照管?
钟表店的花窗边,
我瞪着女贼一样的眼睛。
世上来来往往的人啊,
都是徒有其表的
行尸走肉!

传说喝下马粪汁
可治肺病,
男人却喝得苦不堪言。
殉情是怎么回事?
钱!钱!我需要钱!
都说有钱走遍天下,
我累个屁死
却还是寸步难移。

怎样
才有奇迹出现?
怎样才能出现奇迹?
我拼命挣下的钱,
无影无踪去了哪里?

最终沦为薄情者，
或是变成糟糠女。

今生至死，
难道只能做吧女
或是女佣、糟糠女？
我的宿命，
难道就是累死？
性情乖戾的病夫呀，
你才是一只赤猪。

弓箭呀枪炮呀
尽情发射吧。
令人作呕的狗男女
面前，芙美子愿肝脑涂地。

谁让你对我那样狠心？我的报复是在杂志上写写小诗。我是一个大傻瓜。居然相信你"善意"的解释。说什么写作的收入不稳定，你在为我而焦虑。没错，打道回府亦无妨。乘火车吧，或是乘快船。美丽的水花四溅，人参灯台的红色、大海的蓝色扑面而来。夜行列车，夜行列车。无人送行的我悲切得犹如参加葬礼。我乘上了东海道线的列车，它几次三番地陪伴着我的不幸。

（七月 × 日）

"去神户看看如何？说不定有什么好工作呢……"

开往明石的三等车厢里，坐满了神户下车的旅客。我取下行李筐，将吃剩的盒饭小心收好，然后怀着某种不安的心情走下神户站。

"这下又没了工作，没了饭碗。可我不是亨克曼[1]，罪在那污浊的世界。"

阳光强烈，酷暑难耐，可我却买不起冰激凌和冰棍儿。我在家里爽快地洗了把脸，又喝了一肚子温开水，然后站在黄色的脏镜子旁，照了照自己纸莎草一样的孤苦面容。来吧！刀枪都冲着我来。并无特别的理由，我收好了中途下车的车票，向楠公[2]方向漫步。

> 我的手中唯有一只旧提筐，
> 还有一把折了伞骨的阳伞。
> 我是比烟灰还要乏味的女人。
> 我为舍身战斗所准备的仅此而已。

---

[1] 德国表现主义剧作家恩斯特·托勒尔（1893—1939）戏剧作品中的人物，是战场负伤的残疾人。
[2] 楠木正成（1294—1336），日本镰仓时代末期至南北朝时代的武将，被视为军神，后世以其为忠臣与良将之典范。

在沙尘遍地的楠公境内，照例有鸽子和卖明信片的小铺。我坐到水已枯竭的六角形喷水池旁的石头上。阳伞呼唤着暖风，我望着晴朗的蓝天。太阳真的过于强烈。我浑身瘫软，恨不得脱个精光。

若干年前的往事——记得十五岁时，曾给土耳其的乐器商打工。洋人家里有个两岁的小女儿尼娜。我的工作便是看孩子。我经常用一辆高把的胶轮婴儿车，推着尼娜去梅里肯码头[1]。——鸽子一点点靠近我身旁。人要是生为鸽子多好。我回忆着东京的生活，热泪盈眶。

人生短暂。究竟何年何月，我才能有几千、几百、几十元钱，好去孝敬我唯一的母亲……或是抚慰疼我爱我的养父。养父也很可怜，独自在外行商养活母亲。……可我的愿望，无一能获满足。唉！我苦思冥想，想得头疼。"哎，你热吧？进里面歇歇……"喷水池旁卖鸽食的阿婆，在小猪棚一样的店铺中问道。我对阿婆的关心报以甜甜一笑。走进店里才发现顶棚是草席，头都抬不起来。正如文字所示，这是一间小屋。我坐在提筐上，闻得一股豆臭味。倒是挺凉爽。泡涨的大豆浸在石油罐中。两个箱子上盖着玻璃盖，里面是神签和硬硬的海带。这里所有的物品上，都满满地落着灰尘。

"阿婆，给我一碟泡豆。"

递上五钱白铜币，阿婆却用干瘪的手指拨开了我的手。

---

[1] 位于兵库县神户市，1868 年建造。

"你给钱,我便扔了。"

我问阿婆高寿,阿婆回答七十六。她把我当成了食虫的幼雏。

"东京的地震已经消停了吧?"

没牙的阿婆表情和蔼,嘴巴像只捏扁的钱包。

"阿婆您吃吗?"

我由提筐中取出盒饭。阿婆微笑,鼓着嘴吃了我的烤蛋。

"阿婆,好热呀。"

一个腰杆挺直、面相丑陋的老太婆蹲在了店前,像是阿婆的朋友。

"老太婆,怎么啦?没活儿了吗?可你出来闲逛,会长先生看见了,没好脸子给你看呀……"

"是啊。荣町的客栈老板也是浑蛋。说是在他那儿洗洗被褥。竟然要我二十块钱……"

"那真不错。洗两床被子,就够吃够喝了……"

两个老太婆絮絮叨叨、畅所欲言。见此光景,我也生出一丝寂寥——这种地方还有此等世界。

终于,夜幕降临。港口灯火点燃时,似乎便无处可去了。我的衣服从早到晚湿漉漉的,难受得就想哇哇大哭。这就泄气了吗?就这点儿挫折!有件东西压在头顶,我口中念念有词。不,我怎么会泄气呢?我莫名其妙地数着屋檐行走,这副背着提筐的形象,比拉风琴卖药的药商还要虚幻。我很快找到阿婆指示的商人家。我这个人就是真的回故乡也是这副德行,阿婆还说要给我煮饭哩。走上海岸大道,船员成群结队,啧啧地打着响舌。

乘船是需要决心和勇气的。终于找到商人客栈的行灯,我的耳朵一热,进门便问房钱。老板娘坐在柜台前,态度和蔼可亲,见面便说"欢迎",然后对我说,开客栈的初衷是给旅客一丝慰藉,单收住宿费仅六角钱。三铺席大小的墙壁是蓝色的,寂寞感更加强烈。我脱下从早穿到晚的衣物,换了一件浴衣。然后循着老板娘的指点,去了附近的浴池。旅行真是件可怕的苦差。女人们围坐在一个小小的水池旁,像莲花一般。她们叽叽喳喳讲着各种奇谈怪论。旅途之中在澡堂子泡澡,真正是神清气爽。然而想到蓝色墙壁的压迫感,想到今夜的睡梦,我不禁悲从中来。

(七月 × 日)

少爷、少爷买簪子……走过窗下的苦力唱着这等土佐[1]小曲。清爽晨风中,蚊帐像波浪一样飘动。凌晨起床,心情格外愉快。听见那带有乡愁的土佐小曲,我不禁爱上了高松的那个海港。我的记忆中,那儿是没有任何污染的故乡四国。其实,仍想回故乡……啊!没法子。又该做饭了。

我憋足气力,唱歌般把诅咒男人的恶言秽语甩向天棚。

"喂!噢咻!"

---

[1] 日本四国岛的一个地名。

船员们在窗下相互呼唤。我求客店的老板娘，从驱虫菊商贩手上买来一张去往冈山的中途下船的船票。票价仅一元。于是我乘上了兵库发往高松的客船。

我要打起精神来，不能总是弱者。我在小店里买了一盒瓦状饼干，又在破旧的兵库船行中，买了一张去往高松的船票。到底还是回故乡。——清澈蓝天，母亲的热情化作一根电线，呼唤着我快快归来。我是个不幸的女儿。我用脏兮兮的手绢包了一撮冰碴子贴在面颊上。真是孩子气十足。人要是永远天真烂漫，该有多好！

* * *

（十月 × 日）

我木然地望着楼梯上面的脏地图。夕阳之下，地图上是落寞的秋天。我躺在床上抽烟，毫无缘由地流出了眼泪。心中是莫名的孤寂。地图上，其实只有区区两三寸距离。而我那可怜的年迈母亲，却在四国的海边独自生活，朝朝暮暮思念女儿。楼下传来女人们的喧闹声，大概是刚刚洗澡归来。我的头好疼。又是个百无聊赖的黄昏。

百无聊赖，
我跃入大海。

> 海水压迫着
>
> 我的胸膛，随波荡漾。
>
> 岩石上一个男人喊道——
>
> 加油啊！用力蹬水！

秋天的空气都是碧蓝色的。我想起白秋的这首诗作。唉！人生难道仅有这点乐趣吗？……我掰起手指数着自己那可怜巴巴的年龄。老板娘突然厉声喊道："阿弓！点上电灯！"阿弓？这倒是常见的名字。那么我母亲便是德岛的阿波十郎兵卫[1]喽。晚餐的小菜一如往常，水煮鱿鱼干和魔芋，一旁将要送出的外卖，却是黄灿灿的炸猪排，令人垂涎欲滴。我的食欲已完全地机械化。鱿鱼干含到嘴里，没有咀嚼便用水咕嘟地咽下肚里。二十五元的留声机，今晚也刺啦刺啦地转动着发出嘈杂的声响。今天是公休日，一大早外出玩耍的十子回来后说：

"太好玩啦。在新宿的候车室，居然有四个人在等我。我瞅着他们，装作全不知情的模样儿……"

这种把戏在当时的女佣中流行。即在某一公休日，与几位客人在同一场所约会，然后令其空等。

"今天带妹妹看电影。自掏腰包。不做工门票也买不起！囊空如洗啦。"

十子把脏围裙挂在胸前，又将礼品甜豆分给大家吃。

---

[1] 近松半二（1725—1783）的净瑠璃作品《倾城阿波之鸣门》中的人物。

今天来例假。胸口好闷。站立都十分困难。

(十月 × 日)

女人们像一根根断了的铅笔,歪七扭八地昏头大睡。我在记事本的边缘上写信。——我的生命没有意义,只是活着而已。神田一别,很久没有见面了……无论怎么说,我的寂寞难以忍受。在这偌大一个世界上,竟然没有爱我的人。我只想放声痛哭。许久以来,我都是孑然一身,特别渴望别人的甜言蜜语。几句暖心的话,都令我欣喜落泪。我走在深夜的大街上,真想放声歌唱。夏天到秋天,身体变得异样的我想干也干不动了。每况愈下。维持一日三餐都成了问题。我需要钱。我只要一碗白米饭,就着口感特好的黄萝卜咸菜。然而我一贫如洗,弱小得像婴儿一般。明天是我高兴的日子,将有些许稿酬进账。有了它,我想去个能去的地方。我整日都在看地图。确实,在这没有任何快乐的吧屋二层,唯有楼梯上的那张脏地图,让我成为空想家。或许,我会去西日本的市振走走。不论是死是活,反正我想外出旅行。

弱者一词,对我再贴切不过。我觉得这也挺好。我天生野性,不懂得礼仪规矩,所以我只有投身于自然。但像如今的这种状态,给家乡的生活补贴都无法承担。我对他人唯有歉疚。我耐住性子苦笑。我想到外出旅行时,会由乡村的天空与土地中,汲取到健康的气息;而在此之前必须工作。身体状况的恶化是我最最苦恼的,而且那个人也病了。真讨厌，我需要钱。我去了伊香保，谈到女勤杂工的待遇，一年时间，预付款为一百元。是不是太多？我外出旅行的目的是什么呢？反正不管怎样讲，照我目前的这种状态，已至崩溃的边缘。我在人们缺乏体谅的杂言恶语中生活，已经变得麻木不仁。我像只泄了气的皮球，没有信心。冬天再会吧。那时我或许有了十倍的坚强。总之我会竭尽所能。我带着自己唯一的黄蜡蜡的诗稿去了西日本。诗里写的全是妻子、丈夫。保重身体！再见——

突然间音讯杳然，请原谅。

身体好吗？你是个神经敏感的人，写这种信给你，你会露出怪异的笑容。其实，我总在流泪。尽管已经分手，可只要想到病态的你，心中便充满惆怅。无论遇到了困难还是想起快乐的往事，只要一想到你那乖僻的模样，我便感到恨恨的没趣。信里装有两张一元纸币。别生气，当作零用。那个女人没在你身边吧？是我多心了对不？秋天到了，我的嘴唇都僵僵地感到寒冷。和你分别之后……田井也在西部工作。

——妈妈你好。

钱汇晚了，望见谅。

秋天一到，我这儿也有种种开销，所以汇款拖后了一些。

您身体还好吧。我一切如旧。上次给我捎来的鼻炎药，方便时再给我捎一点来。我煎服之后，头晕减轻。那药的味道也不错。

取钱的时候，要像平常一样带上图章，还到邮局去取。

爸爸有信吗？时间过得真快。您一定不要过多忧虑。我今年也诸事无望，只好静候时机。

不管怎么说，望您保重身体。不多写。盼回音。

我的脸上泪水涟涟，抽噎着止不住哭泣。孤身一人，窝在这荒废的吧屋二楼写信，我心中最最惦念的还是那年迈的老母。您一定要活着，活到我出人头地的时候。让母亲就这样死在故乡的海边，真是太可怜啦。明儿一早去邮局，第一个把信发出去。腰带的内衬里，掖着六七张一元纸币。存折上倒是出出进进，可没有几个钱。我的头刚一挨在木枕上，花柳巷丑时的梆子便笃笃地敲了起来。

（十月 × 日）

窗外是哀愁的秋天景色。我将一切托付给了那只小提筐，之后乘上了开往兴津的列车。过了土气[1]有一条小小的隧道。

萨恩普劳恩，

---

[1] 地名，位于千叶县千叶市。

往昔巡礼到罗马,

未知穴朝南。

　　这是万里[1]的一首短歌,我很喜欢。而萨恩普劳恩,据说是世界上最长的一条隧道。要是一个人莫名其妙地外出旅行,那种隧道没准儿会让人感受沉静。我害怕的是海上旅行。他的面容和母亲的思念,都在抚慰我的心灵。可我就是害怕奔向大海。——我在三门下了车。灯光闪烁。站前是桑田。稀稀落落的草葺屋顶映入眼帘。我提溜着我的提筐,木然地伫立车站。

　　"请问这里有客栈吗?"

　　"到前面的长者町问,那边有……"

　　我走在日在[2]海滨,道路笔直。外房州[3]十月的大海,翻涌着黑色的浊浪。大海居然有这般可怕的热情,它令我兴奋。这里,大海、天空、沙滩便是一切。周围已暮色苍茫。看到这大自然的力量,我感到人类的力量是多么弱小。远远地传来狗吠声。一位身着碎白点花纹外衣的姑娘牵着一条黑狗,唱着歌急急走来。每当波涛飞溅,黑狗都吓得抬起头,冲着大海汪汪地叫。远雷一样的涛声和黑狗的吼声,给人某种恐怖的感觉。

---

[1] 平野万里(1885—1947),新诗社短歌诗人,著有诗集《晶子鉴赏》等。
[2] 地名,位于千叶县夷隅市。
[3] 房州为安房国旧名,位于千叶县南部。

"这附近有客栈吗?"

沙滩上只有一位可爱的少女。我上前打听道。

"客栈?您要是愿意的话,就住到我家吧。不过我家不是客栈。"

姑娘毫不迟疑地为我引路。她灵巧地吹着一枚淡紫色的用酸浆果制成的果哨,带我回到她的家。

姑娘家位于日在海滨尽头,正挨着长者町。这是沙滩上小破船一样的一座茶屋,茶屋老夫妇兴高采烈地为我备好了洗澡水。我感叹还有这样的世界,他们的生活如此轻松自然。此时,我简直不敢想象都市里污浊的灯红酒绿。屋顶上粘着一条风干的鱼尾,不知那是什么鱼。

屋里灯光昏暗,我这旅途女人的心情也是灰暗的。未能领略憧憬日久的西部日本秋天景色,然而这外房州的景色比西日本更加豪爽。从市振到亲不知[1]民居的屋顶上摆着许多泽庵石[2]。海浪飞溅路面的苍茫小镇,断崖上开败了布满荆棘的蓟花,勾起我若干年前的亲切回忆。我钻进散发着海腥气味的棉被,赶忙从提筐中取出香水瓶,在手帕上滴了一两滴。此刻我只想无声无息地消融于此。然而种种思绪却无尽地烦扰着我,令人不堪忍受。我只好将自己讨厌的香水味,印花一般地按在鼻子上。

---

[1] 地名,位于新潟县丝鱼川市西端的连崖地带。
[2] 腌咸菜用的镇石。

(十一月×日)

远雷一样的涛声和拍击窗户的雨声。我懵懵懂懂醒来时，已是十点左右的光景。用作镇定剂的香水发出醋一样的气息，久久地飘荡于屋内。我轻轻打开窗户。形成海湾的海岸烟雨迷蒙。雨水仿佛染成了深蓝。这是一个潮湿的早晨。堂屋里飘出烤沙丁鱼的香味。——过了正午，我开始感到头痛难耐，便和姑娘两人牵上黑狗，去日在海滨一带散步。海岸边的渔家中，女人、孩子三五成群，也在用竹签穿新鲜沙丁鱼。穿好的鱼被晾在草席上。雨后的阳光洒下点点银光。姑娘装满一桶沙丁鱼后，便在一旁拔些杂草盖住表面。

"这一桶，才十块钱。"

归途中，姑娘心情沉重地把桶拉到我面前说。

晚餐是生沙丁鱼三杯醋，外带煮海菜生鸡蛋。姑娘说她叫阿信，遇上好天气便去千叶木更津途中的海鲜干货市场。到了店里，我一面啜茶，一面与老夫妇闲聊阿信。一只水蓝色的螃蟹鬼鬼祟祟爬上了客厅。生活中疲于奔命的我，看见这些人石头一般循规蹈矩的生活，生出无法表达的羡慕。起风了吗？雨窗像失事的船只一样晃动。这座古朴的海边小屋真像契诃夫笔下的海滨客栈。到了十一月，这一带脚底已感到寒冷。

(十一月×日)

远望富士,
远望富士山;
飞雪若非红色,
何以赞誉富士山?

不能输给大山,
火车的车窗
映出我无尽的思绪;
尖耸的山之心啊!
威胁我破碎的生活;
寒意阵阵,
我低垂下眼帘。

远望富士,
远望富士山;
鸟儿呀!
由山脊飞越山顶,
张开鲜红的嘴巴,
投下了一抹嘲笑。

风儿呀!
富士是——

风雪的大悲殿。

狂风瑟瑟富士山，

日本的象征，

留下无尽的迷踪。

悠悠梦幻思乡病，

魔鬼居住大悲殿。

看那富士，

看那富士山；

北斋[1]的绘画描摹出你的英姿，

年轻的你，烟花飞溅。

而今的你

却已老朽不堪。

目光炯炯，

却像一个土馒头，

永远地仰望蓝天。

你又为何总在逃避？

躲在不透明的积雪之中。

鸟儿呀！风儿呀！

---

[1] 葛饰北斋（1760—1849），江户时代末期浮世绘大师，代表作有《富岳三十六景》及《北斋漫画》等。

白皑皑的积雪
冷彻入骨。
去拍击——
富士山的肩膀吧。
那并非一座银城,
而是隐藏不幸的风雪大悲殿。

富士山啊!
这里站着一个女人,
她不会向你低头。
相反,她对你
发出了一缕嘲笑。

富士山哪富士山!
你在飒飒的风声中,
焕发出火一样的热情。
你呼啸着念念有词,
要敲打顽固的女人头颅。
来吧!我愉快地
吹着口哨恭候。

我每天照旧一如既往。我将围裙挂在胸前,上二楼打开窗户。远处对面呈现出薄云之中的富士山。啊!我曾在山下徘徊,体味过一次又一次的不幸。可即便是在小小的旅行之中，例如两日出游领略外房州寂寥的景色，我的灵魂和肉体也都获得了奇妙的净化，领略到无限的美感。我像一棵田野中的杉树，尽情地领受最低限度的快乐。明日进入红叶节，我们备好了狂人一般的红衣，城里人不断地发明出这种滑稽的喜好。恬不知耻。又来了新的女人。今晚亦须涂脂抹粉，以假面一般的双重微笑骗人。……俗世人生，本来就是这副面孔。外出时，母亲寄来两件漂白的衬衫。

* * *

（一月 × 日）

吧屋一位醉客送我的戒指，曾发挥了意想不到的作用。我和阿时去当铺换回十三元钱。然后溜达去了千驮木的街上购物，又去旧货商店买了方形火盆和矮脚餐桌，买了泽庵萝卜咸菜、饭碗和茶具。再付上半个月的房租，也就所剩无几。十三元钱，就这么不经花。

我俩口吐寒气，抬着沉重的物品返回住处。此时已近十点钟。

"哎！前面那家店里有一位唱小曲的师傅。嘿……真是不错。"

打起花阳伞，

柳巷花飞雪；

缠头巾绕过，

紫红江户春。

近在咫尺的小路对面二楼，传来袅袅的三味线声。留着一条细缝的雨窗下，看得见邻家的明亮灯光和拉窗上细致的格棂。

"明天再洗澡吧。睡觉吧。被子借到了吗？"

阿时哗啦关上了拉门。褥子倒有，我和泰子同住的时候用过的。泰子嫁给了小堀[1]，褥子留给了我。她还给我留下了炒菜锅、菜刀等。我不禁回想起本乡的酒馆二楼，那儿留下我最最值得怀恋也最最令人厌弃的回忆。记忆中有同住的军人、洗尿布的妻子以及为人和善的酒馆夫妇。该办的事料理完毕，我想拿出当时的日记阅读。

"泰子怎么样啦？"

"这次算是幸福。听说小堀很体贴，身体也很棒。谁还敢欺负她……"

"抽空带我去玩玩。"

两人盖上楼下老板娘处借来的棉被躺下。开始写日记。

△ 13元开销

---

[1] 小堀甚二（1901—1959），日本作家、评论家、社会运动家，著有《转向派文学在政治上的虚伪》等作品。

矮脚餐桌	1元
方火盆	1元
一盆仙客来	3角5分
饭碗	2角（2个）
汤盆	3角（2个）
绿芥末	5分
泽庵酱菜	1角
筷子	5分（5双）
茶具（带盆）	1元1角
桃太郎碗罩	1角5分
碟子	2角（2个）
房租（月租）	6元（3铺席9元）
火筷子	1角
烤饼网	1角2分
铝勺	1角
饭勺	3分
餐巾纸	2角
美颜水	2角8分
御神酒	2角5分（1合）
乔迁荞麦面	2角
结余	1元1角6分

"就这点儿钱，心中可没底……"

我一边用铅笔抵着脸颊，一边记着日记，不时让高鼻子阿时转过脸来。

"煤炭还有吗？"

"有。楼下的阿姨说，可以到那家煤店去取，月底结算。"

阿时心安理得地倚在我背后，用她细长的手指撩起绾着银杏髻的发丝。

"没问题。明天开始好好干活儿。你就加油学习吧。浅草那边辞了，去日比谷一带的酒吧。据说酒客更多。那一带……"

"有活儿干，两个人都好过。一个人吃饭都不香。"

我回想这烦杂的一天。——从萩原和阿节那里要了两升米；画家沟口特意将北海道送来的年糕分装在两个包袱中，并帮我将戒指送到了当铺。

"没事的。打起精神来。只要咱俩努力工作……"

"做勤杂的母亲那边，每月有三十元就够了。"

"我还有少许稿酬。别说了。好好干吧。"

下雪的声音吗？只听得窗户上沙沙作响。

"我讨厌仙客来的味道。"

阿时轻轻将床边的仙客来花盆推远一些。拔下簪子、梳子放在枕边说："好啦，睡觉吧。"昏暗的房间里，唯有花香强烈地袭扰我们。

（二月×日）

  淡雪洒满地，

  顷刻消融似梦幻；

  杨柳婀娜影，

  摇荡春心伴晨熹……

阿时的歌声突然将我唤醒，枕边是一双洁白的秀足。

"啊，你醒了。"

"外面在下雪呢。"

起床时，阿时已烧好开水，窗外的石板上，米饭也咕嘟嘟翻着白泡。

"煤炭拿来了吗？"

"嗯，跟楼下阿姨借的。"

阿时平日里不下厨，今天破天荒把碗都洗了出来。几年不曾这样悠闲喝茶了。我们守着那猫儿额头般的小餐桌。

"先别把这儿告诉大和馆的那些人。"

阿时打了一个大呵欠，双手烤在那只小火盆上。

"下雪天你也要出去？"

"嗯。"

"那我也去见见时事新闻的白木。打算写一部童话。"

"回来早，就做点儿热乎的。我今天要去几个地方，没准儿回家晚。"

初来乍到，去隔壁邻家打了个招呼。那是一对开旧衣店的夫妇，住着六铺席大小的房子。同时见了楼下老板娘的老公，据说他是个号称鸢头的黑老大。反正都是些口齿伶俐的下町[1]人。

"这家过去是面向道路的。发生火灾后搬到这里……过去住的是小妾。小路尽头的爷们儿是唱清元[2]小曲的师傅，这一带比较乱、吵人……"

我突然发现老板娘涂着黑牙齿[3]，觉得很新奇。

"小妾吗？怪不得呢。可头一眼看还觉得挺不错的一个女人嘛。"

"倒也是个好姑娘。不过老板娘说，那种事情这附近比较少见。"

我俩扎着同样的银杏髻，来到雪中的街上。大雪茫茫，漫天飞舞，像泡沫一样扑在鼻眼之间。

"赚钱真是太难了。"

大雪啊！下吧下吧，把我掩埋。我走在雪地里，别扭地骨碌碌转动阳伞。八重洲的大街上，每家窗户都亮着灯。下班的女人们穿着紫色、红色的大衣，顶着风雪赶路。我没有穿大衣，袖子湿漉漉的，像可怜的蟾蜍。"白木先生回来后，见留条！"因此，仍旧在酒吧打工的阿时才会说出"好好学习吧"这句话。报社的会客室很大，我一如往常给他留了个

---

[1] 都市里工商业者居住的低洼地区，在东京特指浅草、下谷、神田、京桥等区域。
[2] 日本曲艺净瑠璃的一派，曲调清婉，富民众性。
[3] 旧时日本妇女的一种时尚。

条。我说——自己是个可怜的女人，字写得歪七扭八，让人难堪。

时事新闻社的大门有意思。骨碌碌的转动门像水车一般。转到头儿一推，大门便又倒转过去。邮递员看着我笑。多么渺小的人啊。我仰望着那座大楼，只觉得一个人活着死了，简直没有任何区别。可是，如果把这大楼卖成钱，足够一辈子的米钱、房钱，还能往家乡发长长的电报。我诅咒那些暴发户。狠心的亲属和冷漠的朋友们，都向我投来惊诧的目光。可怜的芙美子呀。去死吧。阿时一定手脚僵冷，像野犬一样走在大雪中。

（二月 × 日）

唉！今晚又让我在家中傻等。早已过了饭点儿。我在方火盆上热了热茶，开始吃晚餐。已经过了一点。昨夜是两点，前天是一点半。过去阿时总在十二点半准时回家，很少这么晚的呀。矮脚餐桌上散落着两三页刚有了开头的稿纸。家里只剩下一角一分钱。

本来剩下约莫十块钱，她让我好好存着的。可不知不觉又带上出了门。昨天又听走了耳。究竟怎么回事呢？

饭热了又凉，凉了又热，蒸锅里的米饭都烂成糨糊了。文蛤火锅里的酱汤也熬得稠乎乎。我实在没法写下去，将桌子推到镜台旁，寂寞地躺在床上。啊！真想去做做头发。银杏髻扎了十多天，头皮痒得要命。打开电灯，蒙上一块紫布，心想回家的人也会寂寞吧。

三点钟。

楼下老板娘嘟嘟囔囔的说话声吵醒了我。随之阿时醉醺醺地爬上楼来，脚步声震天价响。好像是喝醉了。

"对不起！"

她苍白的脸上头发凌乱，紫色外套都来不及脱，便颓然地扑在被角上，像个撒娇的孩子一样呜呜哭了起来。我本来有一肚子牢骚要发，这会儿却一句话也说不出来。

"阿时，再见！"

一个年轻男人的声音在窗下消失。路口传来断断续续的警笛声。

(二月 × 日)

两人闷着头吃饭。

"最近有点儿懒。你擦梯子，我洗衣服……"

"嗯，我会去做的。你别管啦。"

阿时睡眠不足的眼睑肿乎乎的，令人觉得十分可怜。

"阿时，哪儿来的戒指？"

细细的无名指上，宝石闪闪发光。戒指是铂金的。

"还有，紫色的大衣是怎么回事？"

"……"

"阿时，我知道你已厌倦了贫穷。"

我怕见到楼下的老板娘，一见就浑身难受。

"大姐！阿时是不是出了什么事呀？"

水管的水声哗哗作响。伴着阿叔刺人心痛的问话声。

"这一带是很讲规矩的。半夜里没有汽车嘟嘟乱叫。我是这街区的头儿，损害了这一带的名声，很讨厌的啦……"

是啊，言之有理。我闷头洗衣服，背后是各种闲言碎语。

(二月 × 日)

今天是第五天，阿时一直没回来。我一直等待阿时的消息。她败在了铂金戒指和紫色大衣上。也许这是失去生活目标的阿时特有的堕落方式。她也说过，贫穷绝不是什么耻辱……可芳龄十八的她需要大红大紫的世界。我用五分铜钱买了五块杂点，躺在床上一面吃着一面翻阅旧杂志。是啊，贫穷并不是什么耻辱。可是五块杂点也无法超度我的胃袋。我伸手打开壁橱，就着剩白菜，空想着白米饭的味道。

一无所有。我的泪水涌出来。打开电灯吧……杂点似乎未奏效，肚子仍然咕咕叫。心焦气躁。邻居旧衣商老板家，飘出烤秋刀鱼的浓郁香味。

食欲和性欲！我不是阿时。可我也需要一碗白米饭。

食欲和性欲！我咀嚼着这些单词，真的想放声痛哭。

(二月 × 日)

忍吧！什么也不要说。他给了我戒指后，胁迫我在浅草等他。他是个有妻室的烂货。他说可以赶走妻子。别笑话我。今年四十二岁的他是个包工头。

他给我做了许多衣服。我也对他说起过你。他说每月不过四十块钱嘛，他出钱。我暗自欣喜。

我读了阿时不堪卒读的来信，眼睛里流出火辣辣的泪水。我不相信她信中所说。牙齿咯咯作响仿佛金属的碰击。我何时恳求过他人施舍？浑蛋！笨蛋！这十八岁的女人为何这般脆弱？……我睁圆了肿胀的眼睛，抽噎着失声而泣。我哭得眼前一片朦胧，我用心灵向阿时发出呼唤。

我不知道她在哪里。

浅草的酒馆在哪里？

四十二岁的臭男人！

衣服……和服……

戒指和衣服算什么呢？你这没有信念的女人！

唉！她还是个处女呀。野百合一样的身姿惹人怜爱。肌肤是桃色的，细腻柔嫩。还有那满头的黑发。为什么？为什么将初吻献给那孑孓一般的庸俗男人？她歪着可爱的脖颈，春天似的心灵晨曦……曾经为我歌唱的少女啊，为何栖身于四十二岁的男人。我诅咒他。

"小林，挂号信！"

老板娘的声音难得这么精神。我拿起楼梯口放置的信封一看，原来是时事新闻社白木的挂号信。汇款二十三元！——是那篇童话的稿酬。这样，我就不必饿肚子啦。我的心怦怦直跳，真高兴！上帝啊。我反而感受到寂寞难耐。也许是幸福得过分。上帝啊上帝，你为何让四十二岁的男人，怀抱我心爱的伙伴？

白木的来信总让人感觉温暖。他总是祝福我健康地努力奋斗。我把窗户开得很大，倾听上野的钟声。晚上去领略寿司的美味吧。

第二部

(一月 × 日)

  我是一只
  抛向原野的红球，
  在强风的吹拂下，
  飞向高阔的天空，
  就像展翅高飞的雄鹰。

  风儿啊吹吧！
  包孕着燃烧的空气。
  风儿呀快点来吧！
  叩击我这红色的飞球。

(一月 × 日)

  漫天飞雪的天空。

无论如何，我都必须去岛上见他。

"我们这样败运，谁会瞧得起？"

母亲不赞成我独自去岛上。

"那下次妈妈带我一块儿去吧。反正得见他一面，把话说清楚……"

他的话至今让我心动，是他送给我那本《萨宁》[1]，也是他教会我如何恋爱，是他第一次把我带到东京，也是他对我信誓旦旦。——码头上停泊着船只，低云上方拖曳着长长的黑烟，海风在我的心中鼓起风帆。

"他就没有那个心，还找他干吗？……那才是一场灾难。还不如和妈妈一起去东京。"

"可是，不见一面把事情说明，肯定会留下种种误解……"

"你可想好喽。去年十一月杳无音讯，现在已是正月。他若真是有意就该来信。太小气了吧。我实在不喜欢酉年。"

我想起和他初到东京后一年多的生活。

正值晚春五月。我们散步到杂司谷墓地。在那里，我多次伤心哭泣。他把我一人留在东京苦耗，自己却一走了之。我就想，倘若给这种家伙养了孩子，该如何是好？可怕，走到哪儿我都头顶着旅途的天空。我跑到墓地，在碑石上拼命撞击腹部。他在信中说，美国归来的姐姐和姐夫非常顽固地

---

[1] 阿尔志跋绥夫 1907 年的长篇小说。萨宁是书名也是小说主人公，是一个在革命失败的幻灭中寻求短暂快乐的人物形象。

反对此事,还说打算离家出走和我在一起。一年的大学生活是和我一起在杂司谷度过的,毕业后他却独自一人回了家乡。我们曾相互信赖,努力工作,这甚至令我忘记了养父和母亲。然而,那些肤浅的、年轻的恋情岁月却比泡沫更加虚幻。

"过两三天,我去那边行商。怎么?你也去见他一面?"

揣着算盘的养父这样说。尾道的家位于二楼,是两个六铺席大小的房间。楼下住着做帆布、烟草生意的一对老夫妇。

"这里的房子很旧了呀。"

"这房子你出生之前就有。十四五年前,这条路还是大海。如今填海一直填到了那边。"

我们三个流浪者,租下这明治三十七年[1]建成的、煤烟熏黑的海滨二层,心中却有某种从容的感觉。

"坐着火车看尾道,真是个美丽的地方。"

港口城市,鱼鲜菜嫩。母亲给东京的我寄来一封信。始终期盼重归尾道。回到老家,却已完全变了样,看见什么都感觉亲切。我从行李中取出一本书。在我过去的书箱里,净是些带有恋字的书。邻居是一对木匠夫妇。女当家的成天价浓妆艳抹,像个卖春妇。今晚是小城的冬日善事节[2],在这昏暗、寒冷的海港小城中,提灯的灯光四处闪烁。木匠家的女人很热情,总是用沾满脂粉的双手,捧来小豆饭和油炸豆腐。

---

[1] 1904年。
[2] 寒冷的冬天里,狐狸之类的动物没有食物,人们便主动给它们放置食物,积德行善。

"阿姨这两三天,要去岛上吗?"

"十五号是工厂的盘点日。我准备带去点儿针织品……"

"我们家也是做船工的,活儿不多,所以也想做点儿生意。听说有种再生品针织袜子,不知好不好做……"

"好哇。最近手工业挺景气。品质好就有买主。做生意蛮有意思的。一起走吧。还可以给我搭把手呢。"

"那就拜托阿姨啦……"

据说当时的船匠工钱低,僧多粥少,去寒冷的海滨干活儿不合算。

黄昏。

在码头做工的金田先生带来一本《自然与人生》[1]。金田是我小学的朋友,喜欢读书。那本书上裹着光亮的桃红色纸带,封面绘画像是苇叶的嫩芽。

俗话说胜者为王,败者为寇。我一脚踢去,踢散了落英一般的积雪。天黑了,我在码头的肥料场读书。书里有紫衣少女的故事,还有雨后黑夜麻脸女人的故事。总之,一缕馨香沁入我年轻的心脾。金田说,蚯蚓的谵语颇为有趣。十点前后,我从山中的学校回家,家中的母亲正担忧养父弄花未归。在这样的寒夜中,卖春船也会营业吗?我到街上接养父。码头上拴着汽艇,抹着白脸的女人像鬼火一般时隐时现。我想索性跳入这波涛汹涌的大海,以自杀表达对于那个男人的热情。或者无所顾忌地堕落,加入汽艇上女人的行列。

---

[1] 德富芦花于1900年出版的一部随笔小品集。

(一月×日)

在岛上和妈妈她们分手，我便沿着海岸线走向那男人的村庄。我用一元钱买了一盒糕点，小心地挟在腋下。小岛与我是有缘的。穿过导水管一般狭长的小巷，便是一月里寒冷的蓝色海洋。它无边无际，浩瀚无垠。我感到胸口莫名地灼热。我和他三个月未曾见面，他一定想象得出我在东京的那种痛苦生活……山丘上是一片蜜橘，还有结着果实的柠檬树。我感到心中颇为愉悦，仿佛看见了少女时代的特殊风景。

两头牛。朽坏的草葺屋顶。柠檬山坡。还有矮脚鸡遍地开花的庭院。一月的阳光洒满大地，放射出薄雾一般的美丽光芒。卷起了铺席的堂屋里，挂着那个男人的衬衫。这屋舍给人以闲适之感。可这里的住户们为何把我当作来历不明的人呢？我默不作声地坐在沙尘遍布的台阶上，一个黑黢黢稻草人一般的弯腰阿婆从里屋赶鸡出来，好像是那人的母亲。

"我是从尾道来的……"
"你找谁呀？"

阿婆冷冰冰的声音令人心寒。问我是谁。我的眼泪不禁像爱哭的女孩一样哗哗地流。我对她述说了尾道、东京的情况以及我与她儿子一年多的交往。

"我什么都不知道。你找别人说一说吧。"
"能不能见见他本人？"

里屋出来一位吹着烟管的六旬老人，像是他父亲。说来说去，只说美国回来的姐姐夫妇反对。老人又说，儿子近日在造船厂的总务科找到了工作，让我不要搅乱了他的幸福。这家人住在灰蒙蒙的长满柠檬树的山脚下，守住几万元家产，过着一般的百姓生活，甚至连每日的饮食都十分节俭。他的父亲对我说，今天过节，吃饭去吧。简直不近人情。女人上年纪也会变得刻薄乖戾。阿婆用力在腰上缠了一条布带，钻进牛棚。黑乎乎的熬魔芋，油炸豆腐，青芋，加上炖煮杂鱼。这就是过节的菜肴。我坐在台阶上抹眼泪，听到呼唤，只见那荒芜的水田小径上，出现了熟悉的身影。

怯懦的男人看见我，惊诧地瞪起畏缩的眼睛。

"回去吧。别生气。耐心等待。不是说了……他要一个人做工嘛。还有他的姐姐说，不能找个姑娘连住的地方都没有……"

他父亲在一旁絮絮叨叨。他却耷拉着头一言不发。面对那样的父亲，在我眼里曾经威勇的男人竟一言不发。我就是说破了天也没有用。我开始产生了空漠之感。男人女人那种血肉相连的山盟海誓，难道会这样自私地土崩瓦解？我留下了点心，迎着辉映蜜柑山的黄色夕阳走出了村庄。他曾对我说："你长期受苦，对他人失去了信心。可你要相信我，怀着一颗童心……"

一月的海边泛着蓝色寒光。我茫然望着海面。

"阿婆说，没理由收你的礼物，让我还给你。"

男人跟在我身后，战战兢兢地说。

"没理由吗？那好，扔到海里去吧。你不扔？我来！"

我从男人手里抓过点心盒，使足了劲儿扔向大海。

"他们都非常顽固，我拗不过他们。离家出走，也不容易。在东京，大学毕业连饭都吃不上。只有在乡村，才能托故交的面子找份工作……"

我默默不语地哭泣着。觉得自己很可怜。在东京的一年时间里，我拼命地工作，将全部心思都放在了这个男人身上。

"什么都别说了。我已经愤怒地把点心盒扔进海里。你别以为我是胁迫你离家出走。放心。我马上一个人回东京。"

我踩着沙滩上脏兮兮的海藻走去。

男人也一直默默无语地跟在身后，像一只家犬。

"你不用送我啦。我不需要你那种温存的眼神。"

镇子入口处，我与他分了手。冷风粗暴地吹拂着我的躯体。本来想着见面之后有许多话要说，万般心绪却被击得粉碎。眼前的现实和在东京描绘的景象大相径庭。我倔强地昂起头，仰望蜿蜒的灰色群山。

造船厂入口处开店的养父、生母还有木匠家的女人，此刻已打烊。

"喂，这袜子是纸做的吗？怎么刚穿上就破了？"

这些袜子是用药水染成黑色的，穿的时候一不小心就会扯破。

"大妈！那我就先回去啦。都这么气呼呼的，怪吓人……"

木匠女人卖的是再生品针织袜,一双竟卖七角钱,真够黑的。她决定早些乘船回家,我便与她结伴来到码头。

"坐好啦!开船喽!"

船长摇动铃铛。穿着矮齿木屐的木匠家的女人,呱嗒呱嗒走过栈桥与渡船之间的搭板。剩有半包袜子的包袱,却一下掉入海里。

"卖得价码太黑了。报应。"

女人"哎呀哎呀"地喊着,找来根木棒去捞包袱。

一切的一切都已过去。渡船行至我曾经走过的沙滩海面,掌灯时分的柠檬山隐身在了暮色之中。三个月里,我一直心存幻想。此刻我迎着海风,久久地站在甲板上面。

(一月 × 日)

"你不能总这样,一会儿一个想法!"

养父在我身后说。我正在收拾返回东京的布兜行囊。

"爸,就送到这儿吧。早晚都得去东京。我只是先走一步嘛。"

"那和我们一路走多好。自己一个人不安全啊。"

"而且,你做事又心中没谱。乱来。"

的确如此。要什么谱?一本正经想好的,不也是照样?如今的我,根本没有心情约束自己。木匠家的女人买来香蕉。"在火车上当盒饭吃吧。"母亲倚在停车场的黑栅栏上淌眼泪。唉！多好的养父。唉！多好的母亲。我空想着一夜之间变为巨富。

"妈妈！你成天对我讲什么人情啦世故啦，对我们有什么用呢？咱一家三口的世界是最最宝贵的。去他妈的！我和那个男人，彻底决裂。"

"我们一家三口不能住到一起吗……"

"我会努力工作，赚很多钱。人也真是不可思议。我孤身一人，反而会拼命地努力工作。"

我的心中永远惦念着母亲。在东京，无论发生了什么事，我都要给母亲发电报，让她高兴。——火车穿过阳光下的港镇，缓缓地行进在山波[1]海边。我的回忆五光十色飞向大海，宛若蒲公英的毛絮。同时海上也浮现出他的幻影，像彩虹一般。

* * *

(六月 × 日)

炎炎烈日，撕裂了云彩与天空。腰带里别着的两份履历书，被汗水浸得皱皱巴巴。热死啦。新富河岸大桥的造型是曲线。电车穿过新富座，渡过那腐朽的木桥。坂本町下车是

---

[1] 地名，位于广岛县尾道市。

一处脏兮兮的公园。若是有钱，我会拼命吃冷饮。唉！这汗淋淋的一身臭味儿，谁人不厌？我往公园的脏条凳上一坐，把脸贴在镶着铜帽儿的遮阳伞的伞柄上，领受着酷暑之中的凉风。

"哎！大姐，给我五分钱……"

我吓了一跳。扭头一看，一个脖缠脏手巾的流浪汉站在身后。

"五分钱？我只有两分钱，还有一张电车票……"

"那就把两分钱给我吧。"

这健壮的男人三十出头，从我这里要了汗水浸湿的两分钱后，便往公共厕所的方向走去。我给了流浪汉两分钱，流浪汉非常高兴。那么我是不是也会遇上好事呢？公园像是打翻在地的玩具箱。这里的游人则像树木一样，满身尘埃，东一处西一处地闲荡着。

茅场町的岔路口往右一拐，便是名为祝福的股票市场。拉着暗色铁栅的事务所里，有游客一样悠闲的男人和忙得团团转的伙计。我觉得，简直像到了一个不同人种的地方。

"月薪嘛是三十五元，外加一顿盒饭。早上九点上班，下午四点下班。你会打码儿吗？"

"打码儿？"

"就是簿记嘛。"

"我想……还行吧！"

嗨！月薪三十五元哪！还带盒饭。多么美妙的世界呀——有了三十五元，我就能对父母尽孝啦。

妈妈！

妈妈呀！

哪怕给您寄上十元，您都会欣喜异常。对不？女儿终于出息了。

"那么怎么打码儿呢？"

"你来试一试吧。干两三天，再决定吧——"

这个男人是秃顶，电风扇将他的丝绸白衫吹得像船帆一样。他带我来到工作机前。工作机十分巨大，像一块大岩石。面对着它，我才深深感受到三十五元的抑郁。这就是打码儿？我哪里会呢。简直太可怕。我打开伙计送来的大账本，上面全是西洋字。这是一种复式簿记，与我所略知一二的簿记有着极大的差别。我感到头晕目眩冷汗直冒。这种长长的数字排列，我有生以来从未见过。让我每天面对这些数字，拨弄算盘珠？要不了一天，我就会彻底疯了。我记得，小时候我算盘打得还不错，拨弄得噼里啪啦的。可是算术总是丙。想到这儿，我的心里凉了。这么长长的数字对于我们的人生有何必要？我突然抬起头来，适逢伙计端来了冰豆点心。我惊喜得几乎流出眼泪。冰点与数字，红色与蓝色的直线。我用簿记棒敲着自己的脑瓜，胡乱地划拉着一些数字。我觉得十分可怕。

回到家电报已至。

——未予录用。

浑蛋！我还不想去呢。每天每天搞那么大的数字，简直是世界末日。我这一生恐怕没有希望了。我那一夜暴富的理想，又被巨大的数字击破了。

(六月×日)

从二楼可以望见，邻家的院里开着红色的美人蕉。

昨夜，莫名的悲哀袭扰着我，一夜哭泣辗转反侧。白云般的泪眼蒙眬，颇有美感。此刻望见邻家院里的美人蕉，昨夜的悲哀又涌上心头，我再度热泪横流。想来想去只觉得自己窝囊，孤寂得好似风平浪静的航船。无法过上像样的生活，没有心心相印的痴情恋人，就连正常的学习都难以为继。我下了决心，这回要是遇上自己喜欢的男人，就两眼一闭马上去死。要是生活有了改善，就要趁着幸福尚未逃跑时，赶紧结束自己的生命。

美人蕉的鲜花很美。瞬间之美。照旧令人钦羡不已。我竟希望来世转生为红色美人蕉。中午，我去了千代田桥的股票交易所。

——12345678910——

就这几个数字，我不知写了多少遍。然后和众多的应征者来到户外。交易所在征募女事务员。怎么？难道又是做簿记？我看见好多应征者。只觉得自己是个风中的孩子。

应征的女人有的身着薄衫，有的则是薄毛衣。只要她们一步跨出屋外，就不再互相敌视。

"你回哪里去？"

我告别鱼群一样的女人，步行来到银座，在银座悠然地漫步。我纳闷儿，为何无缘无故地去了当铺。一个大橱窗里是小小的水族馆，条状的小香鱼缓缓地游动。我漫无边际地想象着——银座的马路要是改为河床，那该多有趣。银座的房屋若是变成高山，也蛮有意思。山上如果白雪皑皑，更是美不胜收……在红砖铺就的路旁，一个肮脏的老头儿在卖陀螺，两分钱一个。人啊！到了这步田地干吗还非要活着？我想到宿命，想到命运，真是鬼迷心窍哪。老头儿！去，当一个拿破仑式的军事家，别再干这两分钱的营生。我望着卖陀螺的老头儿，心中充满了一厢情愿的同情，甚至包藏着残酷的嘲笑。我和他，莫非是同类？银座啊！动荡不安的银座充满了错觉，令人无法区分肮脏与美丽……回到家中，我无心再写履历书。

> 天空，秋风，
> 河流，树木，
> 皆为秋天的种子，
> 漂流，飞扬。
> 夜。

我拉灭电灯躺在铺席上，无云的夜空挂着硕大的明月。我用手指做个圈，像窥镜一样望着已经残缺的月亮。月亮竟像一颗黑痣！只听得不知何处，传来削冰的声音和风铃声。

"月亮啊！你瞧，我的青春未逝，热情未泯！"

我的心儿埋藏在深深的孤寂中。我举起双手拥抱虚空，月亮照耀我裸露的肩膀。我从未像此时这样感觉到自身的美。我倚在墙上，竟然感受到那个男人的气息。我将身体重重地撞在墙上，心中充满莫名的悔恨。我仿佛听见体内的血液在嘶鸣。然而当我茫然地睁开眼睛，血液的嘶鸣便骤然消失。只听得邻家的留声机里流淌出美妙的玛祖卡舞曲。这舞曲像暴风雨，曲中大量的拨弦。每当我听到富有大陆气息的小提琴演奏时，心中便涌出特异的感受。虽然自己的明天毫无希望，但要放弃生命仍是谎言。

(六月 × 日)

前天去过的股票交易所来了快信，要我翌日去上班。我激动得心脏怦怦跳。从今日起我就是股票公司的店员了。我觉得眼前一片明亮。我把那柄花布阳伞卖给了收破烂的。两角钱。

我即将效力的公司是日立商会。隔壁是钱铺，前方是千代田桥，侧旁是鸡肉店，桥对面则是烟草铺。下了电车，我趣味津津地观察着周围的一切。荻谷文子是我的新同事。面对面地坐上工作台后，我俩相视一笑。

"咱们有缘哪。"

"是啊。请多关照。"

文子穿着裙子，我是不是也得穿裙子呢？……我们的工作是给顾客下单，另外还有一些简单的簿记。文子出生在岐阜县，曾经是小学教师，因而她的语音语调格外不同。两个小伙计总是和她逗乐，学着她说话。中午的盒饭很好吃，有面包屑炸大马哈鱼，有炒青豆，还有煮芋头。我端着红色的饭盒，想起了远方的母亲。

买进两元！卖出三元！

骑自行车的伙计一回来，店员们便忙得不可开交。有的在黑板上书写，有的挂电话。

"去，给里面的客人送一杯茶。"

一个上司模样的人拍拍我的肩膀，手指向里屋。我端着茶打开门，看见一位戴黑眼镜、皮肤白皙的女人，正在寒暑表一样的纸面上，用红色的铅笔标记。

"哎！谢谢。这里还有女人呀？热吧……"

那女人从头到脚一身黑衣。她从腰带间取出两枚五角钱银币，放在我的手心里，说是给我的冷饮小费。

我不明白，除了工资这样的钱该不该收……便去问了那位上司。上司说，给你就收下呗。下班时，我在桥上望着高悬的太阳，心想这班上得舒服，还有时间去学习。

"你还是单身吗？"

穿裙子的文子皮鞋踩得咔咔响，她轻松地吹着口哨回道："我已经二十八了呀。三十五块钱，还不够我吃饭呢。"

我默默地报以微笑。

(七月×日)

时间不长，我便熟悉了工作。早晨上班，真是一件愉快的事。乘上电车，只见女性上班族们，个个提着带圆形赛璐珞提手的包。发薪水后，我也买一个。近日楼下的老板娘也心情舒畅。——到了公司，同事们还没到，只有年轻的上司相良先生独自在二楼的大办公室看报。

"早上好。"

"啊！"

我穿上工作服，并从桌子抽屉里取出蘸水笔和墨水。

"哎，你来把这风扇打开。"上司说。

我踩着垃圾箱，去拧高处门框上的旋钮。白色的房间里，顿时传出电风扇泡沫般的转动声。"呀？"我突然被相良先生的双手搂在怀中。没有任何心理准备的我，脸际是男人粗重的喘息。情急之中，我乱蹬的双脚踢倒了电风扇。

"啊哈哈哈！跟你开个玩笑嘛。"

我由楼梯上飞奔而下，跑到昏暗的洗手间里，哗哗地用水冲脸。那强行贴到脸颊上的男人嘴唇，似乎牢牢地粘在了脸上，洗也洗不掉。我甚至不愿看见镜中的自己。

"开个玩笑嘛。"

洗了很久，这句话仍旧粘在耳际。

"生气了吗？嗨！蠢蛋……"

相良下来看见我在用水哗哗冲洗，笑着骂了一句离开了。

中午。

我和戴黑眼镜的夫人一起到场中察看。在高高的晾台一样的处所，有人敲响了梆子。穿马甲的男人们便开始高举双手，啪啪地拍着。"买进！买进！"平台下面，是烂芋头一样乱哄哄的人头。夫人往上推了推黑眼镜，在记事本上唰唰地写着。

我把夫人送到她的停车处，她又递给我一个小纸袋，里面装有一元纸币。可我总是觉得，这样的幸运很快又会悄然离去。回到场中，几个投机商和小伙计们正在那儿掷骰子赌博。

"哎，小林！我们也试试吧，挺好玩的。"

一只碗倒扣着摇动骰子，大家叮叮当当地扔出一些小钱。

"来吧大姐！试试运气嘛……"

"……"

"你会大喜过望。从没玩过？好哇！你看看什么叫大喜过望。"

投机商穿着染有字号的半截坎肩，坎肩里夹着两层羽毛十分华丽。他从我手里抓过蘸水笔，往对面走去。

"说得那么好……我押，可我只有几个小钱。"

"噢，小钱也行啊！都买五谷神吗？……"

"快打开看吧！"

文子扔下蘸水笔跑到大家身旁，突然大声地欢呼起来。

"快来呀！小林，快来看。"

在她的呼唤下，我也跑进店里。那人坎肩背后竟画满了鲜红的图画。我不禁双手捂住了脸。

"多丢人哪……"

我转身逃了出去。身后，是大家的哄笑声。

夜。

我孤身一人漫步在新宿街上。

(七月 × 日)

"喂，是 ×× 家吗？这里是须崎呀。今晚不能过去啦，明天晚上去，你就这样转告 ×× 小姐。"

荻谷的教师腔格外刺耳。又是上司让她打电话给一家艺妓馆。

"哎，小林，今晚须崎先生在浅草请客……"

我们提前结束了事务，须崎带上荻谷和我，还有一个小伙计，四人乘上了他的汽车。须崎是上州的一个地主，长得猪一样肥头大耳，腰上一圈圈缠着古朴的白浜绉绸腰带。

"去野味馆如何？"

我和荻谷扑哧笑出声来。又是酒又是肉，除了吃就是喝。这位猪一样的男人狂妄自大，桌子上摆满了杯碗盘碟。我只觉得胸口发堵。出了野味馆，嘿！又去帝京剧院。我的头生生地疼。红色的衬裙，白色的腿肚，还有那观众与舞台，统统搅作了一团嗡嗡喧杂。我从来不曾见识过这样的世界，心中像一团乱麻。走出小屋便是浅草，到处都是卖柠檬水和冰激凌的店铺。"嗐！跟过节一样哪。"上州出生的上司，直勾勾望着周围的景象。

我的头好痛，中途告退回家。奇怪，荻谷女士却不想离开须崎。

"两人该不是有约会吧？"

小伙计将须崎氏给的电车票撕给我两张。

"再见。明天见。"

回到家里，蔬菜店、米店和煤店的账单都到了。按日计算，多少还有点儿结余。我打算下个月寄点钱回家乡。我在楼下要了碗藕粉粥。上床已是十一点。今夜，邻家仍在播放玛祖卡舞曲。我很兴奋，睡不着觉。

* * *

（九月 × 日）

今天又望见那块云彩。

我躺在蚊帐中，眺望那一块块涌流而至的浮云，今天要步行去十二社——也该去探望一下父母……我与身旁倚着旅行兜的大学生搭话道：

"从这里去新宿，行吗？"

"这会儿没有电车也没有汽车呀。"

"当然。我是打算步行过去哪。"

青年不语,默默望着忧郁的乌云。

"你打算在这儿露宿多久?"

"这个嘛,等广场上的人统统撤离吧。我觉得东京回归了原始时代。这是非常有趣的现象。"

哼,这个一知半解的哲学家。

"父母那边,都安顿好了吗?"

"父母和我一样穷,租房子。我无法久住。十二社那边没有烧毁吗?"

"听说,郊外的朝鲜人境况很糟。"

"哎,走吧。"

"哦,我送你到水道桥吧。"

青年收起插在土里的洋伞,滴溜溜地转动着,抖落云间降下的雾霭一般的尘土。我叠起四铺席半大小的蚊帐,走向快要坍塌的客栈。客栈里的人们,都在整理行装。

"小林,一个人不要紧吗……"

大家都为我担心,我却不领情。我挟起一个棉布包袱,走上了时有小地震发生的马路。根津的电车轨道穿过露宿的人群,像蚯蚓一般蜿蜒。青年用手拨开黑压压的人群,滴溜溜转动着黑洋伞走去。

真是一个奇迹,昨夜居然免了客栈房租。我想起太阳下行商的父亲,就觉得这区区三十元工资,可不能随便地花掉。途中买了两升大米,一块钱一升,又在街上买了五听朝日啤酒。

我还花五角钱买了一包碎面条。妈妈见了这些该有多高兴哪。在这般炎热的天气，没有伞的我踩着青年长长的影子行走。

"总是这么热吗？"

我背负着两升大米，白鼠般的体臭让人讨厌！

"肚子饿了，吃饭吧。"

"算了吧。我没有时间了。"

青年久久地站在那儿，拼命地擦汗。他骨碌碌地转动洋伞，突然将伞伸到我面前说道：

"五角钱，借给你吧？"

青年好像童话中的人物。我对他报以和善的微笑，同时心甘情愿地取出两张桃色的五角纸币，放在青年手中。

"你一定是肚子饿了……"

"哈哈……"

青年爽朗地大笑。承认如此。

"地震真好！"

青年说要送我到十二社。我硬是谢绝了。我独自一人走在电车轨道上。那么多美丽的女人，仅两三天时间，就一个个变得灰头土脸。我拽出了桃色的衬裙，光着脚大步走去。

到了十二社，已是日暮时分。本乡到这里，约莫有四里地。我的双腿硬邦邦的，胀胀地刺痛。我摸到父亲租借的房屋。

"噢！刚刚搬走。没人了。"

"啊？怎么这样仓促……"

"不是啊。我们不干了。要回故乡去。"

我茫然。这关西人冷酷无情。怎么不问问地址？我憎恨头发稀少的女人。我走在堤上的水道旁，把装米的包袱往地上一丢，便瘫卧在那儿。我的眼泪止不住地流。堤上的苜蓿花蔓延到远方，像士兵一样趴满地面。

星光灿烂。我决心露宿。走下土堤，尽量往人多的地方走。走到一家墙头歪斜的理发店前，那儿是一处广场，周围种着白杨树。小广场里拥聚着两三个小家庭。我走了过去，心地善良的理发店老板娘从店里拿来草席，为我铺好一个睡床。高高的白杨树随风摇摆。

"哎呀呀！累坏了吧。怎么从本乡……？今晚下雨可就惨了。"

上了年纪的老板一面收拾缠头，一面望着天空嘟哝着。他说夜里还会有查夜的警察。

（九月 × 日）

凌晨。

许久没有照镜子了。在理发店发黄的旧镜子中，我像个刚出山的女佣。我苦笑着拢了拢干草般杂乱挂在额头的头发。作为谢礼，我将两升大米留在了理发店。

"哎，那怎么行？"

老板娘急匆匆赶了一条街，摇摇晃晃把大米又抱了回来。

"真够重的呀……"

老板娘把两升大米还给我，让我作应急之用。她不由分说地把大米放在我背上。这是昨天来时的路。两条腿仍旧硬邦邦的像木棍一样。走到若松町，膝盖疼痛难耐。我要天真烂漫地面对一切。突然看见一辆装满罐头箱的汽车，便迫不及待地迎上去大声呼喊。

"可以让我搭车吗？"

"你去哪里？"

我的双手已经够上了罐头箱。

到顺天堂前下了车，我将四听朝日啤酒扔给了司机。

"谢谢啦！"

"再见。大姐……"

都是好人。

我回到根津的权现神[1]广场，大学生仍在那顶大蝙蝠伞下，仰望抑郁的乌云。我突然发现伞的旁边，穿着衬衫的父亲正孤苦伶仃地抽烟。他在等我。

"说是咱们走岔了道……"

父亲说着，两人都泪眼汪汪。

"你啥时候来的？吃饭了吗？妈妈怎么样？"

回答了我一连串问题后，父亲述说了他的遭遇。昨夜被当作了朝鲜人，费尽周折，好容易才到了本乡。结果和我

---

[1] 神的尊号，江户时代特指德川家康。

又走岔了道,筋疲力尽回不去了,只好和学生聊天熬到天明。我把那两升米、余下的朝日啤酒和挂面袋交给了父亲,又掏出一张汗渍渍的十元纸币放在他手中。

"给我的吗?……"

父亲兴奋得像个孩子。

"你不和我一块儿回家吗?……"

"地址我记下了。放心吧。过两三天就回去……"

有人在马路上大声喊着找人。吵得我和父亲好烦。

居然还有一个人在找产婆。"哎!这里有没有接生婆?……谁知道哪儿有接生婆?"

(九月 × 日)

我还是初次发现,街头的电线杆上贴着一张报刊启事。我就像收到了一封盼望已久的书信,在众人的身后窥视着。

——滩酒厂启事:本酒厂客户免费乘坐载酒货船到大阪。定员五十名。

呀!多么美妙的文字。我欣喜异常,同时扬起了空想的风帆。我有点儿担心的是自己与酒家无涉。

我想去旅行。回到美丽的故乡。去看大海——

我拿出两件单衣装在包袱里背上,神不知鬼不觉地飘然离开了客栈。我在万世桥乘上公共马车，坐在车上晃荡，脑瓜像只断了把儿的毽球板。好长时间才晃到了芝浦。车费七角钱。我觉得挺贵，又觉得挺便宜。反正下了马车，屁股都麻了。我走过落满尘埃的露天摊铺，那儿摆着各种商品，有精肉、豌豆、小豆糯米糕、水果等。突然一股肥料的臭味儿扑鼻而来。芝浦是个进口港，港内有一群群海鸥一样的白衣水兵。

我找了个人打听：

"滩酒船停在什么地方？"

原来在停泊着许多小艇的小屋旁，天棚下便是事务所。

"你就一个人吗？……"

事务员盯着我的寒酸样儿。

"嗯。是呀。我有个熟人开酒馆，他让我看的报纸。求您让我上船吧……家里人都放心不下呢。"

"从大阪去哪儿？"

"去尾道。"

"咳！真没办法，上去吧。抓好了呀，别掉到海里去……"

我在一张亮光光印着富久姑娘的标签背面，写上了我东京的住处、姓名、年龄和目的地。我觉得这样的旅行非常诱人。好几年没回尾道了。啊！那大海，那人家，那乡亲……只因父母借了太多钱，才让我不论发生什么事，都无法再回尾道。然而对那度过了少女时代的海边小镇，我这个孤身女人却怀着恋情一般的憧憬。

"我没有事先通知父母亲,这样好不好呢?"

我也不知道。我由海鸥一般的水兵中间钻过,登上酒气熏天的运酒船。——七十来人的乘客中仅有三个女人。一个是我,一个是身着水蓝色服装的交易小姐,还有一位身着美丽花纹浴衣的女人。两位小姐一直躺在蓝色的席子上看杂志、吃水果。

她们与我年龄相仿。我久久坐在一只破损的酒桶上。她们仿佛没有看见我的存在,根本不搭理。"咳!别坐这么高啦。"我自己没趣地嘟囔了一句。

船上女人少,船员们都盯住我的脸。唉!此时我才觉得自己若天生丽质该有多好。我心情抑郁地来到船底。没有镜子,我便将镍制的肥皂盒在膝头蹭亮了些,勉强照了照脸。我看着自己的面容,觉得衣服也该换换。我换上一件筒状浴衣,心中才算平静下来。耳边传来哗啦哗啦的波涛声。

(九月 × 日)

时间已是凌晨五点。各色人等惊人的呼噜声加上蚊虫的不断袭扰,令我彻夜未眠。我悄悄来到甲板,才算松了口气。多么美丽的黎明。这条破旧的运酒船翻腾着白色的清凉水花乘风破浪。月亮仍在播洒着淡淡的光辉。

"真是热死人了!"

一位健壮的船员从轮机舱爬上来,舒展着朱色的肌肤,呼唤大海的凉风。多么美丽的一幅风景。我突然觉得，做个船员的妻子也不赖。我盯着那个船员，他正下意识地摆出种种优美的姿势。那一个个不同的姿势，唤起我往日里苦涩的激情。美丽的黎明。清水港梦幻般地渐渐迫近。做个船员的女人，还真是不坏。

八点半早餐就结束了。吃的是酱汤、米饭和一种香菜。到了喝茶时间，船员们嚷嚷着跑上甲板。

"快来呀！煎饼烤好啦。"

我来到甲板，用和服袖袂装了满满两袖筒。小姐们看着，笑我像个贫民。船上的人好像不知道我是女人。到了第二天，仍旧不搭理我。让人高兴的是，中途的港口这艘船统统不停，一直开往大阪。

一个厨子打招呼。——"早上好！"

我便对厨子诉苦：昨夜睡不成觉，被蚊子咬坏了。

"对嘛。放酒的地方，蚊子自然多嘛。今晚你睡到船员室里吧。"

这位厨子挺滑稽，四十开外，个头儿却与我差不多。把我领到他的房间，拉开帘子，墙上是个壁橱似的卧铺。厨子砰砰给我打开几瓶康乃馨牛奶，还给我做各种点心。他让小伙计把我的行李收拾过来。我躺在卧铺上，好舒服。离头不远的枕头上方有一个圆形的小窗，巨大的波浪不断地拍击出水花。早晨见到的健美轮机手，咔嚓咔嚓地嚼着烤饼干，路过时探了探头。我觉得怪丢人的，就把脸埋在床上，装作睡着的样子。我闻到一股诱人的烤肉香味。

"其实呀，我是国际航线的厨师。这回想看看东京震灾，才请了几天假到这儿帮忙。"

厨师谦和有礼，是个好人。我坐在高处的卧铺上，两只脚垂在一边，一面吃饭一面听他说话。

"待会儿我偷偷给你做个冰激凌。"

看样子真是遇上了好人。他的家在神户，抱怨说有九个孩子。

船上点灯时间。说是当晚底舱会举行酒宴。厨子们忙得不可开交。——我关上灯，舷窗外像奔腾的河流，海风呼呼地吹进来。突然，我的脚趾好像温乎乎触及了人的肌肤。人手！我赶紧拧开枕边的开关。一只铁色的大手缩到了帘子外面。我吓得浑身筛糠，不知如何是好，只有大声地咳嗽。

不一会儿，我听见帘子外厨师的怒骂声。

"别装蒜啦！瞧你这个脏样儿，滚！"

帘子哗地拉开了。厨子提着闪亮的菜刀，抵着一个年轻人的后背走进来。男人的面相浮肿，不曾见过。但那只铁青的大手，我却记忆犹新。眼看着就要发生可怕的争斗。厨师的菜刀一动弹，我就吓得脊骨发凉。我一再地用手推按厨师的肩膀。

"养下坏毛病啦！嗯！"

轮机室里传来亲切的轮机声。我松开手，默默无语地倾听着。

＊ ＊ ＊

(二月 × 日)

唉！一切都被狗吃了。我躺在床上照镜子，扭曲的面容竟像一个少女。我的体内奇怪地产生了热乎乎的感觉。

我的头发乱蓬蓬的。钻进这暗红色调、古朴花纹的棉被，我的心中像夏天的海洋一样泛起浪花。我将汗津津的面颊无力地贴在铺席上，同时伸出赤裸的双脚，向镜子里面端详。突然，我感受到一种难以抑制的激情。我蹬开棉被，打开窗户。——在我那乱麻一般的思绪中充满了痛切的感受，穷困、无知、悲哀、饥饿、贫乏、寒冷、虚幻、抑郁、无依无靠、有言难发、健忘、无常和羸弱，一句话，世事寂寥成佛难。——我望着画室中巧克力色调的烟雾，突然想起了北原白秋的诗句：

　　无依无靠的，正是那可悲的人世。

由三楼窗户往下看，窗帘空隙中显现出川端画塾里女模特的裸身。校舍里摔跤场的向阳处，蓝色的油漆已脱落。穿着长纽带俄式衬衫的画塾学生们，正在文雅地、悠闲地进行角力游戏。楼上口哨一吹，孩子们一齐仰望三楼。只要听见摔跤场上方有人喊，三楼的女人下来啦，孩子们便愉快地拍手。到今天为止，搬到这川端画塾近旁的石垣公寓已有十来天光景。寒空之中，每天都飘浮起巧克力色调的火炉烟雾。我写了二十多份履历书，原籍或是鹿儿岛或是东樱岛，我还注明那儿是温泉胜地。然而写得那么远，谁都不相信。于是干脆将原籍改成了东京。这样变得异常轻松，无须再做说明。

大风卷起沙尘，啪啦啦撞击拉门。楼下相扑场的画塾学生们，将焦果糖像石头一样扔到三楼。焦果糖好吃……邻室的女学生回来了。

"嗨！干得真棒！"

她粗暴地踢开我的房门，画具往地上一扔，把手搭在我的肩头。

"哎呀画家，别画了！来客人了还画……"

楼下学画的学生们发出信号——可以下来玩玩。

于是，十七岁的女学生伸出两根手指。

"这是什么意思？"

"这个？没什么意思。可以理解为 OK，也可理解为不行……"

女学生和她的爸爸两人，在这家公寓租了间房。爸爸是个恶棍。少女却很可爱。爸爸没回来时，她便钻到我的被窝里来。

"我爸爸是樱花洗衣粉的老板呢。"

怪不得，总是给我那么多洗衣粉而不是肥皂。

"哎，没劲。我付不起学费，要休学了。"

我这儿没有火盆，只好在炭炉里用树枝烧炭。

"楼下七号搬来一个女人,说是表店老板的小妾,老板娘嫌碍事,恨得咬牙切齿……"

不知她平常叫什么名字,自称是阿红。阿红说爸爸长期待在夏威夷。爸爸还用啤酒箱给阿红搭了个大大的睡铺。我想象不出他究竟在干什么,只见他的房间里堆满了樱花洗衣粉的口袋。

"你看我爸爸整天笑呵呵的。其实他心里好孤单啊。你愿意嫁给他吗?"

"胡说!阿红别说蠢话。我最讨厌那样的老头子。"

"可我爸爸说,你一个人住在这儿,不是浪费吗?他说年轻的女人独自闲呆着,是大大的损失呀。"

我思忖,这空荡荡的三楼公寓该不会发生火灾吧。我躺在床上看报纸,关心的栏目总是招募艺妓、征婚、贷款和寻找女佣。

"大姐!去不去常盘剧院?今儿是三馆会演。可以从早看到晚。我从小就想当个歌剧演员。"

阿红用手指甲敲着墙壁,鼻腔里哼着熟稔的意大利舞曲。

夜。

松田来串门。我见了他,只觉得心中恼火。欠了他十几元钱总也还不了。我搬出裁缝的小屋,迁到这么个贫穷的公寓来,原因之一便是为了躲避松田的亲近。

"我带来一些香蕉,你吃不吃?"

在我听来,此人的每一句话都有暗示。当然,说实话他是一个好人。但他吝啬、执拗,整天拘泥于鸡零狗碎的小事。我打心眼儿里讨厌这种人。

"我是个幼稚的人。所以结婚想找个成熟的女人。"

他总是这样说,每天来串门。我强行送客。过后也觉得对不住他。心想下次来了该对人家客气些,可是只要见到他,我就由衷地感到厌烦。连他穿件扎眼的白衬衫我都忍受不了。

"欠你的钱总也不还,真对不起。"

不知松田是否喝到酒醉。今天装模作样地低着头唉声叹气。我并不喜欢樱花洗衣粉的老板,可我更加受不了这令人厌烦的男人那种不合时宜的眼泪。我只好悄悄走近邻家门旁。哼!为了区区十元钱,就得忍受那恼人的眼泪?其实,十元钱都进了缝纫店阿姨的腰包,我根本没见过钱的影子……我回想起赛璐珞工厂的事情,想起自杀的千代以及穷困潦倒地在裁缝店小屋里过年。唉!一切都已成为往事。然而每当我看到这幼稚男人的背影,我就会产生一种错觉,仿佛置身在同样的梦境之中。

"今天,特别想来找你说话……"

松田的怀里,好像揣着一把剃刀。

"那是谁的错?别这样子吓人。"

我可不想在这种地方,被一个自己不爱的男人杀害。我突然想到将我抛弃的海岛男人。唉!在这样偏僻的小公寓里,一个人生活苦不堪言。

"我只是自言自语,什么也不会做。我是想来告诉你,我可以去死。"

唉！松田那恳切的话语又总是令我心服。

"我也无可奈何。尽管分了手，但不定何时还会回来。而且我是个不可救药的古怪反常的人。借钱不还。我也非常苦恼。过四五天，我想会有办法……"

松田站起身，发疯般地跑下了楼梯。深夜，我翻阅着往日情郎的旧信。他说的话，全部都是谎言。外面风声大作。唉！万般孤寂，成佛却难。

(三月 × 日)

花房里的金色菜花，令人联想到玻璃窗外辽阔的乡村原野。拐过花房侧旁，看见一块漆板上写着"××产院"的字样。来此之前，我曾犹豫再三，打心眼儿里不愿做产婆，可最终还是摸到这千驮木町的产院。推开歪歪斜斜的栅门，大门旁的三铺席小屋里，三四个女人横七竖八地卧在暖炉旁。

"有事吗……"

"我从报纸上看到……这儿招募见习助手？"

"这么个小破地方，安置什么助手……"

二楼的晾台上，干尿布在半开的雨窗上啪啪作响。

"这里全是女人，你可随意。不过我总是在外出诊，倒是需要有人帮我料理一些事务。"

想不到如此寒碜的产院，主人竟是美女。她给我泡了一杯热红茶。早就听楼下的女人们"主人、主人"地喊，莫非就是这个女人？……房间里飘溢出昂贵的香水气味。整个产院里，只有这二楼的四铺席半摆设着华美的家具。

"其实楼下这些女人，都不是什么良家妇女。多数生产后便扔下孩子逃之夭夭。所以今天开始，要麻烦你替我看家。方便吗？"

女人眼望着我，手撑脸颊。她的双手白皙柔嫩，眼睛里闪烁着冷峻的光芒。她的眼睛望着远方，说话的神态却和蔼可亲。她那遥望远方的眼神里没有天空，没有高山和大海，甚至连人间的旅愁都荡然无存。那眼神好像东方的人偶，冷峻且充满了深不可测的野心。

"好吧。从今天起，帮您试试看吧。"

午间。

女主人用黑色袖口花边挡住脸出了门。女佣在厨房里炒洋葱。

"哎呀！真讨厌。又是洋葱酱汤吗？"

"每天就吃这些玩意儿！……"

"哼！把咱们当小狗啦。每天还收五毛钱。

女人们瞪大眼睛吵吵着，旋即又爆出了冷笑。屋里烟雾缭绕。

"助手小姐，过来一下！我们冷。你不嫌我们这儿脏吧。"

我怀着一种无尽的忧郁打开槅扇门，在杂乱不堪的三铺席小屋门口，居然坐着六个女人。这么多产妇哪儿来的呢……

"助手小姐,你老家哪儿?"

"东京。"

"哎呀呀,是吗?怎么有点儿傻乎乎的?"

女人们一边议论我一边哄笑着。午饭吃的酱爆洋葱,外加京味儿咸菜和淡味酱汤。八个女人筷子打架,像猴子一样围坐在小桌旁。

"整天孩子、孩子的,就想缠着我弄钱。什么需要营养餐维生素 B。哼!标准一个男妓。"

这帮不良妇女:三个女侍,一个乡村艺妓,一个女佣和一个寡妇。产院的女佣等她们离去后,对我说明了六个女人的状况。

"我家主人本不是做产婆的。那些女人,从前关照过我家主人。光介绍费就不得了。"

男妓。我这才理解了女人们的那番话。我感到自己直线下坠,心中突然地浮现出松田的面容。我怎么净找这样倒霉的职业?什么也别说了,还想和他在一起吗?我装作若无其事的样子,出了大门。

"你干什么?怎么拿着行李?要走吗……"

"慢着!主人回来前你可不能走……我们会挨骂的。而且,谁知你包里装着什么。"

这帮女人真是无可救药。有什么可笑的呢?她们的眼角里含着冷笑,似乎我一离开,她们就会哄然大笑。不知何时有人来了。大门旁边的院子里,放着一双红色的男鞋。

"你们看呗。偷什么啦?只有一本书和一个笔记本。"

"可你这么一声不吭地离去，主人一定会找我们算账的呀。"

那位像女佣的女人脸色最难看。女人们瞪着猴子一样的眼睛。我就奇怪，怎么挺着大肚子的一帮女人竟像动物一样乖僻。

"那不关我的事。"

户外已暮色苍茫，我走到花房的菜花前，才大大松了口气。啊！我想起菜花遍地的故乡。那帮女子，恐怕不会懂得菜花带来的乡愁……然而，我自己又如何呢？长年在东京过着没有出路的生活。这样下去，自己没准儿也会像她们一样。街头的菜花呀，我要怀着清纯的心情，继续过自己的生活。不管怎样，我必须确定自己的目标。我回想着刚才的那些女人，她们令我感受到无所羁束的苦涩人情。我呆呆伫立在寒冷三月的暮色大街上，心中诅咒那抛我而去的海岛情郎。洋葱蘸酱油。恶臭。公共痰盂。那些女人的生活，又该诅咒谁呢……

（三月×日）

清晨，岛上男人寄来汇款。还有一张母亲的明信片。——我是个无法依赖的男人，算了吧。希望你喜结良缘。目前我的生活，依旧仰赖父母。我自己也搞不懂自己。一想起你，我就痛苦不堪。看来我们今生今世已无望结缘。——他父母说，不能娶个外乡姑娘为妻。想到这儿，我像孩子似的哭泣。唉！索性将这十元汇款还给松田，图个干净爽快。

母亲的明信片中写道：你爸他去了九州，我或许要去你那儿。好好等我。

我大声地欢呼起来，真想怀着小学生一样的心情读书。鸽子，大豆，小屋，愉快地等待！

打邮局回来后，邻家阿红的房间里来了两位警察，不知在翻寻什么。打开窗户，画塾的学生们沐浴着三月的阳光，有的在玩相扑，有的倚墙观望，我要能过上这么悠闲的生活，该有多么愉快。我也曾学过绘画。瞧！高更、杜菲[1]，都是我所喜欢的画家。不过他们的画作有时给人以郁闷之感。毕加索、马蒂斯两位的绘画则充满了生命的力度。

"那儿的公寓有空房吗？"

青年们迸发出新鲜、爽朗的笑声。男人们却一起仰脸望着我。眼神之中包容了天空、高山、大海和旅愁，且闪耀着淡泊、美丽的光芒。

"好像有两间空房。"

我模仿阿红伸出两根手指。阿红的房间里像是在抄家，垫着啤酒箱的寝床发出了挪动的声音。

---

[1] 拉乌尔·杜菲（1877—1953），又译杜飞，法国画家，擅长风景和静物画，早期作品先后受印象派和立体派影响，终以野兽派的作品著名。

心焦。女人辛苦。活着辛苦。

＊＊＊

（三月×日）

我下楼来到厨房，窗台上不知是谁买来一个小花盆，是一株绽放的秋牡丹。厨房的小窗满是油垢。可爱的花朵却蓬蓬鼓起宛若小姑娘的裙子。时间已是四月，寒空中莫非还在飘雪。唉！今天想吃点儿热乎的。

"大姐在吗？"

阿红放学回来，推开门。我坐在铺开的棉被上，描绘白桦的枝条，挣点儿零工钱。

"哎！快来看，我找了份好工作……"

阿红展开七折八叠的报纸，用手指给我看。

——招募外地演出的女演员，可预支……

"哎，怎么样？先去乡村好好学一身本事，什么时候想回东京就回东京。大姐不一起去吗？"

"我？当女演员？我可不喜欢那种买卖。以前倒是干过业余演员。对我不适合。演戏……有时，你干那种事，爸爸不担心吗？"

"没事。他也不是什么好人。最近总给七号室小妾送洗衣粉。"

"那倒不算什么。可做爹的,也不能总让警察到家里来呀。"

午间,我为阿红代写履历书。租住楼下拐角处昏暗小屋的是一位木匠。木匠的孩子为我们端来一碗红烧甘薯。

描绘白桦枝的零活儿是阿红的爸爸介绍给我的。这活儿挺有意思。先用模具罩上去,然后涂上油画颜料。公寓檐下仿佛也是春天的花园,盛开着三叶草、百合花、郁金香和三色紫花地丁。比比皆是的鲜花超度了我的胃袋。这白桦枝条的彩印将把热恋的回忆、诚挚的友情带往何处呢?……三铺席大小的一间小屋,真是一个美妙的天堂。

夜。

我去春日町的市场买回一升米。老是下楼太麻烦,我便在三楼的窗台上悄悄煮饭。石匠家的老板娘像买卖的石料一般循规蹈矩,公寓就像她自己的宿舍居所一样,早、中、晚,一日巡视三次。四十岁的女人,连指甲里的污垢都要管。别人做的事,统统不顺眼。哼!这么个流浪汉的破公寓,不如一把火烧个精光。凸窗之外,米饭咕嘟嘟地冒泡。窗下的画塾里在上夜自习。窗帘后面,时隐时现手持蜡笔的女人。我好羡慕,我也喜欢在那里学习。同样是绘画,我却是没有个性的油漆匠。赛璐珞工厂的涂色也大同小异……明日若是晴天,得晾晾被子,清扫一下脏乱不堪的花园。

(三月×日)

昨天，干零工直至深夜。醒来时已是上午九点。被头上放着两张刚刚寄来的明信片。一张是松田的，说是患病住进了医院。另一张也是给我的，让我去万世桥站约会，联络方式是手持白手绢。我简直丈二和尚摸不着头脑。苦思冥想，突然想到了阿红。或许她是怕爸爸知道，才利用我这个独身女人的名义。联络暗号是手持白手绢吗？……我想，充其量不过是卖淫的交易。我的眼前浮现出本乡街头遇见的一群女流氓。阿红是个生性粗野的女孩，要是堕落到那样的群体当中，就太可怕了。

今日风大。上野的樱花或已绽放……好多年没有去看樱花了。我喜欢萌芽勃发的情景。傍晚，阿红的爸爸由街上归来。

"小林！我那丫头跑哪儿去啦？"

"谁知道呢。说是今天要去好多地方……"

"这么冷的天。真没办法。"

"阿红已经退学了。是吧，阿叔？"

阿红的爸爸一面脱外套，一面推开我房门。他的笑容有点儿狡猾。

"唔。新学期开始就不去了，那孩子实在坐不住……"

"那多可惜呀。英语都学得不错了……"

"没娘的孩子嘛。小林来给她做娘吧？"

"讨厌！我和阿红没差几岁，阿叔都可以给我当爹了。"

"哎，那有什么，没听过半长右卫门[1]么？"

我觉得厌烦，便沉默不语。对于这样一种商人，光是动口怕无济于事。没过一会儿，阿红鼻子冻得红红的由外面回来。

"大姐，买来好多面团子，给你留一些。"

"唉，谢谢。你爸早都回来了呀。"

阿红挤弄着一只眼睛偷笑，而后站起身，隔着墙壁喊了声：

"爸！"

"明信片也收到了。让你带一条白手绢。最好再喷点儿香水……"

"啊！讨厌！"

七号房的小妾在弹三味线。河边，孩子们小心翼翼地在玩过家家。他们一边行进，一边唱着周日学校里奇怪的校歌。我的成效显著，已画出两百六十页。松田得了什么病住院呢？身在远方，想起来倒也催人泪下，他是个好人。可是一见面，便会让人感觉心情压抑。我这种人最承受不住的便是松田的温情主义。我想近期该带点儿礼品去探望。夜里阅

---

[1] 歌舞伎、净瑠璃中的两位主人公。信浓屋姑娘阿半 14 岁、长右卫门 38 岁，两人偶然相遇、相恋并殉情。

读芥川龙之介[1]的《戏作三昧》。魔术。多愁善感。像童话故事。印度人和魔术。日本的竹丛和雨夜……雾霭蒙蒙,风停人静,阿红在唱着一首歌。

(四月 × 日)

阿红好几天没有回家。
"倒是有一张明信片。让我别担心。可已经四天了呀。"
阿红的爸爸睡眼惺忪,眼神里闪动着不安。

今日又是清爽的好天气。心中料想,松田大概已出院,可还是去了植物园内的医院。这是一家外科医院。松田的肩部、腿部都缠满了绷带。说是由工厂回家的路上,被卡车剐倒了。
"医生说要三周时间才能恢复。没事,我身体底子好。"
松田留着由井正雪那样的长发,一副可怜样,看着都寒冷。很久以前看过一部片名"毒草"的电影,里面有个佝偻男人与松田何其相像!我曾怀着一缕感伤仔细地想过能否和松田生活在一起。可是不行。仍是唯有厌烦。置身事外,我才能回归真实。我给他剥了一只橘子。

从医院回家,阿红睡在我乱糟糟的床上,腰带、袜子胡乱扔了一地。阿红望着屋顶目光虚幻,精疲力竭的样子。

---

[1] 芥川龙之介(1892—1927),日本著名小说家,代表作有《罗生门》《鼻子》等。

她突然变了一个人似的。

"别对爸爸说啊。"

"吃饭了吗？"

阿红自己的屋里没有人，她却非常害怕回去。

晚报上说，樱花已绽放。我突然想起尾道千光寺的樱花特别美丽。当时樱花盛开的林荫道上，我的恋人正啃食一只大苹果。那是海岸边的樱花树，行船海上亦可望见繁茂的淡红。我曾痴情地热恋那位画家。可一念之差，我不敢及早地与他相会。结果他和镇上的一位护士相好了。我要是像阿红一样鲁莽该多好，日后也不必受尽煎熬。樱花初绽，新姿绰约。不一会儿，阿红的爸爸回来了。阿红便两手夹着腰带、袜子战战兢兢地溜回家去。好像那并非自己的家。阿红回去后我并没有听到叫骂声。或许出人意料，阿红的爸爸还是个贤明之人。我展开一张阿红丢弃的废纸。竟然是客栈的账单。

十四元七角三分。难道她是去了品川的八山饭店？两个人十四元七角三分。这是四天的客房钱。我眼前浮现出八山饭店一带歪斜扭曲的风景。

（四月 × 日）

这样干巴巴的君影草和郁金香，我早都画腻了。我将白桦枝贴在鼻子上，仿佛嗅到了馥郁的山林的馨香。据说深山之中是有这种树，但是树叶的形状我却心中无底……我在心中描绘着白桦树肃穆的身姿。实际上却每日每日乱抹油彩。

同在一片屋檐下，画塾的学生们在画风景、静物和裸体；另一个女人却在为生计，只知往模具里面注入油彩。——由报上获知，艺术出版社的北原[1]家要找女佣。我猜想，那里或许有学习的机会呢。我拍拍手，心想就这么定了。这种杂乱无章的生活真的已无法忍受……明日不妨去看一看。午后，阿红出门洗澡去，那个所谓的白绢男子造访了我。记不得阿红当时怎么形容的了。我一下楼，只见那儿杵着一个男人，油头粉面，戴着眼镜。"我是那个……"走进房间，高个儿男人盘腿坐下，点燃了香烟。

"喔，您会画画？"

"哪里。家庭副业而已。"

平常，我最讨厌这类男人。这个男人闪烁着侮弄人的眼珠。什么做家庭零工的女人，在他眼里或一文不值，如同走街串巷的化装广告人。

"我去了信越，昨天刚返回。东京已经暖和了呀。"

"是吗？"

听他说，如今的话剧颇受欢迎。阿红出去不久便回转来。此时她充满了女性温柔，周全而乖巧地一问一答，仿佛成了一只不吹不响的酸浆果哨。

---

[1] 北原铁雄（1887—1957），日本大正、昭和时代的出版人，诗人北原白秋之弟。创办过出版社、美术杂志及摄影杂志。

"听说您也演过戏?能否帮我一个忙?眼下力不从心,缺乏女演员。"

"我哪里配做什么女演员?自己这点儿事都料理不好呢。站上舞台,简直是极大的折磨。"

"你这个说法倒挺有意思。"

"是吗?"

"今后我便是这儿的常客,欢迎吗?"

我不明白,十七八岁的姑娘家,怎么这种审美眼光。在这个脏乎乎的男人面前,阿红沉默寡言,只是骨碌碌地转动眼珠。夜里,阿红又要住在我这里。说是爸爸尚未回来。寂寞难耐。我在读契诃夫的《海鸥》……

阿红躺在床上说:"真有意思。"

"自己不后悔,干什么都行。沉溺于无谓的感伤中,或把事情搞到无可补救,那就讨厌了。阿红是个天真、有趣的女孩儿。然而令人不解的是,你的天真正是一种精神的变形。你应当注意的是,任何情况下都不能降低自己的标准。"

阿红变得泪眼蒙眬,定定地望着炫目的灯光。

"可是,我无处可逃呀。"

"去了八山饭店吗?"

"嗯。"

阿红的表情是怪异的。

"多讨厌哪,又不是小孩子。怎么把男人付的账单带回家来?——十四元七角三分,这种东西还会遗失?像什么话!"

"他说得天花乱坠,认识花柳巷的春美啦什么的,逗乐呢……"

"你八成被人耍了。还得感谢他。"

爸爸不在,阿红孤苦伶仃。外面传来河水流淌的声响。阿红咬着手指哭泣,仿佛沉浸在孤独之中。

(四月 × 日)

凌晨。

我去东中野一带看报纸。突然想起在近松家帮佣的经历。一个拘谨的夫人走出来。家里有位婆婆。

"其实没有多少活儿。只是烧洗澡水有点儿麻烦。"

这家人有些暗郁。北原白秋弟弟的家,看着却过于素朴。不知何故,那屋子令人产生出某种激情。但进去之后,却倏然产生了孤寂之感。总之我这个女人或许就是一个天上邪鬼。杨柳依旧,春风依旧。

阿红爸爸因欺诈强占罪被捕。阿红回家,一个警探正在检查一个小包袱。阿红木然在侧。公寓的太太们拥在三楼阿红的房门前,你一言我一语地议论着。人情薄如纸。阿红父女不欠房租,也没给公寓添过什么麻烦,随便出点什么鸡毛蒜皮的事,都被编排得昏天黑地。太太们嘟嘟囔囔不知在说些什么。警探离去后,厨房挤满了整个公寓的女人,飞短流长。那个七号房的小妾却依然平静地弹着三味线。真是个清爽的女人。

"大姐！我爸捎来口信，让我回金泽。可对我来说，那里全都是外人。我真的不想回去。那些未曾见过面的亲戚，比外人更加麻烦。"

"也是呀。留在这儿不行吗？"

"爸爸说，公寓马上就会赶我走……"

晚上，我和阿红举行了穷兮兮的告别宴。

"别忘了我。我去那边两三年，一定还要回东京。乡村的生活，我实在没有信心。"我们留出充裕的时间，赶往上野车站。

"去看看樱花好吗？"

我们默默无语地走在公园里。两个女人挨着肩膀漫步。两个小时后，她已坐在开往金泽的列车上。我衷心地向天神祈福，愿阿红平安幸福。我将玫瑰色的毛线披肩搭在阿红肩上。

"天气冷，这个给你。"

上野的樱花，刚刚开始绽放。

* * *

（七月 × 日）

我一点儿不曾觉察何时患上了脚气。肠胃也总是疼痛不适，于是有意停食两天，却饿得像鱼儿一样躺倒了。连个给我买药的人都没有，真有点儿悲惨。夏季店里生意清淡，为了招揽顾客，里外悬挂了许多彩色气球，有红色的、黄色的，还有紫色的。我久久坐在商场中，也许是睡眠不足，地面的反光刺着眼睛，感觉头重脚轻。店里摆着各类织品，有背带、纱绢、法兰西制的窗帘、衬衫、衬领等。总之，像肥皂泡一样，清一色的白，清一色的薄。这家商店给人以闲散、高雅的感觉。日薪八角钱的我却像售货的玩偶，这玩偶自惭形秽，腹内空空。

"像你这样，总在看书可不行哪。客人来了，总得应酬一下。"

我的牙齿整个浮在口中，好像吃了什么酸的东西。我没有看书。我这样的头发，看那种妇女杂志做什么？请你瞅瞅这光洁透亮的玻璃镜，水蓝色的工作服和衬衫，一副多么滑稽、讨厌的形象，人物和背景极不谐调……这面相整个是个女佣，脸上乌黑油亮像是来自近海渔村。瞧，这装束也是一个女佣，皱皱巴巴的山里村妇。这样一个野生女人身着水蓝色工作服，胸口镶着波浪形花边。这简直是一幅杜米埃的漫画……整个一副滑稽的、不谐调的母鸡形象。我讨厌在大庭广众下展现这副模样。蕾丝夫人、衬衫先生、手绢小姐呀，可别说我服务态度不好，你那目光没准儿会令我失业。我尽量夹着尾巴做人，希望没人关心我这个店员。漫长的忍耐，极度的疲劳，我被训练成一个微不足道的人。男人说，你必须努力，奋争，出人头地；女人也说，你不能永远是个流浪者，应当勇敢地战斗。可那个男人和那个女人如今在何处？他们以借来的思想为食粮，想象着日后成为强者。可我讨厌成为强者。我苦思冥想，宇宙的边际在哪里呢？想到这些，我亦痛感人生的旅愁。历史常新，我羡慕历史中燃烧的星星之光。

晚九时，下了高架电车。途中昏暗。我吹着口琴往家走。音乐真好。这单纯的音响胜过诗歌亦胜过小说。

(七月 × 日)

如今，青山贸易公司也搬到了高架桥的对面。两周的薪俸是十一元。我总是这样，动辄自己断了自己的东京生路。邻家是胜家[1]缝纫厂的学徒，拼命踩着踏板，没完没了地发出磨牙一般的机械声。擅长应付每日生活片段的，是秋田[2]的女儿。她让家乡每月汇款十五元，余下的靠缝纫机挣点儿。这又是个待字闺中的老姑娘，却是难得的好人。她为我写了介绍信，介绍我到××女性报社工作。我在本乡的岔道口下了车，绕过曲曲弯弯的马口铁墙垣，来到一栋绿漆剥落的庞大三层楼楼下。这儿是一处廉价公寓，檐下是一溜萤火虫般的小字，写着报社的名称。像冲凉粉一样轻易当上了女记者。我并不介意什么脏兮兮的绿漆。

---

[1] 一个世界知名的美国缝纫机品牌，创立于1851年，产品销售至世界各地。
[2] 秋田雨雀（1883—1962），小说家、童话作家、剧作家。

午间。

我在公寓用午餐,舌头咂得生响。当上女记者还不足三个小时,便要领取铅笔、稿纸去实地采访。这间屋子四铺席半大小,有一张巨大的办公桌,戴着浅色眼镜的是中年社长,还有一位职员是女报发行人。××女报加上我仅三人,真够寒碜的。我仍然担心,会不会再度断了生活的源泉?但不管怎么说,总算走上入社会。我第一个要采访的便是秋田雨雀先生。您近期有何感想?……这句问话在我心中重复了无数遍。我穿过杂司谷墓地,来到鬼子母神[1]附近查询门牌。由本乡那种脏兮兮的地方来到这里,心境不由平和起来。十二年前的一个五月,我曾拜谒了漱石[2]墓……秋田先生擤着鼻子走出来,说是染了风邪。先生的眼睛像少年一样闪闪发亮,是个非常和蔼的人,有一个名叫千代子的女儿。初次见面,有如十年故交。千代子拿出一本厚厚的相册,一页一页翻着给我说明,这个男演员是谁,那个女明星是谁。居然还有我旧日情郎的剧照。

"日本的女演员,你喜欢谁呀?……"

"我也说不上,不过挺喜欢夏川静江那一类。"

在我的记忆中,从来没有一个女人像千代子这样和气可亲。二楼秋田先生的房间里,有一个黑色的摆件。据说是

---

[1] 佛经中的人物,妇女儿童的保护神。
[2] 夏目漱石(1867—1916),日本近代著名作家,有"国民大作家"之誉。代表作有《我是猫》《少爷》《三四郎》《心》《明暗》等。

有岛武郎[1]送给先生的,高村光太郎[2]先生的作品。先生的房间委实凌乱像旧书店。说是采访,其实也没有太多谈话,只是一个劲儿地淌油汗。秋田先生拿过我的笔记本,流畅地补写了两三页。之后先生请我吃寿司,数位来客共同就餐。天色已晚,秋田先生出来送我。墓地上空挂着一轮红月亮。点亮灯火的大街上,传来刨冰的声响。

"我喜欢散步。"

秋田先生愉快地走着,皮鞋咔咔响。

"那儿是君影草咖啡店。"

这家咖啡店像一座舞台。听说老板娘是个怪异的人。秋田先生就这样一直送我走到了银座。

我默默不语地走向江户川方向,很兴奋,产生了某种创作的冲动。

(七月 × 日)

楼下的少爷要回故乡。凌晨,他到二楼来找我们,说他不在的两三天里,家里的事请多多关照。可是当我从报社回到家,邻家缝纫店的姑娘却小声把正在松解背带的我唤到槅扇门旁。

"哎!你来一下。"

---

[1] 有岛武郎(1878—1923),日本作家,曾参与文艺杂志《白桦》的编辑工作,是白桦派代表人物之一。
[2] 高村光太郎(1883—1956),日本诗人、雕塑家、画家。

我便悄悄地走近前去。

"真是太不像话啦,楼下的夫人竟和一个野男人喝酒……"

"别瞎说。谁家还没个客人了?"

"不对不对。十八九岁的小媳妇,怎么能那样色迷迷地和丈夫以外的男人喝酒呢?……"

我卷起背带,叠好棉纱衬衫,下楼洗脸。只见半截木格门里,十八九岁的新娘子和一个男人躺在一起,亲热地手牵着手。我觉得,或许是往日恋情吧。我只是有点儿羡慕,并无邻家姑娘的那般兴趣。到了做晚饭的时间,我嫌麻烦,便去街上的菜铺,花一角钱买了一堆香蕉。独身女人,倒也自由自在。我的居室仅有三铺席大小。我躺在脱了浆的棉纱蚊帐中,轻舒手脚,捧读着库普林的小说《雅玛》[1]。那个性情乖戾的卖淫妇,对自己喜欢的大学男生,却充满了异常清纯的感情。这是一部长篇巨著,看得我头昏眼花。

"对不起,睡下了吗?"

约莫十点,邻家的缝纫姑娘回来了。

"啊,还没睡着呢。"

"我对你说,简直不像话呀!"

"怎么了?"

---

[1] 库普林(1870—1938),俄国作家,小说《雅玛》描写卖淫妇悲惨的一生,这是俄国文学中第一部直接以娼妓和卖淫为主题的长篇小说。库普林决心"尽我的知识,尽我的能力"著文反对卖淫。

"楼下的新媳妇呗。无所顾忌。和那个男人睡在一顶蚊帐里。"

胜家缝纫店的姑娘，眼睛炯炯发光地钻进我的蚊帐，那神态就如同她的恋人被抢走。这女人朝朝暮暮唱着缝纫之歌，平日里温和也守规矩，难得到我屋里来一次。然而此刻，她却二话不说地钻进我的蚊帐。她喘着粗气，把耳朵贴在榻榻米上。

"真是欺人太甚哪。少爷回来，咱们一定要告诉他。比我还小十来岁，怎么这个样子？……"

电车在高架桥上奔驰，发出瀑布般的声响。从未结过婚的胜家姑娘被嫉妒折磨得发狂，简直像一个梦游病患者。

"兴许是她的哥哥呀。"

"哥哥？哥哥哪能睡在一顶蚊帐里？"

我觉得很没意思。血往胸口处涌。

"眼睛疼。把灯关了吧。"我说。

胜家姑娘不说话，忿忿然走了。只听见下楼梯的咚咚声响。不一会儿，楼下传来斥责声。

"你先生走的时候，把你托付给我们。可你怎么能做出这种事情？"

说话声断断续续地传进我的耳中。从未结过婚的女人，多么可怕呀。干吗说话咄咄逼人呢？我拽拽被子盖在脸上，闭上了眼睛。这一切令我厌倦。

(七月 × 日)

　　——母病。速归。

　　母亲那里的电报，不知是真是假。可母亲从不说谎……我急忙返回社里，筹借外出的旅费。我将电报给社长看了看，提出借支五元。社长却说，借支是绝对不行的。真没道理。按说我的薪金，也该有十五元了呀。我感到不安。廊下放着的提筐让我感到厌烦。我垂头丧气。这么紧要的关头借一点儿钱，而且是正当的权利，却被粗暴地拒绝。此时此刻，也许是应当清醒了。

　　"不借？那么我不干了！请支付到今天为止的报酬。"

　　"那不行。你得事先通知社里，不能随意辞职。报酬的前提是全勤，你只干了十二三天吧！"

　　我提溜着褪成黄色的通草提篮返回二楼。胜家小姐打那之后便与楼下的夫人结了怨仇，因而打算搬家。我回到二楼时她正往外搬行李，好像是找到了新居处。她唯一的财产便是缝纫机，歪七扭八地堆在货车上。唉！万般皆空。

(七月 × 日)

　　车站上有许多游山玩水的旅行者，身着白色服装，给人以凉爽的感觉。我跟楼下的夫人借了五元钱，可是去尾道的路费需要七元钱。我翻空钱包，总算凑钱买下了一张车票。落座之后,我开始掰起手指数数,这是第几次返归故乡了呢?

  草茎沾露珠,
  迢迢万里忆故城,
  粗壁生乱枯。

此时我的心中充满了落魄之感,想起自己往日的这首诗作。我对一切都产生了厌倦。自我的世界仍然任重而道远。我是个世俗的虚无主义者。刚刚填饱了肚子,转眼又要断顿儿。看到好风景,我会茫然失措。遇见了好人,我也会感激涕零。真是无可奈何。我从提篮里取出一本《新青年》[1]杂志,里面有一篇好玩的笑话。

  ——囚犯问:"那墙上钉着的男人是谁?"
  ——神父答:"我等的父亲基督。"
  囚犯出狱后在医院里做勤杂,看见墙上挂着一幅精美的画像。
  ——囚犯问:"那是谁?"
  ——医师答:"那是耶稣的父亲。"
  囚犯买下一个妓女,妓女的房间贴着一幅精美的女人画像——

---

[1] 大正九年(1920)创刊的杂志,主要刊载侦探小说、幻想小说等。

——囚犯问:"那女人是谁?"

——妓女答:"那是马利亚,耶稣的母亲呀。"

囚犯叹道,唉!儿子在监狱,父亲在医院,母亲却在卖淫妇这儿。

我忍不住笑出声来。想不到在这般闲散滞缓的夜行列车上,百无聊赖中还能发现此等短篇。我愉快地进入梦乡。

(七月×日)

久违了,高松的风景。天气一热,就觉得心焦气躁。我的气量越来越小。母亲则显得憔悴、衰老。见面第一句话是:"让您久等了!妈妈。我也变得愈发没有耐性……"说完便热泪盈眶。今晚又是祭海日,又要点燃送魂船[1]。母亲把我唤到身边,手指着黄昏的东方窗外说:

"你瞧,多可怜啊,多凄惨哪……"

窗外悬着一头朝鲜牛。笼罩着层层叠叠卷积云的码头,上方是一架固定在货船上的黑色起重机。起重机顶端吊着的朝鲜牛,四条腿绑在一起,可怜地哀嚎。

"看了这情景,怎么还吃得下去?"

悬在云端的那头牛,恐怕三两天内便会被屠杀,还要被盖上紫色的印戳。此时此刻它作何感想呢?……船场里的

---

[1] 佛教盂兰盆会的例行节目。将一只只点着蜡烛的小船放置水中,任其随波漂流。

牛群哞哞叫着,好似一堆旧棉絮。

卷积云伸展着,不知不觉间牛群亦已离去。起重机落下了它的吊臂。海面上月色朦胧,已有三三两两的送魂船飘忽流动。美丽的纸船上燃着烛火,漂向那远方的海面。港口中,颇具古风的大舢板密集。舢板之间,星光点点的纸船像月儿一般漂流。

"妈妈,人就是这么矛盾。又要吃牛肉,又要放纸船。"
"那是人吗?……"
母亲的脸上,露出了茫然的神色。

* * *

(八月 × 日)

我看见了大海。时隔五年,我又能看见大海了。我迷恋尾道的大海。列车行驶到尾道海域,便是一片宛若提灯的、煤烟熏黑的小镇屋脊。远远望见红色的千光寺塔,还有山上清爽的嫩叶。绿色的海面,衬着船坞里的红船。桅杆高高地刺向天空。我的眼泪不住地流淌。

那一年,一贫如洗的老少三口坐上开往东京的夜行列车,正赶上镇头遭遇大火灾……我说:
"妈!我们去东京遇上大火,一定是个好兆头。"
我是在安慰混沌中东躲西藏的父母……打那之后,约莫六年逝去。当我再度折回尾道时，却是一副落魄的情形。我的父母性情懦弱，我却不管不顾独自浪迹于天花乱坠的东京。唉！如今总算又回到这故乡尾道的海边。海边艺妓馆外的行灯像山茶花一样点点白色。我所熟悉的屋脊，记忆中的仓库，以及我曾住过的海边朽屋，都像五年前一样姿影平和。一切都那么令人怀念。少女时代呼吸的空气、游泳的大海和曾经恋慕的山寺。我觉得，时光已回溯到了过去。

当年离开尾道，还穿着打折的少女衣服。如今却是头绾银杏髻，身穿多次洗涤缩透水的单衣。这副模样可不想走门串户。列车总算驶入尾道，我闻到一股肥料的臭味。

船行的时针指向五点。我站在码头候船室的二楼，瞭望镇上的灯火。说不上什么原因，眼角突然涌出了热泪。真要想出门走走，倒也有地方去。我又怕惹来麻烦。我买了船票，钱包里只剩下一枚五角钱硬币。孤寂之中，我想起岛上的男人。二楼的候船室里，墙上涂鸦乱七八糟。我借来一只木枕趴下歇息，突然耳闻汽笛声。大概是汽船到了码头。码头上杂沓的噪声令我陡生悲哀。

"没法子，只有再赴因岛[1]……"

有人爬上歪歪斜斜的舷梯招揽顾客。我拎着褪色的蓝色阳伞，挟起小包袱，下船上了码头。

---

[1] 地名，位于濑户内海，属于广岛县尾道市。

"柠檬水要吗？"

"卖鸡蛋喽！"

叫卖声在黄昏的码头回荡。开往因岛的汽船在紫色波涛中掀起白浪。我喟叹荒漠一般的浮世。在那小镇的灯光下，我曾通读了《保尔和维吉妮》[1]。我还记得那件往事。由学校回到家，家里来了债主催账，母亲吓得躲进厕所。我便对那人撒谎说："妈妈不在。两天前去了糸崎……"妈妈竟怀着痛苦的心情夸奖我真会说谎。当时镇上流行城岛小曲和沉钟之歌。我花三分钱买了一瓶柠檬水。

夜。

"旅客们，到土生[2]啦！"

船员解开了钢缆。小小码头，不远处医院里白色的灯光映得大海闪亮。就是这个岛上的那个男人，让我长期劳作并上学，自己却过上了安逸的生活。他在造船厂工作。

"这一带有没有廉宜客栈？"

跑运输的老板娘把我领到旅店，夸张地说街道细如丝。街上旧衣店、艺妓馆鳞次栉比。我住的旅店是造船厂附近的山边。房间在二楼，六铺席大小。我把包袱放在朽坏的地板上，打开窗户瞭望海面。我决定明日再去找他，钱包塞在袖

---

[1] 法国作家圣比埃尔（1737—1814）的小说，描写了孤岛中自然成长的保尔和维吉妮的爱情悲剧。
[2] 地名，位于因岛之上。

袂中，攥着柠檬水的空瓶子，将双腿伸进了腥臭的棉被。耳畔总有嗡嗡声，好像蜜蜂的吟唱。

(八月×日)

枕边，鬼鬼祟祟爬来一只灰色的螃蟹。听说小镇里正在闹工潮。

"现在找人可不容易。索性先去公司的职工宿舍看看……"女佣说。

我心神不宁地啃食鱼糕。听说职员们要带上所有文件到俱乐部集合。吃过饭，我懵懵懂懂来到街上。蜿蜒的水泥墙壁，酷似中国的万里长城。墙壁的外围是码头。我爬上小山，俯视码头上的建筑，突然看见经常路过的大门处竖起了大旗。公司职员们闹哄哄的像黑色的蚂蚁，山下小路上，星星点点的人影往上爬，原来是牵着孩子的太太和阿婆。八月的大海波光粼粼，像银粉吹散。各色树木发出怡人的馨香。

"听说尾道来了不少警官。"

年轻太太们的头发随风飘动。她们俯瞰着码头神聊。

"加油！"

"不能输！"

"喂！……"

正午时分，看得见工友们赤裸的肌肤。我也兴奋得拍起双手大呼小叫。回到故土，我用当地的方言喊道："加油啊！"

"你丈夫也在那儿吗？我丈夫说，事已至此，死也无憾。"

我的眼泪无缘无故地流淌。当初，我的男人也曾尽心尽力做个文员。可大学一毕业，他就做了船厂的职员，过着无所求的日子。我由这里望去，那样的一座大门简直摇摇欲坠，一碰就会崩塌似的……

"职工们不会作假，他们动真格儿用身体去撞。"

大门终于坍塌了。黑点四散，如蜜蜂飞舞。闪闪发亮的海面上，无数的小船四散而去。

> 听见潮水的轰鸣了吗？
> 听见茫茫大海的呼唤了吗？
>
> 快将煤烟熏黑的洋灯交给弱妻。
> 岛上的工友踢散了海边的碎石。
> 快来吧！汇集在晚霞中的海滨。
>
> 你听见遥远的海涛声了吗？
> 你听见万千群众的呼喊声了吗？
> 这——是静静的内海造船港！
> 海贝纷纷合起了门窗，
> 因岛的狭窄街道上……
> 油污斑斑的裤子和蓝工作服，
> 旗幡般随风翻舞。
> 钢筋铁骨打破了工厂的大门。

轰然坍塌伴着岛上一片汪汪狗吠声。

涂着蓝漆的大门,
被众多的肩膀猛力撼摇。
敏捷的变色龙们,
挟着工友血汗染红的账薄。
跳上汽艇,好像暗夜的雪狐。
表情扭曲、面部僵硬的工友们,
脸上淌满了愤怒的泪水。
听!哪儿传来的突突声?
原来是正在逃亡的汽艇。
自投罗网受到巡警舰船的围堵。
小岛群集的工友和逃遁的汽艇间,
掀起了一缕白色的水花。

咬紧牙关,额头蹭地。
仰望天空——昨日今日
同样平凡的云彩。
疯狂的工友不畏惧抛头颅。
他们呼唤波涛,撼动大海,
在船坞的破船中搅动漩涡,
掀起狂澜,倾覆不平的世界。

你听到——

潮水的翻涌了吗?
你听到——
远方波涛的呼喊了吗?
挥动战旗!
让它在空中高高飘扬。

强壮体魄的年轻人,
裸露着油亮的肌肤,
嘿哟哟,嘿哟哟,嘿哟哟……
用力拽着百孔千疮的红帆网。
海水冲破了围堰,
帆船驶向海风呼啸的大海。

挥舞战旗,
扬起勇士的歌喉。
业已朽坏的帆船,
孕育出生机勃勃的海风。
船儿搅起朵朵白浪,
驶向那漫无边际的大海。

寒风凛冽,
呼啸在荒神山上。
侧耳倾听,
呼喊波涛般汹涌。

  可怜的妻儿们望眼欲穿,
  向着天空大声呼唤!

  你听见远方的涛声了吗?
  你听见波涛的怒号了吗?
  山上的枯木下面,
  妻儿与枯木一起挥动双手。
  在她们的眼中——
  海面上疾驰的是烈火的粉尘;
  勇士的帆船哪——
  久久映现于眼帘之中。

回到客栈,面色苍白的男人茫然地吸着烟等待。

"客栈的老板娘告诉我的,我很吃惊。"

"……"

我像个孩子一样,眼泪汪汪。这眼泪并无特别意蕴。那是扫兴的、空虚的眼泪。它没完没了地流淌。我只顾哭泣,久久一言不发地立于门槛旁。

"来此之前,就在幻想能否依赖你。可是客栈的阿姨对我说,你太太、孩子都有了。到镇上看到闹工潮,我没辙了,显然只有见你依靠你。"

沉默。两人耳际,远远传来呼喊声。

"今天晚上在镇上的小戏屋有工人演讲,我必须去看一看……"

他将自己的手表往床上一扔，急匆匆走了。我呆呆地在屋里继续哭泣，且悄悄地将昂贵的金色手表戴在了自己手上。眼泪汪汪。我的眼前闪现出东京的苦难生活和大白天裸身的工友们毁坏大门的景象。我望着手表的白色表盘，眼前一阵眩晕。

（八月×日）

我与客栈老板的千金结伴，漫步在海边。到今天已滞留了一周。

"别这样闷闷不乐嘛。"

我表情木然，对一切都没有兴趣。同行的姑娘为我担忧。脑中一片空白，我不想思考任何问题。昨天给高松的母亲发了电汇，并尽情享用了大海的气息。过去的男人对我也并非不闻不问。这就知足了。我无法将这类事情想个清楚，反正他从我这里贪婪地索取了一切。——尾道海边，我曾用肚子猛撞码头的石垣，只因怕生下他的孩子。如今想来，那也是可怜的童话。我想，昨日的电汇会让养父、母亲松一口气。洗过的散发飘在脑后，我们漫步海滨。突然，久违的镇上开鞋店的大哥"喂、喂"地喊着由身后追来。还记得他往我尾道家中送来带着枝叶的蜜橘和橙子。大哥身姿依旧，笑容也依旧。

"你什么也别对我说。你受苦了。"

大海闪动着湛蓝的光芒。我让客栈的姑娘先自返回，我和大哥一起走到镇头他的家。海边的田野碧绿，蜜橘山被海风吹得呼呼响。

"那小子没有出息。"

大哥苦寂的面孔晒得黝黑。他只顾安慰我。家中的大嫂舂了一些米。一头老牛以和善的目光望着我。说心里话，我不想走进这个家。一到这里便会增加某种寂寥之感。白色的海滨路长长延伸，我退出后回到客栈。

（八月 × 日）

晨风之中，我挥动手帕告别了海岛。无论去向哪儿，都充满着万般无奈。回东京吧。钱包里有了五六张十元的纸币。我带着大哥家给我的钱，拎着蓝色竹筐和包袱，通过搭板上了开往尾道的客船。

"注意安全……"
"嗯！大哥，工潮结束了吗？"
"工人方屈服了。达成了协议。真无耻，可恶。"
大哥和我一起走下码头，他的眼神显示出睡眠不足。
"多保重。说不定还会见面。"
我小声说。船舱中高高堆放着露水打湿的蔬菜。

唉！孤寂难耐。总觉得自己是个傻瓜。我吹着口哨，回身瞭望那渐渐远去的岛港。岸上立着的两个黑点消失了。静静的船坞上，传来咣当咣当的钢铁碰击声。到了尾道，多半人是去高松。我设想回到东京,开家冷饮店。至少不要在炎热的骄阳下辛苦地找工作。我喜欢轻松愉快地生活。我伸展着躯体,由船上将手浸在波浪里。我用力将手压在水面上,水面裂开了一道白色的浪纹。海藻缠在我的五指上像一堆乱麻。

"这次工潮,居然如此短命……"

"真的,到处都不景气。"

船员们一面擦拭玻璃窗一面交谈着。我再一次回转身,眺望那蓝色海洋对面的小岛。

* * *

(四月 × 日)

> 一个夜晚,
> 鲜花一样的面容,
> 伏在咖啡桌上哭泣。
> 那是一棵什么树?
> 乌鸦在树上聒噪。
>
> ——夜幕难熬,
> 两手捧住自己的脸,
> 绿色的脂粉令人疲惫,

我拉住十二点的时针。

到横滨已五天有余。我在西洋酒吧的黑桌子上写下了一首诗。

"只有我这种人和你在一起……你想，谁会喜欢你这种身无所能、荒废堕落的女人？"

在东京的廉价公寓里，他一再对我强调。倘若没有居处，没有男人，没有混饭吃的地方……我收拾着自己的小包袱，只觉得这世界没有我的栖身之处。男人[1]又说："你可以离开我。我那样说是为了给你方便。"话音未落，他却抱紧我，把我压在身下，说要让我和他同病相怜。他拼命地将肺里的气息呼在我脸上。那晚之后，为了替男人交房租，我便沦落到这种地方。

"还是回家乡吧。也许挣得更多一些……"

上帝啊！在这种地方挣这种钱，我还能算作贞女吗？

"请把店门关上。"

劳阿太太的鼻头油光闪闪。这里像是十二点停业。扎着桃分髻的阿菊、阿君和我住在临时的女佣板房。沉重的潮风由窗户吹进来。

"哎，我想回东京。"

阿君大概是想孩子了。她用手巾擦着脸，一面将头发

---

[1] 当时与作者同居的是诗人野村吉哉(1901—1940)，身患肺结核。林芙美子与野村在1924年结婚，但这段婚姻仅仅维持了一年半。

吹得高高蓬起。这里的劳阿太太是德国人，丈夫在东京开了一家德国啤酒公司。听说她丈夫只有周六回家。我只见过他一面。记得是瘦瘦的高个儿。劳阿太太沉默寡言，肥胖得像旧时的礼裙。我是阿君丈夫介绍过来的，收入低得可怜。厨子也是日本人。那些西洋客人很少吃菜，总是喝啤酒。

"我真的很想回东京。可是不好意思，你们引荐我过来的呀。"

"说是到海滨赚钱多。其实说穿了，他是想和那个女人在一起呀。"

阿君的丈夫年龄好大，跟阿君像似父女，可仍然养着小妾。

"实际上，我们是为男人活着受苦受难。"

阿君瞭望着码头上的蓝灯，呆呆地站在屋里，连外衣也顾不得脱。我想起去年的这个季节，天寒地冻，我曾和阿君一起到过这处海滨。后来过了半年多，我以为再也见不到阿君了，不料阴差阳错地又凑在一起。想到这里，我忍不住面带微笑。阿君说，她生第一个孩子时才十三岁，她说："我不懂得什么是真正的爱情。"阿君现在二十二岁，居然已有九个孩子。她说孩子才是她的恋人。唉！这个不幸的阿君。她如今的老公是养母之子。为了这个男人，阿君已做工十年。然而这十年换来的，却是丈夫领回一个酒吧女侍做小妾。一家人过着一种奇怪的生活。一个男人，加上阿君、小妾和养母。她常常泪流满面，对我说："唉！有时候，我真想两眼一闭拉倒了。"然而无论受多少苦，为那些孩子，阿君还是拼命劳作。想到这些,我受的那点儿苦,在阿君眼里是不是很滑稽呢?

"把电灯关了!"

据说,德国人生活俭朴。劳阿太太穿着浅蓝睡衣,偷窥我们的房间。我躺在狭小的、关了电灯的房子里,耳旁是青蛙的聒鸣,仿佛身处童话的世界。脑海里充塞着东京的生活、母亲的遭际以及刚刚发生的一切,我久久不能入眠。

(四月 × 日)

阿君的大儿子独自来找阿君。港口旁边的店铺前,汽车来来往往。看来是有船进港了。

凌晨。

劳阿太太在漆皮脱落的内廊处编织。"让阿菊照看一下店里,咱们去码头转转。我想让孩子见识见识。"我在喝一碗凉汤。阿君站在我身旁,舞动着一根长针给儿子缝补衣服。

"这是阿君小姐的弟弟吗?"

刚登上船的老厨师,一面吸烟一面盯着孩子问。

"不,是我儿子呀……"

"喔,多大了?经常见他来这里。"

"……"

默不作声的皓齿少年没趣地笑笑。我们三人手牵手,走向码头的山下公园。大海上停泊着许多大船，看得见红色的吃水线。两个印度人站在那儿，痴痴地望着大海。四月的蓝色大海播撒着闪亮的、西瓜霜一样的蓝粉。

"瞧！大船。你仔细看，那是开往国外的大船。那边的是起重机，你看把货物吊在空中。"

孩子倾听阿君的解说，咬了一口板状巧克力，带着朦胧的喜悦瞭望大海。站在栈桥望大海，深深的蓝色十分悦目。脚底下却在刺溜刺溜地打滑。码头上有烟草店、钱庄、候船室……

"妈妈，我要喝水。"

阿君的儿子露着膝盖，往装有水管的白色候船室跑去。阿君从袖袂里掏出一块手绢，走到孩子身旁。

"来，用这个擦擦脸。"

啊！多么美丽的风景。望着美丽的母子风景，我却被我特有的痛苦折磨。我站起身往前方走去。孩子是独自摸索到海滨来的。少年寻母，我想到孩子的这股热情，心中便无法平静。我非常理解阿君欲哭无泪的心情。

"我真想和儿子一起单租一间房。可是不能硬把他从父亲的身边抢走。只好忍耐。有时，我的心中充满厌倦。难道我的生命，就是为了累死？"

"哎，阿姨！什么叫宾馆？"

我抬眼望去，不知何时码头一侧的桥旁，刷上了白色的"××宾馆"字样。

"旅行的人住在那里。"

"噢……"

"哎，孩子！家里都有谁呀？"

"嗯，家里有爸爸呀。还有奶奶、阿姨。阿姨最近在银座上班，晚上总是很晚回来。所以我和爸爸轮流去车站接她……"

阿君一副生气的模样，一言不发地望着大海。

中午，我们去伊势佐木町吃中华拉面。

"哎，我们一起照张相吧。"

"好哇。我也早有这个打算。说不定何时又要分离。正好正好，和儿子一起照。"

我们乘电车去海滨照相馆。那电车好像是中国军人的制服。

"三个人不好，好像要死人的感觉。借条小狗吧。"

阿君把一只丑陋的纸糊小狗抱在腿上，孩子和我站在一旁。

站到船坞上，看得见码头上的栈桥，还有那林立的给人古朴感觉的桅杆。

"儿子！今天跟妈妈睡觉吧。"

"一起回去吗……"

阿君寂寞地独自聆听怀旧音乐的唱片。劳阿太太今天没去东京。厨子将两把椅子并在一起呼呼大睡。收入不足一元。我也想和孩子们一起返回东京。

(四月×日)

"一生旅行，倒也快活。"

我俩从外国人进出的后门，一人扛出一个大行李。我俩只干了一周。劳阿太太觉得两个女人可怜，便将每人十元的薪水分装在两个信封里。

"欢迎再来。这里的夏天好。"

我和阿君不同，没有家。我还真的有点儿不舍。说不定还会旧地重游。我回头望了望劳阿太太。她是个沉默寡言的女人，但却意志坚定。她身着西装，站在二楼久久地目送着我们。

"有空来我家呀。那儿的住宅很乱，不太好找，可是慢慢找的话……"

阿君站在车站上，一面剥香蕉一面说。到了东京，那个变态的男人说不定又要揍我。索性给阿君家添点儿麻烦？我买了一个三明治，登上列车。列车中挤满了戴着樱花徽章的朝拜客。

"樱花季节总这样，真讨厌……"

好容易找到一处座位，三人落座。

"我已经好多年没和孩子一起坐火车旅行了。"

傍晚，总算到了阿君板桥的家。

"一个人在外面，真让人担心。可她说愿意这样，只好随她去。"

头发蓬乱的阿婆，倒在床上吸烟。

"失礼了。今天也不知怎的，就想和阿君一起回家。"

这儿是处大杂院。阿君的丈夫咯吱咯吱地踩着木板地，从里屋出来。

"这种鬼地方，你想来就来。不过，或许最近能换个好点儿的地方。"

房间里，胡乱扔着年轻女人的衣服。

深夜突然醒来，听见阿君高声叫喊。

"有必要让孩子去车站接人吗？你自己去就行了嘛！你去不了我去呀。"

不多会儿，只听得外屋开门的声音。老公去车站接小妾。

"喂！阿君，你怎么不通情理？浑蛋！简直欺人太甚……"

睡在对面角落的婆婆，嘴里不干不净地诅咒阿君。唉，这是什么事呀！什么家庭嘛。玻璃窗外流动着春夜雾霾。同枕共衾的人们，将各自的苦闷撒满深夜的陋室。此刻，我真想有个单人房间。

(四月 × 日)

雨天，一整日陪着阿君。小妾阿久是个高颧骨的女人。其实阿君比她温柔美丽。真没办法，缘分就是这么奇怪的东西。男人为何会这样呢？

"嗨，海滨竟也这般不景气。"

阿久袒胸露背，一面梳头一面往头发上涂油。

"什么？你这说的是什么话……"

阿婆在厨房洗锅，怒冲冲对阿久喊道。仍在下雨。四月的雨令人抑郁。甬巷的家门前面，有人拉着被雨水浸湿的菜车通过。

阿君笑着，与菜贩子愉快地交谈。

我不懂她哪来的这种心境。莫非神灵相通？她说：

"眼下这季节最好了呀。什么菜都好吃。"

雨中黄昏。阿久和老公一起上街办事。阿婆、孩子、阿君和我四人围着桌子吃晚餐。

"今天真痛快。下大雨。那俩也不在。"

阿婆说。表现出神清气爽的样子。

（五月 × 日）

我回到新宿以前的家，阿由在，别的女人都离去了。当然也增加了许多新面孔。老板娘有病躺在二楼。明日开始，我又要到新宿上班。我感到一切乱糟糟的，仿佛掉在了莲花池中。我是个令人讨厌的女人，居然又去了牛込[1]的男人公寓。男人不在。书箱上放着母亲的来信。信已开封。难道是他偷看了？信是养父代笔：……听说患了肺病。真的

---

[1] 地名，位于东京市新宿区东部。

吗？这是最最可怕的一种病，不可掉以轻心哪。你孤身一人，传染上可不得了。大家都非常担心。你妈更是吓坏了，最近开始信奉金光神[1]，你可以回家一趟吗？有许多话要说。——啊？这是怎么回事？我只说与他分手，并没有给家乡的父母写信呀。难道是他写信讲了自己的病情？……多此一举。听公寓的女佣们说："经常有女人来这儿留宿。"我买来一瓶葡萄酒。闲适的心情突然变得乱七八糟。都是苦命人，怎么这样呢？我记得自己经常独自摸到这里来。五月的风吹在街上，那般清爽，就像秋风一样沁入肌肤。

夜。
我和孩子们在烤泡泡糖玩。

* * *

(五月 × 日)

六点起床。

为了昨晚那个白吃不付账的家伙，我早上七点必须去警察局。睡眠不足，脑子里跳着疼。早晨来到街上，肮脏的小路上散落着黄色与红色。阳光明媚。露水却将马路打得黏

---

[1] 金光教中的神。金光教属神道十三派之一，本部设于冈山县。

黏糊糊。乘汽车到了四谷。我的头晕晕乎乎的。望着玻璃窗中自己的身影——身着紫色白花的外衣，头上用花绸扎着岛田髻，俨然是个街头拉客的女郎。我忍不住笑了起来。这样的女人……干吗被人家那般耍弄，还要死乞白赖地跟着过？简直是滑稽的小丑。活泼、美丽的售票小姐，请你别笑。我的黑领是缎子的十分华丽。但说实话，我曾经也想做个像你一样年轻活泼的售票员，我也和你一样参加考试，去过植物园、三越、本愿寺和动物园卖车票。我是近视眼，所以被淘汰。我多么羡慕你活泼的身姿啊。——汽车行至神宫外苑，有高高台阶的灰色大楼便是警察局。八角金盘[1]的叶子上落满尘埃和露水。我走进洞穴一般的拘留所。阴暗的刑警室里，一个男人在啜茶，一个男人在写着什么，还有一个男人懒洋洋躺在那儿。我讨厌这种地方。我为何要来此会见昨晚的那个赖账者？他欠了账房九块多钱，我若是不来此取回，就得自个儿垫付。想到酒吧这种苛刻的做法，我更加心生厌倦。结果引发顾客和女侍的战斗。唉，人人皆是金钱的奴隶。店里的女侍们，谁不想让顾客大吃大喝呢？可昨晚的那个无赖到结账时，竟由后门溜走了。想到这儿，我的心中涌出了莫名其妙的滑稽感。

"找人去写一份申报表，嗯！"

这猪猡！此时在我眼中，昨晚的赖账者竟成了伟大的英雄。

---

[1] 植物名。以其掌状的裂叶约八片，看似有八个角而得名。

找人代写申报表，花费了一个多钟头时间。一会儿上茶，一会儿上咸点，付款时居然两块咸点也都算在了费用里。我惊诧不已。我将申报表递上，一位保人模样的人交给我九块多钱。完事出门，已是中午。什么狗屁清规戒律，我轻蔑地啐了一口唾沫。

回到账房付了欠款，我爬上二楼，大家已起床叠被子。房间的卫生从来没人搞。五月的白云，像大团大团的棉絮。我要将自己的灵魂抛得远远的。我躺到床上闭着眼睛，躯体像木棒、岩石一般僵硬。可怜虫！淘气鬼！芙美呀，拍着双手歌唱吧。

大陆尽头，海水荡漾；
点点白帆，充满惆怅。

(五月 × 日)

阿时说要教我骑车。做完清洁，便借来店里的自行车，上了花柳街前面的宽广大道。沐浴朝阳。一排小姐居室的二楼栏杆上，搭满了各色被褥。楼下则是倩影棚，写着初夜女孩姓名的白纸条，像葬礼上的招贴一样随风飘扬。潇洒一夜的男人踏上了归途。阿时冷笑着说：瞧，像不像雨天里的蝙蝠伞？她骑着自行车无所顾忌地在大路上晃悠。梳着桃分髻的女人，居然在花街柳巷的路上骑自行车。街上的男女都驻足观望。

"来吧芙美,骑上去。我在后面扶着。"

真有趣。傻瓜的乐观,像在模仿堂吉诃德。骑过两三圈后,双脚已能够上脚踏板,且很快学会了手扶车把。

喝下十杯
王将威士忌,
我就给你一个吻。
啊!你这可怜的侍女。

窗外葱绿,
雨中的雕花玻璃。
你瞧,那提灯下面,
躺倒了一堆酒徒。

革命是北方
吹来的春风吗?
所有的酒桶倾倒一空。
桌上的酒杯,
迎接喷火的鲜红大口。

蓝色的围裙,
跳起来跳一支舞吧。
金婚式,或是大篷车,
踩着今晚的舞曲……

来吧！

还有三杯。

打起精神来，

这点儿不算什么。

我是聪明人。

谁说我不是聪明人？

我毫不吝惜自己的感情；

像散花一般，撒向

那乏味的、猪猡一样的男人。

啊！革命是吹过北方的春风吗——

算了算了，别表现这种危险的胆略。唉！统统都给你，只想有人准许我，痛痛快快地睡上两天三天。我身上有的，要什么统统拿去吧。我只想昏睡如泥，像肥皂一样溶解到下水之中。清酒、啤酒、杜松子酒和威士忌，我的胃袋本是最佳代用品。来吧，我的躯体倘若有用，免费送给你。用不着拖泥带水。就是免费的礼品。我酩酊大醉，和椅子一起滚倒在地。阿时像牵马一样地拽起我，贴在我的耳边说：

"我给你盖上些报纸，你趴着睡一会儿。醉成这样，真没有办法……"

我的被子是一摞报纸。蛆虫一样的女人。酒醒之后，一切还不是照样？一天的时间对我却那般漫长。我的革命啊！快快地降临吧。

(六月 × 日)

某日，在太宗寺为女侍们做健康诊断。

下雨。阿由、阿时和我三人结伴而行。古朴的寺院廊下，花花绿绿的女人们疲惫不堪。女人们聚集着，与背景重合在一起，给人一种并不和谐的摩登感。彼处竖起一扇小小屏风，阎王爷的旗幡和电影的红旗赫然可见。我们裸露上半身，像店里的陈货一样站在医官面前。那些医官一会儿让我们张口露牙，一会儿又在胸脯上乱按一气。我知道，自己连身上的气味都是个女侍。此时此刻，我哪里还能反观自我？整个身心都已飞向了远方。阿由有肺病，讨厌这种检查。阿时一面排队，一面观赏着寺院。桃色的合欢花盛开，我的心中突然浮现出旅行时的乡村记忆。

晚上，我买来老鼠烟花燃放。

小费只有一元两角。

(六月 × 日)

午间，上街想买一件浴衣，却遇见肩膀瘦削的男人。那天争吵过后，我俩分了手。偶然在这种地方遇见，两人无言地一笑。他说想吃鳝鱼饭，一块儿进了餐馆。不知缘由地心情很好。我将买浴衣的钱统统给了他。他是个可怜的病人。母亲寄来小小包裹，我曾说自己患有鼻炎，母亲便寄来了干草药、袜子和染着白色花纹的棉布腰带。我不敢说自己在酒吧打工，那样母亲该多么担心呀。我写信扯了一个谎，说自己在一个大户人家里管账。

夜。

阿君摸到我的住处。她拿着一个大包袱，说是要去当铺里做事。

"怎么跑到这么远的当铺？"

"还是原来的地方呀。在板桥附近，很难租到房子嘛……"

看样子，阿君还在一个人苦熬。我对她充满同情。

"哎，去不去吃荞麦拉面？我请客。"

"好哇。可是今天有人等我，改天吧。"

"那我陪你去当铺，好吗？"

过后不久，阿君又去银座找了份工，还找了个年轻的学生做恋人。

"我终于下了决心。我们打算逃往远郊的乡下。今晚是来辞行的。"

我真羡慕阿君，这么纯情。阿君说，这是有生以来第一次真正的恋爱，决心抛弃一切。

"孩子也抛弃了吗？"

"这是我最最难办的……不敢提起。只要一想到孩子，我就感到恐惧。我该怎么办才好呢？"

阿君的新男人好像也不富裕。但是年轻人的凛然强健，令人无法抗拒。

"你也别干这活儿了。越早越好。这不是什么正常的工作。"

我对她笑笑,心里想,要是我有阿君你这样抛弃一切的激情,也不至于这样一个人受苦。我的母亲太美了!哪里是阿君养母、阿君老公可以比拟的?即便发生与我思想大相径庭的革命,或者成为千万人的众矢之的,我的生命仍旧植根于母亲的思想之中。你们就走你们的路吧。我愿意倾己所有,为这对勇敢地奔赴乡下的情人祝福。对我而言,母亲绝对是至高无上的。我打算悄悄照顾阿君唯一的儿子。

我在街上沐浴着满天繁星。收音机里播放着小夜曲。我把围裙卷了卷,塞在袖中。

夜晚的乐曲。都市的夜曲。模式化的小夜曲啊,多么美妙。收音机在城区空中吟唱出铅字一般的音符。而它又是噪声化的夜曲。在机器吞噬人类的时代,我走到香烟铺的橱窗前,想买一包情侣牌香烟,烟壳上有红白相间的斗篷。无穷的享乐和醉酒情侣美妙甘甜的意乱情迷,这世界不能没有谎言,否则将变得愚蠢而荒诞……来吧,我的希求没有止境。

阿时和文学书生吵架了。

"你这个臭倭瓜、黑茄子、穷光蛋!五毛钱还想逛窑子?"

据说是文学书生喝醉了酒,偷偷吻了她一下。阿时一边喊,一边用苏打水拼命漱口。老板娘在二楼躺着,病卧在床。她长期榨取女侍们的血汗，或许这正是报应。阿由却说，她平日里不也病恹恹的吗？阿由并不感到老板娘已病入膏肓。

(六月 × 日)

老板娘到底住进了医院。送菜的伙计阿宽去医院没有回来，所以阿时骑上自行车代劳。看到阿时骑自行车的笨拙身姿，我笑得流出眼泪。总之这个女人很有意思，非常了解自己的美。傍晚由澡堂归来换好衣服，透过顶棚的玻璃窗，一颗星星闪闪发光。啊！我已许久未见黎明，我向往乡间的晨空。门旁放着堆盐，有人在放唱片。女人们陆续由浴室归来。

"哎，那个自称'飞行家'的家伙又该露面了吧……"

飞行家是个牛皮大王，能一口气吹牛四五个小时。有趣的是，他到店里只吃一碗中华拉面，拼命喝老酒。离去时，留下区区一元小费。他好像没有终身相许的女人。

我排第三。

轮到我时，进来五位土耳其人。一进门就让我送去一打啤酒，一瓶接一瓶打开瓶盖开怀畅饮。他们打开一个白包袱，从里面取出一架皮箱大小的手风琴。带子往肩上一挂便演奏起来。手风琴的音色十分奇妙，就好像秋季的山风。你可曾记得我的呼唤？对了，他们拉的是那首《笼中鸟》[1]。

---

[1] 日本大正末期到昭和时代的流行歌曲，描述女性笼中鸟一般的生活境遇。

他们的礼帽下面,还有一顶土耳其毡帽,模样神气极了。

"上二楼去好吗?"

年轻的土耳其人把我抱在膝盖上,用手猛指二楼。

"二楼有好玩的地方。"

"好玩的地方?我不懂。"

好像是把我们当成卖淫妇了。

"我们是囚犯。"

他给我们每人一张小照片。年轻时的那张,背景是一棵奇异的大树,好像是在遥远的异国。

"上二楼好吗?我是个好男人。"

"没有二楼的。我们都不住在这里。"

"没有二楼?"

土耳其客人又追加了一打啤酒。一个客人要了一盘冷牛肉。他好像很喜欢阿由,用手指不住地指着盘子。

"麻烦啦。我不懂英语嘛。芙美你帮我问问,他们在说什么?"

"问那个飞行家吧。也许他会知道。"

"真不开玩笑。发音截然不同,哪里听得懂?"

"啊?飞行家您也不懂吗?这下糟了。"

"这好像不是酱油吧?"

我总觉得是辣子一类的调料。然而不巧,我是个不爱打听的人。

"埃罗·帕达?"

我问道。脸上却火辣辣地热。

"哦！对对，没错！"

他们将辣子放在手上捏和着，快活地啪啪打着响指。

自称飞行家的家伙悄然离去。

"土耳其的天子叫什么？"

阿时依偎着埃罗·帕达问道。

"天子，你懂吗？"

"嗯。我喜欢她。可她不懂我的话。怎么办呢？"

酒劲儿大概已经上来。手风琴奏出了遥远的乡愁。拉我上二楼的男人对我频送秋波。我就觉得土耳其人和日本人是非常近似的人种。土耳其是怎样一个国家呢？我笑着问道。

"你的名字是凯末尔帕夏[1]吗？"

五个土耳其人对我摇着头，嘴里却连说"耶斯"（英语 yes）。

* * *

(九月 × 日)

我翻动过时的时间表。仍想去遥远的地方旅行。东京充满了谎言，毫无真实感。我感到绝望，只想去呼吸高山、大海的自然气息。我打开标着时间表的蓝色地图，选定的地

---

[1] 帕夏是土耳其语的尊称。凯末尔（1881—1938）是土耳其共和国第一任总统。

方是面向日本海的小港直江津。啊！我就想去这样的地方，体会大海与海港的旅情。自然的风光，足以抚慰我受伤的心灵。如今抚慰是无需语言的。死又死不得，活又活不好。为了让父母获得幸福，我需要钱！可干女侍这种活儿怎能如愿？我强健的躯体里，流淌着多余的血液，掀动起色彩斑斓的野心。真的，我需要钱！

富士山——暴风雨。

车站候车室的白纸上写着，现在富士山一带有暴风雨。嘀！一点儿什么暴风雨又有何妨。我不过带着一个小包袱而已。我由上野乘上信越线，清晨的车窗风景，不知不觉间变成了茫茫的秋天景色。这一带已是深秋的感觉。窗外隔开的是朽骨一样衰枯的玉米秆。人生亦是秋风万里。难以置信的事物，像浊流一样地泛滥。我是个一文不值的女人，像指甲里的污垢。我坐在火车上。不合时宜的落魄旅途。我的眼睛一热，感受到奇妙的旅愁。三等车厢的厕所臭不可闻。扎着银杏髻的我倚在角落里，木然地随着列车摇摆。列车已开进了山区。

> 故乡的马厩远去，
> 鲜花盛开的月夜里，
> 我奔走在寒冷的海港。
>
> 朦胧的月光
> 与红色的放浪记呀！

颈项缠绕着白色项圈，

我对汽船也充满了眷恋。

无论何时，我的一切便是那只包袱。我的心中滚动着热乎乎的懦弱。我由包袱中取出旧诗稿和放浪日记[1]。重新读来，或因躯体的移动，眼里已热泪盈眶。然而这些诗歌和日记并未使我产生由衷的热情。难道只是一些鸡毛蒜皮的小事？难道我真的堕落到只会写这般愚蠢的作品？

列车开到高崎，我周围的空座上来了四位流浪艺人模样的男女。我木然地望着他们。和我的年龄不相上下，也是一副寒碜样儿。放行李的网架上，藏青色的棉布包袱里包着他们破旧的三味线，还有一只烟熏火燎的提篮。这些物件述说着艺人们的风雨生涯。

"大姐坐到这边来……"

一行四人中，唯一的女人被称作大姐。她的圆形发髻松散，身上是一件快要破损的衬衣。看样子，女人三十来岁。即将破损的衣物下面，包藏着某种深深的冤仇。那副憔悴的神态与河合武雄[2]如出一辙。女人的旁边，我对面，坐着额头煞白的男人。藏蓝色的衣物上缠着手巾一样细细的旧布带，神经质地咬着自己的手指甲。

"唉！真够倒霉的呀。"

---

[1] 林芙美子的《放浪记》刊出之前，这些日记被称作"歌体日记"。
[2] 河合武雄（1877—1942），活跃于明治中期到昭和初期的新派的女旦演员。

眼珠滴溜溜乱转的小个子，环顾了一下四周，然后对一位大个子嘟哝着。火车倒退着接近横川站。他们像是一伙说唱艺人。对面的男人和女人，不时地窃窃私语。

"哎！这是什么？吓死我啦！"

突然传来疯狂的叫喊声。一个带着孩子的村妇抬头望着头顶的网架。顺着女人的目光望去，网架上是艺人们随身携带的提篮。提篮叭嗒叭嗒地滴下黑红色黏血一样的液体。

"这是血吗？"

"先生！您的提篮吗？"

村妇的男人冲着倚背而坐的艺人男女大声喊道。木呆呆望着窗外的男女，惶恐地连忙从行李架上取下提篮，打开盖子。外出旅行常会遇上这种事情。我觉得自己突然间脸色煞白。提篮里净是一些杂物，带边儿的茶碗、褪了朱色的镜子、胭脂、梳子还有酱油瓶。

"啊呀，是酱油瓶的盖子掉了……"

女人自言自语地说。酱油沾在她白皙的手背上，淌下时仿若蚯蚓。她用舌头舔了一舔。苦寂的提篮物语，述说着无业艺人的凡常生活。女人又将提篮放回行李架。之后只剩下火车的隆隆声。我前面的男人像是徒弟，一副睡眼惺忪的模样儿。

"哎呀，真没劲。这罪受到什么时候？冻死人了。我想回东京，找个临时的剧团……"

藏蓝绉绸的男人好像听见了徒弟的对话，扫了一眼说：

"哎！阿端，到了横川就去发个电报。"

四人扫兴。对面男女说话的神态并不像一对夫妇。而他们给我留下了极深的印象。

夜。

列车到了直江津车站。这是一处港湾小站。未经修整的土地上是一栋陈旧的建筑。站前的广场点着一堆火,是一家淡蓝色木板构造的西式旅馆。挨着旅馆的则是房檐凸出的灰蒙蒙街道。海风呼啸。暴风雨即将来临。我那般憧憬的海港之梦,难道就这样粉碎了吗?这种地方的人也在为各自的生计奔忙。没办法,我又返回了站前旅馆。玻璃门上,写着"墨鱼菜馆"的字样。

(九月 × 日)

楼下过廊里,参加修学旅行的小学生正在喧闹。

我到洗手间洗了把脸。

"我还想去吃沙丁鱼。"

这是一群山区来的小学生。男孩子奇怪地谈论鱼的话题。我付了两元房租后外出散步。乌云低悬。街上的行人走在居家的深檐[1]下。路过一家小戏院,门前有长长的木桥。海水还是河水?桥下水色碧蓝。我失神地伫立于彼,眼望流水。眼皮底下一堆垃圾中混杂了一只死去的鸽子,宛若天上撕下的白云,顺水漂流。身处异乡,居然看见这流水之中的

---

[1] 防御雪灾的长檐。

鸽子。啊！我马上联想到自己。在这个世界上我一无所求，没有人为我而心痛，我幻想着突然间像鸽子一样死去。我的眼前骤然明亮。木桥上板车和行人的脚步声令人心烦。眼望流水中静静远去的死鸽，我的心中一片空无。没有幸福，也没有不幸。一切化为乌有。像鸟儿一样死去固然很美，但想到可怜的尸体曝晾，不免中怃然。到了站前，我买了一只米团。

"这米团叫什么？"

"嗯？叫连续米团。"

"连续米团……米团怎么还连续？"

这些海边人起了个多么讨厌的名字。……什么叫作连续米团呢？我坐在歪歪斜斜的车站候车室里，咀嚼着白色的连续米团。我尝了一口米团中的夹馅儿，觉得自己很愚蠢，怎么在那样的死亡之中感觉光明？无论在怎样的乡村，人都必须面对生活。为了生存必须工作。无论在农村或是在深山，总会有我赖以维生的办法。我那种乌鸦一般的感伤脆弱不堪。乡村和深山属于童话的世界。我坐在车站里煤烟熏黑的条凳上，心中思考的仍然是回东京之后的出路。我要是死了，最最难办的是母亲……

低沉的乌云被撕破，暴雨倾盆仿若沙尘暴。我和满身海腥味儿的旅客挨着肩膀。到了这种地方，我轻蔑自己的昨日感伤。昨夜旅馆里的男人们盯着我看，也许觉得这女人扎着银杏髻，准是个陪酒女郎。我亦冲着他们笑笑。

我乘上了长长的夜行列车。

(九月×日)

　　我又返回了酒吧，心中狂乱亟待宣泄。管他是谁呢，我希望与人相恋。唉！我一无所有，只是个女醉鬼而已。我没有家庭也没有故乡。我常常让我唯一的母亲为我落泪。谁又说什么了？……每当我喝酒的时候，就有一群鸟儿飞来。我的心躁动不安。像那风儿吹动树叶哗哗地响。嗨！寂寞难耐。我一脚踹在床上。芙美啊！你的心脏在歌唱，却无依无靠薄情寡义，百无聊赖……我烂醉如泥，希望有个男人偷吻我的芳唇。我失声哭泣。偷偷地抬眼望去时，几只女人的白手，鸟儿一样地落在我肩头。

　　"喝多了。这个人多愁善感。"

　　阿由把我的故事说了出去。我难堪得眩晕。我抬起头，站起身去照镜子。镜子里的面孔是重影，突然幻现出男人的大眼瞪着我。我高兴自己从旅行中活了回来。在这样充满甜蜜的世界上，唯有自己真实地死去，才是愚蠢至极呢。连续米团！镜框里的男人意味深长地盯着我，做戏般的眼神。我真想在他的面前，做一个妖魔的鬼脸。……然而无论是多么真实的面孔，酒馆里男人的感伤，比生啤更加虚幻。我喝下那么多酒，账房暗自欢喜。蛆虫！

　　"我醉了。先回去睡觉。"

　　芙美子生性要强。

(十月×日)

秋风轻拂的季节。我哼着阿伊达小曲。

"芙美,坏事啦!我好像怀上孩子了,真讨厌!"

我正在静静地读书,阿光过来小声对我说。在没有一个人的客厅,黄玫瑰花沁人心脾。

"几个月啦?"

"这……大概有三个月了吧……"

"你怎么搞的?"

"现在我这种情况,生孩子有太多困难……"

两人沉默不语。去吃杂煮的女人们陆续回来了。

我讨厌的那个男人又来了。他嘴上说,要对女人如何如何,可统统像做戏。谁会相信他?我面对着这样的高雅男人,自顾自地大口狼吞虎咽。我在桌子角上敲开煮鸡蛋,分给阿由吃。

"芙美小姐,过来呀!"

怎么?又想看女醉鬼的表演吗?我来到门口,大口吸纳街上的秋风。我解下围裙,也想加入街上的人群之中。街上的摊贩像雨水一样密集。

"跟您打听一下,这儿需要女招待吗?"

一个胖女人胖得像旧日的裙子,手里拎着鼓鼓囊囊的手提布袋,由人群之中挤到我面前。

"这……现在有四人,没准儿需要。你稍等,我给你问问。"

我推开门，只见那个男人醉醺醺地拍着阿由的肩膀说：
"我真没出息啊。"

没错。老板娘说，带她来看看嘛。我便由厨房绕出去，对那个提布袋的女人招了招手。女人突然哭了起来。

她哭着说：

"我刚从乡村出来。第一次出门。今晚都不知去哪儿好。请留用我吧。我会尽力工作。"

秋风凛凛吹动着她的薄毛衬衣，让人看着都冷。反正在这种酒吧，是个女人就行。这个女人也一样。扔下布袋，便会照镜子。

"太太，我看店里也是人手不够，留下她吧。"

女人上州出身，肥得像只蚕茧。她背着布袋，由陡直的架梯爬上了二楼的女侍居室。

"承蒙关照。谢谢您啦。"

女人蹲在暗处说。那肥肥的脖颈白皙可人。

"你今年多大了？"

"十八岁。"

"好年轻啊……"

女人脱下外衣，笨拙地忙碌收拾着。我在一旁呆呆观望。我突然觉得眼角发热。唉！对我们来说，阴暗真是天大的好事。在布满灰尘的、昏暗的灯光下，浓妆艳抹的女人嘴唇，齐声唱着同一首歌。啊！我讨厌天神。

"芙美！他又来了。"

我喜欢这样久久地躺在阴暗之中。阿由大口吃着东西爬上二楼。她借给新来的女人一条围裙。女人的手异常粗糙。

"我曾经有过一个家。"

"……"

"今后,我一定努力工作。请多多关照。"

"你别见外,我们这里人人平等。陪酒只有一角五,可实际能有三倍以上的收入,只要不损害店方。还有,在我们这里,老板娘、老爷、女佣和厨子都睡在一起。哎!把行李放到隔板上吧。"

"噢。就睡在这么小的地方吗?"

"嗯,是啊。"

我下了楼,那个男人踉踉跄跄跟在我身后。

"公休日出去玩,好吗?"

"公休日?呵呵,和我去玩,要花很多银子的呀。"

我又拍拍自己的腰带对他说:

"最近去不了。我有孩子啦。"

* * *

(十二月 × 日)

"饭田居然用发钳打我……我讨厌他……"

我本来期待的是欢迎的话语,不料等了好半天,泰子才由阴暗的小巷中垂头丧气地走出来。忽然,我觉得汽车、行李和阿时这个人都是极大的负担。我心中想,或许自己不该来。

"怎么办呢?事到如今,也没法返回刚才那家酒吧了。干脆我们多转转吧,若碰上饭田也挺尴尬的……"

"嗯,那就先转转吧。"

我让司机阿吉帮我们扛上行李,放置在酒馆后门药铺的墙角。然后,我和阿时一身轻松地上了车。

"阿吉!带我们去上野。"

阿时扔下了丢人现眼的行李,高兴得哇哇叫着,摇动我的双手。

"行吗?泰子是你好朋友,可是性情冷僻,她会让我们留宿吗?"

"放心吧。她就是那样的人,不必介意。当作乘大船。"

我俩心中,搅动着凄凉的感觉。

"可我还是觉得心中没底。"

阿时凄然地泪眼汪汪。

"就拉到这儿吧。我也得工作。"

十点前后。星光澄澈。汽车开到十三屋梳子店附近停了下来。阿时和我掏出小钱包付车费。

"让你拉了我们一大圈,多少总该付一点儿。"

阿吉的一双脏手挡在面前,说道:

"乱来!今儿是我的钱别。"

阿吉的笑声震耳欲聋,栉屋所有的客人都往这边看。

"那吃点儿什么吧。我心里挺过意不去。"

我带着他俩走进一家小路旁的汤粉屋。阿吉喜欢甜食,便要了一碗汤粉。哎!再添一碗!我心境怃然。老爷子有名的叫卖抽风一般,却也无法让我欢喜。"阿吉!打起精神来。"阿时用鼻子嗅了嗅阿吉便帽的内沿儿,像孩子一样的汪汪泪眼。当我们走到本乡酒馆的二楼时,时针已近十二点。深夜寒冷的小路上,只有中华面屋灯火通明。两人默默无语,将白色的披肩捂在胸口。

爬上酒馆二楼,阿泰不在。一位身着紫色碎白点花纹衣服的陌生青年,无精打采地守住火盆烤手。火盆里的火早已熄灭。他是何许人?我突然觉得扫兴。多么寒冷的夜晚。我冻得牙齿打战。

"泰子不回来,我们能睡吗?"

阿时倚在我肩头不安地问。

"有什么关系?你等一下,我去拿被子。"

我打开壁橱,扑面而来的是单身女人的生活气息。阿泰也过得凄惨。我假装打了个大呵欠,袖袂遮住眼睛。随之铺开被褥,让阿时先睡下。

"你是林小姐吗?……"

青年望着我,眼镜闪闪发光。

"我是山本。"

"噢,是吗?我总听阿泰说起你。"

啊!我把已经麻痹的双腿猛然伸出去,抱怨说好冷。

两人的情绪便也松弛下来。我们天南地北地聊着，渐渐发觉了青年的长处。山本流着眼泪说，我是那样深深地爱着她，可是……他专注地拨弄着火盆的炭灰。

我觉得泰子好幸福。联想到与我分手不久的男人。虽然他打了我，但他只要尚余一点儿纯情，哪怕只有山本的十分之一……阿时已入睡，打起了呼噜。"我回去了。请你转告她，我明天傍晚再来。"这时已过半夜两点。青年穿上木屐，呱嗒呱嗒地离去了。泰子四处游走，带着她和那个男人的骨血。她现在的状况怎样呢？屋子里散乱扔着折断的发卡。

(十二月 × 日)

外面仍在下雨。傍晚时分，我和阿时去洗澡。回来后正在梳头，饭田来了。我在缝缀袖口，一面哼起近期学会的小曲。啊！讨厌。我觉得饭田很可笑，恬不知耻地还来找就要分手的女人。泰子沉默不语。

"下这么大的雨，还去吗？"

泰子只能眼巴巴地望着我们，凄然地将双手插在袖筒里。

两人来到浅草已是傍晚。大雨滂沱，我们一家一家寻找适合阿时居住的房子。总算找到了一家，叫作什么"咖啡世界"。

"你要搬家，一定通知我一声呀。帮我问候泰子。"

阿时真是位可爱的姑娘。富于野性，不拘小节，却有许多优点。

"难得一聚,咱俩喝杯告别酒……"

"你请客?"

"真会保养。别招人恨哪。"

走进浅草的都城寿司店,烫来一壶酒,而后身心闲适地斜卧下来。雨下得很大,客人稀少。这儿是一处临时板屋,却给人清静、舒适的感觉。

"好好学习呀。"

"以后见不到阿时了……我,还想喝一瓶。"

阿时高兴地拍着手叫过女侍。喝完之后,我把阿时留在了咖啡世界,回到泰子的住处。泰子正聚精会神地写着什么。九点钟,山本又来访。

我铺好睡铺,先行睡去。

(十二月 × 日)

突然间一觉醒来。狭小的睡铺上我和泰子相拥而眠。两人相对一笑,互相背转身去。

"起床啦。"

"我还想睡会儿嘛……"

泰子的白胳膊伸出被窝,哗地拉开了窗帘。她躺在床铺上仰望阳光。楼梯传来上楼的脚步声。泰子下意识地缩回了胳膊。

"讨厌!快假装睡觉。"

我和泰子抱作一团假装睡觉。不一会儿,槅扇门拉开了。"还在睡觉吗?"山本话音未落便进了屋子。他无所顾忌地坐在枕边,我的心中有些不快。没办法,睡不成啦。泰子说:

"你这么早来做什么?没看见还在睡觉吗?"

"可是,上班的人只能早上或晚上来呀。"

我一直没睁开双眼。怎么办呢?泰子也太软弱啦。应该坚决一些才是嘛。不喜欢就是不喜欢。

今天是谅暗日[1]。午间,我和泰子去了银座。

"我靠写作,挣点儿生活费还是没有问题的。我想搬离那个讨厌的地方,住到郊外去……"

泰子披着茶色的斗篷,直勾勾地盯住橱窗里美丽的台灯。她说唯一的理想就是买一盏那样的台灯。我们信步而行。在银座后街的小寿司店填了填肚子,两人又走上悬挂黑白幕帐的街道。"无论早晚,牢狱昏暗。鬼魂时刻都在窗口窥视。"[2]我们上了日本桥,像孩子一样手扶栏杆,俯瞰翩然飞舞的白海鸥。

　　一种兴奋,或是
　　我们的一剂良药。
　　两人同病相怜,

---

[1] 天皇为父母服丧期间,国民也必须随之服丧。
[2] 高尔基(1868—1936)的戏剧《底层》中的歌词。

如幼稚园里的孩童。
街头巷尾
我们挨肩接踵走着。
相同命运的女人啊!
一样的眼神面面相觑,
脸上浮现出凄寂的笑容。
蠢货!
笑!笑!笑!
两个女人缘何傻笑?
无情的世界,谦逊何用?
我们也要和街上的
人们一样,回故乡过年。

鲷鱼好吃!
我喜欢甘美的鱼香。
我的故乡——
在遥远的四国海边,
那里有父亲母亲,
还有家宅、院墙、水井、树木……

喂!伙计!
请贴上一张印有
江户日本桥的大广告。
苦命的父母将

欣喜万分奔走相告。
——啊！我说你啊。
这是女儿从江户日本桥
买回来的呀。尝一块？
好嘞。……

同伴的故乡
在信州的深山，
她披着茶色的斗篷，
每每露出皓齿呼喊。
——谁知明天什么风？
今日有酒今日醉……
伙计端来小木箱，
返乡的油炸甘薯；还有
芝麻鲑鱼糖腌鲷鱼干。

两个女人伫立桥头，
感受着同样的笑容。

日本桥啊日本桥！
你究竟好在哪里？
白色的海鸥展翅飞翔。

两个女人为何

  感受着无名的寂苦，

  手拉着手走下了桥头。

  两个女人吟唱着地狱之歌，

  像乌鸦一般刺破了凝固的空气。

  两个女人的笑声

  在杂乱不堪的街道撕裂。

  我怀抱着熟悉的木箱。木箱的气息让我感受到岁暮归乡的愉悦。

（十二月×日）

  "今天晚上，庄野先生来玩。说不定会出你的诗集呢。庄野的父亲是开报社的……"

  泰子对我说。我和泰子吃过晚饭后，便应邀去邻家做客。邻家是军人出身的股票商，夫妇俩带一个孩子。"你俩过得好自在呀。"泰子和我只是笑笑。端上茶水后，聊了三十分钟时间，庄野先生走了进来。他身着华美的无袖外衣，无精打采的样子好像喝醉了酒。不过显然是个良家公子。可我怎么张得开口，让他给我出诗集呢？我买来几块点心。围着被炉，三人闲聊杂谈。没过一会儿，饭田和山本两人也走进屋来。屋里的空气顿时起了变化。

  饭田气呼呼冲着泰子，把墨水瓶照泰子的脑门儿扔去，还朝泰子啐唾沫。顿时，我的心中燃起了对于男人的反感。

"你这是干什么？泰子又怎么啦……"

泰子哽咽着，含着眼泪对我说：

"饭田欺负我时，就觉得山本好。在山本身边又实在打不起精神。"

"那你到底爱哪一个呢？"

我对两个男人都感觉厌弃。

"哼！你们男人是不是太过分！"

"你说什么！"

饭田瞪视着我。

"我还是爱饭田。"

泰子断然表态。她直勾勾地仰视饭田。我对泰子也产生了莫名的怨恨。那个男人如此欺负人，倒有什么好？……山本则像一只跌落阴沟的老鼠，垂头丧气地说被子是他的，要拿回去。这一切犹如一个旋涡。不知不觉间，泰子急不可待又逃到了山田清三郎身边。我嘟嘟囔囔地埋怨着，和三个男人出了门。我们去了酒吧开怀畅饮，酩酊大醉。四个人越发陷入百无聊赖的境地。庄野对我说，到我那儿去吧。想到没有棉被的寒冷，我不知不觉跟着庄野上了汽车。我要输给这不善言辞的匠人吗？假装醉酒，我可是一流高手。两人睡在蒲团上，中间拉了一条均分的布带。

"以后山本、饭田、泰子问起来，会不会说我们有关系？"

"说又怎么样？你正大光明，我光明正大，不就是一夜共宿嘛。没有棉被有什么办法？"

我闭上眼睛，把手脚放在自己的领地里。泰子有没有找到宿处呢？……我的眼角涌出了热泪。

"庄野！明天早上请你管我早饭，再借给我一点儿零钱，我挣了就还给你……"

我想，我可不能一觉睡到天亮。男人的兴奋状态和政治家雷同。觉得没戏也就坦然了。唉！到了明天，我还得去找谋生之路。

（十二月 × 日）

这是一个愉快的早晨。我战胜了一个男人。我扬扬得意回到酒馆二楼。榻榻米上有好像是烧过什么的痕迹。泰子的那件茶色斗篷已被撕了个七零八落。

"昨晚在庄野那儿过的夜。"

泰子表情怪异地一笑。讨厌！怎么这样笑？随你怎么想吧。我已是破罐子破摔。泰子说她认识了一个好人[1]，也许会结婚。我羡慕得不得了。她还说眼下不想声张。我已产生了孤寂的感觉。可泰子的脸上却容光焕发溢满幸福。难道凄凄惨惨的唯独是我？我怀着颓唐的心境，木然地望着泰子白皙的双手。她正忙着收拾房间。

---

[1] 即小堀甚二，后与平林泰子结婚。

***

(二月×日)

黄色的水仙花包含了某种回忆。打开窗户，邻家的客厅里亮着灯火。由二楼望见的黑桌子上，摆着一盆像三色猫的黄水仙。我已经两天没有进食。我将麻木的躯体横在三铺席大小的居室里，就像一只旧时的喇叭，悲切地落满尘埃。口中的唾液化作烟雾，统统地返回到胃中。此时的空想给人以茫然之感。一种对于美丽和豪华的由衷反感，像血块一样生生地由心中涌出。这美丽与豪华颇像戈雅笔下的玛哈[1]，乳白的胸脯、脸颊和肩膀，统统是酸性的感觉。我的胃袋里充满了暗郁的旅愁。我究竟该怎样生存下去？

我来到街上。街上飘浮着鱼腥味儿。行至公园，傍晚池塘的冰面上，孩子们在玩溜冰游戏。我想吃饭，哪怕是夹生的硬米饭。上野的寒风吹在我皲裂的嘴唇上，生疼生疼。我观望着溜冰的孩子们，突然有种走投无路的感觉，眼泪便流了下来。我想捡块石头，扔将出去。冰上滑动的孩子们，耳朵、鼻子、脸颊冻得红彤彤的。冰面不时发出炊帚磨蹭似的刺耳声响。——我怀着一丝希望，拜访了百濑的

---

[1] 弗朗西斯科·德·戈雅（1746—1828），西班牙画家，画风奇异多变，对后世的现实主义、浪漫主义和印象派都有很大的影响。《着衣的玛哈》和《裸体的玛哈》是戈雅的代表作。

家。家里没人。我冒着寒风拜访朋友，腹内空空苦不堪言。我向看家的老爷子通报了姓名，让他放我进屋。破旧的长火盆像个妖怪。插在盆中的香烟头像似小葱。我看见墙根处堆着很多书，舌根下不禁涌出了津液。这堆积的书籍对我是极大的诱惑。我发现几乎每一本书，都是关于鸡尾酒的调制方法。这书一本能卖多少钱呢？买一碗中华拉面，或是大碗炸虾盖饭，或是一碗什锦醋饭？我真想偷它一本，填饱饥肠辘辘的肚子。火盆里的火已熄灭。我双手罩在火盆上，只觉得一本本图书亦睁圆了双眼耻笑我。破损的拉门唱着奇妙的风之歌。唉！说到底还是镜中幻影。我仿佛陷身于无边的沙漠之中，我的食欲只好扔在寒风凛冽的公园条凳上。嘿嘿，总之，二二得四，我却只剩下一枚两分的铜板。我真想有只肥肥大大的老母鸡，再给我生出一个铜板来；否则我的胃是永远的地狱。我由池边步行到千驮木町，这儿是阿恭的家。阿恭的家里空荡荡的墙角有个火盆，火盆边围坐着阿恭、阿节和一个淘气的孩子。米饭端了上来。简直像伏地乞讨，大口大口地往嘴里扒饭。此时，阿节说了句什么暖人心扉的话，顿时泪如泉涌无法自制。说不上什么原因，我的胸口堵得发慌。嘴里塞满了米饭，好像旧棉花。滚烫的眼泪不住地喷洒。含到嘴里又涩又咸。我放声哭将起来，忍不住又哈哈大笑。小孩子被惊吓得扔下玩具和我一起大哭。

"喂！宝宝，哭吧，哭吧！像阿姨这样。管他的呢。像火车汽笛一样放大声哭吧。"

阿恭轻轻地拍拍孩子的头，那孩子抽噎着放声哭泣，像是在吹奏单簧管,响彻了街巷。我的心中,迅速地流过了一股暖流。

"阿时姑娘怎么样了?"

"月初和她分手,不知去了哪里。想必找到幸福了吧……"

"小女孩儿,受不了贫穷呀。"

我有两件红色毛线上衣,想送一件给阿节。她好像穿得太单薄。躺下后,阿恭两眼望着屋顶,说是最近写了一首诗,便大声地给我朗读。她的诗写得激越而飘零。听过之后,只觉得我那饥饿问题就像幼儿的一块点心,那么浪漫,那么感伤,嘲笑着浮浅的食欲。我甚至觉得,此时的盗窃亦不能以道德论之。今晚回去后我要写篇值得称道的作品。我处在兴奋之中。夜。我兴冲冲地走在冷风飕飕的大街上。

星儿
吹奏喇叭。
尖刃
刺入肌肤血水飞溅。
我躺在
白色的条凳上,
像一只
弃置的破靴。
我眺望无数冷星,

整个却是淫妇的模样。
到了凌晨，那般
闪亮的星星也将消逝。
谁说不是！
白色条凳上的女人。
轻蔑思想，轻蔑哲学。
她期待口臭的接吻，
一个现实，先
填饱饥饿的肚子。

最最讨厌回家。人类生活，难道就是这般愁苦！我横卧在白色条凳上，耷拉着木屐。星光耀眼。星星何以为生？

我与星星融合为一！我是星星生下的女儿！头脑清晰无隐秘。傻瓜！那才是女人的悲哀。深夜梦见骏马追我。邻室的呻吟吵得我头疼。

(二月 × 日)

从早上开始，雨中一直夹杂着雪。我躺在床上撰写无望发表的作品。十子来串门。

"我无处可去了呀。能在你这儿住两天吗？"

她那姿态，就像一只折去了翅膀的蟋蟀。我嗅出一种押花似的馨香。

"住两三天倒花不了多少钱。可我没吃的，连大米都没有。你愿意的话，住多少天都可以。"

"酒吧客人净是犹太人。红鼻头儿。没几个说真话的。"

"酒吧外的客人又怎样呢？如今，就是个物物交换的世界……活人难啊！"

"在那种地方做工，肉体劳累不说，首先崩溃的怕是神经呀。"

十子将腰带像海菜一样卷起来，垫着当枕头。她由我脚下将腿伸进棉被，然后钻进被窝。"啊！舒服舒服！"十子腿肚子柔软光滑。我用双脚在她的腿上触摸着。十子像个孩子咯咯地笑个不停。

夜里寒风吹得玻璃窗嘎哒作响。无家可归的女人。无处就寝的女人。我和可爱的女人脚对脚入睡。我突然感到不堪忍受，跳起身将一张旧报纸揉成团，扔进火盆里。

"怎么样？暖和一点儿了吗？"

"没关系呀……"

十子把棉被拽到脸颊上，静静地屏住气息哭泣起来。

午前十一时，两人外出吃了中华拉面。一早至此粒米未进。对我来说，此时的拉面胜似山珍海味。虽说没有被炉，两人钻进被窝，却也生出平和的心境。我要写下传世佳作，我要竭尽全力……

(二月×日)

早晨，我完成了一篇六页稿纸的短篇，带上它去了杂志社，心中充满忧郁。十子买回一斤无糖面包。我用旧报纸焚火热茶，心中黯淡。一切都像泡沫一般虚幻令人心烦。

"我厌倦了这种漂泊的生活，真想有个家。这样挟着个破包袱颠沛流离，在吧屋、酒馆里鬼混，心中难有安定之感……

"我才不想有什么家呢。人生如烟云。还是这样的好。

"真是没意思啊。

"世界上的人每天工作两小时多好，然后去山野赤裸裸地跳舞。什么叫生活呢？要是没有那些烦心的事多好。"

楼下又在催交房租。吧屋打工时，曾有个男人送我一只廉价的手提化妆箱。所以我想，或许可以跟他借一点儿钱。

"噢，那个男人吗？还真挺不错的。芙美子把他迷住了……"

寄张明信片吧。上帝！我知道这样不好。骂我吧。

(二月 × 日)

左思右想，晚上去了森川町的秋声[1]家。我撒谎说要回乡省亲，只好借一点儿钱。十分惭愧。我真不好意思将自己的稿子托付给秋声先生。房间里，一只电炉好像那切成圈状的柠檬。红红燃亮的电炉使屋里充溢着愉快和温馨，却与我

---

[1] 德田秋声（1871—1943），日本自然主义代表作家，重要的"私小说"代表作家。代表作有《伪装人物》，该作描写秋声与山田顺子的关系。

的心境差距千里。一位青年走进屋，据说是杂志《犀》的合伙人。秋声将他的名字介绍给我。但却声音太小没有听清。借钱的事最终未成。随后进来的山田顺子笑声朗朗。在她的建议下，青年、我、秋声先生和顺子小姐一起到户外散步。

"哎！老师，咱们去吃年糕小豆汤如何？"

顺子用手挡住她的头发。那发型像赴晚宴。她倚着秋声先生瘦削的肩膀。我的心境沉闷，仿佛一条拴着锁链的野犬。我饿得两眼昏花。那种对于甜食的特别食欲使我比一条野犬的感觉还要可怜。我也希望找到一个男人，可以一起吃汤粉，不时撒撒娇。我们四人走下燕乐轩一侧的坡道，走进一家像似酒馆称作梅园的汤粉屋。坐在黑色的桌子旁，我们嗑食着下酒的小菜紫苏果。哦！饿死我了。这会儿我只想来一大碗茶泡饭。出了汤粉屋，青年告辞离去。我们三人则去小石川的红梅亭听戏。表演的节目是曲艺——贺贺寿寿的新内[1]与三好[2]表演的醉汉。我听得几乎落泪。真的，多少有点儿钱，就可以活得逍遥自在。有谁知道，陪着绅士、淑女出来听戏的我只抱着一个童话般的幻想——吃上一大碗茶泡饭。顺子说，曲艺让她厌倦。三人便冒着细细的小雨，步入肴町的后巷。

"哎！先生帮我的女性小说想个标题吧！流浪一词太陈腐……"

---

[1] 一种说唱曲艺，净瑠璃的一派。
[2] 指第二代柳家三好，落语说书人和曲艺人。

顺子突然说道。然后，我们又去团子坂的虾夷茶馆喝红茶。顺子又说，好冷哦！真想去吃火锅。

"你知道哪儿有好吃的火锅店吗？"

秋声先生孩子般地眨巴着眼睛，只是含糊其词地嗯了一声。又过片刻，我与二人分了手。我身披外套，走在牛毛细雨之中。途经团子坂的文具商店，我买了一沓稿纸，八分钱。我尽力呼出体内的浊气，还想大声地嘲笑自己，你这个摇尾乞怜野犬一般的女人。回到家中，屋里火盆中的碎炭毕剥作响。一股子咖喱味儿诱得我直淌口水。再一看，墙角扔着一个薄毛料的红色包袱，是我不曾见过的。廊下还靠着一柄新的湿漉漉的蛇目伞。邻家今晚又烧秋刀鱼。十子将外衣挂在墙上，笑眯眯爬上楼梯。"阿芳她们来了，这会儿在洗澡。"阿芳她们都是我吧屋时期的朋友。阿芳是个肌肤美丽的女人，说不上哪儿酷似英百合子。"十子到底也出来了，干得没劲儿。我也不干了。在这儿住两天好吗？"她头发蓬蓬的，用一把赛璐珞梳子梳理着，宛若一大团棉花。她接着说："光是女人也不错……最近见到阿时了呀。境况不佳，她说还要回酒吧干呢。"十子说阿芳煮了米饭，还买了咖喱。十子勤快地把碗筷摆上矮脚食桌。很久没有这般愉快的心情了。夜里，褥子过于窄小，我便将一些布垫之类铺在一旁。我睡中间，几个人并排挤在一起。反正，三铺席大小的房间里充塞着女人的气息。我不停地做梦，统统是从高处朝下坠落。

(二月 × 日)

我将书稿留在报社。回家发现一张明信片。原来是那个男人发来的快件，说是今晚来访。房间里连个火星子都没有，冷冷清清。十子和阿芳她们大概是外出找活儿去了。唉！跟那样的男人借钱，我怎么张得开口呢？……我想和十子商量商量……突然间烦躁异常。说起那只手提化妆箱，不过是布袋屋[1]开张大吉时，他出于好奇买回的降价货。偶然遇上我坐台便给了我。我和他不过路人罢了。看到他要来访的快件明信片，我心里很不舒服。这男人已大把岁数。我心中不安，牙齿也阵阵跳疼。

夜。

霰雪纷飞。女人们仍未归来。风雪中，送我手提化妆箱的男人提着码满苹果的果篮进了门。上帝啊！别笑。我的本性哪里会这般污浊？我无言地将双手罩在火盆上。"你住的房子不错嘛。"男人脱去大衣，仿佛来到小妾家中。他的脸凑得很近问道："真那么困难？"又说，"要是十块八块的，没有问题呀……"

雪花掠过黑暗的玻璃窗。男人将他的那双大手，面包一样地包住我的双手，说着一些暧昧的话语。我难以自制，感受到某种肮脏的憎恨。我用手抹了一把眼泪，对男人说：

"我不是那种女人。只因生计问题，跟你借一点儿钱。"

---

[1] 布袋屋是一家百货商店，于 1926 年开业，1935 年被伊势丹收购。

我听见邻家的太太小声地嗤笑。

"谁?谁在笑?……要笑就出来笑!别暗地里偷偷地笑!"

男人离去后,我将果品篮像皮球一样,从二楼扔到了马路上。

***

(二月 × 日)

我小心谨慎,怕自己堕落为一个渣女。我也观察街上来往的女人,并不觉得自己过分可怜。但我却总是吃了上顿没下顿。每当我听到邻家女人那畅快的笑声,我就想从地球上消失。我觉得自己是生是死无所谓。我困惑不解。一切都游移不定,无有着落,心焦气急。早上至此,我的胃里只有一点儿腌菜叶。同样,我的头脑中也吹拂着凄凉冷寂的寒风。极度的疲惫困顿,使我成为一个活着的木乃伊。那些旧报纸我已看过十遍二十遍。我一动不动,久久躺卧在榻榻米上。我觉得这不是自己,很想悄然地远离这个形象。我的肉体是扭曲的。我的心灵也是扭曲的。我一无是处。我的肉体像一支燃尽的蜡烛。可是哪怕饿到死,我也不会再去酒吧那种地方了。我纳闷为什么没人容留我。我没有必要觍着脸皮,虚情假意地去赔笑脸。倘若没有勇气面对一切,那索性就面对现实承受饥饿吧。

夜。

利秋君用富山药袋装来一升米。这个男人总是背信食言。我讨厌这种无政府主义者。他总对我说:"我喜欢你喜欢得要死。"可实际上,我不过是大和馆里的一件展物,从早到晚在他远远的监视之中。我不喜欢这种状态。

"能不能让自己的肚子休息几天呢?"

我将大门紧紧锁起。不想为了一点儿食物卷入无谓的旋涡。饥饿的感觉直冲头顶,躯体似乎成了一块铁板砰砰作响。我要写一封美妙绝伦的书信。可我仍然无法按捺自己的食欲。唉!我要活命,难道只有去做酒吧女侍?天气寒冷,仿佛十个手指要迸出鲜血……来吧!我期待革命的到来。我期待狂风暴雨。然而说到底一切皆空。我趁楼下的人都去洗澡,偷食了一口酱汤。上帝啊!耻笑我、嘲弄我吧。

啊!可怜的芙美子消失吧。

生活细细长长,绵延至今。无论怎样努力,都处在饥饿的边缘。唉!有时区区一块钱,我得维持五六天。我时常认认真真想到要死。唉,明天就自杀算了。我将所有的破烂扔了一屋。然而,破烂中飘溢出我生命的气息,那么可爱,难以割舍。我疲惫不堪。黑色薄毛线衣的衣领脏乎乎的,污垢和胭脂闪闪发光。我像个孩子一样嗅着自己的体臭。那时候,就是穿着这件毛线衣,他紧紧拥抱着我。叫我如何舍弃种种情思!面色苍白而血气升腾的孤独女人啊。我双手拥抱胸前的是衣衫、腰带和假领，各类浊物构成的体臭蒙太奇。

面对着令人心醉的狂喜，我该给谁写信以表明最后的嘲笑？是A是B还是C……？让我哭泣声中的人生观散发出一缕馨香。真是一种有趣的兴奋。"啊！我是那样地爱你……"旧报纸比比皆是的广告中，有趣地打出了沙拉与铁扒牛排的字样。精力充沛的三上于菟吉[1]，就像铁扒牛排。我感到十分有趣。吉田弦二郎[2]则是个菜叶或小鸟一般的陌生人。我想给他们两人写一篇同样的文章。

> 海边的玉米地里，
> 播下了种种希望。
> 萧瑟狂风——
> 吹拂着不落的树叶。
> 二十五岁的女人啊！
> 真实地欲结束生命，
> 真实地想黄泉赴死。
>
> 玉米地里的
> 庄稼呀茁壮生长。
> 其实本无区别，

---

[1] 三上于菟吉（1891—1944），日本通俗文学作家，被称为"日本的巴尔扎克"。他在其妻长谷川时雨的刊物《女人艺术》中首先推荐出版《放浪记》，从而使林芙美子有了发表处女作的机会。

[2] 吉田弦二郎（1886—1956），日本小说家、随笔家，主要作品有《清作之妻》。

什么虚幻哪什么现实。

唉!别将这样的感伤写到信里。我怀着伊莎贝拉女王[1]发现哥伦布的兴奋,杂乱无章地信笔疾书。啊!干吗在所罗门的百合花上胡乱地涂抹墨汁?

(二月×日)

清晨,外面飘着寒冷的雾雨。到了晚上,说不定就会变成大雪。许久不抽烟了。在这样一个美丽的早晨,我真想看看报纸。啊!新出的报纸散发出浓郁的油墨味儿。

邻家的碗筷声好生热闹,与我却相距甚远。面对昨夜写好的两封信,我的心中流淌出淡淡的微笑。旋即又感到一切都那么愚蠢。唉!无论怎样看,人生都充满了薄情。真实……然而问题在于,我的兜里只有三分硬币。用这三分硬币寄托我的感伤,对收信者无疑也是一种冒渎。如果有一角找回七分零钱的富余,我也许就不会写这两封信。——我取出松散的日语假名连缀的《一茶句集》[2]。

明日复今日,棒棒子丞化蚊虫。

---

[1] 伊莎贝拉一世(Isablla Católica,1451—1504),卡斯蒂利亚王国女王,与丈夫费尔南多二世完成了收复失地运动,还赞助了哥伦布开拓美洲新大陆的航程。
[2] 日本著名俳句诗人小林一茶(1763—1827)的俳句集。

故乡多异事，苍蝇逼急也叮人。

何处是我家，无思不见是假话。

一茶是彻底的虚无主义者。而我目前的问题是肚子空空。这本句集是不是也能卖点儿钱呢？——我躺的时间过久，爬起来后身上的骨头都咯咯作响。我将手指绕压在我的脖颈上。哇！好可怜。我的动脉是干瘪的，此刻却静静地跳动，感觉到血在往上涌。宝贵的鲜血。

两封信，先发哪一封好呢？我这样真是自私自利。结果我决定，先发吉田先生的那一封。我蹑手蹑脚地走上大街。

我先去拜谒了汤岛天神。一个老头儿拼命地踩动搅车，吹出桃红颜色的棉花糖，时隐时现的桃红泡泡在黄铜的糖桶中涌滚。棉花糖像雾。我已经许久不见花草。在我眼中，棉花糖仿佛一朵白色的牡丹。"大爷！两分钱行吗？"我躲躲闪闪地捧着一团孩子头大小的棉花糖，索性坐在那没人的石凳上吃完再走。我大口吃着棉花糖。突然又想起一茶的诗句："何处是我家，无思不见是假话。"喜爱这样漠然的孤独，倒也并非什么坏事。

"大爷，我要三分钱的。"

好可怜。菜叶与小鸟的感伤，变成了桃红色的甜甜棉花糖。多么可爱的感伤啊！我的联想在舌头上变换为带泪的砂糖。我闭紧双眼将未贴邮票、写给吉田先生的信扔进了邮筒，信封上写着"新潮社转"。或许只是付之一笑。写给三上先生的信已经破损。三上先生过着华贵的生活。对他而言，我这渺小无谓的现实，也许是应当消亡的。贴近身边的人或事，却是最最容易遭到忽视。寒空中烟雨茫茫。卖棉花糖的老爷子一直不停地踩动着黄铜搅车。一个女人坐在条凳上吃棉花糖，细雨像灰尘一样降落在她的身上。在这女人的眼中只有遥远的故乡、母亲和男人。她的思绪里也只有无谓的乡愁！

(三月 × 日)

卖了几条昼夜带[1]和两三本旧书，攒下两块一角钱。旧书店老板居然跟到了家里。说什么"认个门儿再来收书"。岂有此理。我的壁橱里哪还有一件像样的东西？就像狂人作家的脑瓜子统统是破烂。

午间。

我去浅草。浅草占地不大，却是一块远离都市中心的乐土。某处顶楼的一位作家说浅草的品味太低。一个月的时间里，所有人都像猪一样拼命地吃。肥头大耳。这里充斥的是电影、痞子和色情狂。照照镜子好好想想吧。……浅草的痞子却挥动着帽子说："地上的东西我都吃腻了，这回该吃

---

[1] 表里异色的女用腰带。一般是黑白两色，白是昼黑是夜。

天上的了。"我倒觉得浅草是个好地方。我站在掌灯时分的浅草大灯笼下,心里想着用这两块一角钱,如何快活地去死。春宵真美,飘溢着线香和女人气息。杂沓的人流。我来到公园剧场前,水谷八重子剧团的旗幡中有那个男人的蓝旗子。真是有趣。比较而言他比其他的男人文雅且洁身自好。在我和他之间,随着岁月的流逝一切都静静地、静静地成为永远。我绕到后门,向后台门口的老爷子打探,他却露出一副骄矜的面孔。廊下放满了装着食物的碟碗瓢盆。看样子,这儿混居着贵族小姐,还有女学生。两块玻璃窗斜倚墙边当作镜子。地上扔着的黑书包,留存在我多年以前的记忆中。

"哎呀!"

我在后台门口刚一坐下,蓄着男仆一样丁字发髻[1]的他走了进来。

"好久不见呀。"

"身体好吗?"

在这浅草中央的剧场里,久别之后我又听到了他的声音。

"看戏吧。我只有一个角色。演完了喝茶去!"

"噢,谢谢。夫人今天也有戏吗?"

"哪……哪里!她死了。肺炎。"

我的眼前浮现出那个女人遥远的面容。分别的时候,我曾那样憎恨她。难以置信。因为眼前的这个男人很会一本

---

[1] 明治以前的男子发式。

正经地撒谎。

"说谎吧?"

"我怎么会对你撒谎。你不记得了?她以前就体质羸弱。"

"真的吗?好可怜。……化妆去吧。我还是第一次到你的后台,后台里好凄凉呀。"

我俩说话的当口儿,一个高个子年轻武士佩着双刀走进来。

"噢,给你介绍一下。这位是宫岛资夫[1]君的弟弟,也称宫岛吧。"

年轻人的肩膀十分结实。看来他已届迟暮之年。他从书包里取出一沓诗稿,我不由得觉得他当戏子是明珠暗投。他的身体开始发胖,嗓音也变得老气横秋。这样的状态混在年轻人当中演戏,也真够难为他的。记得当初和他在田端拥有一个家时,我才刚刚换去了少女服饰。"请你看完我的戏,然后像过去那样说说坏话。"我拿着他给我的一张名片,由后台转回戏场。这么说,只好看他演戏了。可是突然一颗大大的雨滴落在我的脸颊上,我慌忙跑进小屋。舞台上是一个牢房的场景,关押着一些基督徒。八重子饰演的花魁身旁站立着狱卒和武士。舞台上还有烂漫的樱花和小鸟鸣啭。可是剧情却冗长荒唐。我一面看戏一面浮想联翩。"基督啊!宙

---

[1] 宫岛资夫(1886—1951),日本小说家,受无政府主义思潮影响,1916年发表长篇小说《矿工》,被称为日本工人文学的先声,后趋于虚无,1930年出家为僧。

斯啊！"他的道白声音过大。我捂起耳朵，听着那牢房里的对话。八重子饰演的美貌花魁走出牢房，迎来了观众潮水般的掌声。我却觉得美貌固然无可挑剔，缺少的是韵味。兴味索然，我走出剧场。他说散场后"一起喝茶"的，我却无法接着看这些八竿子打不着的破戏。我找到一家药店买了一小盒镇静剂。死不了也没关系，至少可以多睡一会儿。倘若一切都直接爽快，不也是一种幸福的逃避吗？

(三月×日)

五颜六色的彩带迎风招展。

不知何处的爆竹声震耳欲聋。莫非是飞机的声响？摩托艇的声响？……我产生了一种错觉，仿佛天空之中呈现出白沫飞溅的大海风景。在我的眼底，银色的灯台似乎只有芝麻粒大小。转瞬之间，我的眼睛好像又在望大象的肚子。我剧烈地摇摆着被踩入地底。十子将毛巾放在我裸露的胸脯上。我无论如何不想死。我睁开双眼，眼睑已失去弹力，像折起的扇子一样塌陷。我不想死。"来点裙带菜和炸鱼糕，我有五块钱。"我无法闭上眼睛。热泪吧嗒吧嗒地滴进耳朵。十子坐在枕边，用剪刀剪开母亲寄来的小包裹。母亲寄来五元钱。这对母亲绝非易事。楼下的老板娘热好了稀饭，端上楼来。要是身体恢复一些，我就把这五元钱交给楼下，然后离开下谷的家。

"那是洗衣房的二楼。你搬不搬？"

我愿意活下去。不想去死。给我以心灵抚慰的不是男人和好友，却只有一个十子。她抚摸着我的额头。我要活着。一切都是无所谓的。活着，工作，才是人生的真谛。

每当生活中遭遇苦难，我便会思念故乡。人们常说叶落归根，死也要死在故乡。我听到这样的说法时，总要苦思冥想故乡的含义。

每年春秋，户籍警便来核查原籍。我每次都为故乡的问题犯难。"你的故乡到底是哪儿呀？"我却无言以对。我也搞不清，我的故乡究竟是哪里呢？在我成长的过程中，有苦也有乐。故乡伴随着我的成长。因此在这部《放浪记》中，也有很多回归故里的缠绵情思。不知不觉的年复一年，我无时无刻不感受着那种旅愁。突然我也纳闷，我真正的故乡到底是哪儿呢？我的原籍本是鹿儿岛县东樱岛，那儿是故乡的温泉胜地。我痛切地觉得，自己真的是远走他乡，颠沛流离。我家兄弟姊妹六人，我有生以来竟没有见过他们，只见过一个姐姐，却给我留下痛苦的记忆。深夜，我倾听着地鸣之声。记得我和姐姐提着灯笼去温泉，一处露天温泉。仰脸望去，满天的星光闪烁。岛上当时点的还是煤油灯。村里的大婶大姨们一见到我，就在背地里说妈妈的坏话，说她"自作自受"，嫌她与外乡人结婚。那已是十六七年以前的事了。

到了夏天，岛上尽是青色的杜父鱼。有一次去城山旅行，打开饭盒，里面竟悄悄放着三根煮竹笋。我十分怀恋大阪炼钢厂做工时代的父母。临近冬天的一个夜晚,我曾独自一人去门司。父亲从大阪到门司来接我。那年我九岁。坐火车时腰带里别着五分钱,身上还绑了一块小木牌,上面写着"去门司"。

所谓血亲,竟这等无情无义!当时,好像并不是开花的季节。记得出门时,顺手折下一根柊枝,随身带到了门司。一路上,柊枝生机盎然。由门司乘上汽船后,顶棚低矮的三等船舱十分阴暗。父亲透着水光,给我捉头上的虱子。鹿儿岛是与我缘分浮浅的故乡。伴着母亲一同漫步时,总要回想起少女时代的寂寞的生活。

"真的能行吗?"

"有什么问题吗?"

母亲离开故乡已有三十年。居于东京闹市区,她却仍旧那么平静。姐姐与我们常年没有来往,最近却寄来一封长信。信里写道:"妈妈,身体好吗?十分挂念。今年春天生了一个儿子,马上迎来第一个五月五[1]。我想,该好好地为他庆祝一下。"看了这封信,我的心中充满厌恶。我的心早已变硬变冷。"妈妈,不要再去顾及什么义理人情。长久以来,义理对我们的生活有过什么帮助呢?人情又有何用?我们一家三口,早就被人家抛弃了。我并不吝惜给予孩子的祝福。可是妈妈,过去的事情你都忘记了吗?"最后,我还困惑地提及许久前的一件往事,我曾怀着信赖的感情给姐姐

---

[1] 日本的男孩节。

写信借钱。姐姐给我回信,我才不认你这个妹妹呢。她还说——我没有母亲,她没有养我,我也没有义务为你做任何事情。在遥远的异乡天空下,你们母女为区区十元钱而苦恼,那是报应。在我眼中,抛弃了故乡和子女的父母,无异于妖魔。从今以后,不要再给我写信。——打那之后,在这个世界上,就仅仅剩下父亲、母亲和我三个人。唯有父亲,不管生活是怎样的落魄,他都不曾抛弃幼小的我和母亲。每当我想到这个事实,我都决心尽最大的能力报答他。在这个问题上,姐姐和我的心情差之千里。然而,姐姐却来信说什么要为自己的孩子铺张祝福,妈妈居然还要给她送厚礼。而我,至今仍对姐姐的回信耿耿于怀。我实在无法控制自己的这种感情。我真的恨她。可是现在对那些连一句温情的安慰话都不肯说的故乡人,对姐姐,母亲却要赠送精美的礼品,让他们获得惊喜。我愤愤地说:"妈妈,在这个世界上,我们没有必要拘泥于义理人情,没有必要为他人活着呀。"尽管如此,我并不想忤逆母亲这小小的愿望。我是一个性情乖僻的人。长期的忍耐,使我不相信任何事情。我甚至偏激地在心里想,什么亲戚故旧,喂狗去吧。

啊!二十五岁
女人心中的痛楚,
穿透那遥远的海色。
二十五岁的女人
站在玉米地里,

玉米啊，玉米，
伴随着无边的心痛。
二十五岁的女人，
唯有茫然地眺望大海。

一、二、三、四，
粒粒玉米
像二十五岁女人的
片言只语，
充满了苦闷的渴望。
蓝色的海风
吹过玉米地变成黄色。
还有那黑色土地的气息，
滋润着二十五岁女人的芳心。

我站在海边的
玉米地中，一切愿望，
像瑟瑟秋风吹乱的枯叶。
二十五岁的女人
必须面对真实的感触——
莫非，真的要舍弃生命？
真的要选择死亡？

快快生长吧，

玉米的梦幻与现实合一。
二十五岁的女人
苦苦探寻，
男人何用之有？
只是悲哀又费解的玩具。

什么是真实？
家人令我疲惫的时光。
是生？是死？
是孤寂？还是放弃？
真实在每一个人的心中……
真实是朋友间的怀恋。

玉米的枝叶
令人焦躁、自暴自弃。
二十五岁的女性
心灵意味着万事皆空，
尽情地奔跑。
睁一只眼，闭一只眼。
啊！怎么办呢？
我想要男人，我期盼旅行，
我想要这样，也想要那样……
二十五岁的女人
拨弄着麻线球，

寂寞幽闲，
看不到生活的希望。

躺在玉米地里，
二十五岁的女人
只想，索性这样深眠过去。

唉，怎么办呢？
二十五岁的女人
内心坠入无尽的迷惘。

我如今的生活，正是那苦苦的挣扎。最近，一种火一样的懊恼烧灼着我的心。来吧！殴打我吧，把我彻底地打垮吧。我的心中拥有土崩瓦解一般的巨大激情。此时，世间一切皆化为虚无，脑子里唯有死亡与故乡。可是，他妈的！我想起那段凄惨的时光，有时连买一升米的钱都没有。此时，我又必须努力地克服那种毁灭自我的邪念。这部《放浪记》触及的，不过是我的表皮。我的日记中记载着无数的痛苦，不堪入目。

从今往后的我，只想全副身心地投入工作之中。我希望怀着孩子般的童心去生活。可四五年来我的生活却充满了艰辛，除了肉体的漂泊，便是放浪的旅愁。我流离失所，至今仍然过着苦难的生活。我在痛苦之中呻吟。面对五光十色的现实，我无法判定事物的真伪。往日里的一些愉快，此刻统统化为乌有，留下的唯有孤寂。我憧憬天空，憧憬土地。我在心中默默地也想给遥远的姐姐一些祝福。想必这样，会给柔弱的妈妈一些慰藉。我乖僻的心情，唐突而愚蠢，只会招来他人的蔑视。我真想横卧在玉米地的田埂上，痛痛快快地睡一大觉。最近我少言寡语，只想沉浸在自己的工作之中。我觉得这是我唯一的心愿，也是我唯一的出路。

林芙美子这个名字让我感到些许苦恼。它是愚钝、脆弱和孤寂的代名词。我曾经期盼，在这个世界上真正地抹去这个名字。有时候走在路上，杂志的广告画中突然会显现"林芙美子"的字样。我心里想，林芙美子？何许人也？我常常在街上行走。而此时的我，比那些街头女郎更加懦弱。我穿着两三年前的旧衣服，手持一把裹铜帽儿的长柄雨伞，浑浑噩噩地走在街上。我曾经多日被困家中，原因是没有衬衣，只有一身红色的泳衣。有的时候运气好些，卖掉一两篇稿子，马上便有人问我："稿费有没有三万块？"这种问话令人心慌。我的住处附近有一家当铺，称作油坊。只有这当铺里的大爷，说到林芙美子便面带苦笑，把我称作赤贫文士。

本来，我只是出生于海港小镇的黄毛丫头。长大后当个工人，说不定活得更加幸福。而如今的我，我的生活，却像广告一样支离破碎，吹散在四面八方。我的生活半途而废。所以我活得很苦。——生活稍稍宽松一点，就想接继父、母亲来一起生活。然而生活依旧贫穷。聚到一起共同生活又各有各的心事，很难想到一起。我希望是以我为圆心，一家人团聚。可实际上却是一人一城一国，各为其主。有时候一人待在厕所里，眼泪止不住地流。长期以来和父母天各一方。我在心中呼唤亲人充满了爱。可是我又觉得，长期不在一起共同生活，那种爱已变得十分淡漠。

我的家庭像游牧民族。其实我的生活已经具有异族特征。因为我在某处住下来，过着半定居的生活。我理解父母各不相同的心情。可与此同时我又深深地感觉到，一种旋涡般的阴云在滚动。我要尽己所能过上舒心的生活。父母都是善良的人，我不想让他们为我而痛苦。两三年里，我们不断地聚散离合。其实说到底，我的真正的最高理想是只有母女二人的简朴生活。然而这个理想总是难以实现。我的母亲是个性格多元的女人。她懦弱地过着每一天，却又因此而刚强。长久以来，母亲的形象一直是我恋慕的对象。继父其实比母亲年轻。经历了那么多艰难曲折，二十多年来，继父却一直陪伴着母亲。我的作品中，我对继父充满了同情。可是在我十七八岁的时候，我并不喜欢这个继父。如今，我的年龄增长了十岁。我自己也发生了很大的变化。说到继父，不论喜欢不喜欢，如今我首先感觉到的是对于继父的怜恤。想到继父我并没有太多的愧疚与不安，也没有对于母亲那样的爱。这也是无可奈何的事情。我从十二三岁开始做工，十七八岁开始赡养父母。奇怪的是，我从未想过要买一件衣服，只觉得工作是理所当然的事情。虽然微乎其微，我始终坚持给父母寄钱。

现在我的愿望是让父母颐养天年。可父母仍日复一日地辛苦劳作，不愿意就此退休让我养活。他们从我这儿获得微乎其微的本钱便去做些小买卖，不出四五天就赔个精光。我对这种状况已经疲倦。安心养老，每天拢拢草也好啊。父母的做法让我无可奈何。毋宁说，他们是在别样的意义上依赖于我。我并没有稳定的收入，只是挣点儿稿费而已。也许在世人眼中我是个恬不知耻的人，或者像个酒鬼。可我实际上烟酒不沾。喝点儿酒，晕乎乎的感觉到也快活。可如今那玩意儿不足以麻痹我的感觉。我们全家都是非常善良的人。七年之前，我悄无声息地与现在的丈夫[1]结婚，继父的母亲仍健在，我不知怎样称呼这位祖母。她总是在我面前说：

"我儿子为了你妈，二十年没要孩子，这男人不是一辈子断种了吗？"

说穿了，她是告诉我不要忘恩负义。其实，每个月我都给祖母寄一点儿养老费。虽然为数不多。真是奇怪，我居然成了大家的依赖。我感到无法承受。却又懦弱地想，力所能及的话，也是义不容辞。然而，我在家中做的工作不是粘火柴盒，也不是踩缝纫机。家里人都认为，我只要坐在桌子边上写写稿子，就能换来钱。此时此刻，我就是将自己的真实心情告诉他们也是白搭。我想，索性去踩缝纫机，没准儿还过得舒坦一些……我的家人长期生活在不幸的境遇之中，我希望给他们一些爱。我的确深深地爱着他们。可是一旦这

---

[1] 手冢绿敏，两人相遇时，他还是画院学生。

小小的家庭出现波浪，比如母亲偏向了父亲一方，我就成了一个无足轻重的存在。此时我的心中只有孤寂。不是互相思念而是互相憎恨。我的家人却很刚强，有个头疼脑热的一吃药就好。

凌晨起床，我对小女佣交代一天的工作。首先要备好一日三餐。白天的饭菜和晚餐毕竟不同。特别要注意米酱的调制。此外还有自己房间的卫生、洗濯和客人的来访等。我的生活十分繁忙。与此同时，我还要完成自己的创作。我总是十分留意关于自己作品的批评。我要不断地反省并提升自己。然而无边的空虚却时时啮噬我的心。梅雨季节，我的心情格外郁闷，有时真想彻底了断。我痛切地感到如果就这样死去，或许也爽快。然而我要不在了，家人肯定就分崩离析，像断了线的风筝。想到这里，我又觉得求死不能。为了确定一个目标，近日我开始参禅。然而那也是一个陌生的境地，能不能获得真正的自我省悟，实在是前途渺茫。作为最近的精神寄托，我阅读瓦尔特·佩特[1]的作品。书中一节写道："瓦尔特·佩特是稀有的特异的艺术家。我们可从他的生活中发现，艺术家面对艺术，却在生活中保持了极度的谦逊。在他的生活中，心灵的经验愈加深厚，精神的状态也愈加平静。宛若容纳了大量潮水的、涨潮时平静的大海。"如果说心灵的经验是佩特的庇荫，那么佩特一定是个十足的浪

---

[1] 瓦尔特·佩特（1839—1894），英国作家、批评家。1873年出版《文艺复兴史研究》，提出"为艺术而艺术"的美学主张，这部文集给他带来了声誉。

漫派。难道佩特的魅力正在于此？研究佩特是十分愉快的。佩特说，他热爱、同情一些早夭者，他们留下了美妙而伟大的事业。对此我深有同感。

最近忘了在哪本杂志上，看见松井须磨子的相片。实在太美。画面呈现的是一种精制的美。从这张相片上，无法想象她年老之后的模样。相片展示出强烈的美，犹若冰霜一般。须磨子有天仙一般的肌肤。她的死令人不胜惋惜。在我眼中，她还是非常聪明的女人，尤其作为一位女演员。——我没有松井须磨子的美貌，也没有她那样的天才，然而我却无缘无故地对衰老怀有极度的恐惧。我惧怕肉体的衰老更惧怕创作的衰老，我感到后者是更加难以忍受的惨败。

另一方面，我非常喜爱厨房，当然我更爱我的家人。我闭上眼睛，安心地感悟自己的衰老。

有时与丈夫交谈，他会下意识地说："你的工作没有什么了不起。"他说得非常正确。如此亲近的人说出这样的话，让我出了一身冷汗。我的工作夹杂着形形色色的内容，说实话并不那么单纯。我感觉到实际上虽然小有名气，日后的道路却布满荆棘。

我曾有过另外一次恋爱的经验。我并不崇奉照相式的描写，但在我的艺术作品中确实写着："恋爱是隐秘的气息，恋爱是天上星星的音乐。"虽然只是一瞬之间的事情，但的确有种断断续续的情绪时常鞭挞着我。那场恋爱终结时，我仍怀着爱意。那次恋爱破裂之后，我感到自己连活下去的自信都丧失殆尽。这一小小的事件亦已流入我过去的岁月之中。我似乎也是那样的一个女人，生活中必须有着某种寄托，恰似契诃夫笔下的窈窕淑女。我对亲属一词缺乏信赖，因为亲属比外人更难应付。若是出于功利的原因，被爱也是一种痛苦。明知是一种痛苦，我还得亲近他们，帮他们切萝卜或是切胡萝卜。最近我出了三四本书。一本由于书店破产，只获得半数稿酬。另三本书的酬金，本想用在自己的学习上——我打算暂时停止杂文写作，进修一年充实自己，最后却还了外国时代[1]的借款。继父又用去一些。他说——最后一次，想要开一家小茶馆。看来，我又得趴在书桌前玩儿命了。税务署来函索要税金。我忙得不可开交。我自己也感到吃惊，为什么自己这样地排斥时下的心情与生活，却又死都无法修正呢？我属于令人厌弃的女人类型。不仅生活上半途而废，精神上也是半途而废。有时我自己都无法忍受自己的心情。我的家里如今空荡荡，大得出奇。或许这也是我心情的某种体现。我想要结清这边的房租，搬到一个更加典雅的地方去。

我没完没了地奋笔疾书。身体的状况良好。我讨厌这种健康。为了工作又必须拥有健康的体魄。我相信生死有命。大熊长次郎[2]的一首诗中写道：

静静地安睡吧！

---

[1]　林芙美子成名之后赴国外旅游。
[2]　大熊长次郎（1909—1930），大正至昭和初期的诗人。

我相信天谴有时，

人啊，生死有命。

那首诗意蕴朦胧，却使好强的我异常悲哀。实际上，我有时真的很悲哀。我不想学习也不想写字。我很久不看戏也不看电影。百无聊赖，我双手撑在唇下愣神。很多日子里我都焦躁不安，想借助某种外物了此残生。可说到内心深处，我又真的想重新开始，完成杰出的事业。我的工作"没有什么了不起"，可我至今仍然坚守着这份并不起眼的工作，以此为生命。我相信，走在大路中央的并非小说。我只想走在偏僻的小路上，创作独自的、渺小而谦恭的作品。

也许，我近期患了恐惧症，只觉得所有的人都很可怕。除非有人造访我，我不想去造访任何人。睡觉时净做噩梦。大白天也时时产生一种错觉，感觉有人站在我的身后。怀着博大爱心给我以抚慰的竟是家里豢养的那条小狗。月夜，坐在石阶之上，唯有那条小狗贴近前来。我的手中早已空无一物。说真格的，我在月夜中顾影自怜……此时此刻，我的头脑里一片空白。一种危急的潜流暗暗涌动。我日夜思索梳理它的源头，却无法理得清楚。写到这里，我屡屡产生出厌恶的感觉，怎么没完没了的净是些隐私呢？唉！就此打住吧。

即便没人说三道四，我也会拼命地反省自己。通过反省，我要把自己的一切暴露于天下。此外还有各种回忆。往事只会给人带来折磨。

现在，我和父母并不住在一起。宽大空荡的家里只有我和女佣两人沮丧地发呆。最最亲爱的母亲,却像孩子一样远离他乡。——翻开报纸,每天都是生活顾问内容。实际上,却是在耻笑女人的生活,认为女人是无根之草弱不禁风。面对这些胡言乱语,我已笑不出来。

我只想竭尽全力地投身于自己的工作。对我而言,除了工作便一无所有。我还有话要说。可在目前的抑郁心境下,我又说不清自己想要说什么。常年以来我所期盼的作品是寂静的观照、素材的纯化以及孤独的地域。而我的反省,却要将我折磨至死。

第三部

(三月×日)

　　油亮闪闪的乌鸦，
　　光耀在城市的上空。
　　亮得泛出白光的乌鸦，
　　在花粉飞扬的街头
　　和电线杆子的顶端，
　　彷徨、游荡，无处栖息。
　　它在用肺部歌唱，
　　歌唱着转瞬即逝的景色。

　　我捂起耳朵走在
　　茶色的烟雨迷蒙之中。
　　真刺耳哪、真难听！
　　雨中的乌鸦泛着白光，
　　拼命挣扎着飞翔。

漫无边际的荒野中，
风儿裹挟着它的梦想。
乌鸦在用肺部歌唱，
歌唱那转瞬即逝的景色。

我为何浪迹天涯？
想象着乌鸦的命数。
我像乌鸦一样出生在世界的一隅，
在无处栖息的暗夜中，
泛着亮光飞翔。
哪里会有什么光亮？
四周的光线哄然耻笑。
我在用自己的肺部歌唱，
这是我唯一的选择……

孤苦伶仃的野猫，
伴着孤苦伶仃的野狗。
荒无人烟的野径的碎石。
渐消的夜露，只留下
乌鸦的天空、泛亮的乌鸦。
像一根刚刚拔出的铁钉，
闪闪地发着光。
彷徨、流浪，
只有泛着光亮的乌鸦，

在用自己的肺部歌唱。

只有肺部，只有歌唱。

在我的感觉之中，只剩下两个肺袋。邮件又退了回来。我叹道，唉！原来如此。

这首《肺袋之歌》寄到《读卖新闻》。可报社的清水先生回信说，过于冗长不能刊载。岂有此理！花柳病药广告堂而皇之占着大块版面，贫穷女的小诗却冗长不得刊载。

多达八页的一份大报，竟然没有一首小诗的立足之地。

精美豪华的睡床的广告赫然触目。我从未睡过那么结实豪华的寝床。报上还在募集女佣，写明要摩登美女。画面中，一个漂亮的女佣映入眼帘，身着白色的围裙，长腰带像蝴蝶一样系在背后，手中的啤酒起子上拴着一个小铃铛。翻开报纸，我的心情坏到极点，仿佛"扑哧"一声踩进车辙里的一泡牛粪中。

咳！糟透了！

沉重的躯体。甩卖香蕉一角钱一堆。我吃了好多黏黏糊糊的烂香蕉，躯体里好像生出了蛆虫。大清早有人弹奏大正琴[1]，乱七八糟异常难听。

我已不抱希望。《肺袋之歌》这样的蠢诗哪里能卖钱。可是，难道世上真的没有一个人感觉好奇？

---

[1] 大正琴，又称名古屋竖琴，是日本唯一自行发明的乐器，属弦乐器的一种。表演者左手按键盘，右手以义甲拨弦弹奏。

我收拾了一下床铺，出门做头发。

美发师是个肥肥大大的女人，身上好似喷了一瓶金鹤香水，气味强烈令人窒息，恨不能用袖袂捂起鼻子。我被熏得头疼。里屋，美发师一家聚在一起，在制作纸折樱花。我的精神为之一振。

是啊，快要到赏花的季节了。

美发师给我梳了个桃分髻。假发是廉价的，怎样都不合适。不是眉毛斜就是眼角歪。二楼突然有女人喊道："色鬼！"大伙儿惊异地仰望屋顶。

"大白天就干！你怎么整天价跟人角力？——什么！你还有这个毛病？喝醉酒就虐待老婆？……"

美发师插上便窗，扑哧窃笑出声。大伙儿也笑了。楼上住着一对夫妇。据说男的做股票，女的在牛肉菜馆里做女佣。两夫妇从早到晚都在喝酒，连被褥都不整理。

美发师给我用了白色发带。美发三角钱发带两分钱，我付了三角五分钱。

我仿佛头上顶着一只果篮。十五天以来，第一次有了爽快之感。

那首《肺袋之歌》到底还是获得了发表。下一步打算换个品种，写个童话作品拿去试试。

茅町到上野，再换乘开往须田町的电车。尘埃飞扬仿佛天上的火烧云。不知何故，生活在我眼里总是艰难困苦。电车行至黑门町站，上来三位穿红戴绿的丑角。他们是串街走巷做广告生意的。车里的乘客都在偷偷地笑。年轻的丑角们买了车票，身着飘逸的藏青缎子服，衣服上缝缀着蓝布与红布。奇怪的是，脸上却全然没有化妆，给人以十分滑稽的感觉。

我心中感叹，竟有人这副模样儿生活。太阳不知去到了哪里……我一副漠然的表情望着窗外，渐渐地生出一种破罐子破摔的感觉。怎么，竟然没有一个男人与我相伴？

不，也曾有人说过喜欢我，可都是和我一样的穷光蛋。我心浮躁，仿佛风儿吹动的雨窗。

到了银座，我直奔泷山町的《朝日新闻》会见中野秀人。有风言风语，中野和一个名叫花柳春美的姑娘生活在一起，那姑娘剪着短发，摩登美丽。我觉得心中有些紧张。世人对贫穷者缺少起码的理解。他扔下一句"你的诗我看一下"，便出了门。

中野的红领带十分漂亮。

一个女人拿着自己的诗作，没有任何推荐信介绍信，这样子让任何一家报社都会感到恼火。我走在银座的大街上。

一家店铺前，广告牌上是一只大老虎。并排的一家店铺叫松月。我出神地望着一个漂亮的女人，她身上围着一条白色的小围裙。怎么？及胸的大围裙过时了吗？

强风卷起了沙尘。

在银座四巷的路口，一个厨师模样的男人正在给过路人分发广告火柴。我也拿了一盒，然后返回去又要了两盒。

鬻文卖字，只觉得是十分遥远的梦想。表面上的生活和暗底下的生活，简直大相径庭。买了一角钱的牛肉饭，却又吃不下……

(三月 × 日)

我不知海涅是怎样一位西洋人。他的诗歌是乐天的。

他也写情诗,有的诗是写给德国母亲的。他的诗非常好卖。生田春月[1]何许人也……？一个老头子吗？翻译又是怎样的一种工作？煮剩饭还是炒剩饭？我不知道海涅和生田春月是怎样的一种关系,反正书店的书架上有了海涅。我突兀地站在架前。

我是个无政府主义者。

非常厌恶令人窒息的政治。人与自然不过是一种游戏,是无休无止的生殖游戏……这又有什么不好？野猫在屋外游荡,夜夜哀号。我也要像野猫那样哀号着寻求男人。

男人有的是,扫帚一扫一大堆。

婆罗门大师[2]的半偈经,是谓般若波罗蜜吗？……

蛆虫。我的躯体里涌出了蛆虫。

从早晨开始,我一个劲儿地饮水,甚至联想到贼人入室。大家都要小心关好大门。此时此刻,我自命为合法的无政府主义者。我要做件惊天动地的大事。

夜。我吃了一碗牛肉盖饭,又去买了瓶精制的眼药。

---

[1] 生田春月(1892—1930),日本大正时期的著名诗人,代表作有《灵魂之秋》等。
[2] 此处的婆罗门大师指佛陀的前世雪山童子。

(五月 × 日)

晚上,我拜访了牛达的生田长江先生[1]。

早就听说生田长江患有癫病,我才不管这些呢。我想成为一个诗人。说不定他会给我一些帮助。

我的兜里仅余七角钱。

我带去了我的诗稿,题名为《黑马》。生田的家仿佛住着旧时的浪人。电灯光异常昏暗。我猜想会出来怎样一个怪物。

房间的犄角越发狭小,生田先生不声不响地从里面走出来。他身穿大岛绸和服,并无任何特异之处。瘦骨嶙峋。脸上的皮肤却紧绷闪亮。

他说话的声音轻柔,是个和善的人。

我没有客套,只说希望先生看看我的诗稿。他说马上看有点困难。

我只剩下七角钱了。整个躯体都灼热不安。

"你读过谁的诗呀?"

"读过海涅。还有惠特曼[2]。"

我觉得应当强调自己在读高级的诗歌。可是说真格的,海涅、惠特曼皆与我的精神世界相距遥远。

---

[1] 生田长江(1882—1936),日本大正时期的代表性评论家之一。作为翻译家,翻译了许多尼采的著作。
[2] 惠特曼(1819—1892),美国民主主义诗人,名作有《草叶集》等。

"我其实喜欢普希金。"

我急忙表白自己说。

生田先生因患病达到了悲惨的极限,我则因贫困悲惨至极。没有比贫穷更凄惨的了。哪怕是人间百病。这是我老母亲的一句口头禅。所以,我喜欢已被杀害的大杉荣[1]。

房间宽大。暗床之间,摞着几本白色切口的书籍。屋里还有一张紫檀木的桌子。天气炎热,拉门却紧闭。没有灯罩的电灯昏暗无比。我坐得距离太远。生田先生瘦得可怜,看来有四十多岁。

说不上什么原因,我觉得应去拜访生田春月。进来一位阿婆模样的人,端上一壶茶水。我独自啜饮。

我觉得,尤其不可欺辱病患。

我把诗稿留下便离开了。

想必会有一个结果。没有结果,我也无可奈何。

上野大道上的霓虹灯啤酒广告,在黑暗的天空中冒着泡沫。宝丹的广告灯也异常耀眼。

一个嘶哑的声音叫卖"年糕小豆汤",馋得我花了五分钱。晚上的店铺更加热闹。

街上的商品应有尽有。水仙花、卫生球、吊裙带、俄式面包、万能萝卜花刻刀、打蛋器……旧书店里有红色封面

---

[1] 大杉荣(1885—1923),日本无政府主义思想家,被军警杀害。

的克鲁泡特金[1]，蓝色封面的《玩偶之家》。我拿起一本书一页页翻阅，眼前出现了松井须磨子浓妆艳抹的舞台照。

福神酱菜屋的酒案前，黑压压地挤着许多人。印度人商贩在甩卖香蕉。

十三屋是做木梳生意的。门前，一位艳歌师在拉小提琴。绿色的浮华……歌手唱的是一首老歌——《杜鹃之歌》[2]。

我停下脚步，在一旁伫立片刻。旁边站着一位中年女人，扎着日本式的银杏髻。很久以前，我在佐世保听过这首歌，感受到一种诱人的亲切。

艳歌师继续演唱。我也想写这种流芳百世的小说，可是谈何容易。艳歌师身着俄式衬衫，胸前系着一长溜纽扣。他长着一张四方脸，和《文章俱乐部》刊登的照片上见到的室生犀星十分相像。

走进小巷时，遇见楼下的老板娘。她出来换开水。夜里，她已将洗好的衣服烘干。

"房租请想想办法啊。真的非常困难呀……"

是啊是啊，我也非常困难呀。我真想对她说，我一直活得很苦很累。

我甚至会想，明天就去玉之井[3]卖身。

---

[1] 克鲁泡特金（1842—1921），俄国无政府主义者，对日本当时影响很大，主要著作有《一位革命家的回忆》和《互助论》。
[2] 根据德富芦花的作品《不如归》改写的流行歌曲。
[3] 玉之井是位于旧东京市向岛区寺岛町（现东京都墨田区）的一条私娼街，1958年《卖春防止法》实施后被取缔。

(五月 × 日)

地虫在聒鸣。

深夜,我感受到绿叶萌芽的声响。卖油炸豆腐的小贩又来了。吆喝声时远时近。狐寿司[1]好吃极了。有点儿辛辣的油炸豆腐中,满满地充填了米饭。葫芦条也充溢着汤汁,一咬满处滴。

楼下的赌博又开始了。

> 鱼骨骨
> 水流滴润岸边草;
> 鱼骨骨
> 蕨色云间灰尘浮。
> 你好也是河下的问候。
> 闷字是女字,
> 包含在双胯的中间。
> 闷字是女字,
> 胯间飘逸着
> 袅袅馨香鱼骨骨。
>
> 鱼骨骨
> 拉弓搭箭奉一笔;

---

[1] 一种油炸豆腐包成的饭团。

鱼骨骨

重归复得的情爱。

再睹是愁字，

天下谁人不言愁。

愁字挂柔肠，

愁海无边怨沉舟。

一切无我！

这条大街——

人头攒动千人千面。

饥饿中堕落的人们，

显露着萎缩的面容，

置身在病态的肉体旋涡。

下层阶级垃圾堆

听说了吗？天皇陛下疯了。

病入膏肓的东京！

病患遍布的都市。

狂风吹得益发恐怖。

啊呀！这狂风吹自何方？

情事弥漫，发生霉变。

没有美丽的思想，

也没有善良的思想。

人们生活在梦魇之中，
不知因何而惊恐。

间隙中显现
面色苍白的天使，
不可思议的无限……
最最神秘的
却是天皇陛下疯了。
贫弱的行为
和泛神论者的煮锅。
陆续聚集的人们，
实施某种侵犯的人群。
街上的那座大钟，
也开始出现了问题。

（五月 × 日）

雨天。

我在读雨果的《悲惨世界》。

我觉得拿破仑是个英雄伟人。滑铁卢战役的背景顿时浮现在眼前。他推翻共和制，建立了拿破仑帝国。奇怪的是，书中的矛盾令我牵肠挂肚。在这个世界中，偷一块面包竟坐了十九年大牢。真是不可思议。

为区区一块面包忍受十九年的牢狱生活，出狱后人性依旧不变。难道这个世界亦无所改变?

我去粗点铺买了五块饴糖,一分钱一块。

我看见一面镜子,十分喜爱。没钱买下,亦无可奈何。

我急匆匆抹了把头油梳理头发。又有十来天没做头发了,头皮痒得紧。

脚上也生出几个大疱[1]。百孔千疮。麦饭[2]管够。可麦饭吃多了会有问题。吃得太多……

有了拿破仑这样的军事天才,人人要坐十年大牢。人民仿佛变成算盘珠任其摆布。多么不幸的国家啊。一天到晚为谋食而活,多么悲哀的生存方式。我究竟是谁?我是什么物体?我的生命运动有什么意义?

煮鸡蛋从天而降。

夹馅的烤鲷鱼从天而降。

蓬莱仙阁的中华拉面从天而降。

啊!面铺面汤也免费。喝吧。

我决定背叛雨果。五角钱也来之不易……

生命无奈。良心需要汲取必要的满足,食欲则要仰赖必要的钱财。

拿破仑是帝政下的天才。

---

[1] 脚气。
[2] 掺杂大麦煮的饭食。

一个药贩为军队发明了纸壳鞋底,当作皮底出卖,一下赚了四十万昧心的年金。同样,一个教士鼻子哼哼便能当上大主教。游动商贩娶了高利贷女人,一夜便会赚上七八百万。十九世纪中叶的法国修道院,不过是白日下的夜枭……经历了三次革命之后,巴黎又回归到喜剧的世界。

自今日始,我要告别雨果那样伟大的"悲惨"。

小小的日本……没有天才,只有精神病患者。在日本没人见到过天才。所谓天才是一种奢侈品。日本人只能为司空见惯的狂人殉葬。

可怜的狂人陛下,也许是真正的天才。传说陛下一页页地翻动诏敕,戴着眼镜审视臣下。可怜的陛下啊!您因为可怜才是一个正直的天才。

终日降雨。饴糖和海带片连接着露水宿命。

(五月 × 日)

生田先生将我《黑马》一作退稿了。作品放在阳光下。太阳一晒,稿纸统统卷了起来。

都说诗歌是通向死亡的。是啊,杳无音讯却是更加悲惨的境地……

《少女》杂志给我寄来了三块钱稿酬。那是半年前的一篇稿子,十页纸,题目为《送豆站的站长》。一页三角钱稿费,我感到自己变成了世界首富。可是谁会去看诗集呢?

我留出两块钱交房租。

老板娘顿时笑容满面。此后来信盖章，简直成了重大的节日。这廉价的印章居然有此等效用。显然，生存并不是全部内容。

突然，我急不可待地想写童话。

我在蜜橘的纸箱上糊上报纸，又用图钉按上一块包袱皮。箱里有钢笔水、雨果的小说、砂锅和鱼。我买回一条花鲫，又买了一升米。然后走进了浴室。

也许是刚刚洗过澡，整个肌肤散发出安福香皂的馨香。无所事事。我沉浸在香皂的馨香中。突然想到该去法国游玩。

我料想，法国比日本的居住环境要好……我迷恋那个地方。恍惚在梦中。或如家猫幻想着乘上火车。

我的钢笔是不可思议的钢笔。

我胡乱画了一张地图。第一站，过海去朝鲜，然后一天步行三里地。不知何年何月能到巴黎。这期间总不能不吃也不喝呀。所以必须边走边工作。

我感到了一丝疲倦。

夜里，我烤了花鲫，好久没吃夜餐啦。我的脸上淌满眼泪，心态却变得平和起来。

(五月×日)

　　风儿
　　掺和着腥味。
　　绿树成荫。

> 黎明前微明的大道，
> 闪现着石油的色调。
> 五月的清晨寂静悠闲。
>
> 烟雾迷离，
> 包藏了无数梦幻。
> 头盖骨在笑，
> 囚犯、官僚和恋人，
> 在通往地狱的门前结伴。
> 互相欺凌吧！互相责难吧！
> 自然确定了人类的生活。
> 你说，是不是这样？

在梦里遇见莫名其妙的人。旅馆的寝床上铺着白色的床罩，头盖骨男睡在上面。他看见我，便拉我的手。我竟然毫无畏惧，走过去躺在旁边。我真的处之泰然。

一觉醒来，心中怃然。

便卧床上写诗。

卖豆豉的阿婆走过。我在二楼慌忙喊住了她。下楼一看，雨过天晴，路上亮光光的，更显出石油的本色。大多数人家还未起床。唯有小麻雀，忙碌地落在石油色的马路上戏耍。还有不知哪儿飞来的鸽子。板栗花开馨香扑鼻。

我买了豆豉，又拌上一些辣椒。

近来，我只知考虑自己的事。什么近亲远亲、温暖家庭之类，都成为相距万里的往事。

内心深处，我偷偷地憎恨神明。有些女人"死"字一天到晚挂嘴边——我就是那种女人。说实话并不想死，我就是兔子打盹儿一样，想起来便要说说。我总感到心安理得。心安理得是最最省钱的一种愉悦。

说到死，立刻感觉悲哀，动辄便有一种精神崩溃之感。

我觉得没有做不成的事情。勇气把我的脑瓜吹得像气球一样膨胀。

天亮之后，我去了万朝报社。

总编不在，我便去报社前面的小咖啡厅喝了一杯牛奶。马路上有人力车、汽车、自行车。时近中午，面铺伙计的肩上扛着高高的一摞红色外送箱。我望着阳光暴晒下的大路，只觉得自己十分讨厌。写什么《肺袋之歌》那样的破诗？没必要窝在没人知晓的角落里，独自痛苦地挣扎。首先那是一部伟大的拙作。此时此刻，谁会去思考肺的诗歌……呼吸空气，根本就没必要苦思冥想。

唉！如果有钱，我想出版千页以上的诗集。我没有朋友没有金钱，只是像乌龟一样缓缓地趴在向阳处。我可怜巴巴像似乞丐。没有人会周济我。哪怕是一星点的鼻涕。唉！从那令人感叹的绚丽景色中，会不会飘落下一沓纸币呢？我要出版那千页的诗集！名为"男人的骨头"，或更加残忍的书名。

无名女郎的诗集，不买也无妨。我却想出一本千页诗集。像佛坛一样金光灿灿的诗集！我想出一本别出心裁、异想天开的诗集，书中有色彩缤纷的美丽插图，还要附带奉送一只八音盒……让诗歌从美妙的声音中飞翔出来。我期待会有一位风流倜傥的富豪绅士，帮我出版这样的千页诗集。真要那样，我赤身裸体拿大顶也心甘情愿。

每次去过新闻报社，我都沉浸在无依无靠的悲哀中，仿佛迷失在无垠的沙漠。狂风呼啸，我踽踽独行。

我浑身战栗，希望遇见一个同类，是个鬼也行。我一边走一边哭。泪水给人以奇妙的感觉。徒然的泪水，温乎乎的，令人痴迷，让心灵麻木。它夸张得像情人一样给人以抚慰。行走时哭泣倒也方便。风儿转瞬便将泪水吹干。用不着手绢，也不会弄脏袖袂。

我在锅町的文具店买了个牛皮纸信封，去邮局写好信封便将《肺袋之歌》寄给了《朝日新闻》。这种勇气源自一个空想——没准儿瞎猫碰上一只死耗子。

我一边走一边哭，脸上刺刺地痛。不知道有没有一种美容霜，散发出文学的香味儿。很长时间，我的脸上没有任何化妆品。

水果店里樱桃刚上市，满满的一盘一角钱。

我走到浅草。

映入眼帘的全是食品店。在葫芦池边买了两个煮鸡蛋。我想起了一部小说，汉姆生的《饥饿》。市场里灯火通明，还有乐队奏乐。这里从午间开始便热闹非凡。歌剧、活动映画和浪花节三种节目加在一起一角钱。人头攒动，场场爆满。

突然间，我真想做一名演员。

男主角披着白色的斗篷十分英俊。但白色的油彩使他略显柔弱。我已经很久不看电影了。

我打了一个嗝儿——鸡蛋的气味。

想必，邮局发出的诗稿尚未寄到。我却很想将它取回来。写诗这样的工作对人生有何必要？还不快快地改弦易辙？不要再有任何的辩解，温暖的天空始终明亮。可我偏偏喜欢夜晚。我希望自己快快变老，就像夜幕降临。我想快点儿年逾三十。也许会嫁给一个殡仪馆老板，每天闻着线香的气味进餐。或者，我会与医学院外科年轻的穷学生同居，让他活生生地解剖我。这个世界对我来说已经苦不堪言。在我的腹部剖划个十字抠出肚肠，里面一定是排满的蛆虫。没错！我是阴沟里诞生的女人，不值得任何怜悯。我是最最平凡的女人，喜欢偷食喜欢悲剧且打心眼儿里厌弃矫揉造作的人……可是矫揉造作的人不也和女人一起睡觉吗？根本就没有什么不同。只是衣、食、住的需求满足之后，首先需要的便是品味了。

浅草是个好地方。

大家都身不由己地沉迷于此。躯体中充满了生命的跃动。照明灯渐渐地明亮起来。

浅草对任何人都一样，它是自然的心灵栖所。五分钱一份的黄色冰激凌，满满地堆成三角形。啊，好凉爽的冰激凌！紧挨着的邻家是烧烤店。杂煮店也真够实惠，竟给满满地捞了一盘油豆腐。

我想象不出十字切腹时的感觉，只知道祈祷神灵。

耶和华呀！我将倾注自己的全部心灵。

普希金的诗作给人以高雅之感，令人心醉神迷。我的诗作却臭不可闻。

人皆自爱。许多人过分地欣赏自己，却很难看到他人的长处。所以不管我废寝忘食地写出什么样的诗歌，都是瞎子点灯白费力。我精疲力竭。连块洗衣的肥皂都没有。

我不想回家。

只想在浅草整夜地走。

撞钟堂后面并排有许多小旅馆。

老板见我一个人茫然若失，便搭话道：

"怎么？找不到伴吗？……有十七了吗？还是十八？"

我感到诧异。夜幕降临在浅草，所有人都红光满面。乐队奏响了音乐，晚风令人神清气爽。我的乳房沉甸甸的惹人注目，我是个感性的疯狂女人。我倚着安来节广告歇息。人们居然从表情上一眼看出，这姑娘是要出卖自己。大家快活得非同寻常。又是跺地板，又是吹口哨，不时地传来"嘿哟哟"的女高音合唱。日本的歌曲给人以原始的、肉体的感觉。头昏眼花。这里的一切都有跃动之感。

鲤鱼跳龙门式的跃动。我不喜欢穿笔挺挺的裤子来回走动，而喜欢传统的女式围腰布。日本人本来就是一个原始的民族。可这种装束的坏处是，容易被火烫伤。

烫伤也并不可怕。对不？这个装束抹药也便利……将苦恼转卖他人，骨子里却是伪善的文明。首先，照明灯的光线就是残忍的。这种奇异的光线欲剥开事物的表皮，透视事物的底邃。它的照耀下，美女的美丧失殆尽。在光亮的天空或令人窒息的光彩波浪中，人们互相拥挤。我也置身于其中。

怪不得呢。日本是个黄金岛！

* * *

(七月 × 日)

笔记本怎么会像山一样厚？或者像枕头一样大？

我要将自己头脑中沉淀的一切记忆，都完好地保留下来。

妈妈，私生女没有气馁，也不再处处感觉麻烦。说实话，有些人贵族出身也混得落魄不堪。所谓贵族是有家徽的。据说葵花的家徽最高贵。可我仍旧喜欢菊花和梧桐花的家徽。

我倒头便睡，就像一支折断的铅笔。

世间万象，构成了繁盛的景象。

在榻榻米上睡大觉。我的表情唯有茫然和悲哀。说真心话我根本不想死。我只想写信给他，说我也许会死。

我一点儿也不想死。但有时却也想过要死。空想像大象一般膨胀起来，被水泡胀的大象东倒西歪地爬行。

不知何处飘来烤鲑鱼的香味儿。

我想写一封长信催他来我这里。但却没有纸和墨。我的眼前浮现出新宿的甲州文具店，那里的钢笔恍若电线杆一般粗细。大概要两块五角钱吧。我喜欢光滑的高档纸。写起来自由自在。然而我一贫如洗。唉！多么残酷呀。

夏蝉拼命地鸣叫着。

我环顾整个房间，一股霉臭味儿。屋里没有壁龛，也没有隔板和壁橱。天气这样热，母亲还是穿着法兰绒的外衣。她穿着业已褪色的法兰绒外衣，方才就一直在厨房切白菜。屋角处放了一块菜板。那姿影实在很美。

我们每天只吃白菜，白菜里加上点酱油，没有肉。肉烧白菜，竟是我们幻想之中的菜肴。一种梦想。我们连肉末儿都见不到，更别说鱼类。每当路过鱼店，我们都得闭眼憋气。鱼店里摆着花鲫、鲷鱼、青花鱼、鸡鱼和松鱼先生们。一位吹笛子的老头儿一身法国人的装束，时常到我的住处彻夜长谈。他说，法国的小说家都德从来不为金钱的事情犯愁。风车小屋的来信，讲述了一个奢华至极的故事。与十二社附近的风车小屋，旨趣上是大相径庭。我突然想试着写写俳句，结果却是仿自川柳[1]。我想创作"微风吹拂"的俳句。蝉鸣之声不绝于耳。唉！我不时地发出叹息。

走吧，到时间了。

我要去神乐坂开家夜铺，跟稻草屋理发馆的师傅借了一扇雨窗。我要在烤鲷鱼店的旁边摆地摊。

---

[1] 十七个音节组成的类似俳句的诙谐、讽刺短诗。

(七月×日)

从早晨开始,一直在下雨。

什么都干不成,便和母亲去澡堂泡澡。脱了衣服,我顿时精神焕发。澡堂的挂帘上是一幅富士山漆画。画上有四五棵松树,侧旁则是花王香皂的广告。

一个大肚子丑陋女人在镜子前面哼着歌曲。我不明白,那肚子怎么会长成那样。吃了什么东西,肚子才胀得那么大?不过那副模样也挺可爱。她不断往圆圆的大肚皮上撩水。

窗外有人走过,吹着口哨。继父早已去了北海道。估计很难找到中意的事情做。我也吹起了口哨。

啊,难道是他?曲声之中,我的脑海里突然浮现出女校时代熟悉的情景。我曾经想考位于宝冢的歌剧学校,也曾想过做一名乡间艺人。我初恋的那个男人娶了同级的一名护士。

这里距尾道可有数百里远。我的生活形同蝼蚁。在东京,我以为好运将纷至沓来。实际上却只有幻灭。

赤身裸体的时候,才能感受一等的幸福。

母亲蜷在角落里冲洗。我吹着口哨,下巴以下都泡在热水中。我把记忆中的歌曲吹了个遍,到最后便乱吹起来。想不到乱吹的时候更有感觉。我竟然吹出了深切的哀愁。昨晚，我读了尤金·奥尼尔[1]的《长夜漫漫路迢迢》。小说中的伊万呻吟着想见一个姑娘。于是一个姑娘走了过来。伊万却说，你的声音怎么像小猪圈里的猪。

我已经不是姑娘了。可我总觉得，自己的心态还是一个姑娘。

入夜，窗户外风雨交加。

电灯低悬，我在拨弄一个小算盘。可无论怎样拨弄，也不会拨弄出金钱。母亲舔着铅笔头记账。我心神不宁、心不在焉地拨弄着算盘，心思根本就不在算账上，所以总是出错。好在身边有一个亲人，便不会感觉寂寞。

阿花！哎！……我是一个长脖女妖，自由自在，不论什么都要伸长脖子看。我总是充满好奇心，无论是香油还是男人。

(八月 × 日)

我去万世桥站。

一座脏兮兮的红砖建筑。广濑中佐在雨中淋得透湿。

万惣[2]水果店映入眼帘。西瓜鲜红诱人。我手持白帕站在车站的入口处，不知怎样的男人将会出现拍拍我的肩头。

---

[1] 尤金·奥尼尔(1888—1953)，爱尔兰裔美国剧作家，表现主义文学的代表作家，美国民族戏剧的奠基人，主要作品有《琼斯皇》《毛猿》《天边外》《悲悼》等。
[2] 水果店名。

只说是双叶剧团的团长,却不知由电车里出来的会是怎样的一个男人。

> 古池青蛙鸣,
> 扑通一声入水轻。[1]

我就是那只青蛙呀,无可奈何地扑通跳入古池中。我不会把事情考虑得那么复杂,只是扑通一声跳进去也就罢了。

一个戴眼镜的高个子男人在我面前走过,突然又转回身来站住了。男人一副充满自信的样子。

"是你看了我的广告?"

"唉,是的。"

说完男人往前方走去。我也像只小狗似的跟在身后。我担心男人会想,这不过是个摆夜摊的穷酸女人。今天我可是浓妆艳抹。厚厚的白粉涂得吓人,简直是乡巴佬姑娘进京城。

我们在雨中走到须田町,走进一家小小咖啡屋。这男人看起来也不算有钱。

听说双叶剧团不过是个乡村间的小戏班子。女演员不够用,所以要拉人临阵抱佛脚。

白手绢从胸兜里露出一角。我一副怅然若失的面容。我的心中产生了厌恶的感觉。什么事情都可以忍受,可我讨厌被这男人欺骗的感觉。他说薪水根据工作来定,我却望着

---

[1] 松尾芭蕉的知名俳句。

户外的雨水。

我喝了两杯牛奶，五分钱一杯。其实我并不特别想喝牛奶，我想吃刚刚出锅的炸肉排。

我递上自己的履历书。男人用香烟熏黄的脏手打开来看了一眼，便叠起塞入口袋中。他根本无意细看。也许，他想要的是我的躯体。

我这个身着薄纱衣衫、手持小破雨伞的粗陋女人，对这个男人没准儿更加合适。他告诉我，在神田三崎町的宾馆有一间事务所，我便跟他去看了看。宾馆里的女佣却把我当作初次来访的房客。

其实是一间空想的事务所。屋里什么都没有，令人感到莫名的不安。

这个男人满口谎言。我也一样满口谎言。这个世界何等乏味！

铅笔工厂的水车声，咕咚咕咚地传入耳中。男人问我想演什么戏，我列举了皿宅戏中的阿菊、土井殿大师戏中的阿弓以及喀秋莎。我仿佛看见了华丽幕布，听到了观众的掌声。我说可能的话，二楼读信的阿轻也不错。在我的记忆中，旦角菊次郎给我留下了美妙的印象。我的空想自由自在。这个男人竟一无所知。什么菊次郎，什么松助，什么左团次。

男人拉我一起去玩，可我已经厌弃了这种做戏的场景，怏怏地说了声"不想去"，旋即起身告辞。

突然要一起去玩，可笑不可笑？我急匆匆地走下楼时，女佣迎面说道："啊呀！荞麦面条送来了呀。"圆形的红漆笼屉摞在一起。我却微笑着走出门外。我忘了撑伞，冒着雨向前走去。耳朵边只听见电车的轰响声。那是电车的呻吟，来自四面八方。

讨厌！我的眼前怎么总是萦绕着那摞盛荞麦面的红漆笼屉。那男人怎么吃得了四笼荞麦面……我垂涎欲滴。

有人在岔路上唱歌，仿佛一首雨水之歌。沉重的雨水。讨厌的雨水。不安的雨水。无影无形的雨水。空想的雨水。贫穷的雨水。不摆夜摊的雨水。催人上吊的雨水。勾出酒瘾的雨水。一升酒咕嘟嘟一饮而尽的雨水。连女人也想饮酒的雨水。亢奋的雨水。爱的雨水。母亲的雨水。私生子的雨水。我漫无目的，徒然地在雨中行走。

（八月 × 日）

> 嘤嘤忙愁女，歌声不成曲。
> 闻者徒凄切，人生化烟雨。

在一个长长的队列中，女人像旗子一样随风飘扬。说白了，哪怕队列里全是女人，只要过得像个人样儿，谁来排这个大队？女人们只为求得一份工作，便受着残忍的束缚。

失业使女人们荒废堕落竟像没有贞操。无法获得区区三十元月薪，真是非常可怕的事情。有五块钱，就能买一斗白花花的秋田米。也可买回自尊、炭火和泽庵酱菜。我只有这么一点点愿望，难道就真的无法满足？

队列渐渐缩短了一些。出来的女人有的笑容满面，有的却表情失望。我们已站到了门前，多少有点儿焦虑。

菜种批发商只招收两名女办事员，却呼啦啦排出上百人的队伍。我总算排到了跟前，谁知履历书并不重要，老板首先要的是人品气质，再看有无才能。我站在那里晾了半响，才得到了一句回话，回家等候明信片通知。这种面试大同小异，早就习以为常，内心感觉无聊至极。天生不幸。一降生便是美女也好哇，可我却一无所有，只有一副健壮的身体。

活着，亦即谋生，是人类最为重要的活动。我却在这个方面一路惨败。要想堕落，这已是最最适合的借口。雇主的目光似芒。像我这样的女人，根本就不会雇用。

假如真的雇用我，三十元月薪我一定拼命工作，哪怕累得吐血。……我早已厌倦了看天气摆夜摊的生活。

真的由衷厌倦。夜市里尘土飞扬。我还得谨小慎微、笑容可掬地仰视摊前的每一位客人。我感到屈辱。我最想去疆域辽阔的俄国。客官呀客官。俄国显然比日本大多啦。一个女人稀少的国家真是太棒啦。

> 我买墨水回家，
> 说什么都想见一面。
> 我需要用钱，
> 哪怕是区区十元。

我想买《曼侬·雷斯戈》[1]、

衬衣和木屐，

我想吃一碗中华拉面，

我想听雷门助六的演唱，

我想去朝鲜或满洲打工，

我只想见他一面罢了。

我真的需要钱。

我想写封信，却不知如何下笔。

他已经娶了媳妇。我只好写一首歌词，聊以自慰。

夜。

我无法入眠。便拉开电灯，读那破烂不堪的尤金·奥尼尔。房东是个木匠，通宵达旦地开动车床制作玩具陀螺。所有的人都在夜以继日地工作，否则便无法生存。蚊子讨厌。我没有蚊帐，只好在盘子里点燃蚊香驱蚊。屋子里烟气弥漫，可是还有蚊子。好强韧的蚊虫，好讨厌的蚊虫。早想给母亲买一件衬衫，却也不能如愿。

（八月×日）

天高气爽。阳光明媚。十二社附近一片翠绿。池畔边，

---

[1] 法国小说家普莱沃（1697—1763）的作品，描写一个女人纯情而堕落的一生，对后世的《茶花女》《包法利夫人》等有较大影响。

一个男人牵着裸马走过。裸马身上，挂着天鹅绒一般的汗珠。夏蝉吱吱鸣个不停。

冷饮店的小旗子纹丝不动。

母亲和我背负着杂货赶路。酷热无比。东京真是一个炎热的城市。

要省出到东京的电车钱，我们在鸣子坂的三好野[1]买了五串烤肉丸。茶水倒是斟换了几巡。啊！我生出一丝幸福感。

奥尼尔是个无名水手，浪迹天涯。据说儿童时代的他是个人见人怕的坏孩子。长大后登上环游世界的帆船，开始了险象环生的冒险生涯。假如他是一个伟人，这种身世倒也有些戏剧色彩。真要如此，我也愿意写个剧本。异想天开的戏剧。剧本未必催人泪下。奥尼尔并非总是沉浸在悲怆的感觉之中。

毫无疑问。他也时常愉快地哼唱小曲。

一个小美人背着包袱，摇摇晃晃走在炎热的大街上。她早已不知羞耻破罐破摔。清晰映现的身影，就像是趴在路上的一只蟾蜍。

可怜的妈妈，干吗要生下我呢？我并不在乎自己是个私生儿，妈妈并没有罪过。那还找什么碴儿？在这个世界上，哪怕是皇后呢，也会生下私生子。世界本来如斯。女人的生存目的，便是生儿育女。我并未想到要履行各种各样烦琐的义务。喜欢男人才以身相许。

---

[1] 创立于 1896 年的餐饮机构，主营便当、熟食和快餐。

在神乐坂的理发馆要了一杯饮用水。

当日有庙会，听说傍晚开始十分热闹。

许多美丽的艺妓走在街上。还有黑市商贩和卖金鱼的小贩。这天，我在卖水中花的阿姨旁边分割了一块摊位。

开张之后，我撑开阳伞坐在草垫上。夕阳散发余热。夕阳从哪儿来的？风平浪静，唯有夕阳照射，酷暑难耐。街上人熙来攘往。可是短裤、袜子和内裤统统卖不动。我打发母亲去了下谷。

在前方的金银首饰店门前，一个卖蝈蝈的小贩用市松纸壳搭了个屋顶。卖中药的贩子由门前走过。

一个穿单衣的男人拎着精制的外送餐盒不停地擦汗，一面单脚踩着自行车溜下坡道。

华美的城市。没有一个人在意打着阳伞、蹲在路旁的女人。

 一丈长——
 阎王的舌头。
 夕阳无限！赤红
 煮熟了空气的底层。

 鼻翼间铭刻着哀愁。
 一道金光发射向远方，
 却并未带来生存的希望。
 只有某种爽快感

使生存不再是一种负累。

毫无希望的冥土小道，
若隐若现的烟雾缭绕，
在漫无边际的漂流中，
我的青春衰朽成灰。

请将真相告诉我吧！
我想知道的只是真相。
人与非人同在尘埃中，
近视的眼底呈现彩虹的世界。
我拂落的无数蜗牛，
一个个在草叶上化为甘露，
消失在茫茫的世界之中。
生存、生命是多么的脆弱！
全然没有恶念、邪思，
无有气血之躯的蜗牛世界。

啊！梦幻的世界哪！
我诅咒梦幻世界中奢华的人类。
独霸着世间的一切生机，
仿佛那令人惧怕的夕阳残暑。

我蹲在干巴巴的阳伞下，定定地望着红色的夕阳。

***

(九月×日)

我走进小吃店，不经意看见筷子筒中肮脏的筷子，顿时产生了卑微感。我抽出两根多人舔过的、秃了头儿的筷子，往嘴里扒食盖浇饭。这姿势，简直像是一条野犬。我已顾不得什么肮脏，也顾不得什么人类与异类的分别。只有一种强烈的感觉，烤沙丁鱼真是珍馐美味，小碟中的泡菜也清香爽口。

我始终处在不安的心境中，像卑屈的野犬匍匐地面。我想结束自己的生命。我想骗人。我精疲力竭。袖口上、衣襟上满是闪闪发光的油垢。索性，我想倒不如赤身裸体地走路。

走出食屋，我要去动坂的讲谈社。看到一群人挤在破破烂烂的板壁前，我竟莫名其妙地止步不前。好端端的又错过了机会。我觉得讲谈社之类的地方是跳蚤的巢穴，根本没有文明可言。周围只有长板搭成的围墙，破破烂烂肮脏不堪。昨夜熬了一晚，完成了一部作品《追鸟的女人》。可我没有把握卖到钱。无奈，我可写不出浪六那样的畅销作品。

真要命！我连房租都付不起了。两三天闭门反省，尽量不在客栈吃饭。我其实不会写故事。找了本浪六的书仿写，写得两眼通红，结果一文钱也没赚到。邮局的红色汽车在眼前驶过，给人一种十分幸福的感觉。邮车里一定有很多很多的汇款。我想象不出这些汇款是何人寄给何人，但却幻想着会飘落一张、两张。

我接着走访小石川的博文馆。

咯噔一声响,好像是门卫开门的声音。这宅邸像是一处鬼屋。接待室里铺着榻榻米,又颇似乡村医生的环境。我走进屋里,横七竖八的许多人在等候,一个个疲惫不堪的模样。人们直勾勾地望着我。他们似乎感到奇怪,这个女人打着肩褶,简直像个帮人照料孩子的女佣。谁会想到她是小说的作者,写了什么《追鸟的女人》。

我由衷崇仰女作家樋口一叶。我也崇仰尾崎红叶和小栗风叶。这些伟大作家的名字中都有一个叶字。因而我写小说的时候,也曾想到用五叶的笔名。一个身着褪色夏衣的高个男人走出来。我的心紧张得怦怦直跳,甚至后悔自己来到这儿。

出版社告诉我,过几天看过文稿再给回音。说罢将我皱巴巴的文稿递交一个陌生人。我急忙离开博文馆。大口深呼吸。稿子用不用权且不论,至少我还活着呀。请不要这样折磨人。我的上帝!对于男人,我真的已经无所谓。我只是需要钱。我不知道放高利贷的商人住在哪里。我走进一处植物园。

夕阳真美。天空中一幅夕阳骤落的景色。我也想乘此机会倒栽葱。忧郁的空想火花。唉!写小说真是一件蠢事。

树荫下,一位戴着草帽的中年妇女在画油画,画技相当出众。一时间,我竟看得入了迷,只闻得一股芬芳扑鼻的油彩味儿。这个妇人一定不愁吃喝。油画之中,幼童正在草地玩耍。可现实之中，周围并没有一个孩子。我心想，自己要是一个画家多好。

我躺在草地上，旁边盛开白色的胡枝子花。我揪下一把青草放在嘴里嚼。不由得感受到一种朴素的幸福。夕阳缓缓地燃烧。

生活中的我无暇虑及不幸与幸福。我只觉得这一瞬间小有幸福之感。我一动不动地趴在草地上，眼角里溢出了泪珠。泪水像水本身无任何感觉。可眼泪一流出来，却让我感受到强烈的孤独。我并不觉得目前的生活状态十分辛苦，唯有付不起房租这件事，令我痛苦难耐。天空无限，唯有人类充满了辛劳与烦恼。

傍晚的火烧云是天空的一个奇迹。可悲的是，渺小的人生活中却没有任何奇迹。突然，我想到与我分别日久的那个男人。我曾经对他充满了憎恨。可现在已全然化解。我已经忘记了所有的憎恨。

此时此刻，眼前的胡枝子花开放着白色的艳丽花朵。冬天一到，胡枝子的花茎便一同枯萎。活该！男女之间的情爱不也同样如此？《不如归》中的浪子[1]据说能活千年万年，却并不了解人世之间的事情。花儿一岁一枯荣。人类却活五十岁以上。唉！真令人厌倦。

我空想着要上书天皇，做了一个奇怪的梦：天皇偶然望了我一眼，居然荒唐地爱上了我，说要带我去一个人间仙

---

[1] 德富芦花小说《不如归》中的悲剧女主人公。

境。做梦是人类天生附带的自由。我想请天皇喝凉酒吃油豆腐杂煮。他一定会说好吃好吃。我为何要生在日本呢？听说西西里[1]人非常地喜欢音乐。那是什么人种呢？我没见过。

突然间茅蜩开始低鸣。天空中的晚霞渐渐地变为奇异的灰色。

(九月 × 日)

天亮了。我无所事事。

昨夜决定卖掉被褥，便安心地睡去。天气这样凉，看样子还不能那样做。我真不知如何是好，就像葛西善藏小说中描写的那样。我并不特别想喝酒。我也想好好地活着。

我想吃韭菜和甜斑豆，也想买木荷油。我好像早晨归来的学生，穿着拖鞋呱嗒呱嗒地上二楼。这里离吉原没有多远的路程。我心中估算，吉原卖身的女人身价是多少呢？

清早，我又得开始各项活动的准备。麻雀叽叽喳喳叫个不停。天气晴朗。隔着玻璃窗，望得见柿子树的枝叶。厨房里传出轻盈的歌声。我突然意识到，不能在这客栈里当个女佣吗？只不过由房客的房间跌落到女佣的房间而已。我不指望发工资，只要让我有饭吃，不受雨露侵袭就可以了。我这间屋子先前的房客是帝大英文系的学生，他用小刀在墙上胡乱刻画。伊甸园？我也不懂。据说这纨袴子弟考试不中回

---

[1] 位于意大利半岛南部，地中海最大的岛。

了故乡。哼,我却连个故乡都没有。

时下流行的是达达主义诗歌。这类诗歌没有意义,是哄孩子的语言游戏;或者说没血没肉,不能舍弃自身说老实话,有的只是自暴自弃。所以,我也想试着写写这种诗歌。我闭上眼睛,想写一首名为"蝙蝠伞和乌鸦"的诗。我只要一闭上双眼,就由一种黑色的物体产生出种种联想,而且统统是怪异的感觉。首先出现的是一种气味的记忆。然后是水汪汪的眼泪顺着鼻翼流下。我声嘶力竭地悲鸣,却仿佛被鳄鱼咬住了一般发不出声。我的乳房沉甸甸地贴在身上,仿佛是面粉捏成的山峦。我的手指甲出现了白色的星点。听说这是一种好兆头,我却不信。我的床褥好久没有铺床单了。躺在上面,闻得一股腥臭味儿。这才是真正的伊甸园。棉被是在进京学戏的途中买的。整个床铺给人以亲切之感。简直像一幅图画。

离开感化院的患者,
每天频频地请求原谅。
毕恭毕敬,站在雨中乞讨。
不安地呻吟,与世人断了联络。

离开感化院的芙美子,
非人类已然成了一个冰块。
十九世纪的日语和饴糖
眼花缭乱,前程凶险?

鬼才知道说的是什么……

感化院是官立，
帝国大学也是官立，
仅此而已，差别仅此而已。

  槅扇门拉开一条缝隙，一个年轻的男人在窥视。谁？我慌忙关上槅扇门。这里不是邮政局。
  若是想和我睡觉，就快快进来。
  我爬起身，脸都没洗就出了门。送奶的小贩精神焕发，拉着辆黄漆车从眼前通过。看样是个穷学生，装束却十分整洁。走到西片町，炎热的太阳渐渐升起。送货店门前，有一处公共水管。我在那儿洗了把脸，又咕嘟嘟喝了一肚子凉水，心旷神怡。接着我用手捧着水湿了湿头发。本想返回根津去恭次郎家看看，可是想到阿节又要跟我哭诉，便作罢了。我只管闷着头在清晨新鲜的空气中行走到一所大学门前。水果铺里一个男人正在给苹果打光。对我来说，苹果只是一种幻影。我已经多年未吃苹果了。而在现实中，那圆圆的苹果却鲜红闪亮。另外，柿子、葡萄、无花果等，皆嫩翠欲滴。——哎呀，哎呀，奥思达布苔布苔，奥思达拉坦里拉……据说这是泰戈尔的一首诗。谁都不懂是什么意思。百无聊赖时，我却口中吟唱。
  高桥新吉是个不错的诗人。
  冈本润也是一位杰出的诗人。

壶井繁治则是一位善良的卓越的诗人。他身穿一件黑色的俄式衬衫，住在鳝鱼寝床一般的狭小公寓里。萩原恭次郎是法国式的热情诗人，穿一件蜜蜂一样花哨的夹克衫。这些诗人个个同我一样穷困潦倒……

走到根津的神庙境内，我坐下歇一歇脚。

我不知道这儿的神庙供奉的是何方神圣，只觉得神会显灵。我心境平和。神庙里还有鸽子。我回想起东京大地震时，我曾在这里露宿。

根津的神庙后，有一家卖蚊香的大店。听说店里的公子是根津某处的电影演员。从来未曾见过面，想必是个出色的男人。千驮木町的拐角处有一家小小钟表铺。恭次郎家门前的小路，则可通往医专方向的坡道。一到夜晚，这坡道常有鬼怪出没。

  昼间香雾，

  芳香的白昼之雾，

  我妈妈的肩头之雾，

  指甲哪会言语？

  明媚阳光中的白昼之雾呀！

  我在五里雾中游泳；

  白昼之雾

  是不倒翁女人的啜泣。

  啊！圣母马利亚。

昼雾盘桓在裸马的肌肤间，
　　像漫天飞舞的银纸，
　　也像我和皇子梦中的幻恋。
　　囊中空空，
　　昼雾像尘埃像棉絮，
　　又像纺车织出的絮语。
　　昼雾呀！悲哀的昼雾。

　　奇妙的天空变幻异常，突然间，仿佛周边的草木叶茎翻卷，一切笼罩在雾状的气体之中。我倚在坡道途中的电线杆上，周围竟有一种煮茶似的音响。难道是白昼出游的妖怪？我的肚子饿得咕咕叫。

　　突然间，我浑身战栗起来。我感到了一种愤怒，不懂该怎样活着。我真想放声大哭。

　　我在八重垣町的蔬菜店买了两根老玉米便回到公寓。我飞快地跑回房间剥去玉米皮。湿漉漉的老玉米由茶色的缨须中显露出来，象牙色的玉米粒整齐地排列着。我想烤着吃。烤得黄黄的蘸酱油吃。

　　我在公寓的方火钵中点燃了碎纸，耐心地制作着烤玉米。

（九月 × 日）

　　母亲汇来十元钱。
　　我心怀感激，诚惶诚恐。心中不住地默念南无阿弥陀佛。

倾盆大雨。五元钱交了房租。要了一份午餐,午餐是海菜末煮油豆腐,外带麸皮清汤。小饭盒中塞满了米饭。望着窗外的大雨,独自一人静静用餐,倒也是一件愉快的事情。我心中想,哪怕面对着千万敌人,我也要振作起来,全身心地扑在自己今后的工作中。吃过饭后,我静静地趴着写我的童话。我觉得有很多东西可写,笔下却十分艰涩。

瓢泼大雨拼命冲击着朝西的玻璃窗。窗框之间全是雨水,竟像小河一般。

晚餐也在公寓里吃。

晚餐是魔芋、炸肉饼和山药海菜汤。我用剩饭捏成饭团。半夜,野村吉哉来访。他掖着后襟,全身淋了个透湿,嘴唇也红得吓人。他说在《中央公论》[1]写了篇论文。我不懂什么《中央公论》,据说千叶龟雄[2]是他叔叔,介绍他发表文章。我心里并不觉得有什么了不起。可又觉得不能失敬,只有装出十分钦佩的样子。野村的烟瘾太大,吸得四铺席半的小房间里烟雾缭绕。二楼传来曼陀林[3]的琴声。这里的学生很有钱,净是些游手好闲之辈。有的学生去吉原找女人,有的学生则去打台球。守在公寓里比较规矩的学生,每天都拎着面盆去澡堂。

我将饭团子平分给野村一半。他把自己的诗读给我听。

---

[1] 一份综合性月刊,1887年在日本创刊,至今仍在发行。
[2] 千叶龟雄(1878—1935),日本作家、评论家。他被称为"新感觉派"一词的创造者,主要作品有《新感觉派的诞生》《现代世界文学概观》等。
[3] 起源于意大利的拨弦乐器。

什么三角月亮三角星星,我根本听不懂。在我的观念之中,写诗必须诚实,无论是哭还是笑,即便一贫如洗,也没必要玩弄谎言。我说我喜欢北原白秋。野村笑了。白秋是位执着的诗人,为人称道的诗人,热爱小鸟的诗人和拥有鸥㗏之家的诗人。他出生于九州地区。

十二点前后,我说要去恭次郎家。野村便掖起后襟回去了。我悄悄在身后拉开槅扇门,往走廊里窥视了一眼,不禁失笑,野村的脚居然白得像女人。

(十月×日)

在涩谷百轩店的乌龙茶居,举行了诗歌展览会。

我在那里遇见一个有趣的人物,名叫唐·札吉[1]。他留着短发,在椅子间迈着舞步。没有稿纸,他便在报纸上作诗。

> 我惶恐不安地说,
> 我不过是个
> 一息尚存的女人。
> 说什么一百万元?
> 我只见过五角硬币。
> 牛肉拌饭一角钱一碗,
> 饭里有葱也有狗肉。

---

[1] 本名都崎友雄(1901—1991),日本现代派诗人,著有诗集《白痴的梦》。

我又瘦又小像只不倒翁，
哭哭啼啼是个受气包。

不！够了够了。
我对男人已失去信心。
不就是相拥共寝吗？
一角五分一杯的散酒
放在托盘里吧。
价钱飞涨，欺世盗名，
醉酒的感觉真好。
成千上万，我要把天下的歌儿唱完。

天涯海角，
我的故乡在哪里？
葡萄棚下，
溢出了一房青果。
我愿与君长谈，
久久地，从早到晚……

回返时已经十点。我在道玄坂的旧书店买了一本伊巴涅斯[1]的《五月花号》，花了四角钱。又在车站附近的小酒

---

[1] 维森特·布拉斯科·伊巴涅斯（Vicente Blasco Ibáñez，1867—1928），西班牙现实主义作家，西班牙民主共和运动领导人，"九八年一代"的代表人物。

馆里，与赤松月船一同喝酒。我们兴致勃勃地大杯饮酒，还要了两个海菜卷。

回到公寓，已是夜里十二点。阴森森的大门旁有一个保险柜，里面装的是什么呢？我走进洗手间喝了一点儿水。冰凉。蟋蟀在叫。突然间感觉异常空虚，日复一日无所作为。我不明白究竟何去何从。一度想返回乡下。我必须离开这所公寓。可是若要半夜出逃，总得想好该去的地方。

我躺在床上阅读《五月花号》。遇难船中的酒吧深深地迷住了我。

（十月×日）

诗人是有饭同吃的共产党。他们将所有物均等分配。借钱也不例外。然而最为切近的目的是填饱肚子。他们不断徘徊在人的生死之间。在他们眼中，世上没有一个天才，天才唯有自己。因此，我们是达达主义者。说不上什么原因，达达派艺术家过于敏感偏激，信念不离口。他们一无所有，所以只有从这个基点出发。

风声瑟瑟。我心中回想着各色男人。想来想去也不知逃到谁的身边。空想何用？重要的是拿出勇气。十分惭愧。我只懂得吓阻对方的战术。再度耳闻曼陀林琴声，我竟然十分羡慕笼中的小鸟。啊！我是不是精神出了毛病？

我一个劲儿创作童话写小说，却不能换回一分钱。买墨水也得花钱呀。

中午，我在风中四下奔波，寻觅工作。

什么都没有。只有满街的行人。美女如云。仅靠年轻是找不到工作的。神田的旧书店也卖伊巴涅斯，标价两角钱。四角钱居然跌到两角钱。九段下的野野宫照相馆旁边是家假花批发店。那儿在招募女工。可我的手指笨拙……想必我要去干，连玫瑰和郁金香都分不清楚。日薪八角，也不错啦。我心中惴惴不安。奇怪有种要呕吐的感觉。其实什么也吐不出来，只是一种奇异的不安状态。神社会显灵吗？我恭恭敬敬地拜了一拜，然后朝一口坂方向走去。

想必天照大神[1]时代没有这么多的人。美人也寥寥无几。天照大神赤身裸体地由岩洞口走出。奇怪的是，他手中的宝镜、珠宝和御剑是从哪里得来的呢？山鸡又是生自何处呢？唉！无可置疑。那是一个美妙的时代。

那时节正好也是秋风季节。美丽的鱼贩令人着迷。海浪汹涌，鱼儿一条条跳上陆地。近卫军的马队。军服的胸前镶着一根根黄色的肋条，马队竖着三角旗在风中疾行。马儿要吃饭，马队的士兵们也要吃饭。不知何处传来琴声。豆腐店的大锅里满满一锅油正炸制食物。一个车夫拉着板车，车上放了许多铅桶，桶里装满了豆渣。酒铺前的水管漏水，一个小伙计在冲洗一升的酒壶。旁边放着一溜酱油桶、味精罐、福神酱菜罐和牛肉罐头。闪闪发光。在一口坂停车场附近的三好野餐馆，豆馅大饼堆得山高。走近三好野，我花一

---

[1] 日本神话人物，太阳之神，被尊为天皇的祖先。

角钱买了一碟小豆糯米饭,又买了两只豆馅饼。我咕嘟嘟喝下两杯茶水,然后对着墙上的镜子望了望。

平淡无奇。整个一个丑八怪。过分浓密的鬓发酷似假发店门口的广告。鬓发不够长,发髻松垮。随着世纪的膨胀,人口大量增加。这样的悲剧不仅发生在东京,如今在乡村的女校中也开始学习毕达哥拉斯定律,学唱《茶花女》[1],且阅读《弓张月》[2]。这样的女孩子悄然而生。豆馅大饼的粉渣沾了我一嘴。这副模样儿,简直像看孩子的女佣偷食。

夜里,我又恢复了精力继续写童话。风声一阵紧似一阵。醉醺醺的学生在二楼的过廊中和女佣调情。此时声音渐渐消隐。不知是谁从二楼下来,对着院内小便。女佣笑骂,坏蛋!别在那儿尿!

    狂风吹拂罂粟花。
    我趴在干草灵柩中哀愁。
    下巴挤出一丝笑容。
    人生,须悄悄屏住气息。
    彼方的山上阴云密布,
    幸福会骑着可怜的瘦马
    来到身边吗?不。

---

[1] 改编自小仲马同名小说,由朱塞佩·威尔第作曲的三幕歌剧,于 1853 年首演。
[2] 指曲亭马琴作、葛饰北斋画的传奇小说读本《椿说弓张月》,讲述镇西八郎源为朝前往琉球、开创琉球王朝的故事。

下地狱吧！

活生生扔进地狱，

匍匐在地。

罂粟花纷纷凋落，

在强迫性善意的刑讯台，

命运的交涉

伴随着多刺的青春。

男人没有过错，

都是因为女人笨拙。

哪有什么无拘无束的自由？

极尽凌辱，好奇心的劝业场里

摆满了各种各样的廉价样品。

夜深了。风儿也随之平静下来。这一带仿佛是一望无际的平原。童话中的日式翰奈尔[1]居然没有任何感染力。首先我讨厌翰奈尔这样孤寂的少女。然而出版商要求我这样写，否则不予出版。一页稿纸三角钱的稿酬，当然十分诱人。写十页便有三块钱，够十天的饭钱。

我不指望成为伟大的童话作家。但我希望一辈子写诗。充其量饿毙路旁。妈妈原谅我。芙美子只有这点儿本事。谁都没有过错。怠惰的心灵郁闷不已。我怎么生来就无法自立？贫穷我倒并不在乎，赴死却是很痛的呀。上吊？撞汽

---

[1] 德国剧作家霍普特曼梦幻剧《翰奈尔升天》中的少女主人公。

车？或是投水自溺？都会很疼。尽管如此，我还是总在想死。

我哭着空想，给我一次机会嘛。我想给妈妈留下四五十元钱。

我想去伊吕波牛肉店当个女侍。至少可在信中夹上十块钱寄给妈妈。

我开始感到住公寓让人头痛。没有收入，还要住公寓，眼馋那小饭盒中的米饭。光阴似箭，转眼间时光流逝，留下的只有无奈的捶首顿足。

奇怪。我怎么什么都要写呢？可说心里话，我还是想写小说。听说岛田清次郎[1]也令人吃惊地写了一部长篇。小说是很难写好的。若写马的嘶鸣之类并非什么难事。难的是努力写出生命的跃动。

妈妈身体好吗？不久我又要更换住处了。或者找个人合住吧。没有办法。我的心境异常烦躁。仿佛鞋子破了又不断地往鞋里灌水。也许对于写小说的人，这只是无关紧要的小事。因为他们时时处处总是失望，总是四下碰壁。独自一人时，真感到没有意义。

自己从来无法做出正确的判断。失去了自信不是人渣是什么？我从来没有真切地感觉到——啊，这是恋爱！我所遇见的唯有写诗时面对的梦幻的世界。

住公寓使人变成官吏型的人。战战兢兢地窥望四周。

---

[1] 岛田清次郎（1899—1930），日本作家。20岁时发表的一部人道主义长篇小说《地上》引起了文坛轰动。此后默默无闻。

无法成为堂堂正正一个人。到月尾总要晒被子，或去取农村寄来的汇款。靠这汇款便足以维持公寓的生活。不是说我！这里寄宿的学生们……这里既没有海涅型的人物也没有契诃夫式的人物。在这里，他们受到的只是迷失自我的训练。

我写完一篇童话，便去了夜间澡堂。

* * *

（十月×日）

> 黄昏的灯光，
>
> 黄昏的岛屿，
>
> 静静地进入沉睡。
>
> 海底的鱼群
>
> 开始了窃窃私语；
>
> 鱼儿的絮语
>
> 伴着鱼儿的妒嫉。
>
> 远方的一轮落日，
>
> 给大地罩上了纸样的夜膜。
>
> 人类呻吟着沉睡，
>
> 黄昏的岛屿，黄昏的灯光。
>
> 士兵背井离乡，
>
> 学生却返回故乡。

谁在低语事不关己?
人人呻吟着活命。
世界
难道真有和平?
黏黏糊糊——
泡泡糖一般的感触。
人生作何解……
人生是无边的拷打,
人生是无尽的凌辱。
某年某月——
这个岛屿也将消失,
只剩下一头牛和一只鸡。
两个动物相互交配,
变出长羽毛的牛和长鸡冠的牛;
以及生牛角的鸡和长牛尾的鸡。
哪里有什么永远不变?
永远是耳际吹过的风。
黄昏的灯光中
唯有座座小岛浮在海面,
像婴儿的摇篮一样摇来摇去。
考古学家也将消亡……

无视律法，罪当至死。啊！亚伯拉罕[1]和大卫[2]，都是离我们极其遥远的神。我不懂小说当以何种形式来写。想必不能单单的只是空想。要讲述、描写罪恶。不合情理的善一文不值。唯有恶德，令人欲火中烧……斗转星移，罪恶将被人们忘却。我的眼睛直愣愣地盯住一个地方，却又找不到一个焦点。我感到头疼。我的肉体渐渐地亢奋起来，像一条烤鱼。看来不找个男人结为夫妇，我便永远不得安生。

公寓房间是男人巢穴。好比壁上乱抹的伊甸园，在阴森的深夜航行。

我一心想要写小说，可种种阻碍令我无法如愿。大雁啼鸣。我真的是个诗人吗？我好像一台印刷机械，可源源不断地写出诗歌。我一个劲儿地只顾瞎写，却换不来一文金钱，连出版都难以保证。然而，我的写作欲望更加强烈。我的心灵为之撕裂，仿佛每天捧着一只火炉行走。

我的诗不过是文字的罗列。是否符合诗的形式，我也搞不清楚。难道这便是诗？——载满七车爱情草，我心恋思绵。什么乱七八糟的破诗！据说却是古代伟大女歌者额田王[3]的作品……我像春蚕一样热心地吐丝，没有任何的技巧，只是每日每日一味地吐丝。我要将自己胃中的丝吐尽方休。

---

[1] 《圣经》中的人物，传说中是包括希伯来人和阿拉伯人在内的闪米特人的共同祖先。
[2] 古代以色列王国的第二代国王，《圣经》中的有为君主。
[3] 额田王，又称额田姬，日本飞鸟时代著名女歌者，其作品里有长歌三首、短歌十首入选和歌集《万叶集》。

赚不到一文钱并非什么不幸，也不能断言说运气不好。对我而言，创作源自一种焦虑，仿佛无望之中的航海，不定何方便有浮岛的显现。

我在阅读奥尼尔的剧作《猎鲸》。心中寂寞难耐。

我喜欢读书。书告诉我一切。人的口头语言捉摸不定，书中的文字却会牢牢地抓住人心。

冬天将至，
天空说。
冬天将至，
山树说。
小雨奔袭而至，
邮递员戴着圆帽。

夜晚说，
不久冬天将至；
田鼠也说，
老鼠开始在天棚做窝。
人们背负着冬天，
从乡村的田舍走来。

我要写一首童谣。谁知有没有买主。我放弃了所有的正事，只顾着乱七八糟地胡写。没完没了地碰钉子，我仍然不停地写。诗稿堆得像山像海。这就是我的心愿。一些无味的往事也浮现在头脑之中。

一会儿是对这个男人的思恋，一会儿又是对那个男人的爱情。南无阿弥陀佛啊！释迦牟尼。

我要是能下定决心上吊赴死就好了。在这个决心下定之前，我得写出一部小说。就写一部森田草平[1]《煤烟》那样的作品。

夜深人静，我散步走到谷中的墓地一带。

星光闪烁。我漫无目的地走着。心中茫然。两个按摩师从身边走过，吹着口哨，无所顾忌地大笑。下界与人间近在咫尺，雾霭笼罩，给人一种深秋之感。

石屋的新石白不呲咧，给人一种强烈的轻浮感。我哭了。哭我无处可去。我倚在石头上。用不了多久也将化作墓石。还有多久呢？我会变成一个妖怪吗？妖怪不需要吃任何东西，也不会为房租的问题担忧。什么血亲之间的感情，什么必须感恩之类无谓的苛责，统统似过眼烟云。

窗户里面，石匠的家人们在私语。不知这又是何人的墓石。石匠在一堆新石的包围中静静地睡觉。清晨，他又要挥动铁锤叮叮咚咚地凿石赚钱。

所有的生意，其实都是一样的。

我往石头上一坐，屁股下冰凉冰凉。我有意让自己沉浸在一种孤独的感觉之中，眼泪不住地流溢出来。

斜巷深深，窗户无声地紧紧关闭。只听见国营电车的

---

[1] 森田草平（1881—1949），夏目漱石的弟子。《煤烟》是他的成名之作。

喧嚣声。空气中飘扬着馨新的花香。我经常感到肚子空空。只要有一点钱，我便回尾道。

我喜欢和多摩川的野村先生在一起。

孤身一人，实在是不堪忍受。

星光暗淡。我沿着荒无人迹的小径往墓地的方向走去。心绪狂乱。像要故意体验一种恐怖。我无所顾忌地撩起衣襟，真想四肢着地爬上石径。所谓狂人一般的心境，恐怕也不过如此吧……

我苦苦思索。自己究竟追求什么？需要金钱，需要一段时间的安定居所。

我从一条不知其名的小巷走过另一条小巷。有人家还未入睡，大声地说话。已经入睡的人家则悄无声息。

(十月×日)

我去团子坂的公寓拜访友谷静荣，商议出一本同人杂志《二人》。我心中惴惴不安。十块钱都挤不出，还想出杂志？可我相信，友谷一定能想出办法。有钱人家过的是什么生活？我简直无法想象。

友谷女士邀我一同去温泉浴池。两个矮小的裸体映现在早晨的透镜中。这模样，活像是马约尔[1]雕刻中的人物，又好像两只正在戏耍的雌猫。我毫无缘由地想去外国，哪怕

---

[1] 阿里斯蒂德·马约尔（1861—1944），法国新艺术运动的画家、雕塑家。

头上顶满香蕉的印度人的城市。我只想去一个遥远的地方。我不知能否去当女船员，不知外国的轮船上有没有护理一类的职位。

一旦沦为诗人，便永无翻身之日。唯有在穷困潦倒之中饱受煎熬。倘若天生便是栗岛澄子一样的美人，一定活得更加幸福……友谷女士也是个漂亮女人。她全身都充满了自信。浅黑的肌肤，却散发出野性的水果馨香。而我的裸体却活脱一个金太郎[1]，满身肥肉。肥大的屁股正是卑下的象征。我并没有吃多少甜食，不知为何会胖成这样。简直不堪入目。

友谷女士的脖颈上涂着厚厚的脂粉。浅黑的肤色像被白云遮住了一般淡然隐去。我已许久不涂脂粉。我像男子一般立在镜前做体操。突然产生一个奇异的念头，我要是这般模样跑上电车轨道，是不是十分好笑？

记得一首歌怎么唱来着？马路裸女什么的……谁会喜欢我这样的女人？我真想赤裸裸地在他跟前放声痛哭……

洗完澡，归途中和友谷一起去了团子坂的菊花园。我喜欢小笼屉荞麦面上清香扑鼻的海菜。天空晴朗，万里无云。花园里大朵的白菊，像挂面一样在白纸项圈上绽放。大朵菊花给人的感觉就像一个残疾者。——洗完澡吃面，这感觉简直幸福至极。《二人》印制五百份，约需十八块钱。友谷又说，共八页纸，一定会用最好的纸。我考虑将自己的铭仙羽织外衣拿到当铺卖掉。即便如此，还得去借四五块钱。

---

[1] 传说中的英雄坂田金时的乳名，身体红胖，健硕力强，常与熊、鹿为伍。

写作是一种献身，没有报酬。西洋诗人矫揉造作，崇奉虚构。我却想撇开那般矫饰，饿了就写作饿了，恋慕就写作恋慕。这种诚实的写作无法成立吗？

天空美丽，器皿漂亮，这些都不能只用一个感叹词"啊"来随意地搪塞。如今，我想写出真正的达达主义诗歌。

在归途的坡道上，我遇见了五十里幸太郎先生。这么凉爽的天气，他却撩起了衣襟。他的衣服是斜纹哔叽料，腰间系着角带[1]。我这时还不想回家，便走下动坂，朝千驮木町方向走去。凉爽的空气，一个乐队在马路上行进。我穿过逢初街走向一高附近。帝大的银杏树一片金色。在燕乐轩的侧旁，我拐了一个弯，然后打探菊富士宾馆的所在。据说宇野浩二[2]长期栖身于此。小说家与诗人的差别竟如此之大，我真感觉有点儿恐怖。比鬼怪故事更加可怕。为此，我的确想和他见见面。

听说宇野浩二是躺在床上写小说。他是病人吗？躺着写作可真不容易。没费多少工夫，我就摸到了宾馆。我战战兢兢地走进大门，女侍爽快地为我引路。宇野先生躺在一床青色的棉被之中。看来他果真是躺着写作。他蓄着长髯鬓角，活像一个西班牙人。到底是小说家，连房间都有一种充实感。他说："写小说没有什么，怎样说话就怎样写。"我心中却反

---

[1] 日本男子穿和服时用的一种扁而硬、宽约二十厘米的带子，通常为丝织品。
[2] 宇野浩二（1891—1961），日本小说家。1919年发表的描写平民生活的短篇小说《仓库里》和长篇小说《苦恼的世界》，奠定了其在文坛上的地位。

驳说，哪会那么容易？屋子里东西乱扔十分零乱。因有来访，他早早停下了写作。啊！宇野浩二一定前途无量。他有一个好名字。在我眼中，他是个了不起的人，居然能躺着写作。我感到怀疑的只是，写小说怎么会像说话一样。我可没有这个本事。其实啊，我的写作起因于无可奈何。

我又觉得，作家的房间总给人一种可怕的感觉。我一边走一边想。女子美术学校的学生穿着紫色的裙子走过。这个色调，给人以某种芬芳之感。也许，小说根本就没有意义。人们活生生地走路、说话、生活。在街上走一走，比写小说有趣得多。

傍晚，我回到公寓。

到家之后，看见野村有一留言条，说周日到我这里玩耍。我坐在空荡荡的房间里，心中无法平静。我揣摩着，自己能不能像宇野浩二那样躺着写作呢？我这么胖。想必一会儿工夫，双臂便会麻木得不听使唤。晚饭时分的公寓里热闹非凡。大家都在花钱。杂煮的香味儿令人艳羡。

* * *

（十二月 × 日）

早晨开始，大雪下个不停。我和背着孩子的阿芳搭伴儿冒雪出了门。雪花飘飘，似乎不会马上化去，实际上却出人意料地转瞬即逝。在宽永寺坂的坡道上我们遇见了恭次郎。他说借住在朋友家中，身旁还陪伴着两位素不相识的男人。他们往寒冷的逢初方向走去。

恭次郎是个好男子，从来不说谎。可恭次郎的诗歌我却完全看不懂。见到恭次郎，我马上想起冈本。我喜欢冈本。然而冈本却是友谷女士的丈夫。我觉得自己简直是个碍眼的东西。我这样的女人，哪个男人会多看一眼？

天气寒冷。我在坡中寺院前的烤鱼店里买了一角钱烤鲷鱼。我和阿芳边走边吃。剩下两块两人平分。两人不约而同将热乎乎的烤鱼塞进和服袖筒里。烤鱼直接挨上了皮肤。

"哇！好烫。"

阿芳笑道。我又将烤鱼放在了胃的位置。顿时感到热乎乎的，好舒服。如同怀里揣着一只暖炉。然而同时，一股无法排遣的孤寂感，似乎也粘在了我的胃袋中。大雪纷飞的宽永寺坡道啊！爬到坡顶后，便是连接黄莺谷车站的天桥。过天桥又是合羽桥。我们径直走向事先约好的介绍所。稻毛旅馆女佣和浅草牛肉馆女侍对我最为合适。

阿芳带个孩子说要去稻毛。我便决定去浅草。我心中想，去稻毛旅馆有什么好？干什么都太远。可阿芳居然傻乎乎地喜欢稻毛。听她的意思是孩子患了小儿气喘病，在海边工作对孩子的健康有益。她说孩子是个私生子，父亲是议员。我也不知她的话是真是假。我无法想象这样一个灰头土脸的傻阿芳，会有那样的男人照料。真要那样，何必来稻毛做事？

我付了三元手续费，觉得很不上算。说是无需保证人，真是天大的幸事。

走到浅草的古旧书店，发现一本旧杂志《文章俱乐部》，便买了下来。黄色的广告页上，十九岁天才少年岛田清次郎的著作广告十分扎眼。书名是《地上》。也许，十九岁这个年龄称作天才正适合。我也梦想着自己是个天才。可我这个天才连肚子都填不饱。看来最终不过是个失魂落魄的庸才。

究竟在什么地方才能不为吃饭的问题发愁呢？肚子饿得咕咕叫，还能有什么雅趣呢？在这样寒冷的天气中，一切都蜷曲起来。像我这样穿着好几件单衣，外面罩一件脏乎乎的薄毛外套，一般的介绍所都不予接待。

我来到浅草。在公园里，我们一人吃了一碗面条，然后取出怀里已经凉透的烤鱼。面铺天棚的边角，寒风夹带着小雪吹灌进来。两个火炉里不断地飞溅出火星。火势熊熊。喝下几杯热茶，阿芳解开背囊给孩子喂奶，又给孩子换尿布，湿漉漉的尿戒子臊味儿熏得人简直受不了。女人天生或许就是这个穷命。我可是一生都不想要孩子。阿芳的孩子连续打了几个可爱的喷嚏。

花八分钱买的那双袜子已经露出了脚趾。我还年轻，皮肤却十分干燥。我又矮又胖，像只烤熟的肥狸。反正是丑陋不堪。对不，观音菩萨？我没有心情顶礼膜拜。请给我更多的凌辱。把好处统统奉送给财主们吧。

我打了一个饱嗝，一股面条味儿。真讨厌。面条里包含着何等哲学呢？天才是吃蛋糕的吧？我所面对的是面条人生。尽管如此,我不会对高尚、文学、音乐、绘画等等漠不关心。《保尔和维吉妮》是脍炙人口的小说。奥勃洛莫夫[1]就在现实之中。还有奥涅金[2]。我没有太高的奢望,有谁会与我谈谈恋爱呢?明天开始就得去牛肉菜馆里当女佣了。好悲惨!整日价和屠夫打交道。简直是该下地狱下煮锅的鬼婆。唉!无聊的人生。

我想去当女演员。

浅草像人的海洋。陋巷中塞满了四下游荡的流浪者。

(十二月×日)

在驹形的土屋附近是一座教堂,教堂的不远处便是地元牛肉馆。我在门前走了两三个来回,确定没有找错地方。昨夜的盐山般的雪堆已经崩塌。淡淡斜阳照在板壁上。我胆儿小,最怕去陌生的人家。眼睛里突然映现出一个牛字。再看又像个犇字。唉!我从未遇上过绝好的机会。我还年轻呀,真想抓住一个机会。

我由"地元"的后门进到屋里。厨房的小伙子们看着我偷偷地笑。也许我的发式很可笑。我梳了个蓬大的发式,鬓发倒竖,盖住双耳。流行一词对我绝不合适。可即便如

---

[1] 俄罗斯小说家冈察洛夫(1812—1891)长篇小说《奥勃洛莫夫》中的主人公。他聪明能干,却是软弱、无为的"多余人"。
[2] 俄国作家普希金的诗体小说《叶甫盖尼·奥涅金》的主人公,被认为是俄国文学史上第一个"多余人"。

此，我还是会跟着时下的流行走。

女佣屋里，有人在伸头探望。老板娘像个猿猴，满脸皱褶。她一副不置可否的表情，只是异常冷漠地说了句：

"好吧。试试吧。"

我的行囊只是一个随身包袱。还没开工便混上一顿早饭。一大碗盖浇饭，外带一盘炖油豆腐。啊，太棒了！我惶恐得恨不能双膝着地。

> 去他的吧！
> 狗屁缠绵恋情。
> 分道扬镳
> 只在一念之间。
> 乞丐的快乐
> 换一碗折腰盖饭。
> 抽着鼻涕，弃置灵魂，
> 这碗饭吃得安悦。
> 居然是我
> ——真实的化身。
> 悲哀的饥饿之行，
> 忘记了世间一切。
> 只有摇尾乞怜。
> 为了今日的辘辘饥肠，
> 四处流浪，无家可归，
> 陋巷的寒风

化作无尽的原野。

啊！无情的寒风，

我哀叹凄惨的命运。

烂乎乎、水渍渍的牛肉上浮着厚厚的脂肪，那气味令人恶心。听说所有女工加在一起共有八人。五个住在家里，三个住在店中。一个个都是灰头土脸的，却纷纷表示我的发型太可笑，拉着我要去理发馆，说什么在这儿干活，只能梳成银杏髻。我很失望。我还年轻，桃分髻比较适合我，干吗非要扎那银杏髻？

除此之外还得买胭脂。奇怪！上澡堂子干吗一个个把脖子抹得煞白。一起去澡堂的阿澄告诉我，御园脂粉的质量最好。可我扎上银杏髻便囊空如洗。这两三天，只好跟人借脂粉啦。

一到傍晚，女工的房间里便热闹非凡。

都是二十五六的女人。她们私底下笑话我，笑我还穿着带肩褶的衣服。我身上的衣服是跟阿芳借的，袖口太长。本想对大家做个说明，想想又嫌麻烦。我看着这些女伴儿有些生气，大家的处境本相差无几，干吗这样居心不良？

早晨，厨子阿良看见我，也扑哧笑了。我拎着酒壶去厨房取火，阿良搭讪道："你扎这种发式，比西洋发式强多啦。"随后又扔过两只小橘子，"哎，吃橘子。"

我觉得阿良的表情很像斧定九郎，充满了打杀与市侩卫[1]的英豪气概。

我干了两三天杂役,根本没去客厅。一会儿取火炉,一会儿拿臭鞋,一会儿又送啤酒送清酒。十二点下班。我已是精疲力竭,两条腿胀胀的像木棍一般。枯萎芒草的沙沙声和笼中小鸟的鸣啭,给人以喧闹的感觉。唉!往后的日子,可真要像犇字一般不得轻闲了。

这种状态下,连写一行诗的气力都没有。可我喜欢那一大碗盖浇饭……晚餐也是满满的大碗盖浇饭,外带炖墨斗鱼。有饭吃值得庆幸,但心底里涌出的感觉却是排斥的,总不能只为面包活着吧。

其实我的生活又是安乐的。没人为我的存在而担忧。阿良是个例外,他对我格外殷勤。

"哎,你是第一次在这种地方做工吗?"

"啊……"

"你有丈夫吗?"

"没有。"

"出生地是哪儿?"

"丹波山中。"

"哦,丹波的什么地方?"

嗨!烦死了。我也不知道。我没有应答走出厨房。心

---

[1] 斧定九郎和与市兵卫都是日本歌舞伎《忠臣藏》中的人物。斧定九郎原是盐冶家家臣之子,后沦为浪人,常在山崎街道附近行凶抢劫,杀害了与市兵卫。在歌舞伎中,他常常被塑造为相貌俊美的反面角色。

里想，这种工作，我顶多干一个月。

夜里两点以后，女工们的房间才安静下来。我呆呆的，茫然若失。将半干的手巾铺在了箱枕上，然后躺下身来。女工们躺在床上，仍在叽叽咕咕地说着过年的计划。

这个说要让男人如何如何，那个说要让男人筹措年货。唉，真是奇怪。怎么这样的一帮女人也有男人爱？我不晓得，阿芳今天是不是带着孩子去了稻毛？我只能待在这种地方吗？我又心想，能不能去多摩川嫁给野村呢？想来想去，除此之外别无他途。

(十二月 × 日)

阿良说有话要商量。什么话呢？我跟在阿良身后，走在凌晨的大街上。

驹形的大街被挖掘得泥泞不堪。我们悠闲地往公园方向走去。六区中段，插着一溜旗帜。我们来到葫芦池附近。许多人在街头晃来晃去等着给人打短工。阿良从纸包里取出三只薄皮包子递给我。

"你多大了？"

"二十岁……"

"喔？好年轻呀。我还以为只有十七八岁呢。"

我笑了。阿良也挠头傻笑。若再穿一件套筒式的粗布衣，换一双脏乎乎的木屐，整个就成了大正时代的斧定九郎。

说是有话要说，实则无言以对。啊！原来如此。他这样子并未使我不快。但我觉得自己并不喜欢他，说不上什么原因。早晨，坐在又脏又冷的池塘旁边。空气清新。阿良买了四个五分钱一个的煮鸡蛋，外表是凝固的食盐。我们面对池塘，享用那冰凉碜牙的鸡蛋。枯藤凉棚下，两个衣衫褴褛的孩子在拍洋画玩。

"你看我有多大了？"

阿良个子高高，嘴唇肥厚，一边吃鸡蛋一边问。

"二十五？"

"别开玩笑！我还没做过体检[1]呢……"

什么？我大吃一惊。男人的年龄真难猜测。我突然感到十分快活，阿良竟然这么年轻……

"你在哪里出生？"

我问。

"横滨呀。"

噢！那里望得见大海。

"那你怎么会来这牛肉馆？"

"经济不景气，找不到工作呀。体检之后，得好好规划前程。"

鸡蛋壳扔在肮脏的水池中，一闪一闪反射光芒。没有更多的话题。只听得乐队演奏出忧郁的乐曲。昨日的积雪融化后，石路上黏黏糊糊。冷啊！我们拜了拜观音菩萨，走进寺院里的商店。突然，阿良小声地对我说：

---

[1] 二十岁之后接受的征兵体检。

"去不去我家看看?"

"在哪儿?"

"松叶町。和妈妈一起租的二层楼。她这会儿不在,给人家帮忙去了。"

我不想去。阿良太年轻了。多可笑啊!他还是个孩子。他又问:

"怎么样?"

我答道:

"不去。"

阿良接着往前走。我也跟他一起走。只觉得天气太冷无法忍受。一起走路没有什么。可作为恋人,我还是喜欢心重的男人。我不想借住阿良的二楼。

在商店,阿良给我买了一支做工精制的发簪。我先他一步回到店里。

大街上没有多少人。小发簪十分漂亮。我借来阿澄的镜子,将发簪插在头上。还是那副没有变化的面容。可怜兮兮的白脖颈。背部感觉一股寒意。自己怎么越发像个玉之井的风尘女子?可与此同时,心底也涌出了某种莫名的自信。

　　插着发簪的劣马,
　　拖拉货物,步履蹒跚。
　　在命运的摆布下汗流浃背。

　　马缰牵引着马儿,

不时发出白色的叹息。
无人顾盼的劣马
有时也哗哗地撒尿,
不管它的身后皮鞭挥舞。

可怜的劣马
永远在坡路上挣扎。
到底要去哪儿呢?
漫无目的,毫无意义,
更无需任何的思考。

百无聊赖。我舔着铅笔写诗。女人们东家流长西家飞短。突然有人发现了我的发簪。

"嚙!买了这么漂亮的发簪……"

我也感觉得意,在大家面前炫耀着。

我在捧读《文章俱乐部》。生田春月选诗栏中刊登了许多投稿诗作。

晚上,阿良又给我送来蜜橘。渐趋腊月,店里更加忙碌。煮菜的大师傅看见我从阿良手中接过橘子,表情冷漠。

漂流的生活中亦有种种梦想,伴随着无边的孤寂。阿良名字的正确写法,据说应写作"义经"。

看来阿良是个善良的男人,可是与我话不投机。要是睡到他的二楼上去,我的人生就会凡庸无比。即便两人结为夫妻,也会很快各奔东西。阿良是个心境平和的男人。

(十二月×日)

年尾的大贱卖红红火火。我总算在客厅露面了,在客厅的小费可观。可是女伴们心术不良,经常抢走我的小费。

阿良说:"你怎么这样喜欢读书?搞不好会得近视眼。"

我觉得好可笑,我早就是近视眼了呀。我收到稻毛阿芳的来信。信里说她心情不好,正月之前就想返回东京。还说孩子总感冒,最近更糟,患了百日咳。阿芳现在的丈夫是个木匠,所幸是生活清贫不想再要孩子。她又快活地写道,她和木匠住一间屋子,可以腾一间屋子借给我住——如果我要学习的话。

而我到了正月想去野村那里。野村也说,希望早结百年之好。野村也是个穷酸诗人。

在这里,我破天荒花五块钱买了一块蓝丝绸。若到年尾,就能买一块下摆里子和一副外套里子。

今天去做头发。回来遇见阿良又是有话要说。阿良突然对我说:"我正在精神恋爱。"我觉得很可笑,忍不住捧腹大笑。

"什么叫精神恋爱?"

"就是被人迷住了呗……"

我无言以对,也觉得不是非野村不可,和阿良一起也蛮好嘛。天气寒冷。我们走进一家咖啡馆。

我要了一大杯牛奶,阿良要的是红茶。今天我请客,吃的是带罂粟籽的夹馅面包,紫色的夹馅软乎乎非常好吃。

一共花了两角钱。

阿良说，他每月的收入有五六十元，生了孩子也养得起。而我一想起阿芳的脏孩子就毛骨悚然。

"我可不想嫁人。我还要学习。阿良可以找一个更年轻的十七八岁的媳妇嘛……"

阿良沉默不语。

过了一会儿，问我在学习什么。这一问，倒把我问住了。

"我想去女校当老师。"

阿良露出不解的神态。我也感到奇怪。不知为何，我有种做了亏心事的愧疚感。

傍晚开始，一直下雨。阿良变得小心翼翼，那张精神恋爱的面容，突然变得像个中学生。

阿澄的客人叫我过去。拼命喝酒，却没有一点儿醉意。客人都是帝国大学的学生，虽与阿良大致同龄，看着却稚气十足像似孩子。

阿澄把我介绍给学生们。

"她一天到晚只知道看书呢。"

"看什么书？"

一个矮胖的学生劝酒后问道。

我大声回答："猿飞佐助[1]。"大家哗地哄笑起来。

我不明白。猿飞佐助有什么可笑的？我醉醺醺吟了一

---

[1] 日本大正时代由"立川文库"出版的小说《猿飞佐助》中的英雄，擅长使用忍术，为有名的忍者。

曲《绀屋高尾》[1]唱段。满堂惊异。

学生就喜欢这样。我喝得酩酊大醉，被拖进女侍的居室，感觉非常痛苦，只想呕吐。幸好阿良过来探视，拿来一个脸盆。我吐了个翻江倒海，一股酒酸气。

"阿良！"

"怎么？……"

"别杵在那儿，拿杯盐水来呀。"

阿良赶紧去弄来一杯盐水。我解开腰带，五角硬币哗啦掉落在榻榻米上。

"喝不了干吗硬喝……"

"唔，喝……精神恋爱呀，是你说的吧……"

阿良忽然弯下腰，不住地抚摸我的后背。

* * *

(十二月 × 日)

正月十五要举行松枝、稻草绳焚烧仪式。我找来装煤的空草包和枯树叶堆在门前。这样一种状态下生存，我实在提不起精神。一点儿精神动力都没有。我真想找出所有的贵重物品付之一炬。我走进屋四下搜寻，结果只找出野村的三

---

[1] 日本传统表演艺术落语的一出经典剧目，亦曾被拍为电影。

页诗稿。我想将其扔进熊熊的烈火之中将诗歌化为灰烬。想到这儿，我恨恨不已，同时产生了畏惧。我觉得不可以这样做，又将诗稿放回到原处。

我一事无成，堕落为没有勇气的女人。今晨拼命争吵。他是男人，一甩手便出了门。我只好留在家中收拾残局。槅扇门摔破了，窗帘揪了下来，碟子和碗也没有一个完整的。贫穷竟把我们的身心蹂躏成这般模样，肆无忌惮近乎残酷。我从未像今天这样仇恨男人。他用脚踢我，把我按在厨房的地窖中，当时真的以为他要杀了我。我像孩子一样地放声哭叫，他拼命踢我，我却忘记了疼痛。无法忘掉的是对于狠心男人的憎恨。

我还像平日一样，把他的文稿送去杂志社，面对的是一而再、再而三的退稿。无意间，我开了一个玩笑，说是不想再去杂志社。想不到他那样子大发雷霆……我也受够了，不想再装模作样总是赔笑脸。不论怎样说，不想去就是不想去嘛。整天当信差去那种莫名其妙的地方，谁能受得了？你自己去嘛。这种苦差事，我已厌倦透顶。

他怒斥道：饭都吃不饱，还装什么蒜？是啊，就是饭都吃不饱，可我又不是一个乞丐。

我一边焚火一边想，这一次非要和他分手不可。可是想起他分文未带离家出走，我又止不住啜泣起来。心中悲哀不已，不知该何去何从。

道旁的鲤鱼池闪烁着石油的色彩。一个女侍模样的女人哼着枯芒之歌由旁道走过，看样子是大户人家的女佣。听说这里的大户人家只有宫武骸骨[1]，而我住在远离小区的山坡，他哪会见过我这样的人。我的居室只是一间六铺席的小屋，外带一个壁橱和一间厨房。也许，这种未抹墙皮的临时板房原先只是贮藏室。我搬到这里，在板壁上糊了两层报纸。想当初嫁这里时，兜里只有区区三块钱，用作买窗帘和买大米，想到有野村的一床棉被就已够用，便卖了自己的棉被补贴房租……我一面焚火一面想着种种往事。也许，我的人生已到尽头。我想去死。这样子活下去真是太累了。一个人的时候孤寂难耐，两个人一起又更加痛苦。这个世界真是虚幻无比。

晚上一边修补撕破的窗帘，一边脑子里浮想联翩。屋里没有一点儿火星。真是个冰冷的寒夜。每当脚步声响起时，我就竖起耳朵听。远方传来多摩川电车的隆隆声响，过后便万籁俱寂，静得耳中营营鸣响。我无法判定自己的前程。苦思冥想。从早晨到现在没吃一口饭，浑身都觉得不舒服。我的心中涌出一种强烈的冲动，仿佛老虎一样缓缓爬行。

屋子里清理干净后，我铺好床铺。床上没有被罩，我也没有睡衣，只好赤条条钻进冰窟一样的被窝。我把所有的衣服都搭在被上，衣服散发着我的气息。我躺在枕边，时不时一个鲤鱼打挺。深夜，卡车轰隆隆开下坡道。大地在震动。

---

[1] 原名为宫武外骨（1867—1955），日本记者、作家、明治文化史研究家。他一贯讽刺专制，传播民权思想，数度入狱，被誉为"千古奇人"。

欺侮我吧。
哪敢有怨言?
费尽心机,
照旧是焦头烂额。
别笑话我,我的上帝。
不拘怎样——
还要去顶礼膜拜。

时辰已到——
趋近了神的天国;
汝等悔过——
要信奉福音天赐。
噢!猿飞佐助——
怎么变成了女流装束?
飞过天空,跨越烈火,
我会去浴血奋战。
福音的声响是像雷声一样吗?
我只想问这一个问题。

  腹中空空,不堪忍受。我又套上冰冷的衣服生起炭炉。我烧了一锅开水,用掺着竹笋的酱块冲了一碗汤,咕嘟嘟喝了下去。我多想吃一碗中华拉面呀,可我连一毛钱都没有。真像坠入了地狱。屋顶是碎薄板修葺而成,经常哗啦啦落下土块碎石。这儿是坡顶的一户人家,出神闹鬼都没人知道。

池里的鲤鱼时时欢跳，仿佛是镜中幻景。我啜饮着无味的酱汤，脑子里产生某种幻觉，幻想自己生出了巨大的耳朵……我的精神似乎出了毛病。百般无奈。幻觉之中，野村在深夜的坡路上往回赶，怀里揣满了夹馅的面包。我仿佛听见他轻微的脚步声，光着脚跑出户外。四周月光明媚，误以为下了大雪。好冷！冷得我关节发痛。我心中想，要是一打开门，野村站在大门口该有多好……

遥远的脚步声不知不觉消失了。我关上玻璃窗，又坐回火炉旁。火炉也抵御不了屋里的寒冷，哪里还躺得下来睡觉。我想写点儿什么，坐到桌子跟前。然而酷寒绕身，膝盖好像被冻烂了似的。我一个字也写不下去，只好作罢。肚子饿得咕咕乱叫，我恨不能把屋里的干瓢也吃下去。

(十二月 × 日)

清晨，母亲出乎意料地来到东京，脸冻得通红通红。她站在窗户外，肩上搭一个小包袱，说是一路走一路问才找到了这里。我惊诧得喊出声来。啊！真不可思议。她还带来了吃剩的盒饭，说是在滨松的火车上买的。饭盒里塞了七只鸡蛋和两个柑子，母亲真是带来了神国的福音。在给我做好的法兰绒内裙中，还包着许多小干白鱼，当然还有母亲的换洗衣服和发夹之类。我脸也顾不上洗，赶着吃那散发出木质清香的盒饭。红色的鱼糕片，梅干酱炒牛蒡丝，还有魔芋条炖肉和金针菜。我真是大快朵颐。

母亲叹道，在乡下待久了闷得慌，到处不景气。我问她身上还有多少钱，她说不足六角钱。气得我真想吼她。这可如何是好？母亲却说，过四五天，继父还会带来一些买卖的商品。

早晨下了厚厚一层霜，暖融融的阳光照耀房间。我心想，就是能住，也没有被子呀。可是已经这样，我总不能把老妈赶上大街吧。没办法，只好将三个坐垫拼接起来，两人分盖一床大被，好歹能睡下了。

我把棉被拽到阳光所及之处，让母亲躺下。母亲通过屋里的状况，便知晓我一贫如洗。她一言不发，默默地抽着稀鼻涕，脱去外衣钻进被窝里。我在小火盆里放上昨日焚烧的炭灰，设法点燃。不一会儿，水开了。没有茶叶，只好在饭盒里抓了几片梅干，冲热汤给母亲喝。

父亲购置的货物是廉价的轮岛漆器，说是要在东京出售。他哪里知道，东京的百货商店十分便利。靠摆夜摊，能卖几个钱？我无可奈何，剥了一个鸡蛋自己吃了。剩下的，留给那个男人。

"东京也不景气吗？"

"是呀。很厉害的。"

"怎么到处都这样……"

母亲口中含一片梅干，脸上忧虑重重。这次的男人，人品怎样、做什么生意，母亲一概没有问。真是万幸，要是问起来，我不知该如何回答。母亲用手巾拭了拭茶筒，然后小睡片刻。她张着嘴，好像睡得很香。中午过后，野村回来了。

我本想对他介绍一下母亲，可他却坐到桌前读书。母亲和我在厨房的板屋内铺了个坐垫坐下。我冲了一杯开水，端上四只鸡蛋两个柑子，送到书桌跟前。我说这是母亲带来的。他却头也不抬，冷冷地说了句"不需要"。我恨不得将煮蛋摔在他的头上。真是忍无可忍，哪有这般乖戾无理的？他生起气来没有完，这种别扭、顽固的性情令我不安。我的诗稿被揉成皱皱巴巴一团扔在墙角里，我一一拾起来摊抹平整。突然间，我感到痛苦不堪，压低了声音哭泣着。我不知怎么办才好。母亲一声不响地蹲在厨房的火炉旁。哭过后，心中豁然开朗。每当我觉得一切皆无所谓，便感到格外轻松。母亲仍是一副颓丧的表情。她抬头望望我，我向她伸伸舌头。伸舌头是为了防止眼泪流下来，可太阳穴和鼻内却一阵抽疼。

厨房是土间[1]。过廊地板上有一个包袱，里面收藏着摊平了褶皱的诗稿。说来没有一篇像样的东西，尽是些浪费时间的愚劣之作。可这是我的诗呀！走到哪儿也舍不得扔掉。它们一文不值，我也几次三番想要烧掉。可是转念一想，或也并非徒劳，至少让我回忆十多年来的历程，发生过一些什么事情。

我已无可忍耐，开始收拾行囊，打算离家出走。我还不知目的地是哪里。但我必须先带母亲离开，找一处能够随意说话的地方。我把煤灰撒在火盆中，盖起火苗，然后将水

---

[1] 日本传统居屋中未铺地板穿鞋出入的场所。

壶坐在上面。我给妈妈剥了两个鸡蛋。她为了不弄出声响,竟将鸡蛋囫囵吞了下去。

"我和妈妈出去一下。"

我走到书桌边跟他打招呼。他仍旧不理不睬。两人出了家门,顿觉出了腹内一口晦气。我拼命做了几下深呼吸。心中不解,难道我是如此令人生厌的一个女人?我的自信已丧失殆尽,感觉自己形同秽物。我除了年轻一无所有,也许我是个不谙世事的女人,可我仍想为自己辩解:我并无任何恶意呀。

有时挣到一点儿小钱,我便买回多样食品:五分钱豆腐,三分钱咸鱼,三分钱泽庵酱菜,还能吃上三色堇菜之类。野村却只是埋怨:区区小事,得意个屁呀!我去洗澡,像别的女人一样涂点儿脂粉。一进家门,他也说,又短又粗的猪脖子涂什么脂粉,难看死啦。我真不知如何是好。要是跟这个男人过一辈子,怕要经受钢铁般的锤炼,直至成为不会哭也不会笑的女人。我从怀里掏出最后的一个鸡蛋,剥开壳送到妈妈嘴边。已经无可补救。我心烦意乱,把鸡蛋硬塞进妈妈口中。

走着走着突然想到,何不去以前的男人[1]那里借上十元钱?他是个唱戏的。若是出外演出,我便没辙。我抱着碰碰运气的想法走到涩谷,又乘市营电车到了神田。街上很热闹,

---

[1] 指田边若男。1923年林芙美子与演员田边若男结婚,婚后发现他与其他人保持暧昧关系,就匆匆结束了只有两个月的婚姻。

到处都在大甩卖。通明的灯火烘烤着夜空。车站附近，一群人敲着太平鼓走过。路边是连檐的成品西装店。母亲手捧着一件十五元钱左右的茶色灯芯绒外套爱不释手，说是父亲穿上正合适。可我们哪里有钱买？有钱真好，什么都能买。

我心神不宁，一会儿瞅瞅西装，一会儿望望繁华的神保町街道。好容易横下心来，让母亲在路旁等着，我好赶往田边家。走进小巷便闻到一股烤鱼香味。走到厨房门口，刚一露头就碰上田边的老妈。她吃惊地望着我，一副惊慌失措的模样。他妈结结巴巴地对我说，他去澡堂子了。一阵微风心头掠过。心想，算了，其实无所谓。我匆匆辞别了田边的母亲，刚刚走进小巷，就看见田边甩着手巾回转家来。见面也没多说，我说要借十块钱。雾霭深深的小路，田边面露难色。他返回家中。旋即，一边和家人搭话，一边走出大门。他递给我五元纸币，说是只有这些。我感到呼吸困难，身体僵住了一般，真有一种犯罪的感觉。我真想对他说，我无意打乱你的和平生活，请与你美丽的太太和美幸福白头偕老。我觉得自己简直是无赖，像一个戏里令人厌恶的溜须拍马者。我跑出小巷，母亲还在西装店门口等我，一副疲惫不堪的模样。一见面，她急不可待地问我："哪儿有厕所呀？怎么办？我的腿冻僵了不能动弹。"我当机立断背起妈妈，进了附近的一家食堂。我推开食堂的大门，屋里浓浓一派水蒸气。煤炉里烈焰熊熊屋内暖洋洋。妈妈竟然连椅子都坐不下去。我匆匆向人借用厕所，扶母亲入内。她的腰弯不下来，只好用男式便池，我背靠背用身体撑住她。什么事情都没发生，我的眼泪却止不住地流。我深深体会到男人的残酷，这不是任何他人的不是。我是一个真正的失败者。我所无法忍受的只是，我的命运竟然这样悲哀和凄惨。

我暗下决心，今日起绝不再钟情于写作的男人。找个车夫或是木匠都是可以的，应当和这样的人白头偕老。我还断然决定，从今往后不再写诗，我已经不能忍受人家把我的诗歌当作笑料。有人说，我的诗是达达主义。开玩笑！我的诗怎么会是达达主义？我的诗是自己心中喷出的烟雾。主义和文学有什么相干？我只晓得作为人的喷烟，我是由头顶往外喷烟的。

我让母亲坐在火炉旁的椅子上，借来坐垫，让她坐得高一些，舒服一些。

"来两碗饭，一个火锅，一壶酒。"

一壶酒是一角五分钱。火锅是两人一份的，六角钱。米饭五分钱一碗。我将温酒斟入母亲和我自己的小瓷酒杯中，热酒泛起了酒泡。我的眼里含着泪花，连酒杯都变得朦胧起来。我一口气喝下三四杯，心里暖了些。在壁镜旁边，两个学生一面阅读晚报一面吃炒饭。母亲也闭着眼睛抿了一口酒。我又要来第二壶酒，自饮自酌，我的心也变得一片朦胧。母亲将火锅里的汤汁浇在碗中的米饭上，吃得很香。

也许是空腹饮酒的缘故，我喝得酩酊大醉。我脱下木屐坐到椅子上，用双手托住自己的脸。整个房间像跷跷板似的摇来晃去。我的脑中一片空白，任由身体不停地摇摆。我是一个丑陋而卑微的女人，嗯，是的……正是这样。我仿佛看到蛆虫扑棱棱地掉落下来。

我用嘴轻轻吹着杯里的酒沫。沸腾的酒。可怕的酒。让人语无伦次的酒。让人万千思绪倏然消失的酒。让人渴望抚摸的酒。一旁的学生用奇怪的表情看着年轻女人喝酒，社会的眼光一定是奇怪的。母亲大概暖和起来了，孤零零地坐在椅子上。我觉得一切都十分好笑。

"你行吗？"

母亲像是在担心饭钱。在我的感觉之中，此时的此地正是我的安居之所。我哪儿也不想去。

饭钱共计一元零四分。那四分说是泡菜钱，不过是两段水渍渍的泽庵咸菜。

夕阳下的群山一片红色。谁能制止他的屠杀？这一天，耶路撒冷的教堂里发生了骇人听闻的迫害……唉！今天是世界末日吗？今天就将一切统统埋葬吧。

回到濑田已经十点。我给野村买回热气腾腾的烧卖，他却已经钻进被窝里睡了。书桌旁边，我放在那里的鸡蛋和柑子，他居然动也没动。我站在屋内，一种恐怖感脚边战栗。我木然地冲着墙壁，朦胧恍惚的醉意荡然无存。我打开破烂的行李，将里面的坐垫铺在地上，让母亲先行坐下。我盼望早一点儿天亮。为让屋里暖和起来，我在火炉里燃起了一堆木屑。

我又抓起一摞报纸，揉了揉，塞进母亲的外套里。膝盖上盖的也是坐垫。我自己则坐在那只破箱盖中，活像是漂流船中的乘客。

火炉中的嫩枝毕剥作响,好亲切的声音。过年我就二十一岁了,倒霉的一年快点儿过去吧!上帝,再给我一点儿惩罚吧!请更加残忍地拷打我,将我打倒在地。来吧,来吧,我期待着……我的手冻得难受,我用力撕开外套的肩褶,用袖口包起双手。上苍啊,请拷打我吧!把我打到吐血,打到死。

明天,还是要去找家酒吧做工,并带妈妈去找一家小客栈。我把热乎乎的烧卖包在包袱里,让母亲抱在肚子上。寒意刺骨,我到处搜寻可以燃烧的木屑。有时搞得烟雾弥漫,呛得眼泪直流。早知道待在车站的候车室里,也不至如此。那个睡着的人一动不动,像个死人。这时候弄醒他,他也很难受。算啦,还是不动他为好。

(十二月 × 日)

黎明的天空红彤彤的像晚霞。没有炭烧,只好到坡下的鲤鱼商院子里偷点儿木柴。火炉上坐着的水壶在烧开水。我从桌子边取来一只柑子,挤出一些果汁,用开水冲给母亲喝。

我也快顶不住了,唯有死路一条。我到车站附近的山货店买了一升米。窗户只开了一扇。走过光线暗淡的前屋,厨房那边传来孩子们嬉戏的吵闹声。一股酱汤香味扑鼻而来。我羡慕不已,人家的团圆竟那样温馨而愉快。我给野村买了两盒蝙蝠牌香烟,又买了一点福神酱菜。

回家一看,母亲坐在朝阳窄廊下,举着小手镜梳理脑后的小圆发髻。野村张着嘴，还在睡觉，肮脏的肥脸是灰土色的。

*　*　*

(一月×日)

侮辱，拷打……一切的一切，我默默地微笑面对。我的脸上带着微笑，可内心之中一个魔鬼却在蠢动。我像一件被人捏起来扔弃的秽物，我是一个万事不通的低能儿。我脑子里总在想着一件事，杀掉这个男人。我的名誉已微不足道，哪还有恢复的余地？

奇怪而令人窒息的生存方式！一文不名。

我的心中盘旋着凶猛、骇人的意念，像今夜的暴风雪。我期盼更加狂暴的风雪，将这里的街道统统埋葬。然而在这样的夜晚，在这样的风雪之夜，一定有许多女人正在生产。

雪天实在令人生厌，令人产生无尽的悲哀。雪花降落在一排排小客栈的屋顶上，小客栈坐落在坑坑洼洼的路旁。我瞪着大眼四下张望，心中却充满了荒芜和凄凉。

唯有从男人的身边逃离值得击掌喝彩。我的天神啊！你究竟要我怎样？让我去死吗？逼得我这般走投无路，不是过于狠心了吗！我被赶进六铺席大小的阴暗小屋，这里整天散发着垃圾箱的气味。屋里同住着一位形容枯槁、步履蹒跚的老爷子，还有四个女人。就我年轻。可年轻又有何用？除此之外，我没有任何女人的价值……真想喝它一升酒，赤裸裸跑上雪中的大街……呜嗯，让我喝吗？一升两升都没关系。

我靠着台上的豆油灯，专心阅读自己的诗作。

这些可都是肺腑之言哪。怎么却一文不值？我不知道写什么能够来钱，我不知道有没有不打老婆的善良男人。我的字迹歪七扭八。我忠实地写作真实的故事，却没有一个人表示认同。

我仿佛吃下变质的青花鱼，总有呕吐的感觉。母亲搂住我，安心地睡了。风雪时时撞击着玻璃窗，隐约听见中华面馆传出葡萄牙七孔管乐曲。莫名其妙。写个什么鬼！像你这样的低能儿，能写出什么东西？

明天必须住到近郊的吧屋。首先得填饱肚子呀，民以食为天。然后才考虑攒点儿钱。拷问！拷打！难道这便是我的生存权利？……

为何旁人都活得逍遥自在？

老爷子已起床，捧着个烟袋锅子在吸烟。他不住地发牢骚，说是冻死人了，没法睡个安生觉。老爷子自问自答。听说，老爷子两天前还在四谷的喜吉茶艺馆，蹲在门口给人看鞋子。据说他心术不正，连个后代都没留下。有时他也想住进养老院，可说来说去还是舍不得俗世的快活。阿公的说法也挺有意思。他说，哪怕一天两天吃不上饭，日子过得苦不堪言，他仍旧留恋这苦中之乐。他已经六十五岁了，笑着说自己半辈子都是丧门星，没有碰到过一次好运气。我却不懂，什么叫作丧门星，阿公一辈子好像并没有卑劣地伤天害理呀？这样说来，我们难道都是凶星当头？每天每天，我都歌唱般地在心中祈祷，救助我吧，让我获得拯救！那种祈祷的嗡鸣，犹若在喝电气白兰[1]。

"阿公，认得玉之井的老板吗？"

"啊，认得呀。"

"能帮我借点儿钱吗？"

"嗯？没准儿可以呀……"

"他们会借给我这样的人吗？"

"啊，当然……你想去那儿吗？"

"去也没关系呀，总比死了强。"

老爷子双手抱住自己的秃头摩挲着，沉默无语。

(一月 × 日)

晴空万里，外面的雪景却格外耀眼令人眩晕。一位四十来岁，扎着银杏髻的女人，坐在床上忘神地过烟瘾。床上没有床单，棉褥上净是污垢油光闪闪。墙壁上糊着报纸，地上是米黄色的和尚铺席，屋顶则布满灰尘。雪融水顺着排

---

[1] 1893年由神谷传兵卫创制的鸡尾酒，以白兰地为基酒，混合葡萄酒、金酒、苦艾酒等制成，一度风靡日本各阶层，并在许多文学作品里出现。

水管流下来，侧耳倾听时，叮叮咚咚的雪融声宛若初午[1]的大鼓。大家已经起床，都是一副旅行装束。我打开窗户，抓了把房檐的积雪洗脸。然后搽上一点儿蛋白霜，又在脸颊涂上一层红胭脂，搞得像似红太阳。我把头发梳理开来，梳得像松软的馒头一样盖住耳朵。耳朵痒得很不舒服。

乌鸦在叫，国营电车轰轰隆隆地开过。清晨的旭町泥泞不堪，这是一条贫穷的街道。尽管如此，人们一样在这里生活，筹措着旅行的计划。

我邻床的女人三十来岁，戴一块银表。昨夜她一再地对我诉说，说她曾是个有钱的女人。然而如今，她那棉绒紫袜上却泥迹斑驳。

我们带着三块无用的包袱皮，漫无目的地从多摩川逃了出来。如今，唯有这个小客栈是我们的安乐天地。

阳光灿烂，万里争辉。无一丝暧昧之感，只有雪融之后的泥泞道路，令人心情沉重。阳光之下细细的十字架般的电线杆油光发亮。与这些旅伴朝夕相处，不堕落才是怪事呢。我已经厌倦了这种穷光蛋的生活，不知是否还会时来运转。或许某日撞上了汽车，反倒结识个富豪贵族？年轻又有何用，给我带来的只有孤寂。年轻根本就一文不值。我的手肥肥厚厚像个馒头，肥短的手指根处，竟生出一溜酒窝。女校时代，老师说我是西洋肥妞。我的手好像笑靥，时刻都在微笑。

我唯唯诺诺的像个乡下女佣。这副鬼模样儿，谁会搭

---

[1] 日本传统中二月稻荷神社的祭祀之日。

理我？去玉之井借钱，肯定也是没戏。

我把母亲留在客栈，先去了角筈[1]，然后踩着早晨的泥泞道路，一家酒馆挨着一家酒馆地探访。我真悲惨。早晨的酒吧后门怎么会脏成这样？我嘴里默默念叨着给自己鼓劲儿。可心里仍然别扭。好在最终找到了一家叫作金星的小店。说是金星，徒有其名。这么一家穷酸样儿的小破店，我看是地狱之星。其实，我是被这儿呼呼的焰火吸引过来。这里净是窑子店，嫖客们来来往往。厨房的女孩子给了我一块焦盐饼。我猛然间一阵感动，眼泪都差点儿流下来。我在七福神屋的店铺里买了一双一角五分钱的布袜。

小客栈的住宿费是每人三角五。我已预付了七角钱，两人在此安置下来。我在本乡酒吧买了一份牡蛎炸鱼菜和一份白米饭，算作我们母女的午饭。

傍晚，我去金星酒吧上班。加上我，一共三个女人。我最年轻，或许是找不到更加像样儿的。这种生意，我也觉得恼火。干吗非要不冷不热地阿谀奉承，可是没有办法。为了那点儿小费，就得这样子低三下四。唉！这小费是个什么玩意儿呢？这与乞丐有何分别？我必须竭尽全力地献殷勤。我在纸上写下"奉迎"二字。嗨！扯淡。我跑到没人看见的臭便所狠狠地吐了吐舌头。没指望了，哪还能写作？什么都不成，写个什么破诗，愚蠢透顶。波德莱尔？谁啊？海涅的领带软塌塌的，整个就是个摆设。不可理解。这帮人靠什么

---

[1] 东京都新宿区曾经的地名。现为新宿区西新宿、歌舞伎町及新宿部分区域。

吃饭……

努萨蓬，布海螺。帕尔顿，孟西。好像都是"哎，对不起"的意思呢。

我把外衣搭在肩上，跟老板娘借了两块钱。一块五角钱留给母亲，拿着剩下的五角钱去了电车道附近的富汤浴池。我在大镜子里照了照，像个健康儿。圆墩墩的裸体泛着桃红色，怎么看也不像个大人。只有脖子以上的部位，黑黝黝像扣了口大锅。女佣们像爬虫似的，一个个蠕动进来，哇啦哇啦吵吵着。搓澡工啪啪拍打着女人的肩背。墙上是一幅瀑布漆画，还有化妆品和妇产医院的广告。已经有好多天没有洗澡了，我也感到奇怪。

街上的雪已经融化，昏暗的街灯时隐时现。我得给自己起个艺名，就叫淀君吧，或者叫蝙蝠阿安……我的眼前浮现出左团次演出的《桐一叶》舞台[1]。唉！东京发生太多往事……净是些痛苦的经历，我却毫不吝惜地当作幸福的记忆统统忘却了。索性模仿弘法大师[2]的神弓取名弓子。神弓坚硬有力，正是差强人意的慰藉。请将神箭"嗖"地射向靶心。

陪过一位莫名其妙的男客，收获两元收入。大喜过望。

---

[1] 指二代市川左团次（1880—1940），歌舞伎演员。《桐一叶》是坪内逍遥所作的歌舞伎剧目。

[2] 指日本佛教僧侣空海（774—835），唐朝时，他至中国学习唐密，传承金刚界与胎藏界二部纯密，日本佛教真言宗开山祖师。赐受法号遍照金刚，谥号弘法大师。

我去泥泞路旁的夜间旧书店，花五角钱买了契诃夫和托尔斯泰的回忆录。书是大正十三年（1924）印刷的。啊！何年何月，我也能出这样一本书呢……

契诃夫在书中写道：

> 任何人在写作时，都必须掐头去尾。因此，我们小说家在写作中更要善于虚构。文章须短小精悍，越短越好……

十一点前后，店里一度没有客人。我躲在角落里看书。一位名叫胜美的大个子女人见了说："你不怕近视眼吗？"另一个女人叫阿信，听说有两个孩子，所以白天来上班，晚上回家住。胜美的皮肤黝黑，总用棉花蘸着双氧水搽脸。我没有心思化妆，没兴趣再去鼓捣这张脸。这儿只有胜美一个人住。早晨送我焦盐饼的女孩儿，穿着薄薄的儿童棉坎肩来到店里，整个像个瘦弱多病的孩子。

她对我说，明天太宗寺有马戏，一起去看好吗？说是有长脖子妖怪表演。

回到旭町已经夜里两点。精疲力竭。这一晚上也净是老客。

不知为何没有一丝睡意。我将豆油灯放在枕边，躺着读书。

(一月 × 日)

啊！我大为惊诧，作家托尔斯泰竟是一个伯爵。——所谓托尔斯泰的无政府主义，要旨和基础在于表现我们斯拉夫民族的反国家主义。这是真实的国民性特征。自古以来浸融在我们的血肉中，形成我们崇奉漂流生活的欲望。——时至今日我才知道，载入俄国文学史册的伟大作家托尔斯泰竟是一位伯爵。伯爵居然也会曝尸路旁。

妈妈，您知道吗？俄国作家托尔斯泰是一个伯爵呢，真是令人惊奇。我的心中有一种奇异的感觉，体内悚然生出阵阵寒意。

"真是大新闻。"

戴银表的婆娘梳着头笑道。

当然是大新闻啦……我自己也非常吃惊，居然今天才刚刚知道托尔斯泰出身贵族。我无意了解托尔斯泰的宗教性虚饰，然而托尔斯泰的艺术之美却深深地打动着我。难道你是躲在家里，悄悄地享用这些山珍海味？《安娜·卡列尼娜》《复活》，这些鸿篇巨制我这一辈子也写不出来……

我无精打采地到金星上班。

往事故人，在我的记忆中像芝麻粒一般渺小。只要有三十块钱，我就去写长篇小说。会不会从天而降呢？……倘若愿望得以实现，我整晚睡在小猪圈里也心甘情愿。可是谁会赏赐给我三十块钱呢……

我一会儿擦桌子一会儿擦椅子。唉！多么乏味无聊的工作。我打开水管用水擦洗门上的黄铜。我的忍耐已到极限。双手泡得又胀又紫,像流泪的肥妞。一个女孩子在吹鸽哨。店门前面,女郎[1]们结队走过。一个个都是奇怪的模样,面色苍白,只有脖子上涂着白粉。梳着未婚女子的岛田发式,但坠于脑后的发髻却形形色色。女郎身上的外衣又长又大,显然都是些乡下妹。她们在冬季昏暗、荒芜的天空下,排着奇妙的队列,一个个形同躯壳,可是却没有一个人对这种队列表示惊异。

这天店里买来带花边的围裙,八角钱一条,专为女佣制作。

天气寒冷,这种日子适宜于咏叹东京的哀愁。双脚冻得僵硬。我没有去澡堂子,却一个人坐在椅子上读书。真冷。我讨厌新围裙上糨糊的味道。

夜。

四五个工匠模样的男人点名要我。

桌上摆满了炸肉排、牡蛎炸鱼、炒饭和十几瓶酒,屋子里有人吐得满地又哭又闹,有人则在找碴儿打架。我仔细观察着,觉得很有意思。他们哇啦哇啦嚷嚷着,说要一小时后出征女郎屋。

唉!世界之大无奇不有。不论怎样的女人,遇上这种男人也真够倒霉的。我庆幸自己没有去玉之井,那里的姑娘

---

[1] 指妓女。

都是从乡下买来的。我的脑海里现出白天看到的女郎形象。

胜美小姐已经喝醉,醉醺醺地胡乱唱歌,剩下的两个客人都穿着非常合身的无袖外衣。阿信总是听着唱片口嚼干鱿鱼。今晚的生意兴隆,老板这才由屋内端出了一个火盆。

胜美的客人也不停地给我斟酒,可我已喝不出什么味道,只是咕嘟嘟地灌下五六杯,仍没有一丝醉意。年长的那个男人戴着眼镜,问我是否十七岁。我实在没有笑的心情,可是还得赔笑脸。我自己也十分厌弃自己的懦弱性情。

八点是吃晚饭的时间。我嚼着炖墨鱼,担忧丈夫此时没有吃的。心中泛出了一丝哀愁。说起来他是个好男人,找不出什么缺点。分开几天,那种不愉快已烟消云散。我真想写一封温存的书信,信里夹上一点儿钱。

一点打烊之后,客人仍未离去。

胜美已酩酊大醉,嘴里哼哼着乱唱。什么我从哪里来,我到哪里去。狭小的酒馆里烟雾缭绕。流浪艺人和卖花姑娘时隐时现。哇!我想疯狂地大声叫喊。喝醉的胜美把炒饭倒进了火盆中。一股呛人的油烟味儿。

回到家时,已两点半钟。

今晚阿公不在,他的铺位上睡着带孩子的一对夫妇。收入三元八角钱。袜子黑乎乎的。真不舒服。

我拉过豆油灯读书,怎么也睡不着觉。

写作必须是单纯的。例如,写到彼得·谢苗诺维奇如何同玛丽娅·伊万诺夫娜结婚,就足够了。干吗还要那么多心理研究、外在形象和奇闻异事之类的小标题?真是地地道道的虚伪。标题应尽量简单，直接表现你的心灵。不需要那些外在的虚饰，应当尽量不用那些陈腐的括弧、斜体西洋字和连体字。言之有理，我也有同样的感触。可是在我年轻的感觉之中，极不现实的奇闻异事却富有特异的魅力。我不知道，自己何年何月才能攀上契诃夫那样的高峰。此时此刻……

我的思绪像漩涡一样在额顶流动，还发出隆隆的声响。我在这种焦虑的煎熬之中，什么也写不下去。这种状态下干不成任何事情。我才不想这个样子酒吧女佣干到老呢，我祈望神佛的保佑。取出笔记本，好赖想写点儿什么。可手中握着铅笔，脑中却空空如也，只顾在心中为别离的丈夫担忧。

往事如烟似梦。我心中想，是否能将自己时下的思绪与感觉，原样不变地搬到小说中……

妈妈说她想回乡下。当然啦，我也想去乡下呼吸阔别已久的、晴朗的乡间空气。为这点儿微不足道的小钱在这里厮混，实在不值得。

* * *

(二月 × 日)

> 茫茫晨雾
> 令白船消隐。
> 远方，流着眼泪的玻璃石

埋藏在严寒的酷土之中,
雪绒花,冰凌花,
与冷淡的肌肤融为一色。
寒风呼啸着穿过街巷,
我独自踽踽而行。

污水底部的
淤泥,没有笑容
像衰弱的胃袋。
我将思绪搭上披肩,
敢问上帝,
为何是虚幻的世界?

人世如灰,
令生者感觉窒息。
谁在歌唱?
唱的是世间浮沉。
也唱男人的恋情,
像地狱的烈焰
熊熊燃烧,毕剥作响。

我无依无靠,
只有无边的等待。
浮世的爆豆声

爆出了土中的玻璃。

风吹日晒，闪闪发光，

永远是无常的虚幻。

善恶贵贱。我是一只阿米巴变形虫，寂静地生活在形形色色的音响中。母亲返回乡下已经两天。我决心从头再来，恢复正常的生活方式。不管怎么说，我讨厌死！活着是人的基本欲望。——野村给我寄来了明信片。很显然，他已恢复充满活力的生活。他说曾经来过一次，此前的信件收到，谢谢，钱也收到了。

突然我变得心神不宁。我在牛込的肴町下了电车，往牛込邮局方向走。拐过昼夜银行的横街是一座红黄相间的小公寓。对面是一家烧酒铺。我敲敲门。他告诉我是二楼七号。房间里空荡荡的，什么家具都没有。

野村兀然站在屋里，头上戴着帽子，像是正要出门。我自我解嘲地笑笑。他也漫不经心地一笑。我说，不错呀，搬到这么好的住处。他却说，出了一本诗集嘛。往后的日子会好过得多。然而房间里却空空荡荡。野村要跟我借五角钱，去外面的食堂吃饭。我们一起走出门外。

烧酒铺前，一个工匠模样的爷们儿醉卧在地。绳帘之中，食客一堆堆拥挤不堪，繁盛的景象真像一个澡堂子。

走到饭田桥，进了松竹食堂，桌子上净是沙尘。盖浇饭蚬汤外带炖鲭鱼。有种破镜重圆的感觉。我此时觉得，和他在一起倒也挺充实。我心境快活，"嗯嗯"的像只应声虫，与野村哭闹吵架的种种场面却已忘得干干净净。

野村对我说，最近稿酬有所增加。在新潮社发稿，一首诗就有六块钱。真让人羡慕。从食堂出来，又走回牛込。在邮局附近，野村遇见一个胡须浓重的矮胖男人，低三下四地过去搭讪。野村告诉我，那是新潮社的佐佐木俊郎。噢，我不明白，野村干吗对他低三下四。

我感到心中一阵孤独，就像钟声响过之后的寂然。唉！写作真是凄惨无比。搞不好一年也就那么一次，区区六元钱稿酬，肚子都填不饱。说到这儿，那小子似乎也窝一肚子火，朝着风中呸呸地啐唾沫。

走到公寓前，我向野村告辞，他却理都不理上了二楼。我惶惶然手足无措。晨雾中，两个人在厨房里忙活。我拎着木屐上了二楼，心中回想起多摩川时期两人的寂寞生活。我推开门，野村戴着帽子在读书。我到底是否喜欢这个人？我自己也无法判断。就这么傻呆呆坐着，我真想返回酒馆。想不到刚说了句"那我先回去，过两天再来"，野村就抓起身边的一把小刀向我掷来，小刀噗地扎在榻榻米上。唉！我在心中叹了口气，这个人还是改不了讨厌的毛病。在濑田的家里，他也曾几次三番朝我甩小刀。我若是此刻起身要走，他肯定又要踢我。所以我一动不动，眼望着朦胧之中像要下雨的寒空。

有人敲门。我站起身开开门。一个陌生的男青年站在门口。我觉得简直就是一个救星。我把他让进屋里，然后悄悄地抓起木屐溜到廊下。野村走到廊下不知说了句什么，我却头也不回急急出了门。我感到头疼，仿佛患了风邪。

走过横寺町的狭窄小巷，我突然想到了浅草的阿良。就是那位曾令我感受过柏拉图精神恋爱的阿良。我此时十分感激他。

孤身一人时，我就变成了粗暴的女人。

夜。

我喝得醉醺醺的，正在唱歌。野村冷不丁地走了进来。我骤然合上顾客面前献艺的嘴唇，吓得不敢出声。虽然轮不上我去招呼野村，但我却知道他身上没钱。我的心里酸溜溜的。

胜美正在给客人送酒，鼓嘴打着响舌。我的腰部以下瘫软无力。我把胜美叫到后门口，告诉她，那是我的熟人，兜里没钱。胜美顿时心领神会地走出前厅。我溜出酒馆，朝妓馆方向走去。路上遇见了榻榻米店铺的阿管，问我去哪儿。我说去买烟。阿管却要请我吃寿司，带我去了寿司排档。阿管是个说唱艺人。外面的风言风语说，他在西装干洗店的二楼养了一个小妾。

我在外面消磨了很长时间。不料回到店里，野村还在。我走近搭话，陪他喝酒，吃炒饭，他却一副满不在乎的表情。我只好豁了出去，甘愿承受任何的牺牲。

十点左右，野村才离去。

我感到十分痛苦。恨不能钻进土里。我非常清楚地意识到，在我们之间已经没有爱情可言。

(二月 × 日)

早晨，我去大久保跑差交房租，拿着一个鼓鼓囊囊的信封，不知道里面装了多少钱。看样子，足够我舒舒服服地生活两个月。大久保的房主是一个富裕的花匠。我让房东在收据上盖个章，喝了杯茶便离开了。

新宿的大街上空荡。花房的橱窗里盛开着三色紫花地丁、风信子和蔷薇，花儿多么幸福。电车途中的武藏野馆，正在上演《卡里加里博士的小屋》[1]。很久不看电影了，心里好痒。我昏昏沉沉地走在街上，一派平和的景象。我穿过寂然沉睡中的花柳巷，屋檐下都悬着纸绢扎成的樱花。

> 黄色的陋巷天空，
> 传出悦耳的拉锯声。
> 卖春街的二月樱，
> 露出了绰约的身姿。
> 水族馆的水面上
> 漂浮着金鱼色的女人相片。
> 晾晒棉被的牛太郎遐想
> 在笼罩着遥远思念的薄阳里
> 二楼的窗户镜像般闪闪发光。

---

[1] 德国表现主义电影代表作，导演是罗伯特·维内。

精心的妆容,

卖春总是女人的黄昏。

仍然认定——

牺牲乃是美丽的物语。

没有马镫的

汗流浃背的裸马,

大赛后喘着白色的粗气。

啊!骑马的感觉真好。

骑手们一个个

眯着眼睛夹紧双腿。

多么奇妙的表情!

迷醉的赌客啊,

花柳巷中的选马主。

    我在杂货铺里买了两本大学练习簿,四角钱。这种小格子的稿纸,看着却令人悚然。它令我想起了野村,野村在这种小格子中把月亮写成三角,把星星写作直线。还希望看到活生生的喷血。人生在世,首先要翕动鼻翼呼吸,然后是美味佳肴填饱肚子。讨厌千松,女人为了活着去和男人睡觉,如今仍是同样感觉。

    突然我又改变主意,回到牛込的家中。野村不在,我便去神乐坂街上转悠,在旧书店里站着读书。我不以为然,认为书中的故事我也能写。走出旧书店,阵阵寒意袭来,我的心中冰冻般孤寂。我像一个狂人,一事无成,只有凭空地胡思乱想。我又走进一家书店，站在那里随意翻阅，心情不由放松下来。然而一出书店，又惶惶不安起来。这样子走来走去实在无聊，我心中唯有不安，仿佛一个濒死者，面对着为时已晚的手术……

回到店里，那儿已经清扫完毕。

三个医学院的学生在喝红茶。爬上二楼，我趴在榻榻米上打滚儿，口中似乎不断地吐出蚕丝一样的黏物。我泪水涟涟，心中却并无悲伤。

(二月 × 日)

雨天。澡堂回来的路上又拐向牛込。

我的脖颈上涂了一点儿脂粉。野村骂我像个女佣。我说是啊没办法，我就是一个女佣。女佣有什么不好？什么都不干，靠谁来养活？……我对他说，请不要到我工作的地方去。话一出口，野村二话没有，抓起个烟灰缸朝我的胸口扔来，搞得我眼睛、嘴里都是烟灰。我觉得胸部的骨头被他打断了。我向门口逃去，野村却揪住我的头发，把我摔在地上。我装作死了的模样。我被他揪得眼角吊起，像只被猫抓住的老鼠。我俩的结合是错误，可两人间仍有男女的引力相连。他在我肚子上踢了几脚。哼！我不会再给他一文大钱。

据说千叶龟雄是他亲戚，我想找他倾诉委屈。我的身体不能动弹，我将大衣盖在脚上，像大虾一样弯曲着入睡。

傍晚时分，我醒了，看见野村坐在桌子跟前在写什么东西。我从脸盆里取出毛巾，毛巾竟冻得硬邦邦的。我茫然地望着无罩的电灯，真想回到母亲身边。

胸前的肋骨阵阵疼痛。摔碎的烟灰缸散落一地。

我不想这样早早返回店里，真想这么睡到天亮。寒冷，我冻得瑟瑟发抖。脑瓜里也阵阵跳痛，好像是患了感冒。

我悄悄爬起，理好头发。

这天夜里，我怎么也爬不起来，只好掏出钱包，让野村出去买了两份南洋咖喱饭。吃过饭后，两人无话可说，便又亲热地睡到了一起。

(二月 × 日)

早晨，外面仍在下雨，雨雪交加。这种天气只想喝酒，我躺在床上久久地胡思乱想。野村还在死睡，嘴唇鲜红像有肺病的样子。不知听谁说起过，肺病患者应用马粪熬汤喝。我打了一个寒战。野村这样的坏脾气，难道是肺病所致？住在多摩川时他曾吐过一次血。我发现后，将仅有的一条毛巾用开水烫了消毒。野村居然气得要命。

这是最后一次，我觉得真该分手了。不知何处飘来酱汤的香味儿。梦幻的觉醒是紫色的，我偶然想起这是某人诗中的一句。我真想去国外走走，想去印度那样的热带国家。听说，诗圣泰戈尔就是印度人。

野村在我面前踱来踱去，希望我不要离开他。可我打心眼里不想和他厮混下去。我总是一副傻模样，可怜巴巴当他殴打的对象，我已经无法忍受整日装出乐天派的模样。我撒谎说，只要你不打我我就回来。

回到店里已中午时分。我盛了一碗冷饭，外加炖油豆腐。我憋住气，往肚里咽饭。饭后去附近的药店里买回来几贴樱花跌打膏贴在颞颥处，又在肋骨疼痛的胸口贴上了几块。

  风信子
  楚楚可怜，
  紫色的花瓣。
  淡然泛红，
  好香，好香，
  尼姑的肩头。

  一具女尸
  飘浮在海面上。
  树根般的须发
  随波浮沉。
  恶臭，恶臭，
  随着远鸣的潮汐
  涌向白浪翻涌的北方。

  女尸匍匐，
  像一只熏笼，
  时隐时现，

阿弥陀佛！

厌倦了俗世辛劳。

某日的太阳，

不时地打着呵欠。

我若会自由地作曲，真想把这意蕴唱在歌里。

(三月×日)

天气晴朗。我突然想起了阿良。幸好遇上公休日，我独自去了浅草。到了小佛堂，感觉好亲切。我想乘坐廉价的一文汽船。隅田川的河水是石油色的，河面上漂满了橘子皮、木屑，还有一只泡胀的死猫顺流而下。河对面一座大烟囱冒着浓烟，驹形桥近旁是一座教堂。唉！我仍旧过而不入。我不想见到阿良。我走进一家泥鳅火锅店，抓起一块存鞋的黑木牌。藤编的榻榻米上摆着一溜矮脚餐桌，还有薄薄的棉坐垫。我要了一壶酒。旁边的男人头顶鸭舌帽像是掌柜的。他的脸上露出惊异的神态。怎么？年轻的女人白天喝酒！有什么奇怪吗？我喝酒自然有我的道理呀。我自饮自酌。突然间想到久米家的平内，该不是被他休掉的老婆吧……？戴鸭舌帽的男人笑着搭腔道："心情不错嘛。"我也冲他笑。

那男人也在喝酒，发毛的角带上露出小小的水笔头。店门外面排着一溜自行车。食客在继续增加，屋子里缭绕的烟雾聚在屋顶仿佛大地的游丝。喝下几盅酒，心情格外好。

泥鳅火锅加上鲇鱼味噌汤、腌菜米饭和一壶酒，总共八角钱。我心情爽快地走出门外，似乎抛弃了世间的一切。我悠闲地走在宽阔的大路上，走向二天门方向。街上的人潮杂乱不堪。我走到一个卖人偶的摊贩跟前，盯住裸体的人偶看了半晌。哼，好看的人偶总是好卖。白天的霓虹灯在晴天的阳光下那般暗淡，我由撞钟堂一带晃晃悠悠地走进公园里。

散步途中没有遇见一个熟人。我感觉些许醉意。浅草的气息，真让人感觉亲切。淡岛的小池边是一座小桥，我在桥上歇了歇脚。鸟儿聚集成群。我闻到线香铺里的焚香味儿。啊！无论走到哪儿都有身居异乡之感。风儿吹得尘埃满天。在我耳中，一切音响都像马戏团里的吹奏乐。

水池的石头上，一只背着干壳的乌龟慢吞吞爬动。我津津有味盯住乌龟的表情看，它突然仰起头来仿佛给我一个好兆头。我对乌龟说，为我祈福，让我交个好运呀。不可贪婪。好的，我懂。你想要什么？我想要很多钱。不想每天为吃饭的事情发愁。不想要男人吗？对，不要男人。暂时不需要。真的吗？是啊，当然是真的啦。男人太麻烦了。无法相处。我该做些什么呢？什么事情最适合我？这我不知道。别，请别说这种薄情的话。与乌龟对话，倒也挺有意思。我自言自语地和乌龟唠叨着。

我捡起脚下的小石头，扔进肮脏的池塘里。乌龟将脑袋缩进壳里。一副畏畏缩缩的模样儿。我忍不住要爆笑出声。

身居闹市，可乌龟和我一样孤独。观音菩萨露出责怪的神态。我穿着鞋径自走进大堂里。大堂里昏暗的灯光，像渔火似的摇摇晃晃。

傍晚回到新宿。无处可去只好返回店里。二楼，阿胜在大声吟唱浪花节。屋里黑咕隆咚的没有灯亮。她乱七八糟唱得真难听。什么倾城倾国啦，什么有钱自由啦，什么我也是个人之子啦……

我觉得好累，拉开毛毯睡下。

唉！这样下去，一辈子就完了。一事无成。怎么没有任何奇迹发生呢？会不会出现意外的惊喜呢？我的天神……毛毯上一股熏人的汗臭味儿。只听得黑暗的户外，有个男人招呼女人——"美人儿"。今天，老板两夫妇带着孩子去成田拜佛，老板娘的老娘留下来看家。厨师阿大是个老爷子，给我们一人做了一碗炒米饭。

阿胜跑到楼下，偷来一瓶威士忌名酒。黑暗之中两人对着瓶嘴儿喝。只觉得身体长啊长啊，长到一丈多高。这副模样，简直不像文明人。可是，唉！可怜可怜我们这种女人吧。我一醉酒，就觉得要流鼻血。

* * *

（六月 × 日）

肥满的月亮消隐。
是被恶魔拐走了吗？

戴着帽子的人
一个个仰望天空。
有人在舔舐手指，
有人则叼着烟斗，
孩子们大声叫嚷，
黑暗的天空风声鹤唳。

咽喉嘶鸣
孤独的干咳，
铁匠燃起了熊熊炉火，
月亮消隐去了何方？
雪珠飞降，像播撒的汤匙，
在空中激烈地肉搏。

我押了赌注
定要去寻找月亮。
议论纷纷的人啊，
月亮被放进谁家的暖炉了吗？
不知不觉，照样生存……
人类已忘记了月亮。

施蒂纳的自我论。伏尔泰的哲学。拉伯雷的情书。统统是人生的绝情书。生存是一种耻辱。劳动是神圣的。不知是谁擅长逢迎，为穷人安上了此等美名。有人却蔑视贫民——他们臭不可闻是一群无知的文盲。为此，他们要制造出各种各样的规则来束缚穷人。贫民一生下来，便沦入私生子一般的境地。

幸福的马车在贫民身旁转瞬即逝，只有眼巴巴地目送。他们神情恍惚地嚷嚷着，发觉月亮早已被人盗走。浮悬虚空像幸福金币一般的月亮，居然失去了幸福的光彩。月亮，居然已非公众所有。——我对贵族充满了厌弃。他们是皮肤没有弹力的残疾者。

今天的南天堂也同样醉汉遍地。辻润的秃头上竟然沾着口红。他还扬扬自得地说，那是在浅草歌剧院时请木村时子给涂上的。这次聚会有宫岛资夫、五十里幸太郎、片冈铁兵、渡边渡、壶井繁治和冈本润。

五十里使劲地嚷着，俺家有好几个金茶壶。

渡边眯着眼睛唱道——在我的心中，藏有莫名的寂寞……我却在吟诵释迦牟尼[1]的诗句。说实在的，破罐破摔的感觉令人十分舒畅。破罐破摔的感觉之中，可以迸发出五色十彩。壶井繁治和片冈铁兵咧嘴笑，一个身着黑色俄式衬衫，一个腰系角带。

不晓得辻润翻译的施蒂纳卖了多少册，反正我觉得世事没有太大改变。日本就是这样一个国度，五花大绑的国度。——归途走访了笼町的若月紫兰邸，与她提到东仪铁

---

[1] 参见50—51页的诗作。此首《释迦佛祖》，刊于林芙美子和友谷静荣合创的刊物《两人》。

笛[1]的戏剧话题。

岸辉子穿着黑色的礼服。我喜欢她的嗓音。——演员究竟是怎么一回事？我对自己本无任何自信，只是漫不经心地走到这里。我记下了莎乐美的台词，模仿着奥菲利娅在朗读。我想成为一个诗人，又想成为一个演员，还想成为一名画家。

周围净是年轻人。他们无所畏惧地展现着种种本能，像变魔法一般。谁能知道，这些年轻人当中会出现几个名演员？可是只有坐在这个座位上时，才感到伫立于幸福的门前。只要跨出紫兰邸一步，自己的将来便坠入幻灭。然而朗读台词是一种幸福。

今晚的讲义是斯特林堡的《闪电》[2]。

归途中，笼町的宽阔草坪上飞动着萤火虫。到家已经十二点，我是长驱步行至白山又回返的。

此时的居处是煤店的二楼，房间面积是四块半榻榻米。房租四元。自己开伙燃料也充足，两角钱一堆煤炭。我用一个柑橘箱当书桌，趴在上面工作。写了好多童话，不知道是否卖得出去。发表的作品，有的模仿《灰姑娘》，有的模仿伊索。但所有作品没有任何的反响。

屋子里有一股炭臭味儿，臭气熏天。——上帝啊！……

---

[1] 东仪铁笛（1869—1925），日本明治、大正时期的雅乐家、作曲家、演员。
[2] 奥古斯特·斯特林堡（1849—1912），瑞典作家、剧作家，代表作有小说《狂人辩词》和戏剧《死亡舞蹈》等。《闪电》是一部象征主义戏剧。

上帝是什么模样儿？圆脸？福态？还是三角脸刺刺棱棱？想必留着髯须，闭着双眼，白羽像蕨叶一样垂悬。或者，上帝是朦朦胧胧的真空！请你告诉我，你是否真的在我身边？想必不会眷顾我这种人。上帝啊！你真的存在于人间吗？我怎么从来不曾见过？我合起双手向无形的你膜拜。没有人看见，我像个撒娇的孩子。我流着眼泪，久久地向您祈福。至少要帮我，让我这伊索明日有饭吃。请你扼住那编辑的咽喉吧，他叼着烟斗装模作样，竟让我在昏暗的狭门边苦等了两小时。请你惩戒那狂妄的编辑吧，他居然将自己拙劣的童话刊于卷头。偶尔我也买来一读，整个不堪入目。瞧他那个做派，一天到晚顶着个碗状的睡帽，嘴里叼个大烟斗。他以为这样很入时。

他对我说，他不想刊登无名小辈的作品。什么话？小孩子怎会知道谁有名谁无名？我永无出头之日。拼命地写啊写啊，仍无出头之日。我是一个被人愚弄者，动辄干等数小时。我恳求说，请录用一篇吧。三角钱不行，两角钱一页也行啊。于是，我获得一次十页稿纸一元五角钱的恩惠。他对我说，这可是特别的照顾呀。回去还须好好学习。安徒生读过没有？要读安徒生。我说"哈依"[1]回家就读。出了大门，才算长长地透了口气。

那个烂编辑，怎么没被电车撞死？作品发表了他也不给我寄杂志。一天，我站在书店里随意翻书，突然看见了我

---

[1] 日语中的"是"或"好"。

的童话，堂而皇之地刊于卷头，署名却不知不觉地换成了编辑。他只是掐头去尾地稍稍变换，我的水仙和王子还加上了精美的插图。

此后我去送稿，还必须满脸微笑，装作全然不知的样子。可我已经累了，厌倦了赔笑脸和两个小时的等待。唉！多么讨厌的工作。上帝呀！干吗总让坏人横行霸道？

我厌倦了童话又开始写诗。可是，写诗压根儿就卖不出去。求爷爷告奶奶地请人过目，转眼都忘在九霄云外。

上帝啊！请你告诉我，我该如何生存下去？你到底身在何方？

(六月 × 日)

早晨要去本乡森川町的杂志社，脑瓜却昏昏沉沉。电车道上遇见了头戴睡帽的那个男人，极不情愿地赔笑脸打招呼。那人在去杂志社的途中，一边走路一边读着诗集。

我站到大门边昏暗的外屋，打算倚墙等待。走来一个小个子女人，用讨厌的眼神望了望我又退了回去。

我展开自己的文稿《红靴》，目光却始终盯在同一行上。稿子已没有修改的必要。我总不能一直站在这里眼望墙壁呀。

唉！还是得做戏。

时钟已过十二点，我已干等了两个多小时。好多人进进出出，我站在一边生怕碍着人家过路。好无聊啊。我走出门外。完全不懂，这个男人为何这样冷酷无情？也许，他觉得欺凌弱者是件愉快的事情。

我走到根津神店后面，拜访了萩原恭次郎。

阿节在洗衣。小孩子扑奔出来。

我没有吃早饭也没有吃午饭，浑身无力，像瘪了的皮球。被那小孩子一撞，竟然坐了个屁股蹲儿。据说阿恭也是一文不名，他说要去前桥筹款。

我走到银座的泷山町。听人说，昼夜银行前面的时事新报社出版的少年少女杂志特别漂亮。

办公室里空无一人，我留下文稿便离去。我被裹挟在香喷喷各种勾引食欲的气息中。木村屋店头的玻璃橱窗中，刚出烤箱的夹馅面包热气腾腾。这紫色夹馅的甜点面包，将在何处填满何人的胃袋呢……

四道巷路口站着几个巡警，气氛森严。听说有皇族经过这里。我不知皇族长什么模样，想必比平民长得漂亮。我慢悠悠走到狮子咖啡屋前，偶然间望见路旁的小帐篷里悬着许多广告。大多是广告公司或都市新闻的广告，旁边一条小广告是广告事务所招募女职员。帐篷里摆了一张桌子一把椅子。我走近前去，一位中年男士问道："登广告吗？"我说是应聘女职员。男士便让我提交履历表。我说没钱买表格。男士露出吃惊的表情，旋即和蔼地递过一张皱巴巴的废纸说："写这上面吧，写简单点儿，明天可以来试一下。"我用铅笔写好履历交给男士。

听说这一带还有许多招募酒吧女郎的广告。因有皇族通过，街上寂静得鸦雀无声。人们统统俯首一动不动，巡警的军刀喀喀作响。

人群的对面有汽车呜呜通过，车中的女人面容白皙。只给我留下这唯一印象。车过之后，民众又恢复了生机开始走动。我也松了一口气。

那男士让我明日来试试，我突然精神振奋起来。据说每天的工钱八角钱，对此我已心满意足。据说还另外付给电车费。那个男人的眼角上长着个疣子，看样子是个好人。

我回答道："明天我会早来。"正欲离去，男士由帐篷里追出来，一言不发往我手里塞了一枚一角钱硬币。我感激得泪流满面，产生了温暖的幸福感，仿佛菩萨走近了我的身边。我觉得从明天开始，我这个长期为饥饿烦恼的苦命人，便会沉浸在幸福的和风细雨中。我觉得已经看到了幸福的前兆。可笑的是，今天早晨喝的一碗米汤只是米店里讨要的一把米糠。从明天起，我只有豁出命来工作才行。可不能再迷恋那些卖不出去的文稿。愚蠢至极。《红靴》一作想必将无声无息地消失。

我猜不出那位皇族妇女生在哪个星相下。她白皙的面容始终望着下方。她每天的菜肴是什么？每天在想着什么？是不是偶尔也会生气？那么高贵的女人也会生儿育女吗？原来不过如此。人生不过如此。

傍晚开始下雨。

我没有雨伞。想起明早要出门，不由得忧郁起来。

雨一直下到半夜。我的眼睑中流出紫色的记忆，仿佛某地盛开的菖蒲花。

(六月×日)

前方是狮子咖啡屋，旁边则是一间门面六尺宽的小型领带专卖店。各色领带挂满了狭小的店铺，像帘子一般。

今儿已是第四天了。

三行广告事务所十分繁忙。广告费是一行五角钱，我觉得好贵，可登广告的却有各色人等门庭若市。招募艺妓，年龄十五至三十；定制衣服；新宿十二社某某家。此类的广告申请，都要将文字压缩在三行之内。又如，浅草松叶町苍龙酒吧，实际上是招募美人的广告。所以我应酬的同时，脑子里产生了形形色色的空想。

马路上阳光暴晒，美丽的女人走来走去。我还穿着那件洗褪色的法兰绒，热得要命。我想去买一件衬衣。

近前的狮子咖啡馆里，身着艳丽薄毛织品的女郎们进进出出十分扎眼。我心中想，世上真有这么多美丽的女人啊，恰似玩偶一般。这儿招募的显然是第一等的美人。

如此繁华的马路，大凡与文学无缘。只要有钱，就能实现一切享乐。我在帐篷中、在流动的噪声中长久瞭望。偶尔也有乞丐通过，却不见菩萨般的善人。午餐时间，公司职员们优哉游哉地散步，多数嘴里叼着一根牙签。有的将半截手指插在裤兜里，头顶着硬壳的平顶草帽，嚼口香糖一样嚼动着嘴里的牙签。

我在帐篷里胡思乱想。桌子抽屉里堆满了大个的锯齿边五角钱硬币，我要是偷了钱逃跑，将是何等罪名呢？广告主都是有收据的。如果收了钱却迟迟不出广告，或许就要骂上门来。这么多钱，足够去各地旅行。去外国也没问题。要是有这么多钱，我就去坐火车，管他去哪儿。可是犯了罪，就会被戴上手铐送到监狱里去。空想之中，我的脑袋昏沉木然。我要是把一半钱送给母亲，她在乡村里也许会惊诧不已，以为我又找到了一个上好的郎君。有了钱，也可把双亲一块儿叫到自己身边来。

我可以用这笔钱出版理想的同人杂志，也可以自费出版美妙的诗集。我目不转睛地盯住桌子上的锁，心中紧张而兴奋。我打开抽屉数了数钱，足足有一百元不止呢。真不得了。我将手掌按在沉重的银币上，这诱惑令我神情恍惚。这里除我之外没有旁人。每天四点钟，那个眼角长疣子的男人便来取钱。

犯罪，也是一种奇迹。

这是什么罪名呢？我将被关进什么样的监狱……

上帝啊！没错。上帝竟让我产生这种邪念？

我的心情酷似《从清晨到午夜》[1]里的银行职员。

书中的男人说："任何人都以自己的方法拯救自己。"唉！谁会光临小小帐篷，给我带来财运呢？我舔着铅笔头，

---

[1] 德国剧作家格奥尔格·凯泽（1878—1945）于1912年创作的表现主义戏剧，曾被改编为电影。

给顾客代书区区三行的广告词。所有的人都想找个美丽的奴隶，将这种意愿缩为三行便是我的工作。此时此刻，我的头脑里哪还有什么诗歌和童话。

我想写一部长篇小说，也只好空想而已。只有在这空想的一瞬之间，我的精神才获得须臾的逃逸。

时不时也有医生来做花柳病院的广告。说真格的，招募艺妓和花柳病院的广告出奇地多。我露出一缕讥讽的嘲笑。嫖客们都说要和女人结婚，结果一转眼就抛弃了女人。在这三行的广告词中，也包容着千变万化的世态。

要说证据，你瞧那产婆的广告每天都做。人们那样亲切地商谈，以初生的婴儿做交易。我一面撰写广告，一面愤愤不已。仿佛听到了私生子的母亲们……痛苦的呻吟。

我每天从疣子先生处领取八角钱日薪，而后匆匆走回本乡。而感化院、养老院、精神病院、警察、私人侦探、伴舞女郎、玉之井花柳巷、根津的临时野妓，诸如此类的世相构成了都市的背景。

一位作家说过，在三万人的作家志愿者中，你若想排在末尾，你就随便写点儿什么吧。唉！可怕的灵魂。那位编辑本性难移，仍旧让我苦等两个小时。

难道这辈子都要在这小帐篷里伺弄广告？我没有这个勇气。六月的骄阳，晒得小帐篷闷热无比。我顶着路边的尘土，至多藏起个小铅笔头。

听说北海道某地的煤矿发生了爆炸。估计死伤惨重……银座的马路是华美的。还是热得一身臭汗。阳光普照。报纸上报道了某女铃木,说她买股票成为大富豪,最近却患了病。这样的消息说明什么呢?我发现犯罪就在我的身边。

我不知股票是个什么玩意儿,想必是以小博大的金钱幸运儿。其实命运生而有之,特定的影响会跟随人的一生。

跟在三万人屁股后面写小说,我不懂这是什么意思。运气不好,怎样努力都是白搭。

晚上独自去往浅草。听着马戏团的吹奏乐,心情舒畅。有人说这是日本的蒙马特[1]。我觉得没有比浅草更令人快活的地方。在八月鳗鱼店的横街旁,我咬咬牙买了三角钱的散装寿司。我慢慢喝了几杯茶,久久地欣赏着店里的金鱼。路过商店的柳咲子[2]大彩照,我又停下来好一阵观望。

一路上,处处刮着润湿的和风。

一瞬间,我又想写诗。我一面走路一面眯缝起双眼。我想到那个混世魔王一般的编辑,心中悚然。居然巧妙地窃取人家的文稿。这种窝火的感觉终生难忘。谁说我没有憎恶的表情?我无法永远赔着笑脸。面对令人窒息的感觉笑脸相迎,哪里会有什么幸福?我在那样的男人面前满脸赔笑时,心中正是充满了悚人的窒息感,仿佛呼吸业已停止。

唉!我总是时运不佳。

---

[1] 蒙马特高地(Montmartre),位于法国巴黎十八区,是巴黎历史风云见证之一,这里有著名的白色圆顶圣心堂、圣彼埃尔教堂和小丘广场等,是咖啡馆、夜总会和艺术家的集结地。
[2] 日本20世纪20年代著名女演员,原名畔柳干代子。松竹电影公司留下她许多作品。

残酷的人心。我就像契诃夫笔下阿尔比昂的女儿。

寿司店的茶碗里立着两根茶叶梗。我眼睛一闭,吞下了两根卦签。所以你是卑贱的人。芝麻大的小事你也有危笃之感。菩萨一般的神仙小声嘟哝道,你这个拉广告谋生的女人,谁会眷顾到你呢?还有,那米糠,也是一股讨厌的乡土气息。归途穿过合羽桥,往逢初町方向走去。遇见一个系着围裙的女人,竟是辻润的老婆。

逢初的夜铺里,俄国人在卖蘸白糖的俄式油炸面包。我买了两只。

回归现实,八角钱的日薪倒也值得庆幸。

* * *

(七月 × 日)

> 厮守四年的东京,
> 天空罩着一层薄云,
> 一缕阳光泄出
> 将薄云撕开了缝隙。
> 混沌的空气
> 抖动着我的回忆。
> 雨过天晴午后,
> 网眼一般的蝉鸣。

我心激动、热血沸腾。
暖风吹拂，吹拂着
西片町墙根下的野蔷薇。

渺小的诗人啊，
无处栖身的流浪诗人。
穷困潦倒的诗人
在寂寞的重压下毁灭。
流浪，本是旅行的梦迹。
袅袅琴声，源自何方？
消逝的琴声，消逝的幻梦。

寂静清新，
西片町的凌晨。
金鱼屋的颐养轩，
红色尾鳍的鱼儿
在圆润的水缸中摇曳。

舌燥唇焦喉干
雪白的牙齿潜水。
欢悦是枇杷果上的水珠，
我藏在庭院的墙根下偷食。
舌酸生皱，说话像似英吉利。

圣经的皮革封面
又湿又臭的像块狗皮。
西片町宅邸的气息，
像那腐烂不堪的枇杷果。
斑驳零乱的阳光树下
踱着龟兹猫的西片町
静寂得令人生惧。

戴着草帽的金鱼商干咳着，
诗人也蜷下了身子。
鱼缸映出圆形的水镜，
金鱼的合唱似浮云飘动。
生老病死，
统统被置诸脑后，
快趁着青春貌美
享用美妙的生命时光。

干洗西装的漆皮车
一路摇铃，
悬着白陶的招牌。
凌晨，时光静止的
一瞬之间，家家户户
装模作样地嫉恶如仇。
诗人追随着漆皮车，

这是哪儿？谎言啼鸣。
一无所有的诗人，
活着，便要呼唤。
今日总是新开辟，
昨日是消隐的过去。
诗人的财富——
唯有今日面对的现实。
明日是否会到来……
会有明日吗？诗人也不知。

(七月 × 日)

斑驳陆离——
人生的绿色彼方，
映现出生命的轻重。
飞蛾扑火——
生命只是一种引力。
也许忽然间消失。
斑驳的面容
仿佛是希望的象征。
恶念怨恨，日复一日；
至死不渝吗，谁能无死……
怀揣着异类的愤怒和绝望。

晦暗的面容,
别说蠢话!哪有
快乐的岁月和人生,
统统将化为泡影。
我不知疲倦,M 纽扣[1]
解开又系上,风儿吹拂着
闪耀的烈焰。

厚颜无耻,斑驳的
强韧以及极端的雷同。
有时像八仙花的地位名誉,
有时像刷洗锅底的奴婢容貌。

轻重冲突的斑驳
像壁龛的忠孝或
栏间的洗心革面,
也像壁上那贪婪的风流。
唉!我变成一个奴婢,
每天每日刷洗锅底,
斑驳的伪善!

---

[1] 指男性裤子正面的纽扣,此说法流行于昭和时代的青年学生中,有性的隐喻,现已不再使用。

我不知道，自己为何在这种地方。心中唯有一种朦胧的感觉，我对家庭充满了莫名的憧憬。五块钱津贴何以为生？——据说，先生是大学的老师。我不知道他教的是什么课程，只听说曾经留学英国。且每天早晨一个面包，一杯牛奶。还要刮胡须，然后打着一把浅蓝色的蝙蝠伞去上班。从家里到大学，其实仅有几步的路程，居然还打把洋伞充斯文。无论刮风和下雨，冬天或夏天，他都坚守着这个嗜好。听说他在大学里主讲历史，我却从未听过他的课。夫人年长一些，五十岁上下。她的脸上涂着厚厚的脂粉，像陶器的招牌，可深嵌的皱纹却显而易见。夫人有一个侄女，齐耳的头发呈赤红色没有光泽。她一天到晚照镜子。她的额头宽得出奇，长了一对小眼睛，简直像是一条鳉鱼。听说她已三十出头，但声音依旧很美。天气这么炎热，她却十分古板地每天穿着袜子。我从未见过她赤脚，她叫作民子。

我的生活中有喜有悲，可我开始对自己的人生感到倦怠。偶尔涌出的体验常令我百般无奈。我讨厌和男人一起生活。灯红酒绿的夜生活亦非长久之计。结果只有一条路——给人当女佣。可这种工作也不适合于我的个性。才第三天，我已无法忍受。这里的窗户难开难关，处处令人感觉不便。

我的自尊受到了伤害。这实在不是一桩快事。并未想过寻欢作乐，我想要的只是一点儿空闲的时间。作为一个女佣，哪有条件深更半夜里读书？我心中畏缩，心想今晚算了，早点儿关灯睡觉吧。不料黑暗却使头脑更加清醒。过去，将来，乱七八糟的令人心烦。种种思绪快速地飞散在虚空之中，我的眼睑下飞翔着五彩缤纷的文字。

我真想马上把这些文字记在本子上。不然这些转瞬即逝的文字就将消失，被我忘个精光。

我按捺不住，打开电灯，摸出笔记本，四下里寻找铅笔。就这半会儿光景，方才闪光的五彩文字已被忘了个干净。居然完全想不起来。我关上电灯，生动的文字又在我的眼底闪光，仿佛婴儿的嘤嘤哭泣。渐渐地我生出倦意，不知不觉昏昏然进入梦乡。我梦见小帐篷里的广告，还梦见浅草的乌龟。我的人生中，温馨的生活已燃为灰烬。我恍惚有一种错觉，自己久久地处于异常的疯狂状态之中。我在毫无意义的死角里失魂落魄。我知道，有人也在饥饿之中煎熬，但同时拥有诡计般的希望。我的生活却已失去意义，百无聊赖。好像是拙劣的乐谱，演奏出不和谐的浊音，每时每刻，奏鸣在我的耳底。

(七月 × 日)

天气炎热，胸前背后汗津津的，我还紧紧地裹着背带，真是热死人。知了吱吱叫得烦人。我到厨房喝下好几杯水。窗户上罩着八角金盘的枝叶，更让人感觉闷热难耐。我想，明日干脆请假回千驮木去。

眼下这种状态无法维持。区区五元钱收入，也不够汇到乡下。世界在我的心中那般美好，现实之中却无处寻觅。我对自己充满了鄙视，想不到我那自尊竟把我驱赶到如此不幸的境遇之中。可笑，还想当什么作家。我开始嘲笑自己的奇思异想。我自顾自地感觉好笑，无法述及他人。我无法写出世界的真实，文字总在头脑中闪烁即逝。我充其量只是一个乡巴佬，搞不清文学究竟为何物。上天啊！我的人生为何这样异常多舛？我随波逐流又总想有所作为。可不论做什么，皆以失败而告终。我已失去了自信。

失败令人变得胆怯。我不断遭受各种挫折，无论男人方面还是职业。我并不怨恨。不是旁人的过错。可是连上天也总是戏弄我这微不足道的女人。上天难道也心术不好？您难道从来没有过战栗的感觉……

药贩子在甬路口大声地吆喝。每逢看到做生意的男人都会想到我的养父。真希望自己有钱，一次给他五十元。邻家的院墙边，高仰的向日葵正在盛开。

我心悲哀，期冀来世生为花草。向日葵的黄色是宽容的色彩，环状的色彩中自然飘溢出莫名的喜悦。我觉得十分奇妙，为什么只有人类懂得苦恼？夫人说近期归乡，去新潟，我也必须尽早辞去这家工作。

傍晚，我去八重垣町的裁缝铺取回夫人定做的外衣。户外行走，心境释然。大街小巷的地上都泼着水。走到一家蔬菜店门前，听人说是逢初节庆。店里的香蕉令人垂涎，还有西瓜。很久没有吃西瓜了。

突然间，我也产生了归乡之念。三四位红裙子店员模样的女人在我面前嬉闹着走过，隐约传来大正琴的琴声。这是一个季节气息浓重的黄昏，我感到十分遗憾。倘若有钱，我会外出旅行。步履蹒跚的我永远都在找工作，二十岁的青春或许就这样死去，我打心眼里厌倦了这种随波逐流的生活。我为何始终找不到一个适合于自己的、安身立命的处所呢？

人生怎么这般乌七八糟？一味在浑浊、艰难而乏味的河流中流淌。稍不留意便会染上风邪，却浑然不知染自何处。夜里，鳟鱼女士嘤嘤哭泣，转而变成哇哇大哭，不知是何原因。她趴在阴暗的墙角里哭泣，那儿有一堆罩有白套的坐垫。书斋里静寂无声。

我独自在厨房用餐，日复一日，吃的是温酱汤加米饭。我偷出一根米糠腌黄瓜。啊！有时多想吃一只果酱面包。

夫人在小声斥责，骂侄女恩将仇报。看来学者家里也不太平。鳟鱼女士的虚荣丧失殆尽，随后放声大哭，在我的心中激起涟漪。女人的哭声竟然很美。我也破罐子破摔了，又吃了一个米糠腌茄子，酸汁溢满舌根。

风平浪静，酷暑难耐。风铃时而沉闷地叮咚两声。打算明日就离开这儿。蚊子太多，无法忍受。每天我去收拾厨房，只要一靠近水管，凶狠的豹脚蚊就追着我叮咬。我的皮肤经不住叮，马上就肿得老高。晚上，我将衬衣洗净后晾干。月夜好美。黑影白影写真一般令人产生错觉。仿佛在狭小的庭院之中，处处立着白色的人影。

（七月 × 日）

小鱼在混浊的河水里游动。鱼眼之中，盛夏的澄静天空闪闪发光。我最讨厌模范。而双腿行走的人大凡都一样，两条腿交替运动忙碌地行进，仿佛眼前悬浮着某种希望。

请看看这个世界上模范的嘴脸吧。盛气凌人大话连篇，令人由衷地厌恶。他们眼中唯有自己，目空一切。他们口口声声地人类呀人道主义呀云云，显然把那鳙鱼女士骗得晕头转向。她的恋人必须循规蹈矩穿着袜子度过一生，否则便有失体统。

女人是无法反抗的，只有痛苦的哭泣。

夜幕降临，我和英子一同去了上野的铃本。

我喜欢猫八[1]的模仿和雷门助六[2]的打趣。唉！没有任职多好。我回到千驮木，在水井边用水冲头。

我走上晾台乘凉，天上的星星美不胜收。蛴螬聒鸣，蚊虫嘤嘤，不知何处的木鱼敲到半夜。在西片町生活得太久了，英子住两三天就要回大阪。她走了我再考虑以后的打算，至少我得好好地睡上两三天。

（七月 × 日）

中午时分，我去《读卖新闻》会见清水先生，总算要回了诗稿。归途中，我绕到阿恭家。这里的生活亦不如意。午休时，我和阿节躺在过廊里。醒来时只觉得胸中燥热，想

---

[1] 猫八，始自江户时代擅长模仿的落语世家。落语近似于中国的单口相声。
[2] 雷门助六，同样始于江户时代的落语世家，如今存世的已是第九代传人。

一气喝下十杯冰水。阿节在洗衣服,孩子被她栓在柱子上。

我无处栖身,在过廊里晃来晃去,像要一路走到黑。马戏团的吹奏乐队走过,演奏着沉郁的曲调。——即便是笼中鸟,也是有智慧的鸟儿,懂得避人耳目来见我[1]——不知是不是忧郁的乐曲刺痛了我,我的心中充满悲伤。庭院的角落里,开满了桃红色的小花,学名是朝鲜牵牛花。久违了,我目不转睛地盯着小花。恭次郎迟迟未归。我抖空钱包,阿节去要了两碗釜煮乌冬面。真的是没钱寸步难行。我不知道哪儿还能赚到钱,哪怕是一分一厘。

　　初逢的庙会

　　香具师[2]

　　你来我往熙攘

　　滚了粉的

　　白色朝鲜糖

　　卖萤火虫的虫贩子

　　声声喝彩

　　街头的魔术骗术

　　柠檬冷饴糖

　　胆小鬼

　　散步

---

[1] 《笼中鸟》中的歌词。
[2] 原本的意思是摊贩或江湖艺人,这里泛指庙会上的人。

电石灯火臭

香蕉店的商贩

歪缠头巾

是啊

那根粗的有点臭

橡胶管

助听留声机

这是荷马的诗吗

深山的薄雪

草也相似的夜晚

丝线草青青

像吸了棉絮中的水

水中花

杯中一丛

像阿尔卑斯

山上的高山植物

竟没有一家

专卖男人的店铺

风干了

红色的海葵

心脏

默默地行走

呜呼

再过五个小时

又会面对

怎样的人生呢

不可能中后退的

脚

思绪的颜色

一点一点地变化

吃芝麻饴糖

边上

没有拴绳的玉匣。

(七月×日)

英子说,一起去大阪好吗?我其实不想去大阪,我想回冈山,我想去探望阔别已久的母亲。我向英子的丈夫借了十元钱。只要一到冈山,离家就不远了。中午,我去西片町取行李。鳟鱼女士将行李递给我,又给我六枚五角的硬币。她取出一本《伊势物语》问道,这本书是你的吗?我说是我的。她却说不对,书是她家的。说得我好不自在。我一直站在厨房里向她解释,我说是我逛夜市买的。鳟鱼缩回家中,说要查一查。过了一会儿,她默默无语地走出来,只说了一句:"看书不少呀。"她一定觉得,一个女佣看那些书做什么。我问:"没错吧?"她竟不搭话。唉!算啦算啦。过去的男人也是这样。没什么大不了的。

晚上,我和英子、英子的孩子一起去了东京站。好久不乘火车了。不知怎的,对东京有点儿恋恋不舍,将要离别的人才感觉格外可亲。我花八角钱买了一件薄纱衬衣,算作给母亲的礼品。

月台上静悄悄飘溢着西餐的气味,送客的人稀稀落落。月台上的晚风是凉爽的,我将与流畅的东京语告别。列车驶过横滨,车厢里更是静寂。英子买来山北的香鱼寿司,和我平分。她的丈夫是个木匠,人品好得出奇。

我感到一种舒畅和自由。真想摆脱世间一切,就这样坐着火车长途旅行。我感到某种由衷的快乐。因为到昨天为止,乘火车回冈山还是不可思议的幻想。俱往矣!人生的景象真是瞬息万变,杂乱无章的人生居然也有未来。苦思冥想,我对自己的命运一无所知,我想那一定是命运主宰考虑的问题。我经常处在惊恐之中,庆幸此番乘坐火车的幸福。若是重返东京,粉身碎骨也要归还那十元的借款。别了!西片町。

人生无常。我也想做出惊天动地的大事,却无法抗拒命运。过去的日子里虽无男人陪伴,却也有过那般经历。唉!我望着黑暗的窗户,田园中的灯火缓缓消失在后方。我毫无倦意,这种小小的游历竟然渐渐增加了我的勇气。我只知道忘我地工作,但决意不再涉足诗歌。在如今的世道上,写诗的愿望和热情没有任何用处。即便写成一个大诗人,在世人眼中还是一文不值。在尚未精神失常之前,我应爬出这凄惨的处境。夜空，浮云清晰可辨。

* * *

(八月×日)

抵达冈山的内山下车站时，已经九时许。桥本的人们都还没睡，在外纳凉。到家一看，大失所望，说是继父和母亲一个月前去了尾道。我只好借宿一晚，打算乘翌晨的火车去尾道。桥本是继父姐姐的家，家中两个女儿正在女校读书，小时候倒是见过一面。阔别日久，两人都成了高个儿的大姑娘。

我和桥本家的长女清子结伴去澡堂。归途中，我们在银行边的小摊屋喝了杯生姜冷饮。兜里没钱，真是痛苦难耐。我决定翌日凌晨再提尾道车费的事。

没人关心我做的什么工作，这倒也好。我发觉冈山的街道很是寂静，简直风平浪静。酷暑之中难以入寐，我时时刻刻都处在一种紧张之中，仿佛是被屠之前的紧张状态。我要是衣锦还乡，兜里装着百元大钞，谁还会这般不冷不热？

光子正上女校二年级。这么晚了，还在二楼吟唱英文歌曲，呜里哇啦，不知唱的是什么。……又觉得是我曾经熟悉的歌曲。反正已是遥远的记忆。突然想了起来，继父当时曾给我买过一种点心，叫什么冈山鹤卵。

早晨，我被叫到厨房吃早餐，却没张开口谈钱的话题。我说难得来一趟去会会朋友，便告辞出了门。

我想会会中学时代的朋友，却漫无目的，不知谁肯接待我。街上阳光明媚，晒得我汗流浃背。我走到一处繁华街区。狭窄的商店街凉棚搭了一路，棚下阴凉舒适。这里的店铺好像深不可测。我下意识地寻找一家店名青木的西洋餐具店。我是个沦落街头、身无分文的同学。我的造访，显然是给人家增添麻烦。

突然，我找见了青木餐具店，富丽堂皇。我久久站在橱窗跟前，望着那些咖啡杯、鸭形烟灰缸以及扯开裙裾的西洋人偶。人偶的裙子上嵌着青椒的图案。涂满绿漆的橱窗里，有闪闪发光的金色、红色和天蓝色。陶器则散发出清凉。一个漂亮的稚童走出门来，身穿薄毛织品，戴着白色的围兜。我便问，中根庄子在家吗？

孩子掉转头跑回店中。我对着玻璃橱窗照照自己的脸。我的脸是浮肿的，映在蓝色衬底的盘子上，昏昏然的感觉。我的鬓发过耳。嗨！热死人啦，耳际有水车的转动声。我穿着一件洗褪色的鸣户皱绸衫，衫上有碎白点花纹，袖袂边皱皱巴巴。腰带是薄毛织品，长米粒状的花纹红白相间。反正都是廉价货，放到水中一洗，便会不停地掉毛。脚上的袜子和木屐，则是英子在大阪的梅田车站给我买的。

中根由店里走出，见到我大为惊讶。打尾道的学校毕业后，四年来从未见过面。她衣着整洁，穿一件藏蓝色的碎白点花纹上衣。相比之下，我这副模样太寒碜，就如同板车碾过的烂海带。中根取过一把褪了色的长柄阳伞，带我去公园。

据说这是日本有名的公园。其实，我哪有心情逛公园。无奈地跟在中根后面。中根是个沉默寡言的人。听说我仍旧独身，便问——是在写小说吗？小说的话题如梦似幻，难以进行下去。倘若把东京的种种遭遇说给她听，她一定更惊讶。

公园里热气袭人，索然无味。

我没有一点儿兴致去观赏周围的景色。也许还是年轻的关系，我的心绪像火中的烤蝉一样喧嚣。池畔，几个高中生身穿灰色校服足蹬木屐走来。那股书生意气令人肃然起敬。中根问我，你读过《该隐的后裔》[1]吗？笑话。在东京那样的落魄生活中，我会读那种安静的作品？

赤松的树荫下有个菜店。中根走进菜店，要了两瓶泡在冰水中的柠檬水，又要了些刨冰加入杯中。我喝了一口，舌头上有种奇妙的感觉，刺辣辣的冰凉。许多游园的少年在捕蝉。公园的景色，仿佛在沉睡之中。

我渐渐将话题扯近，眼看连上又扯到一边儿。心绪烦乱，我将柠檬水的瓶塞放在杯中，咔啦啦地摇出声响。心中想的是尾道的旅费。若是有两块五角钱，我就买几块羊羹回去。对面阳光炫目，我俩的坐处却阴凉舒适。一个戴眼镜的男人躺在长凳上，张着嘴巴睡午觉。冷饮店的小旗摇动着彩

---

[1] 日本作家有岛武郎（1878—1923）的著名小说，写北海道没有土地的流浪农民的悲惨命运和动物一样的生活。

色，我目不转睛地望着周围的景色。我相信只要一坐上火车，这些景色便会忘到九霄云外。我将蛙嘴式的小钱包丢进袖筒，然后默默计算着刨冰和柠檬水的价钱。

中根几次说起也想去东京看看，我却心不在焉地在数铜钱。呜呼哀哉！她只是我昔日的好友。如今，却唯有百无聊赖地观赏公园的景色。

付过刨冰和柠檬水尚余四分钱。我因虚荣满口谎言，说了大堆体面的话，而向中根筹借旅费的要事却难以启齿。午饭前返回桥本家，只好鼓足勇气向姑妈借了两块五角钱，两个女学生顿时投来鄙夷的目光。我最最讨厌这种目光。中午，我失魂落魄地赶往车站，仿佛一个罪人。

我没有买羊羹，买了份盒饭，坐在三等候车室里吃盒饭，又去小摊买了两根青香蕉，共计五分钱。

想不到，区区两块五也让人勇气倍增。在公园里喝柠檬水本应优哉游哉，等到结账的时候却战战兢兢。实在恼火。我对中根原本无恶感，可这件小事让我觉得也十分讨厌，让人恶心。我对自己更难以忍受，喝完饮料同样一副畏首畏尾的模样，对中根还是那般谦恭。中根问，小说好卖吗？我说，不，不好卖。你写的是哪种小说呢？怎么说呢？和童话差不多吧。我毕恭毕敬地一一作答，认真地回答问题。啊呀！完了完了，我怎么被中根牵着鼻子走？天生一副奴隶相，见了谁都点头哈腰。我无可奈何，唯有谦恭地赔人笑脸。

然而心中却是老大不高兴。默默地嘟囔道，你懂什么？写诗写小说又不是公司里打工。

火车开到尾道时，夜幕已降临。

路面上依然热烘烘的，热浪蒸入我的裙裾。不知何处传来打铁的叮当声，空气里是浓重的海腥味。

我吸纳着故乡的空气，却全无亲切之感。通往外屋的过道净是熟悉面孔，我走过光线阴暗的小径。星光闪烁，周围小虫聒鸣，铁道旁边的野草丛中绽放着繁茂的白花。仰脸望去，神武天皇的神社事务所背后是小学校高高的石阶，右侧是一座高架木桥。我还记得昔日情景。走过木桥，光脚走进学校，我走上铁道旁边的一条小路，只见卖鱼的小贩顶着平托盘一路叫卖而来。"谁要鱼饭？"这鱼饭用的食材是夜间钓来的鲜鱼，由渔家女从渔村卖到这里。

我在持光寺的石梯下找到二楼母亲租住的房子。厕所在屋外，门外湿漉漉的，影影绰绰开着葫芦花。母亲在二楼的晾台上擦澡。尾道缺水，挑桶卖水，一杯便要两分钱。

我走上二楼，母亲大惊失色。

屋顶很低，贴近二楼屋檐处便是堤上的铁道，黄色的榻榻米烘得好热。还有我熟悉的、盖着盖子的书箱，书箱上供着一尊金光佛。擦洗完毕后，母亲将要洗的衣物泡在木盆里。她说，真想上吊。

继父不在家，说是夜游去了。母亲抱怨他最近什么也不做，竟迷上赌博。每晚借了钱，非要逃出去不可。

我解开腰带，裸身趴在热烘烘的铺席上。上方窗外，灯光闪烁的货车疾驶而过。轰隆隆震得屋子摇动。

脏兮兮的房间里，连个壁橱也没有。

(八月×日)

亲爱的信徒,汝等不可忘记。在主的面前一日犹若千年,千日犹若一日。墙上贴着的旧报纸恰巧是宗教栏目。亲爱的信徒。哼!在这又低又矮的屋子里,哪有一块净土?只有命途多舛的人生和支离破碎的心灵。整晚上,火车来来去去走个不停。我想写一部关于鱼市的小说。继父和楼下的老爷子结伴出门,今天早上仍未归来。

酷暑难耐。朝阳照到北墙根处。火车的路堤上,开满了半支莲鲜花。蝉鸣聒耳,像掉进油锅里一般。

有通告说,午后将有皇家列车通过,沿途贫民窟,天黑前不能开窗,窗外不能晾衣服,脏物杂物也要收拾干净。母亲在收拾晾台,穿着草鞋清理屋檐瓦。我不知皇族是个什么模样,一无所知却必须尊敬。中午时分,两个巡警在路基上巡视。

我拉上槅窗,光着身子领略契诃夫小说中的百无聊赖。闷热难耐,我滚到木梯旁边读书,突然想写一部关于尾道的小说,就叫作《风琴与鱼町》。

母亲扫除完毕,背着个大白包袱去卖货。

楼下的阿婆给我端来一碗带辣椒的凉粉。

附近传来女人的叫喊声——皇家列车到喽!

皇家专列轰隆隆开过,大地都在震动。我由槅窗的破洞往外窥望,窗前路堤上的巡警正冲着列车行大礼。巡警肩上落着一只大蜻蜓,翅膀白里透亮,微微地颤动着。列车车窗里的白罩时隐时现。车厢内一个面色红润的男人正在读书,打眼前一闪而过。

转眼工夫,真实的一幕在铁轨上消隐而去。巡警抬起头来,吓得我赶紧由槅窗的破洞处缩回了头。

忍气吞声的贫民任人宰割。列车早已开走,家家户户依然槅窗紧闭。重负之下,贫民们微笑跪拜,这是唯一的生存方式。其实与一闪而过的皇族并无太大差异……差异不过是,皇族在凉爽的列车中读书,我却在炎热的屋子里读书——契诃夫关于百无聊赖的故事。

书箱里有我的旧笔记本,是学生时代的日记,记的都是鸡毛蒜皮的琐事或痴迷于爱情小说的感想。伊藤白莲的私奔,写得像娜拉[1]的离家出走。

眼下,我只想这样拼命地写小说。

傍晚时分开始下雨。母亲回来时,头上顶了一张油纸,手中的提篮里装着几个熟透了的无花果。在尾道,无花果被称作唐柿。

继父还没回来。母亲担心他是被警察抓走了。雨天凉爽,我想在本子上写点儿类似小说的东西。可是写不了两行字便又厌倦起来。有什么好写的呢?我读完了《伊势物语》。

靠写作为生——最好断了这个念头——那是不可能的。

---

[1] 易卜生(1828—1906)的戏剧《玩偶之家》中的女主人公。

就好比作曲家对牛弹琴，再好的音色也是空想。况且在这孤独难耐的生活中，每一个字都会难产。我回到这海滨小城，却没有望见海。

半夜，继父总算回来了。

他穿着一件绉纱衬衫，外面罩了毛绒织的腹带。那副模样儿，真让人看着生厌。穷得叮当响，还在那儿拼命抽着敷岛牌香烟。

——东京的情形好转了吗？他问。没有。不景气。我想好歹抓住一个机会，可还是运气不好……

屋里太热。半夜拉母亲去海滨纳凉。我们走到多度津路的大阪商船码头，在石阶上坐了片刻，近旁的露天小贩在卖凉馒头和冷饮。怎么这样热？我穿着一条内裙跳进海水里，内裙的裙裾浮在海面上，闪烁如蓝色的磷光。我毫无畏惧地往沉重的海水中游去，只觉得胸口有压紧的感觉。

暗淡的水面上，漂着一叶小舟。小舟上悬着蚊帐点着油灯，给人以凉爽自在的感觉。不知是不是雨停了的缘故，海边更加寂静。

山上，千光寺的灯光在树丛之中闪亮。

(八月 × 日)

《风琴与鱼町》的写作略有进展。

我不知小说究竟该是怎样的写法，我只顾喋喋不休地说着蠢话，一边在本子上写一边自个儿落泪。我讨厌这种状态。蚊子太多，夜里根本无法写作。这种境况下，创作小说的情绪已荡然无存。突然，我有一股写诗的冲动。此时我失去了解剖事物的能力，唯有一种怜悯之情。缺乏观察力的叙述犹若童话。

我时时忧虑，要想回东京就得筹措二十块钱。我自顾自地心中默念，希望成为上帝或死而复生的耶稣基督的信徒。创作小说者只有拨动起自己的琴弦，上帝才会君临。我担心自己没有那种才能。我恬不知耻地写啊写啊，却没有任何的长进。我潜入人物支离破碎的心理底层，仿佛在追随着小鱼的踪影。我的小说终将正经八百地面世，可这种呕吐胃血一般的作品，真的是不堪卒读。警察的眼神倒也闪闪发光。无政府主义不是歌唱。尽管那般愿望，在这个世界上比比皆是……童话的世界是和平兽类的理想天地。皇家专列早已开过，我却整整一天不敢开窗屏声静气。这就是我的阶级。皇族转瞬之间消失于云端，我为何要对他们毕恭毕敬呢？

岂非同样的生命？担当警备的巡察和肩头栖留的蜻蜓，在这个意义上也没有分别。更何况槅窗这边站着的赤裸女人，手捧着契诃夫的小说。

我后悔回到尾道来。

故乡，只是一种遥远的幻想。我痛切地决定，哪怕在异乡沦为乞丐，也绝不再回故乡。

我的心中产生一种无为的徒然，既不想死，也不想生。今日亦如往常。我每天继续《风琴与鱼町》的写作。

母亲也说,希望再度去东京逛夜市。我心中想,她要是真的离开继父,可真是谢天谢地。母亲接着又说,这只是突发事变,再忍耐一下吧。继父早晨又去了赌场,留下呕心沥血的母亲干着琐碎的家务。

就这样,母亲和我长年生活在无尽的痛苦之中。唉!我是个男孩子多好。母亲挣来的那点儿钱,全被父亲扔在了赌场里。

晚上又和母亲去海边,吃了一碗露天小贩的拉面。待在家里,就得忍受债主的骚扰。我又在黑暗之中洗了海水浴。

海水污浊不堪,散发出葬礼的气味。

"……唉,怎么一件好事也没有呢?"

母亲突然自言自语。我朝栈桥的方向游去,水波粼粼,向岛方向有人在高声呼喊。这样下去,不会有任何好运的。《风琴与鱼町》的文稿已经寄往东京,可我并不相信柳暗花明。加油!加油!我拼命往黑暗、冰冷的方向游去。

须臾返回石阶边,裸身穿上微温的衣物。我用力拧拧湿衣,却打出一个拉面的饱嗝。我感到肌肤变得紧绷绷的,恢复了自然而温馨的感觉。我期望惊天动地的爱情。在种种记忆的底层,关于男人的回忆时隐时现。

回到家中,楼下空无一人。楼下的阿婆近期也四下游荡,懈怠了海菜卷的家庭副业。

二楼的屋子破烂不堪。在没有灯罩的电灯泡下,母亲和我光着身子纳凉。上行列车疾驰而过,通明的灯光令人羡慕。

说什么也得去东京。可此时此刻,母亲垂头丧气地说,上哪儿去弄二十元钱呢？就是有十元也好哇。我燃起蚊香，在小小的矮脚桌上摊开本子。我只有坚持不懈地写下去。我的小说很奇妙，天真而乐观。所有故事都是幻影般的结局。也许是天气太热的缘故，或者是吃不饱肚子，也可能是头脑中压力太重，或是《风琴与鱼町》标题的缘故？我为生活的疲劳所压倒。相反唯有幻影，朦朦胧胧地浮掠眼前。

为什么？我们为什么总是生活在这种状态中？母亲舔着铅笔头在记账。净是些鸡零狗碎的花销。母亲却一副专注认真的神态。这种生活，就像是双足踩在了黏土之中难以挪步。——走吧。嗯，怎么走呢？就这样走吧。去东京，两个人工作，每天吃饭不是问题。吃饭倒也重要，可我不能扔下你爹不管呀。走吧。这么大年纪了，男人还有什么用……？你写小说，怎么写成了一个净发牢骚的女人？我无语。担忧也是一种愉快的事。母亲还有养父厮守相伴至今，比我强多啦。母亲是个幸福的女人。

我在本子上，拼命地写满了虚幻的故事。不能依赖任何人，自己的事情，只有自己去面对并努力去解决。我在东京已是有名的诗人，在尾道却无声无息。我喜欢尾道。谁要鲜鱼？……鱼贩子又在小路上吆喝。垂涎欲滴，刚刚钓起的小活鱼，撒盐一烤，鲜美无比。

这天夜里，继父和楼下那个老爷子被警察抓走了。深夜，母亲和楼下的阿婆不声不响地不知去了哪里。

* * *

(十一月 × 日)

壕沟对面，伯劳的鸣啭尖厉刺耳。我由四谷的城门来到贮水池边，又从贮水池后的龙光堂药铺前走过，然后走上丰川五谷神社门前的电车道。我跨过有轨电车的轨道，从一个小货仓旁边上了六本木大道。走到池田干货店门前，我大声地呼唤池田。

池田走出门来，一脸愉快的明朗表情。今天真难得，她穿了一身晚礼服，显得十分靓丽。店铺前面摆满了各种海味，有鳕鱼仔、鲑鱼干和鳕鱼干等。

两人拐过鞋袜店门前的横街，走近古色古香的酒井子爵家门前。

今晚，新富座剧场上演寿美藏的好戏。说起戏剧，池田便是个十足的江户小姐。她风风火火地喊——今儿是寿美藏赠撒手巾的日子，早点儿离开公司啊。公司附近是赤坂的兵营，每次到公司都能听到阵阵号角声。

我们就职的公司是小学新报社，旧馆二楼的日式房间里拥着八张桌子。我们每天的工作便是没完没了地糊信封，今天的邮件统统发往鹿儿岛和熊本。时间还早，我在窗边和池田、宫本三人闲聊。我们期待着享受月薪制而不是目前的日薪制。日薪八角钱，简直无法生活。我们拼命节省，连四谷城门始发的电车都舍不得坐。要是加上父母三人一起生活，恐怕连吃饭都成问题。令人羡慕的是，池田小姐有父母资助，她赚的那点儿钱全供自己零花。八点十分前，人都聚齐了。我照例坐在最阴暗的角落里。这是领班富田小姐指定的座位。窗边的好座位，我总是没份儿。

小学便览的铅字太小。我这个近视眼，要付出两倍于人的努力。早想买一副眼镜。可是八角钱一天的日薪，哪敢有那种奢望？

眼看着就到酉日[1]。

富田今晚梳着银杏髻。她说最喜欢的演员是大岛伯鹤。她津津有味地扯着曲艺场里的各种逸闻。

我已感到厌倦。每天往信封上书写地址和姓名。我已变得麻木。突然发现沙壁[2]上朝阳闪闪移动宛若幻灯。池田小姐和富田小姐，都是大岛薄衫装束。怎么看也不像日薪八角钱的小职员。池田是美人，眯眯细眼，却颇有艺人风采。不知是否生在干货店的缘故，皮肤上时有粉刺。

太平无事。我发觉夫妇离异非常困难。夫妇关系，真是一种奇妙的关联。昨晚继父和母亲大吵大闹恶语相向，今晨却出乎意料地了无痕迹。我一直想，只要继父和母亲分手，我就和母亲一起过。两人一起努力，不愁吃饭问题。我真的讨厌继父，他是个懦弱的人，总在母亲的点拨下生活。这种没出息的男人真让人上火。继父独身之后，可以找个年

---

[1] 每年十一月，日本很多神社都会在酉日举办祈求好运的"酉市"。
[2] 日式居室中涂有彩色沙子的墙壁，主要用于壁龛等处。

轻的太太嘛。那样，他或许才能自立……母亲的执拗让我愤恨不已。

不知何处传来琵琶声。我也并非特别厌弃眼下的工作，只觉得这也不是长久之计。这一带的宅邸，坐落在寂然的环境中。这里的住户是何等幸运呢？居然有这等悠闲的阶级，从早到晚地弹琵琶，弹钢琴。想必他们生来便有此等好命。——午后的工作是派送报纸。

报纸上蓝墨未干。粘好信封，发觉胳膊和手上便如刺青一般。报纸头版是大正天皇和皇太子的相片。据说大正天皇的性情有点儿古怪，相片看来却仪表堂堂。他的胸前佩满了菊花般的勋章，但报纸的印刷质量太差，天皇陛下和皇太子脸上仿佛长满了胡须。

我的四周尘土飞扬。头顶手巾的大姐们辛勤劳作——抹糨糊，粘信封，分县打捆，乃至户外派送。发送报刊最费时间，全部忙完已经下午五点。吃下一碗荞麦面，我们便来到昏暗的大街上。池田小姐怒匆匆地赶回来，连呼误了看戏。

四谷的车站已完全笼罩在黑暗之中。我自暴自弃地走在街上逛夜市，由四谷走到新宿。

我实在不想回家。受不了家里父母的争吵。两个人穷到这个分儿上，小心谨慎地过活，却像恶人一般互不相让。我继续走着。时不时走进夜铺。空气中飘浮着烤鸡的香味儿。夜雾之中，连绵至新宿的夜市灯光华丽闪烁，各类店屋鳞次栉比，好不热闹。旅馆、照相馆、鳗鱼菜馆、接骨诊疗、三味线曲艺馆以及分期付款的丸二家具店……过去，这一带还有妓馆。太宗寺内,还搭起了大马戏班。

我走啊走啊。夜市无尽头。我心中惊叹,怎么这样子生意兴隆?我今日计划走到东中野便往回返。坐到露天食摊前,吃了一碗八分钱的牛肉盖浇饭。里面只有一小片牛肉,谁知道是不是牛肉。反正除此之外,全是洋葱。米饭嘛,是宇都宫的吊天井。

拐角的工地上灯火通明,在建的像是保险公司的百货大楼。渡过新宿站的高木桥,沿着烟草专卖局的近旁走向鸣子坂。夜雾流动仿佛发出咻咻的声音,突然想起小说家南部修太郎的小说《夜雾》。

到家已近九时。继父不在家,去了澡堂。我到厨房咕嘟嘟大口喝水,母亲在用火钵煎豆渣。我这么晚回来,她问都不问一声。哼,只顾考虑自己的事。她一面煎豆渣,一面哼着什么小曲。我一瞅锅底,豆渣已煎成了黑色。真是什么事情都干不好,大葱也都变成了红糖色。执拗到极点的母亲,真的好可怜。我和衣躺在房间的角落里,一阵空虚袭来,仿佛沉入了谷底。我感到卑屈,失去了所有生存的意义,突然又觉得自己的置身之所悠悠乎乎地飘浮到空中。我疲惫不堪,仿佛自己的躯体被粗粗的绳索捆绑,高高地悬挂在起重机的吊臂上。母亲冷不丁地说了一句,真得和你爹决裂了吗?我默默无语。母亲又小声地嘟囔道,怎么会是这样的结果呢?我对男人早已看透,只希望自己的命运变得舒畅。继父买下的轮岛大米已所剩无几。下次再去进货,想必又是别种大米。

他的生意变化太快，不能持之以恒地专做一项生意。正是这种做法，使继父和母亲始终生活在焦虑之中。十二元钱的房租，打一开始就付不起。所以每天争吵烦躁不安。干吗非要在这儿租房子呢？真不如回到乡下租间小木房，两人乐悠悠地享受平常的生活。我自己也是一样，好歹才在独自一人的生活中找到一缕平静，又与父母挤到一起，永远是同样的重复。母亲冷不丁又说，要是在东京和他分开，你继父肯定无法生活的呀。我将煎得臭烘烘的铁锅拿到厨房，母亲一副木然的表情。我不爱吃母亲做的菜，什么材料到了她手里，统统是浪费。火钵上烈焰熊熊。我盖上一铲煤灰，又把陶瓷水壶坐在了上面。

"你把什么放在炉子上了？你不是要带盒饭吗？那是给你做的菜呀……"

我才不吃那种黑乎乎的豆渣呢。我一声不吭地躺在那里，将头、脸统统埋在衣袖中。母亲突然剧烈地抽泣起来。你要是嫌我们累赘，今晚就收拾行李回乡下吧。棉布袖袂中有股秋天的气息。噢！这是季节的气息，也是抚慰的气息。我在袖袂中睁开双眼。灯光透过四方形图案的真冈白点花纹布。你为何不喜欢你爹？母亲哭着说。我顶撞道——他小你二十岁，我怎么能叫他爹？母亲伏下身子大哭起来。你自己怎么样？你能好到哪里去？她一面哭一面数落。你不也一样男人运不好嘛。

"你八岁继父来家，对你总有养育之恩吧。养育你十二年，你现在怎么能说讨厌他？"

"不对。他没有养育过我。"

"那你怎样上的女中……"

"女中？你说什么呀？你忘记做工的帆布厂了吗？暑假里还去当女佣，帮着卖货，我自己养活的自己。学校毕业后，我也往家里送过钱。你忘了吗？"

我在袖袂中大声地喊，说些不该说的话。

"你真没有良心……"

"啊！吵死啦，吵死啦。断绝母女关系吧。你和继父随便去哪儿。我哪怕明天去当妓女呢。关你们什么事……"

我在袖袂中喷洒眼泪。突然听见继父的木屐声，我爬起身冲出后门，往川添町方向走去。四处笼罩在乳白色的雾霭之中。远方的田地里，时时闪现出农家的灯光。川添町离东京甚远，简直是郊外的郊外。萝卜地里的泥土，散发出特异的清香。

我漫无目的地走着。

走到东中野一个像岗亭的小站，又走向钓鱼池边的小路。路边杂草丛生。只有站前一家大酒馆，夜雾中反射着明亮的灯火。星光灿烂。忍耐，永远忍耐。脑子里闪现轰轰烈烈的甜美空想。真想在情急之中赴死，撞向开往甲府的列车。可是上帝，此时我还不能就这样死去。

（十一月 × 日）

豪雨，将地表的尘土冲刷而去。去公司的路上，我披起后襟赶路。池田有一件十分漂亮的雨衣，领子是白色花点的藏蓝天鹅绒。今天没有盒饭。中午冒雨来到六本木，去面馆吃了一碗荞麦面，又喝下几大碗面汤。稠糊糊的面汤上漂浮着红辣椒。

在六本木的旧书店里，我花八角钱买了大杉荣的《狱中日记》，正木不如丘编辑的四谷文学旧杂志，还有岛崎藤村的一部感想集《浅草通信》。《狱中日记》已经破烂不堪。

富田邀大伙儿去麻布十番[1]听戏，我借故下雨提前回家。瓢泼大雨哗哗地下了一天，想必放晴之后，就该进入冬季了。我将洗净的袜子搭在火盆上烘烤。继父和母亲呆呆地坐着，倾听下雨的声音。

> 左右为难的宿命，
> 悲剧只是一出笑话。
> 翘首以盼无回音，
> 只有哗哗的骤雨声。
> 是无法斗量的
> 雨量，我伸手掬水，
> 感受着雨势的变化。
>
> 冬天的蔷薇
> 不可能付出牺牲。

---

[1] 麻布十番自江户时代起就是非常繁华的花街，充满平民风情。

贫穷的生活
仰赖着孤独神秘。
有人著书革命,
我哈哈笑个不停;
有什么好笑?
我却天性如此,
不懂得认真地体验痛苦。

有人好言相劝,
快为自己开拓好运!
可命运不是面包。
小刀该从哪儿切入?
人生的狩猎盛大而强劲。
扬扬自得或啜泣流泪。
我咽下口水,
双腿叉开了蹬地。

秩序的目标
蓝与黑。假想中
静寂地食鼠。
灵妙的口感与芳香。
啊!多么浪漫的假说!
无人理睬。我吸食
自身的鲜血。

一滴一滴，

微微发咸的鲜血。

革命是——

亮丽无味的羊羹；

凉粉，琼胶，

淤泥一般的琼胶。

我孤身一人奋战，

不需要群势。

什么出身门第，

什么国家栋梁，

只想当饭吃。

我突然又生一念，想创作说书故事。用漱石的文体写《水户黄门》[1]，用藤村[2]的笔调写唐犬权兵卫[3]，或以鸥外[4]那样写实的笔法塑造佐仓惣五郎[5]。这种分章划段的阴惨故事显然与自己的秉性不合，可这样的作品好卖呀，我必须自

---

[1] 物语作品名称。水户黄门是身为权中纳言的江户时代水户藩藩主德川光圀的别称，他隐居后化名水户黄门漫游日本各地，劝善惩恶。
[2] 指岛崎藤村。
[3] 江户时代的侠客。
[4] 森鸥外（1862—1922），日本著名近代小说家、翻译家，代表作有《舞姬》《阿部一族》等。
[5] 江户时代的传奇历史人物，据说他因代表被领主堀田氏征收重税的农民向幕府上诉而被害。

如地变换自己才行。芥川龙之介《影灯笼》之类亦有其独自的魅力。

今夜寒冷,老少三人只好挤在一张床上睡觉。无意之间,我的脚由棉被下面露了出来。唉!至少该有两床被子呀,真希望天上掉下一床棉被。凉气逼人。母亲和继父已经背靠着背打起了呼噜。

电灯低悬。笔端蘸足了墨水,充盈地落在纸上。总觉得一些绝好的构思有如泉涌,却又难以涌出神奇的灵感。

走投无路,我的心中郁闷不已。眼望着身旁这一贫如洗的老夫妇,我将电灯调往墙边,冲向那小小的矮脚食桌。

写了半会儿一行故事也写不出,只缀了两三页诗歌。雨势好猛,屋顶的镀锌薄铁板噼啪作响。我的头颅亦好像碎了一般。难道我气数已尽?

我突然想起母亲说的那句话,你和我一样男人运不好。咦!我突然想到,写一部题为《男运》的小说倒也不错。然而最终还是放弃,感到那样的题材令人厌倦,愚不可及。

天生一个草芥般的私生子,还大言不惭地说什么男运。难道要写一部《伊势物语》?说的是过去有个男人,厚颜无耻,时常耻笑乞丐,自己的生活却比乞丐更加凄惨。他拉着女人情死。女人大呼不要却在榻榻米上膝行到近前,与男人睡在一起。女人假装与男人再行好事,暗地里却在搜寻着绳索与短刃……

雨声渐渐弱下来。

(八月 × 日)

我由高架桥下面走过。火车轰隆隆向北开去。

气喘吁吁。列车开到何处去呢？我已经厌倦了，我讨厌世间的一切。风儿温馨，裹挟着细小的草屑。母亲说她肚子痛。我们爬上路堤。母亲喊着歇会儿，她说吃几粒正露丸就会管用，可大宫町还远着呢。

烈日当空。

不知怎么总是这样烈日当头。不知何处，传来山鸠的叫声。我们倚在行李上小憩片刻。今晚想要住在大宫，当然硬要走也可以走回去，可是生意没有一点儿起色，真的打不起精神。我闭上眼睛疲惫不堪，眼前仿佛出现了彩虹。额头被太阳晒得刺辣辣疼，我便把手巾搭在脸上。母亲却说，攒点儿劲再去蹲会儿。说是便秘三天，头像裂开一样疼。

"别说得那么吓人。去那边慢慢蹲会儿吧。"

"嗯。有手纸吗？"

我从行李中撕了块报纸递给母亲。祸不单行，命运总像幽灵一样作祟。等着瞧！我要向命运做出反击。他妈的浑蛋！别这么欺负人。我冲着蓝天，像男人一样口出秽言。这样的日子，我过够啦！一阵润湿的清风刮过，风儿也这般吝啬。

母亲把衣服的下摆卷起来蹲在草丛中，竟然像只小拳头。不如死了的好。活着干什么呢？活多少岁，都是一样。你怎么样？还想活着？还是不想死呀。总想吃饱肚子再风流几日。

蝉鸣不已。唉！此时正是午休时间，谁会想到在这广阔的田野中，还有两个流浪的商人？我躺在草地上，仿佛整个身心融进了泥土中。路堤上又有一列货车通过，车上装着石板石料，还有木材。东京正是木匠的繁忙季节。想象不出，那些石料将运往何处，给谁盖新房……

我躺在地上，嘴里吹着口哨。

"还没好吗？"

我不时地与母亲搭话。人类都是这副可怜的蹲相，天子亦不会例外。皇后殿下也是一样的蹲相，不同的是，也许要用金箸夹起，包在双层羽绒的布袋中，扑棱扔到清水之中。

我和你，都是不会开花的枯芒……我大声唱歌，如痴如迷。在这个荒无人迹的正午，我恢复了顽劣的本性。尽管热得窒息，旷野里充足的空气仍令我心情舒畅。想必命运之中的恩惠，唯有空气而已。

我要是生为绝世美人该有多好。这可是老妈的失策。一个遍地都有的凡庸女子，怎会受到世人的青睐？

"啊！总算解出来啦。"

"多吗？"

"一大堆呀。"

母亲站起身来，慢慢地放下衣裙。

"这儿的风景不错呀。"

"要是能盖座小屋，住这儿多好。"

"嗯。晚上可怪吓人的……"

卸去负担，母亲心情转好。她坐到我的身旁，用赛璐珞梳子梳头。

到了大宫町，我想去澡堂洗澡。脱下木屐，脚背上留着木屐带的勒痕。这么脏的脚，简直是象脚，哪里是年轻女人的脚？脚指甲日久不剪，趾缝里也藏满污垢。我也得去解手。两腿间呼呼进风，光脚的感觉好舒服。就是太胖啦，就这两条腿都有几十斤。眼皮下面，有人骑自行车路过。好像是个卖面包的，刚刚出炉的糙米面包。他并未觉察，叉腿伏身的我像只肉球一样，消失在道路上。草地湿漉漉一片。

背后又有火车驶近，脚下震得令人生惧。

走到大宫町，已是下午三点。酷暑难耐。蔬菜店的门前有一堆黄瓜。我买了两根嫩的，和母亲一人一根。要是有点儿盐，就更棒啦。我俩分头行动，顺着两边的檐下叫卖。

"绉纱衬衣，大裤衩！便宜卖喽！"

喊了半天也没有回响。母亲坐在装修店门前，那里好像有点儿生意。我一气走过三十家，走到锯木厂门前时，总算有人喊住了我。

三个男人手巾缠头，一面擦汗一面走近前来。我赶紧打开包袱，放在木材堆上。锯末的气味好清凉。

"大阪的出口转内销，很便宜呀。"

"大姐，胖得可爱嘛。有男人吗？"

我心中一惊，笑笑。哪有什么男人？我自己都完全搞不懂，自己是怎样一种生活状态。一共卖了三套。原本三块五角钱，让价五角钱。我要感谢上苍。看来到外面闯闯，没准儿会遇上好运气。我又背着行李拐回街角，母亲无影无踪。倒也无妨，说好大宫车站碰面的。

大宫町真是索然寡味。

回到东京已经七点，天上仍在下雨。

雨下得很大。归途中，我沿着河边像金鱼一样透迤而行。今天八月十五，要点豆油灯。青蛙聒鸣。家里无炭烧饭，我花两角钱去附近炭屋买回一捧碎炭。临街是家粗点铺，二楼的学生在弹大正琴。不知哪儿飘来荞麦面浇汁的香味儿，我的胃被引诱得发颤。这个世界没有奇迹。不能生在皇室家中，本身就是一个错误。我想给总理大臣写封情书。晚上，我捧读果戈里的《鼻子》。鼻子穿着外套，四处游荡且无可奈何又没出息地向读者献媚，然后让那些充满谎言的思想，消失在虚空之中。

奇怪！日子越苦，才越有生活的价值。为了无忧无虑的人生，常常得做自己厌弃的事情，谁都不能漫不经心。我知道愚蠢至极，同样无法脱俗，否则将永远凡庸、贫穷下去。等我有了钱，我一定要……怎么样呢？真是一个浅薄透顶的世界。可是有什么可想的呢？自己都全然不了解自己。正直，诚实，有人情味，只是穷人们卑贱的根性。一无所有者，只有正直、小心和吝啬。邻家的大学生可不是这样。他弹着大正琴，花着父母的金钱，还和肉铺老板的女儿谈情说爱。真是天生的好命。

中秋之夜，我们吃酱菜汁泡米饭。贱民的理想微不足道，可是在我眼中，贱民的理想也是无理的奢望。他人与我没有因缘，我的生活方式只限于自己。我悬荡着几十斤重的大腿，不时地思量男人。普天之下怎么遇不上一个好男人，让我吃它十天饱饭？我一贫如洗，跳蚤却照样吸食我的躯体。我真的受不了啦，我这种女人根本就不该出去，应该和马结为夫妇。这沉重的躯体真是无用的累赘，倒不如用鼻子走路。想必果戈里就是在这样的心境下，写出那么冗长的小说。

> 不知何时
> 我做着美梦
> 静静地睡去。
> 梦里只有两个内容，
> 一个是吃一个是男人。
> 还有特别残酷的玩笑。
> 谁不想听顺耳的话？
> 谁拉得硬弓呼呼响？
> 还梦见，中国人的茶碗。

> 天涯海角
> 也要追回来的。
> 干吗心不在焉，
> 叫得像一只乌鸦。
> 胖得真难受，
> 时不时哭个屁呀！
> 我才不信呢。
> 所有人都有咬伤。

步履蹒跚的

老鼠也会满腹怨言。

一肚子畸形邪念,

就想着跟男人睡觉。

日复一日鬼混,

只要能填饱肚子。

当学者,写论文,

也都是一样的德行。

我该去看展览的。

大家手牵着手,

才是力量的源泉。

(八月 × 日)

我去下谷的根岸买回风铃,装在圆形的帽子盒中。我背负一个大行李,艰难地行走。镀银的薄玻璃风铃,八角四分钱一打。岂有此理!兜售之前要将风铃吊在忍草[1]下,再拴一根彩带,在上面写诗。我浑身是汗,痛苦至极。天空碧蓝如洗。我这副模样儿活像背负着弘法大师。真是热死人。

夜。囊中空空。继父去了东京。

---

[1] 即蕨类植物骨碎补,常附生于树干、岩石表面或屋檐前端。忍草在日本传统文化中代表着思念、怀想。人们常在夏日悬挂忍草,下坠风铃,以求清凉。

据说广岛、冈山的生意皆不景气。

我过够了,真想一走了之。这样子混在一起,谁都没有好。内心之中,时常有一种疯狂的感觉。我想杀人。有点儿恐怖之感,担心沦为罪犯。我也觉得自己死了倒好。人类很少闯入这种稀有的心理之中。可是要过安稳的生活,必须有每天的基本口粮。我亦时时地感觉苦恼,干吗这么频繁地心里打嗝儿?想来想去还是缺钱。只要有钱,就能长年维持单纯的生活方式。我不指望未来有任何惊喜,我从未体验过充分的满足。屋前是家马车货运房,传出醉汉的歌声。我期望火鼠[1]一样的爆发,希望再来一次同样剧烈的大地震。瞧那街上,到处都是香喷喷的面包。面包的容颜真美,我从未吃过这样松软的面包。那么洁白的肌肤,我连碰也不曾碰过。

深夜,捧读汉姆生的《饥饿》。小说中的饥饿差远啦,对我而言是天堂,作者生活在思想自由、行路自由的国度。小说中不时出现进化与革命的字眼,而今哪还有那种忍耐力?我生活在渴望的泥潭之中,脑子里只有一片空白。我苟延残喘,快要窒息啦。上帝啊!你知道吗?我恨不能拿小刀随处刮刻。我终日双手不停,将风铃拴在那忍草上。我的眼前掠过一位顾客的面庞,那人说好凉爽。此时此刻,我首先

---

[1] 中国古代传说中一种住在南方的火山里的奇鼠,栖息在名为不尽木的烧不坏的树木中。传说它们在火中时身体是红色,但出来时却是白色,而且从火里出来一旦碰水就会死。

考虑的是人生。

我心惊胆战地走在深夜的川添町。我掖起后襟只顾默默地走路，眼睛里没有星星和月亮。星星都从我的眼中流逝了。没错，我披着后襟赶路。路人都悄悄地躲开我，当我是个疯女人嗤笑我。迎面过来一个男人，我故意冲着他走去，男人吓得掉转身跨大步逃走。我的心中疾风呼号，怒涛翻滚。我这才醒悟到，生存的境况有多大差异。除了自己，世上还有他人。这些人也都有着各自的忧愁。

我总是对自己的内心冲动感觉惊异，那冲动里包含着卖春的意愿，令人厌弃。其实有什么好惊奇的呢？只是一点儿动机而已。况且每时每刻，我都有一种自暴自弃的倾向。也许因为天气太热，我心中的原始冲动益发强烈。我处于一种焦虑之中，期望今夜会有奇迹。不知何故，我只想处处找麻烦，甚至看见那窗里的灯光，就想抓起石头扔过去。

人类生活在狭小的限制之中，不可自由进退。这是耶稣基督的谶语。我感到奇怪的是基督的诞生。耶稣基督不是早就诞生了吗？可是谁见过他？谁又受到过他的救助呢？我同样怀疑释迦牟尼佛的存在。

我宁可相信那些孤岛上的人种，他们将太阳和月亮视为神明。他们的信仰才更加现实更加真实。说到底，上帝不过是人类上演的一出喜剧，目的是让人们对险恶的环境置若罔闻。

(八月×日)

今儿是凶忌日，不宜行商，母亲和继父便酣睡不起。酷暑之中，夏蝉吱吱地鸣个不停。房前的小牛棚里，板车上堆满了白色的豆渣。苍蝇像芝麻一样密密麻麻。豆渣勾起我的食欲，葱油一炒也是美味。

我讨厌待在家中，便独自背上货物出了门。我不信会有意外发生。如今的生活哪天不是凶忌日？何况今日阳光明媚，说什么胡话？我先走到大久保，又由净水来到烟草专卖局，最后走到了新宿。酷暑难耐，晒得人出油。走到拔弁天[1]，我便放慢了脚步，一家一家地兜售绉纱的衬衣，最终却没有找到一个买主。

走到余丁町，炎日下的我浑身无力，懒懒往前走，简直像乌龟爬行。我看着自己的身影，觉得非常可笑。走过三宅安子家门前，料定是个女强人，我在门前的石阶上坐下歇脚。三宅女士哪里会知道，自家门前坐着的女人，连早饭都没的吃。大门内侧一个男孩子在玩耍，长着一个大头。

到了若松町，我无缘无故钻进狭小的甬巷，头脑里只有漠然。我饿得实在走不动了，热天也令我神情恍惚，真想吃一碗凉粉。

脊背上汗津津，汗珠不断滴在脚下。路过小客栈我便探头瞅瞅。寂静无声，学生们都回家度假去了。

---

[1] 指广岛县的严岛神社。

我完全搞不明白，自己为何要走到这种地方来。也许我的本心并不是出来卖货，而是任着自己的性子，多愁善感地信步而行。可是走到天涯海角，噩运依然纠缠着我。我把自己逼进了更加悲伤、沉郁的心情之中，随后却是一种乐天的释然。我穿着木屐缓缓而行。不想在家看父母的脸色也是一个原因，厌弃父母一天到晚抱着一床棉被睡觉。我希望有点儿雅致的心情却苦无所获。这样的父母真让人无可奈何。我孤身出走，希望过独自一人的生活。唉！想到这些，不禁又潸然泪下。我用舌头舔了舔发咸的泪水，又变得若无其事。旋即晃动着背上的大包，继续往前方走去。我这又矮又胖的身姿，简直像是一只蜗牛。我的梦想竟然是跳进澡堂痛痛快快洗洗头发，这样脏乎乎的实在是苦不堪言。脖颈上，胸脯上，黏糊糊全是汗垢。

记不得什么时候，我将一篇小说投寄到小石川的博文馆。可是投稿被退了回来，说是如今不搞悬赏小说。我真不懂，岛田清次郎的头脑有何过人之处。行商无望，写作亦无望。那么干啥？只好去玉之井卖身喽。走到三好野，我吃了一碟三角豆饼，而后咕嘟嘟喝了一大杯凉茶。

无奈。不变的仍是低俗趣味。胆怯，软弱，内心中期盼某种施舍。似乎唯有靠施舍过活。嗨！我想写一部小说题为《感叹》，与维特的感叹如出一辙。那感叹宛若快活的滑行，流淌出维特般流畅的文字，似卿卿恋语充满了天真的幻想。我想到了男人，心中的憎恶益深。男人的文学统统是谎言。厚颜无耻的作者徒有其表，淫荡而貌似仁慈的文体诓骗着乡村读者，令人厌弃。

我想，索性去神田的职业介绍所，做个挂粉红牌牌的小姐，只要有三十元月薪，就可以平静地写作。我趴在榻榻米上，在八分钱二十页的稿纸上体验写作的快感。悬着的电灯时而倾斜，我想到第欧根尼·拉尔修[1]的现实，以及关联于露宿的梦想。我真想由平淡无奇的日常，敏捷地走到前述的现实之中。

为什么我必须口吐蒸汽般地过活？……上帝啊！为什么呢？我在炎炎的烈日下苦苦挣扎。热死人啦！几乎要闷死。真希望出现一汪大水池，池中喷射出鲸鱼那样的水柱。

一分钱买卖也没有做成。傍晚时分往回走。

回家吃的是麦饭，白菜浇酱汁。继父不在家，去卖忍草了。母亲围起围裙洗衣服。我也裸着身子，用井水浇身。

投给《少女画报》的稿子也退了回来。

我用舌头舔了舔，打开信封。

我挖空心思想了个奇怪的题名——"奇迹森林"，想不到还是退稿。不会有任何奇迹的。我写到充满信心的贫家少女统治了巴勒斯坦土地，这样的故事居然喂给了狗吃。想必是一时疏忽，头昏眼花地错失了世界的一流作品。唉！这点儿内心之中的自尊，也像彩蝶一样毁于雨中。

井水冲凉后，我发烧的躯体趴在铺席上，稍稍地思考起自己的前途。电灯低悬，飞蛾与蚊虫悠悠飞来飞去。我最

---

[1] 公元三世纪前半叶的希腊哲学家，主要著作有《名哲言行录》。

最讨厌的便是蚊虫军团的折磨。

我找出一本陈旧的《文章俱乐部》趴在铺上读。相马泰三[1]关于新宿妓馆的小说写得十分有趣。据说他的太太叫取子，文中描写为一个美人。

唉！世界很大。有的夫妇成天价山珍海味，悠闲逛夜市。

我什么都想写，心中的腹稿堆成了山，可我写的作品统统卖不掉。他妈的！统统是无名女人的胡言乱语。究竟怎样去做，才能写成花袋[2]或春月[3]那样的作家呢？听说某种照相式的小说最好。就是说，要照世界本来的面目去描写。真是个奇怪的世界，小说和诗歌不能描写偶然性，哪怕是稍纵即逝的彩虹。没饭吃才要盼彩虹，一无所有才要接近天皇的马车。橱窗里摆着刚出烤箱的面包，它将落入何人的胃中？

赤裸着身子打滚儿倒也舒服，蚊子咬我也毫不介意。迷糊中空想着二十年后的未来，想必仍旧一无所成放浪行商。会否有五六个孩子？老公是怎样的男人？若他有份工作，保证每天不饿肚子，那便是我的幸运。

蚊子太多。我伸手抓过汗臭味的绉布，像大虾一样蜷在榻榻米上。我拿起纸笔，不知道写什么好。无数的文字在脑中闪烁。最后写了一首诗《两分铜币》。

---

[1] 相马泰三（1885—1952），日本小说家，曾参与创办《奇迹》杂志。
[2] 田山花袋（1871—1930），日本自然主义文学代表作家。代表作《棉被》也是日本"私小说"的开山之作。
[3] 即日本近代作家生田春月。

泛出绿锈的
我在小牛棚前捡到的
两分铜币,好大好沉,
舔出甜甜的滋味儿。
钱币上曲曲弯弯的蛇纹,
刻印着明治三十四年的字样。
多么遥远的往昔啊!
我竟然还没有出生。

啊呀!
多么幸福的手感,
触感意味着
钱币的价值。能买
薄皮的包子,四块大饴糖。
用灰一蹭,铜币便闪闪放光,
置于掌心久久地凝视,
去除了历史陈垢的硬币。

像似金币呀!
闪闪发光的两分铜币。
我要用它当镇纸,
或者放在裸露的肚脐上。
我把玩着两分铜币,
同它建立起亲切的友谊。